Ella Gold

Schneeflocken auf heißer Haut

Schneeflocken auf heißer Haut

Ella Gold

Soft-BDSM-Roman

Impressum
1. Auflage
Titel: Schneeflocken auf heißer Haut –
Dark Dream Edition
Autor: Ella Gold

E-Book im Selfpublishing
Für Leser **ab 18 Jahren,** da es deutlich beschriebene Sex-Szenen enthält.

Kontakt:
Ella Gold
c/o Papyrus Autoren-Club
Pettenkoferstraße 16–18
10247 Berlin
E-Mail: autorin.ellagold@gmail.com
Facebook: Ella Gold (Autorin)

Titelgestaltung:
NaWillArt CoverDesign unter Verwendung von Bildern von:
bigstockphoto.com – © ArtOfPhoto & © kovop,
Freepik – Designed by starline,
© Roman Borodaev/Shutterstock.com

Lektorat: Eva-Maria Schürmann-Lanwer
Korrektorat: Maria Heine und M. Bayer

Dark Dream Edition

Ein Liebesroman, der unter die Haut geht

Danke an all meine wundervollen Leser, die so treu und geduldig auf die ›Schneeflocken‹ gewartet haben. Ich verspreche euch: Es hat sich gelohnt!
Ihr werdet gleich wundervolle Protas kennenlernen,
die mir in den vergangenen Wochen sehr ans Herz gewachsen sind. In ein paar Stunden wisst ihr, warum!

Ich verrate nur so viel: Zwei Brüder, ein echt heißer Tätowierer und ein hinreißender Tanzlehrer, eine junge Ärztin, ein BDSM-Club in München und ein intimes Tattoo spielen eine Rolle … Und nein, es ist keine Dreiecksgeschichte!!! Dafür bin ich eine zu großer Romantikerin. Aber es geht heiß her, darauf könnt ihr euch verlassen. Wer einen klassischen BDSM-Roman erwartet, wird mitunter enttäuscht werden. Vielmehr ist es ein inniger Liebesroman, der euch einen kleinen Einblick in die düstere Welt der Liebe gewährt. Ich habe versucht, so behutsam wie möglich mit diesem sensiblen Thema umzugehen, denn wie sagt Markus so schön:
»Die dunkle Welt der Liebe ist gar nicht so dunkel, wie man glaubt. In Wahrheit ist sie das Licht. Wenn man sich hinein begibt, findet man die Erfüllung.«
Insofern wünsche ich euch ganz viel Spaß beim Erkunden dieser speziellen Form der Liebe.

Schneeflocken auf heißer Haut
ist ein in sich abgeschlossener Roman!

Ihr braucht keine Vorkenntnisse, und es wird auch keine Fortsetzung mit Markus und Vic geben!
Sehr wohl folgen aber weitere Bände über das
DARK DREAM, einen Club,
den ihr noch kennenlernen werdet.
So, und nun mache ich ganz fix und wünsche euch viele emotionsgeladene Stunden mit Markus,
Victoria und ihren Schneeflocken auf der M…

Eure Ella

ELLA GOLD

Bisher erschienene Werke:

Cinderella in Love (März 2017)
Die Schöne und Ben, das Biest (April 2017)
In den Fängen von Drosselbart (Juni 2017)
Gefesselt von Dr. Duken Moore (August 2017)
Erlöst von Dr. Duken Moore (November 2017)
Schneeflocken auf heißer Haut (Januar 2018)

2018 werden noch folgen:

Heiße Rhythmen auf glühender Haut
Ausgeliefert an Dr. Lucan Hart
Rapunzel in Gefangenschaft

❤❤❤

Ich wünsche viel Spaß beim Schmökern!

❤ ❤ ❤

Dieses Buch widme ich
❤ Jutta Lips ❤,
denn eigentlich war alles anders geplant …
Es war Ende November, und ich hatte mich entschlossen, eine kleine Weihnachtsgeschichte für meine Leser zu schreiben.
Ich startete einen Aufruf an meine treuen Leser und bat sie um Vorschläge für einen Titel. Hier kommt Jutta ins Spiel, denn sie schrieb mir:
»Schneeflocken auf heißer Haut«.
Ich träumte die ganze Nacht von Schneeflocken auf sehr intimen Stellen … Am nächsten Morgen begann ich hoch motiviert, und herausgekommen ist etwas ganz Anderes als geplant. Zum einen ist die Geschichte nicht kurz, und zum anderen hat sie mit Weihnachten auch nicht mehr viel zu tun, wie ihr gleich erkennen werdet. So, nun mache ich aber wirklich Schluss und danke Jutta von Herzen!

❤

»Wer nicht liebt, der weiß auch nicht, was Leben ist.«
(in memory of Nora)

❤ ❤ ❤

Kapitel 1
Victoria

Schneeflocken auf heißer Haut

»Bist du dir sicher, dass du dieses Tattoo wirklich willst, Vic? Es ist etwas für die Ewigkeit, und dann an dieser Stelle«, redet mir meine beste Freundin Caro zum hundertsten Mal ins Gewissen, obwohl meine Entscheidung schon seit Tagen feststeht. Ja, ich will dieses Tattoo! Schneeflocken! Auf meine Muschi! Denn nichts symbolisiert besser den eisigen Zustand, in dem sich meine Vagina seit Jahren befindet. Und wenn ich mir so vor Augen führe, wer hier tätowiert, will ich es erst recht!

Im Grunde war nur er es, *Mr. Universe*, der mich vor zwei Wochen in sein Studio ›Burning Needle‹ gezogen hat, als ich mir auf der Straßenseite gegenüber einen Coffee to Go kaufte, denn normalerweise würde ich nicht hier sitzen. Ich bin keine Frau, die Tattoos oder Piercings trägt, im Gegenteil. Ich bin Ärztin, genau genommen Assistenzärztin der Chirurgie im zweiten Jahr, achtundzwanzig Jahre alt und alles andere als eine Rebellin. Ich bin vielmehr der Inbegriff einer langweiligen Frau, die es sich zur Aufgabe gemacht hat, anderen Menschen zu helfen. In meiner Arbeit im Notfallklinikum Bogenhausen hier in München gehe ich vollends auf und fühle mich anerkannt, was in meinem familiären Umfeld weniger der Fall ist.

Ich bin das Adoptivkind zweier gut betuchter Menschen, die ich als meine Eltern bezeichnen muss, obwohl sie nie einen Hehl daraus gemacht haben, dass ich ihrer nicht würdig bin. Weshalb sie mich überhaupt adoptiert haben, weiß ich bis heute nicht. Vermutlich, weil es dazu gehört, ein Kind zu haben und meine Ziehmutter niemals eine Schwangerschaft riskiert hätte, die ihre grazile Figur ruiniert. Und dann bekamen sie mich, Victoria König. Ich war damals sechs Jahre alt. Meine leiblichen Eltern starben bei einem Autounfall, den ich als Einzige überlebte. Ich habe mich in meiner Jugend oft gefragt, ob es besser gewesen wäre, wenn ich den Crash nicht überlebt hätte, denn die Einsamkeit ist ein treuer Begleiter meines Lebens, obwohl ich sie so sehr verabscheue.

Meine Adoptiveltern Konrad Ferdinand von Buhl und seine Ehefrau Margarete von Buhl sind Inhaber eines Immobilienimperiums, das sich weit über die Grenzen von Deutschland hinaus erstreckt. Dass ich nicht in die Wirtschaft gegangen bin, sondern Medizin studiert habe und überdies meinen eigentlichen Familiennamen König vor zehn Jahren, gleich nach Erlangen meiner Volljährigkeit, wieder annahm und im Gegenzug den Namen von Buhl ablegte, haben sie mir nie verziehen. Überhaupt passe ich so gar nicht in das Bild von der Tochter, die sie sich so sehr gewünscht haben, um auf all ihren schicken Partys mit ihr angeben zu können. Ich habe meinen eigenen Kopf und trage nicht Kleidergröße 34/36, wie meine spindeldürre fünfundsechzig Jahre alte Mutter, die mehr Geld in die Schönheitschirurgie investiert hat, als Normalsterbliche ihr Leben lang verdienen. Ich trage Kleidergröße 40, was in den Augen meiner noblen Eltern schon mit Fettleibigkeit gleichzusetzen ist. Zudem ist an mir alles echt, eine weitere Schande für meine hoch angesehene Familie. Noch nicht einmal meine kastanienbraunen, langen Haare sind gefärbt oder mit Strähnchen aufgehübscht. Ich brauche auch nicht lange zum Frisieren, denn gewöhnlich trage ich meine Haare geflochten zum Zopf. Nur heute habe ich sie offen und sogar wellig geföhnt, was an dem hinreißenden Besitzer des Tattoostudios liegt, auf den ich wesentlich mehr als nur ein Auge geworfen habe.

Im Grunde weiß ich, dass es unsinnig ist, denn erstens bin ich keines dieser schicken Modepüppchen, die er bei seinem teuflisch guten Aussehen garantiert bevorzugt, und zweitens bin ich verlobt mit Dr. Alexander Graf von Weißenborn, den meine Adoptiveltern vor elf Jahren für mich auserkoren haben, und wir steuern geradewegs den Hafen der Ehe an, obwohl er so viel Interesse an mir zeigt wie an unseren Zimmerpflanzen. Alex hätte auch viel lieber so ein schönes Modepüppchen. Am besten eines, das nicht redet und denkt, sondern nur hübsch anzusehen ist – etwas zum Vorzeigen eben, wie es eines Grafen würdig ist. Mich hingegen lässt er immer spüren, dass ich alles andere als seine Traumfrau bin. Abgesehen davon, dass wir in seinem Palast in getrennten Zimmern nächtigen, haben wir seit drei Jahren gar nicht mehr miteinander geschlafen. Sexualität wurde in unserer Beziehung noch nie groß geschrieben, aber jetzt herrscht seit Jahren Eiszeit. Deshalb auch die Schneeflocken … auf meiner Muschi, die gar nicht mehr weiß, wozu sie eigentlich da ist. Nur vor zwei Wochen nahm ich ein kurzes Lebenszeichen in ihr wahr, als ich den besagten Kaffee kaufte und diesen hinreißenden, großen Mann sah. Ich folgte ihm in das Tattoostudio und erfuhr so von seiner Angestellten Eileen, dass er der Inhaber Markus Harper ist. In dem Moment stand mein Entschluss fest: Ich will ein Tattoo haben!

Natürlich wäre es schlauer, mir ein schlichtes Bild

an einer gewöhnlichen Hautstelle von ihm stechen zu lassen, und vielleicht tue ich das sogar irgendwann.

Aber heute sind die Schneeflocken dran, die ich mir von Eileen stechen lassen werde. Ich war bereits vor drei Tagen bei ihr, um ein endgültiges Motiv auszuwählen und ihr anzuvertrauen, wohin ich es haben möchte, obwohl meine Entscheidung dazu bereits fiel, als ich Markus bei unserem ersten Zusammentreffen beobachtet habe. Ich weiß es noch so genau, als wäre es gestern gewesen … Es war kalt an diesem Donnerstagmorgen, und der erste Schnee graupelte vom Himmel. Ich war eingemummelt in meinen flauschigen weißen Mantel samt rotem Schal und passender weißer Pudelmütze. (Als Ärztin ziehe ich immer effektive Kleidung der Ästhetik vor.) In diesem winterlichen Outfit schlich ich mit meinem Kaffeebecher gleich hinter ihm in das ›Burning Needle‹, übrigens mein allererster Besuch in einem Tattoo- und Piercingstudio. Ich hatte es kaum betreten, als er sich zu mir umdrehte und mich sein Blick wie tausend Volt traf. Er sah nicht nur aus der Ferne hervorragend aus, seine wahre maskuline Schönheit offenbarte sich erst bei näherem Betrachten. Ich erstarrte zur Salzsäule, was ihm garantiert nicht verborgen blieb, denn ich konnte ein unterschwelliges Grinsen in seinem perfekt definierten Gesicht erkennen. Obwohl er einen schwarzen Vollbart trägt, sind seine kantigen Gesichtszüge mehr als deutlich abgesetzt. Seine geschwungenen Lippen stechen ebenso hervor wie seine akkurate, kräftige Nase und seine stahlfarbenen Augen, für die er einen Waffenschein bräuchte. Eingerahmt sind sie von buschigen, dunklen Brauen, die sich spitz nach oben ziehen und seinem Blick etwas Dämonisches verleihen.

Mein Magen flatterte wie ein Schwarm aufgebrachter Schmetterlinge, als ich in den umwerfenden Tiefen seiner graublauen Augen versank und kurzzeitig mein Gedächtnis verlor. Irgendwie schien die Zeit an jenem Tag stillzustehen, zumindest für einen Augenblick. So etwas hatte ich nie zuvor gespürt. Seine beachtliche Größe ist ja schon ein Hingucker, er muss über 1,90 Meter groß sein, denn ich reiche ihm kaum bis an seine breite Schulter. Und dann sein dunkles Haar, das sich verwegen und leicht wellig um seinen Kopf schmiegt … Es unterstreicht das Düstere, das aus jeder seiner Poren strahlt. Man muss den Mann nur anschauen und bekommt eine Gänsehautattacke nach der anderen.

Als ich mich an jenem Donnerstag aus seinem hypnotischen Blick gelöst hatte und wieder zur Besinnung kam, warf ich als nächstes eine Engelskulptur um, die auf der Auslage mit all den Piercings stand. Zum Glück ging sie nicht zu Bruch, aber als ich sie überstürzt aufheben wollte, schüttete ich noch meinen heißen Kaffee auf den Boden. Peinlicher ging es gar nicht mehr! Eigentlich hätte ich mich in dem Laden nie wieder blicken lassen dürfen, und in mir schrie auch alles nach Flucht, obwohl ich für gewöhnlich nicht so tollpatschig bin, im Gegenteil! Ich bin sogar ein Kontrollfreak, der stets einen kühlen Kopf bewahrt und ganz sachlich vorgeht, aber Markus Harper bringt seit der ersten Minute unseres Zusammentreffens all meine Körperfunktionen durcheinander. Mein Puls rast, wenn ich ihn sehe, meine Wangen beginnen zu glühen, in meinem Bauch startet eine Achterbahn, und sogar meine Vagina wurde durch seine bloße Erscheinung zum Leben erweckt. Ich muss nur an ihn denken, und schon zuckt sie innerlich wie ein stillstehendes Herz, dem man Elektroschocks zuführt, um es wieder zum Schlagen zu bringen.

Das ist wirklich unglaublich, denn mein Verlangen

war erloschen, ich habe noch nicht einmal mehr einen Gedanken an Sexualität verschwendet! Meine Libido war gänzlich tot, bis ich ihn zum ersten Mal sah und seine Ausstrahlung Impulse in mein Innerstes sandte, sodass meine Weiblichkeit eine Wiederbelebung erfuhr, von der ich nicht mehr zu träumen gewagt habe.

Obwohl ich mich an jenem Tag in Grund und Boden schämte, blieb ich und ließ mich von Eileen beraten. So erfuhr ich auch seinen Namen, ebenso, dass er Single und 36 Jahre alt ist. Während mir Eileen Kataloge und Motive zeigte und zwischendurch ganz unbedarft aus dem Nähkästchen plauderte, warf ich immer wieder einen verstohlenen Blick in das Nebenzimmer, in dem Markus einen anderen Kunden bediente. Ich bekam nicht genug von ihm, und das hat sich bis heute nicht geändert.

Mir war vor zwei Wochen schon klar, dass ich mich nicht von ihm tätowieren lassen kann, ich würde dabei tausend Tode vor Aufregung sterben, selbst, wenn es nur ein Motiv an einer banalen Körperstelle wie dem Arm oder dem Bein wäre, ganz zu schweigen von meinem Intimbereich, für den ich mich nach reiflicher Überlegung entschieden habe. Zum einen wird es da niemals jemand sehen, denn für meinen Ehemann in spe war meine Vagina schon immer ein unbekanntes Territorium, und zum anderen passt das Kunstwerk aus Eiskristallen und kleinen Schneeflocken perfekt an diese geheime Stelle, die sich seit Jahren wie eingefroren anfühlt.

Eileen war auch gar nicht überrascht, als ich ihr vor drei Tagen meinen Entschluss mitteilte. Sie öffnete ungefragt ihre Jeans, zog sie hinab und gewährte mir einen Einblick unter ihren Slip auf ihr Pussy-Tattoo, wie sie es nennt. Sie hat auf ihren äußeren Schamlippen zwei wunderschöne Schmetterlingsflügel sitzen, dessen Fühler direkt über ihrer Klitoris herausragen, während ihr Innerstes den Schmetterlingskörper symbolisiert. Ich war wirklich erstaunt und positiv überrascht. Noch mehr überraschte sie mich, als sie mir anvertraute, dass Markus ihr dieses Tattoo gestochen hat, obwohl sie ja seine Angestellte ist. Aber soweit ich bisher mitbekommen habe, gehen hier alle ganz locker mit dem Thema Intimtattoo und Intimpiercing um. Das scheint in diesem Studio gang und gäbe zu sein.

Ich bin beruhigt, dass Eileen es mir stechen wird, obwohl wir beide nicht unterschiedlicher sein könnten, was bei der Optik anfängt. Sie ist sehr dünn, beinahe schon androgyn. Hätte sie keine pinkfarbenen Haare, und wäre sie nicht so auffällig grell geschminkt, würde sie glatt als Junge durchgehen. Ihr peppiger Kurzhaarschnitt passt auch dazu, nur eben nicht die Farbe. Ich hingegen bin sehr weiblich, habe Kurven, die ich immer zu verstecken versuche, obwohl die Frau in mir nicht zu übersehen ist. Dennoch bin ich schmucklos, bis auf meine zwei kleinen weißen Perlenohrringe. Eileen trägt wiederum sehr viel Schmuck. Ihre bunten, großen Ohrringe sind sehr auffällig, ebenso ihre Armbänder und all die unterschiedlichen Ringe an ihren Fingern. Ich trage noch nicht einmal meinen Verlobungsring.

Eileen ist dafür umso mehr geschmückt. Ihre Wangen sind beidseitig gepierct, was wie Grübchen aussieht. Ihre Zunge sowie die Unterlippe und ihre linke Augenbraue haben auch ein Piercing. Sie passt hierher, ganz eindeutig, denn ihre Arme sind ebenfalls mit bunten Tätowierungen übersät, nur bei Markus konnte ich bisher weder ein Tattoo noch ein Piercing erkennen, was eigentlich total untypisch für den Inhaber eines Tattoostudios ist. Und auch ich habe bis jetzt nichts Dergleichen, aber jeden Moment wird es soweit sein.

Ich muss gestehen, dass ich ein bisschen aufgeregt

bin, deshalb begleitet mich auch Caro, meine beste Freundin, die ich seit Kindheitstagen kenne. Ihr habe ich auch in den vergangenen vierzehn Tagen jede freie Minute von Markus vorgeschwärmt. Ich befürchte, sie kann seinen Namen schon nicht mehr hören. Ich finde es nur sehr schade, dass er heute nicht da ist. Ich hätte ihn so gerne nochmal gesehen, aber bis auf Eileen und Ron, der hier ausschließlich pierct, habe ich in den letzten zwanzig Minuten niemanden entdecken können.

»So, Vic, ich bin soweit! Ich habe alles vorbereitet. Wir können jetzt starten, sofern du noch willst«, sagt Eileen mit einem Augenzwinkern, die wie gerufen aus dem Nebenzimmer lugt. Ich stehe entschlossen von der schwarzen Ledercouch auf, die sich schmeichelnd in das Ambiente des Wartebereiches fügt. Überhaupt wirkt hier alles sehr edel und sauber. Der Raum ist weiß gefliest, die Wände sind ebenfalls Weiß gehalten und mit silbrigem Glitter verputzt.

Es gibt Glasvitrinen und Auslagen zur Ansicht, sowie die besagte Ledercouch samt zwei gemütlichen Sesseln die um einen weißen Tisch stehen. Die Einrichtung hat einen wohnlichen Flair, aber das Zimmer, in dem tätowiert wird, eher weniger, wie ich gerade feststelle.

Auch hier ist es extrem sauber, aber außer einer Front weißer Schränke, die mit unzähligen Schubläden gesäumt sind, einem Waschbecken, einem fahrbaren Ablegetisch aus Edelstahl, zwei weißen Drehstühlen und einem schwarzen, großen Sessel entdecke ich nur eine Pritsche, die mittig in dem kleinen Zimmer steht. Fast fühle ich mich wie an der Arbeit, zumal auch die Liege professionell mit Ärztekrepp abgedeckt ist. Interessiert schaue ich mich um, während Caro das Zimmer hinter mir betritt.

»Dreh mal das Schild außen auf ›Bitte nicht stören‹ und zieh die Tür zu! Wäre echt lieb von dir«, ruft

Eileen meiner Freundin entgegen, ehe sie sich nochmal fragend an Caro wendet. »Und du bist?«

»Carolin Beier, äh, Caro. Sehr erfreut.«

»Cool. Willst du zusehen oder Händchen halten?«

Ich muss schmunzeln, denn Caro ist sichtlich überrascht von Eileens kecker Art, die ich zu schätzen weiß.

»Äh, eigentlich will ich nur Beistand leisten.«

»Fein, dann setz dich am besten in den schwarzen Sessel, und du, meine Liebe, kannst dich schon untenrum ausziehen. An dem Motiv hat sich nichts geändert, oder? Du willst die Schneeflocken?«, erkundigt sie sich, während ich meine hohen Stiefel öffne und herausschlüpfe. »Ja, alles wie am Dienstag besprochen.«

»Gut, mit dem Aufbringen, dem Stechen und kleinen Unterbrechungen wird die Sitzung ungefähr eineinhalb Stunden dauern. Wir werden spätestens um neunzehn Uhr fertig sein. Willst du vorher nochmal pullern?«, fragt Eileen ganz unbekümmert.

»Nein, alles bestens. Wir können gleich anfangen.«

»Okay. Dann zeig mir jetzt genau, an welche Stelle das Tattoo soll! Wollen wir nur den Venushügel machen? Dann setze ich es weiter oben an, oder wollen wir den Eisregen seitlich auf die rechte Schamlippe ziehen? Dann könnte ich es tiefer auftragen«, erläutert sie mir, während ich aus meiner Jeans schlüpfe und überlege.

»Es tut beides gleich weh, oder?«, stelle ich die Gegenfrage. Eileen bestätigt es mit einem kräftigen Nicken. »Ja, der Schmerz ist identisch, wir bleiben ja außen auf der Haut und tätowieren nicht die inneren Labien oder deine Klit. Das wäre dann ein anderes Kaliber und ziemlich qualvoll. Markus hat das schon ein paar Mal gemacht. Die Schreie der Kundinnen vergesse ich nicht mehr. Ich würde mich nicht an diese sensiblen Stellen heranwagen.«

»Oh Gott …«, entfährt es mir unbewusst.

»Also, Süße, wohin steche ich dir gleich die Eisblümchen?«

»Wenn es nicht mehr wehtut als woanders auch, dann hätte ich es gerne etwas tiefer.«

»Prima, dann übertrage ich gleich das Motiv und setze den glitzernden Schweif wie einen Ausläufer auf deine rechte äußere Schamlippe. Das sieht bestimmt gut aus«, denkt Eileen laut nach, während ich zaghaft aus meinem Slip steige.

Meine Kleidung drapiere ich ordentlich auf dem bereitgestellten Rollhocker neben der Pritsche. Ich habe extra ein längeres Oberteil gewählt, damit ich nicht mit nacktem Po herumlaufen muss, und setze mich zaghaft auf die für mich vorbereitete Liege.

Es fällt mir schwer, meine bordeauxfarbene Tunika nach oben zu ziehen und meine Vulva zu entblößen. Noch schlimmer wird es, als Eileen mich auffordert, die Beine zu spreizen. Es ist schon ein merkwürdiges Gefühl, schließlich bin ich nicht beim Frauenarzt.

Es fühlt sich irgendwie falsch an. Mein Körper weiß die Situation gar nicht einzuordnen, denn für gewöhnlich zeigt man sich an diesen Stellen nicht unbekleidet. Mich kennen bisher nur zwei Menschen splitternackt, und das sind Alex, mein Verlobter und der erste Freund, den ich je hatte, sowie meine Frauenärztin, Frau Dr. Seilbach. Selbst Caro habe ich nie mein Innerstes offenbart, obwohl sie gerade nicht viel sieht. Sie sitzt in dem schwarzen Sessel auf Kopfhöhe neben dem Fenster. Von dort aus kann sie mir nicht zwischen die Beine schauen, aber Eileen kann es sehr wohl.

Gerade zieht sie den freien Rollhocker heran und fährt damit neben mich, um sich ein Bild von meiner Weiblichkeit zu machen. Dass mir die Situation alles andere als angenehm ist, spürt sie offenbar umgehend.

»Nur keine Sorge! Ich bin weder lesbisch, noch habe ich privates Interesse an deiner Pussy. Ich habe selbst eine, bin glücklich verheiratet und habe zwei kleine Töchter. Ich will jetzt nur sehen, wie und wo ich das Tattoo am besten aufbringen kann«, erklärt sie mir ungefragt, während sie ihre Latexhandschuhe anzieht und meine Vulva äußerlich abtastet.

»Du bist frisch rasiert, das passt prima, da können wir umgehend loslegen. Ich desinfiziere jetzt nur deine Haut und sprühe dich ein bisschen mit Abzugsflüssigkeit ein, ehe ich die Schablone setze. Die türkisfarbenen Eisblumen und die weißen, kleinen Schneeflocken kommen auf deinen Venushügel. Den himmelblauen und silbrigen Eisglitter ziehe ich dir, wie besprochen, auf die rechte Schamlippe, aber nur ein kleines Stück, zu tief gehen wir nicht«, erklärt sie mir, während sie die besagten Stellen desinfiziert und einsprüht. Dann drückt sie die Schablone kurz auf und zieht sie ganz vorsichtig ab.

»Schau mal, ob dir das so gefällt, dann lassen wir es ein paar Minütchen trocknen, ehe wir richtig starten«, sagt Eileen und reicht mir einen Handspiegel.

Ich tue mich schwer damit, mich vor den Augen von Caro hinzusetzen und mir den Spiegel zwischen die Beine zu halten. Eileen stört mich dabei eher weniger. Aber das Motiv ist wirklich wunderschön. Man kann es auch von oben ohne Hilfsmittel ganz hervorragend erkennen, nur der glitzernde Schweif sitzt so tief, dass der Spiegel nützlich ist.

»Sieht toll aus«, bestätige ich.

»Als erstes steche ich dir die Outlines, also die Außenlinien, ehe wir ans Ausfüllen und Schattieren gehen. Du machst es dir jetzt am besten so bequem wie möglich und rutschst noch ein Stück tiefer«, verdeutlicht sie mir gerade, als ihr Handy klingelt. Sie schaut kurz auf das Display und geht ran.

»WAS? Mist! Und wo ist sie jetzt? Konntest du

Sören erreichen? Ich kann jetzt hier ganz schlecht weg, ich habe eine Kundin, das dauert noch … Ja, ja, bitte! Ich rufe ihn gleich an, und auch in der Klinik. Wie lange kannst du denn? … Okay, gut, ich melde mich gleich nochmal. Und danke! Bis dann!«, sagt sie hektisch, und ich spüre sofort, dass etwas nicht in Ordnung ist. Ein ›Alles okay?‹ spare ich mir deswegen, stattdessen frage ich »Was ist passiert?«.

»Sorry, Vic, ich muss mal kurz raus und ein paar Telefonate führen. Meine Mutter passt immer am Nachmittag auf meine kleinen Mädels auf. Die sind erst zwei und vier Jahre alt, und meine Mutter ist wohl die Treppe hinuntergestürzt und wurde in ein Krankenhaus gebracht. Mich hat eben die Nachbarin angerufen, die gerade bei meinen Töchtern ist. Ich muss versuchen, meinen Mann zu erreichen. Tut mir echt leid, das dauert jetzt einen Moment!«

»Kein Thema, ich kann warten!«, sage ich verständnisvoll, wobei es mir selbst durch und durch geht. Als Ärztin weiß ich, wie aufwühlend so ein familiärer Unfall sein kann. Dass Eileen in paar Minuten mit ruhiger Hand das Tattoo stechen wird, bezweifle ich beinahe. Ihre Gedanken werden bei ihrer Mutter und ihren Kindern sein, was völlig normal ist. Eventuell sollten wir den Termin verschieben. Aber ehe ich ihr das sagen kann, ist sie auch schon aus dem Zimmer verschwunden.

Kapitel 2
Markus

Dunkle Träume

»Gib dir einen Ruck und bleib einfach! Es ist schließlich dein SM-Club, Markus. Du hast das Dark Dream vor zehn Jahren ins Leben gerufen und seit drei Jahren keinen Fuß mehr hinein gesetzt. Das kann doch nicht dein Leben lang so weitergehen! Wir wissen beide, dass diese düstere Seite in dir schlummert, und dir würde es wesentlich besser gehen, wenn du sie endlich wieder auslebst«, redet mein Bruder Philip wieder mal auf mich ein, aber seine Worte perlen wie Wasser auf einer Lotusblume an mir ab. Nein, ich werde den Club nicht mehr betreten, obwohl er einst mein Zuhause war und ich die schönsten Stunden meines Lebens dort verbracht habe. Aber das waren andere Zeiten … Es fühlt sich fast wie ein anderes Leben an.

An Silvester werden es drei Jahre, seit ich sie verloren habe, Nora, die Liebe meines Lebens … Mit ihrem Tod ist auch in mir alles gestorben. Sie war so jung, das ist nicht fair! Wir hatten noch so viel vor, und von einer Minute auf die andere war sie weg … für immer! Ich konnte mich noch nicht einmal von ihr verabschieden. Zu Beginn war es unbegreiflich, ich wollte es nicht glauben, aber irgendwann kamen die Einsicht und der Schmerz. Der Schmerz ist bis heute geblieben und hat jegliche Glut in mir begraben. Seither ist mein Verlangen erloschen, und ich weiß, dass es nie wieder so werden wird, wie es einmal war, denn Nora und ich führten keine normale Beziehung – wir lebten in einer BDSM-Beziehung.

Eine solche Bindung ist viel intensiver und stärker als gewöhnliche Partnerschaften. Sie basiert auf unerschütterlichem Vertrauen, einer bedingungslosen Ehrlichkeit und einer schier grenzenlosen Hingabe, etwas, das die meisten Vanillas nie spüren werden.

Obwohl ich meine düstere und sehr dominante Seite schon in meiner Jugend entdeckte und auch vor Nora auszuleben begann, habe ich erst in der Beziehung mit ihr die wahre Erfüllung gefunden. Und seit sie mir genommen wurde, kann ich weder andere Frauen an mich heranlassen, noch kann ich den Dom in mir spüren – er ist tot, er ist mit ihr gegangen. Ich kann mir noch nicht einmal mehr vorstellen, solche intimen Praktiken jemals wieder mit einer anderen Person auszuleben. Und ich will auch das Dark Dream nicht mehr betreten. Ich bin heilfroh, dass Philip meinen privaten Club übernommen hat, den ich vor zehn Jahren gegründet habe, denn ein kleiner Teil meines Herzens hängt daran.

Meine Vorliebe für die düstere Welt des BDSM ist zeitgleich mit meiner erwachenden Sexualität entstanden. Ich war damals dreizehn oder vierzehn Jahre alt, als mir die Fantasien über gefesselte, unterwürfige Frauen einen feuchten Traum nach dem anderen bescherten. Ich hatte in meiner Jugend einige Freundinnen, ganz normale Beziehungen, wagte es aber nie, dieses Thema anzuschneiden oder gar zu integrieren. Stattdessen gab ich mich während dem Sex mit den Mädchen meinen Fantasien hin, die mich immer zum Höhepunkt brachten, bis ich gezielt nach devoten Frauen suchte und gleich bei meiner ersten Session eine Zufriedenheit erfahren habe, von der ich nicht zu träumen gewagt hatte. Damals erkannte ich den gravierenden Unterschied zwischen Traum und Realität und spürte, wie erfüllend es sein kann, wenn man sein Verlangen real auslebt. Seitdem wollte ich es nie wieder missen und gestaltete mein Schlafzimmer in einen Darkroom um, in dem es nicht nur an den Wochenenden heiß herging. Ich ließ mich sogar in vielen Praktiken explizit ausbilden, besuchte Psychologiekurse, um auf meine Gespielinnen noch besser eingehen zu können und ihre jeweiligen Grenzen nicht nur zu spüren, sondern auch zu verstehen, was mir über die Jahre hohes Ansehen in der Szene einbrachte. Ich wurde teilweise für große Clubs gebucht und bildete dort unter anderem DOM-Anwärter aus, bis ich mich entschloss, meinen eigenen Club zu gründen. Aus meinem kleinen, heimischen Darkroom wuchs das Dark Dream, ein Ort, an dem man seine düsteren Träume ausleben kann. Philip kennt meine Neigung, ihm habe ich mich in meiner Jugend als erstes anvertraut, und er war es auch, der mir die Kellerräume seiner Tanzschule zur Verfügung stellte, damit ich das Dark Dream verwirklichen konnte, denn Philip ist Tanzlehrer und hat hier in München seine eigene kleine Schule, deren Kellerräume nun seit Jahren ein finsteres Geheimnis bergen.

Mein Club ist nur für wenige exklusive Mitglieder zugänglich, die ich alle handverlesen ausgewählt habe. Extreme Sadisten oder krankhafte Menschen mit dem Wunsch nach Selbstverstümmelung wird man dort nicht finden. Sehr wohl aber Personen, die sich ihrer Position bewusst sind und diese hingebungsvoll in meinen Räumen ausleben. Niveau, Anstand und gegenseitiger Respekt sind dabei die höchsten Gebote, und ich weiß, dass Philip das Dark Dream in meinem Namen und nach meiner Vorstellung würdig weiter führt, denn auch er ist seiner dunklen Seite vor

Jahren verfallen und inzwischen mein angesehener Nachfolger. Ich könnte mir auch keinen besseren als ihn vorstellen.

Angefangen hat für ihn alles mit Nora … Ich kann kaum daran zurückdenken, ohne die schmerzlichen Erinnerungen wach zu rufen, die mein Herz wie Eissplitter durchbohren. Deshalb vermeide ich jeden Gedanken an früher und konzentriere mich auf die Gegenwart, in der ich mich so gut wie möglich durchs Leben schlage. Zum Glück habe ich noch mein Studio, das ›Burning Needle‹, wo ich meine Berufung als Tätowierer ausleben kann, denn dort ist es mir möglich, meine Leidenschaften Schmerz und Kunst zu kombinieren und zu vereinen.

Ich liebe die Kunst, seit ich denken kann, und habe auch schon immer gerne gezeichnet. Während andere kleine Jungs draußen wild tobten oder Fußball spielten, saß ich früher meist mit einem Zeichenblock in der Ecke und habe gemalt, und Philip tanzte bei jeder Gelegenheit, was unseren Vater beinahe rasend machte. Er hatte zwei Söhne, die sich in seinen Augen wie Mädchen benahmen, was uns die einen oder anderen Schläge eingebracht hat. Wir sind beide auch schon früh von zu Hause ausgezogen. Ich war damals sechzehn Jahre alt, und Philip ist ein Jahr jünger als ich, ich nahm ihn gleich mit zu mir.

Ich absolvierte in jener Zeit eine klassische Ausbildung zum Dachdecker, damit ich etwas Geld verdienen konnte, ehe ich mir den Traum von einem eigenen Tattoostudio erfüllte. Und Philip konnte endlich eine Ballettschule besuchen, was unser Vater ihm immer verboten hatte. Inzwischen ist Philip ein gut betuchter Tanzlehrer, bei dem die Frauen Schlange stehen. Auch ich wäre eigentlich sehr glücklich, wenn mir das Schicksal Nora nicht genommen hätte …

»Was ist nun, Markus? Willst du nicht mit runter

kommen? Heute ist Freitag, und es werden nur Freunde und Bekannte im Club sein«, gibt Philip immer noch nicht auf, aber mein Kopfschütteln ist deutlich. »Ich kann nicht. Nie wieder! Alles da unten wird mich an sie erinnern. Jeder Winkel, jede Ecke, jedes Gerät, jede Peitsche … Auch der Geruch von Lack und Leder, das Metallische in der Luft, der Duft von Schweiß und all den Körperflüssigkeiten. Ich möchte es weder riechen noch sehen. All das ist untrennbar mit ihr verbunden, und dem kann ich mich nicht aussetzen.«

»Aber du kannst doch nicht dein restliches Leben auf Liebe und Sex verzichten. Du bist 36 Jahre alt! Drei Jahre der Trauer sollten genügen.«

»Ich verzichte nicht auf Sex. Ab und an ficke ich schon, nur nicht mehr so wie früher. Und Liebe … ich liebe sie nach wie vor, und das wird sich auch nie ändern!«, sage ich bestimmt, während Philip seine lange, wilde Mähne schüttelt und sich resignierend neben mich auf einen der Stühle setzt, die gegenüber von der Spiegelfront in seinem Tanzsaal aufgereiht sind.

»Nora hätte das nie gewollt, Markus! Stell dir vor, es wäre andersrum und sie wäre noch hier. Würdest du wollen, dass sie so lebt wie du jetzt? Dass sie ihre Neigung verleumdet und nie wieder einen Menschen an sich heranlässt, sondern ihr Leben in Einsamkeit fristet? Wäre das dein Wunsch? Oder würdest du es nicht viel schöner finden, wenn du hinabblickst und siehst, dass der Mensch, den du liebst, wieder glücklich ist?«

Zum Glück klingelt mein Smartphone, und ich bleibe ihm die Antwort schuldig, denn natürlich würde ich nicht wollen, dass Nora meinetwegen auf eine erfüllende Partnerschaft verzichtet. Ich weiß doch, wie anhänglich sie war und wie sehr sie die Liebe und Nähe gebraucht hat. Ich hingegen schaffe das schon, ich kann mir sowieso nicht vorstellen, jemals wieder einen Menschen so sehr zu lieben, wie ich sie geliebt habe.

»Was gibt's, Eileen?«, melde ich mich mit einem Blick auf ihren Namen, den mein Smartphone preisgibt.

»Ich habe ein riesiges Problem, Markus! Meine Mutter ist gestürzt und wurde ins Krankenhaus gebracht, und meine Mädels sind alleine. Ich kann Sören nicht erreichen und die Nachbarin, die sich gerade um die Kinder kümmert, muss gleich zur Arbeit, ich muss also dringend nach Hause!«

»In Ordnung, dann geh! Das ist kein Problem.«

»Doch, schon! Ich habe nämlich eine Kundin. Die Tattoovorlage habe ich ihr bereits aufgetragen, und ich wollte gerade mit dem Stechen beginnen, als der Anruf meiner Nachbarin kam. Ich kann sie doch jetzt so nicht nach Hause schicken. Könntest du ihr das Tattoo stechen? Wo bist du denn gerade?«

»Ich bin bei Philip und kann in fünfzehn Minuten da sein. Wie viel ist es denn?«

»Nicht viel, es ist ein kleines Tattoo, und es wird maximal eineinhalb Stunden dauern, eher weniger. Aber da es ihre erste Tätowierung ist und dazu noch an einer intimen Stelle, kalkuliere ich lieber mehr Zeit ein.«

»Kein Thema, ich habe heute eh nichts vor und kann kommen. An welche intime Stelle soll es denn?«, erkundige ich mich vorsichtshalber, damit ich abschätzen kann, was auf mich zukommt.

»Auf ihren Venushügel und die rechte Schamlippe, also nichts Inneres.«

»Okay, trotzdem eine gewagte und äußerst schmerzempfindliche Stelle fürs erste Mal. Hat sie ein Piercing, war sie schon mal bei uns?«

»Ich habe kein Piercing an ihr entdeckt, mal abgesehen von ihren Ohrringen. Und sie war in den vergangenen 14 Tagen schon zweimal bei uns. Vielleicht erinnerst du dich sogar noch, sie hätte nämlich beinahe deinen heiß geliebten Engel demoliert.«

Im Nu rattert es in meinem Hirn, und ich kann es kaum glauben … »Die Kleine? Die mit der Pudelmütze? Die, die erst meinen Engel runter geschmissen und dann ihren Kaffee verschüttet hat?«

»Bingo! Sie heißt Vic, und …«

»Die will ein Pussytattoo?«, vergewissere ich mich nochmal lautstark und falle Eileen ins Wort, denn das passt so gar nicht zu dem, was ich bis jetzt von der jungen Frau wahrgenommen habe. Und dass sie es sich von mir tätowieren lassen wird, kann ich mir auch nicht vorstellen, denn sie wirkte schon ziemlich nervös und aufgeregt, als ich sie mir nur etwas genauer und eindringlicher angesehen habe.

Aber die Vorstellung, ausgerechnet ihr, *Vic*, dieses besondere Tattoo verpassen zu können, gefällt mir augenblicklich richtig gut und amüsiert mich so prickelnd, wie ich es schon lange nicht mehr gespürt habe. Wenn ich es geschickt anstelle, hat sie gar keine Chance, meiner Nadel zu entfliehen. »Weiß sie, dass ich es übernehmen werde?«, will ich wissen.

»Nein, ich wollte dich erst fragen. Ich kann ihr ja schlecht vorher zusagen.«

»Gut, dann belass es am besten dabei und halte sie auf, bis ich komme! Dann kannst du sofort gehen. Ich bin schon auf dem Weg und regle das selbst mit *Vic*!«

Selten hat ein Name so viel in mir ausgelöst, wie es ihrer tut, was aber nicht an dem Namen direkt liegt, sondern an dem Eindruck, den unser erstes Aufeinandertreffen bei mir hinterlassen hat.

Ihre Unsicherheit fiel mir gleich auf. Und dass ich sie nervös gemacht habe, hätte ein Blinder sehen können. Der Umstand, dass sie meinen Engel, an dem ich wirklich sehr hänge, fast zerdeppert hätte, war auch mir geschuldet, denn ich habe es genossen, sie mit meinen Blicken zu reizen und ihre Nervosität zu schüren … Deshalb ist sie mir auch noch so gut in Erinnerung, obwohl wir an jenem Tag kein Wort miteinander gewechselt haben, und ich Eileen den Vortritt ließ. Ich wollte die Kleine nicht noch mehr ärgern und zudem mein Inventar vor weiteren Schäden bewahren.

Nun wird mir ebenfalls bewusst, dass sie diese Woche, es muss Montag oder Dienstag gewesen sein, nochmal bei uns war und mich bei der Arbeit beobachtet hat. Aber niemals hätte ich gedacht, dass sie sich wirklich tätowieren lassen will, und dann auch noch an so einer Stelle. Das passt irgendwie überhaupt nicht zu ihr, oder aber meine Menschenkenntnis verlässt mich allmählich. Auf jeden Fall bin ich mehr als neugierig auf sie und kann es kaum erwarten, ihr auf den Zahn zu fühlen oder, noch besser, ihre Pussy zu stechen.

Im Grunde nehme ich meinen Job sehr ernst, und Seriosität ist mir mehr als wichtig. Was bei ihr anders ist, kann ich gar nicht sagen. Ich verspüre nur ein Prickeln in meinem Leib, wie ich es schon seit vielen Jahren nicht mehr empfunden habe.

Vielleicht war es ihre schüchterne, ängstliche Art, die mich von der ersten Sekunde angesprochen hat, vielleicht ihr verunsichertes, tollpatschiges Auftreten, das meine schlummernde dominante Seite reizte … Ich weiß es nicht genau. Aber was auch immer es war, es zieht mich in mein Studio, sodass ich sogar eine rote Ampel überfahre, nur, um ja nicht zu spät zu kommen.

Kapitel 3
Victoria

Scham

Wo bleibt sie denn? Sie wollte doch nur kurz telefonieren. Das ist jetzt über eine halbe Stunde her. Ich kann mir ja denken, dass ihre Telefonate mitunter etwas mehr Zeit in Anspruch nehmen, aber ich könnte doch bereits gehen. Das kann ich ihr aber schlecht mitteilen, schließlich habe ich weder eine Hose noch einen Slip an, und ich kann auch nicht nackt durch das Studio laufen. Und wenn ich mich jetzt anziehe, zerstöre oder verunreinige ich womöglich das Motiv, was fatal wäre, falls Eileen doch noch tätowieren kann …

Ich fühle mich jedenfalls unwohl und komme mir wie auf dem Präsentierteller vor, während Caro ganz unbeteiligt in einer Zeitschrift blättert.

»Kannst du bitte mal die Jalousie besser zuziehen? Draußen ist es bereits dunkel, und jeder, der vorbei läuft, kann durch die Ritzen zu uns hinein sehen. Und wenn es dir nichts ausmacht, wäre es super, wenn du mal nach Eileen schauen könntest! Ich weiß nicht, wie lange das noch dauern soll. Wir könnten doch gehen! Wozu sitze ich überhaupt noch hier? Halb nackt wohlbemerkt!«

»Vielleicht, weil du unbedingt deine Muschi tätowiert haben willst«, erinnert mich Caro und fährt fort. »Jetzt gedulde dich einfach, Vic! Es ist noch nicht einmal ganz achtzehn Uhr, und wir haben alle Zeit der Welt.«

»Ja, du sitzt ja auch nicht nackt in dem Sessel. Wäre ich angezogen und würde Zeitung lesen, wäre die Wartezeit bestimmt auch für mich angenehmer. Außerdem kann sie doch bei so viel Aufregung gar nicht in Ruhe tätowieren. Ihre Mutter ist gestürzt, ihre zwei kleinen Töchter sind alleine … Eileen hat jetzt garantiert andere Sorgen als meine Schneeflocken. Dann komme ich eben nächste Woche wieder. Vielleicht habe ich da mehr Glück, und Markus ist da. Ich hätte ihn so irre gerne nochmal gesehen«, beginne ich schon wieder von ihm zu schwärmen, während Caro den Kopf schüttelt.

»Du müsstest dich mal sehen, wenn du von dem Typen sprichst! Du grinst dabei wie ein Honigkuchenpferd, und deine Augen leuchten wie der Polarstern. So kenne ich dich gar nicht!«

»Mag gut sein, du hast ihn ja noch nie gesehen. Vermutlich würden deine Augen dann auch leuchten!«, kontere ich gerade, als Eileen wieder zu uns stößt. »Wer leuchtet, Mädels?«, will sie wissen.

»Ach, niemand. Wir haben uns nur über Belangloses unterhalten. Wie geht es jetzt weiter? Sollte ich nicht besser gehen? Du kannst das Tattoo gerne nächste Woche stechen. Das wäre mir sogar lieber. Ich vermute, du hast jetzt andere Sorgen und Dinge als meine Schneeflocken im Kopf.«

»Das ist wohl wahr, und es tut mir auch irre leid, Süße, denn ich muss wirklich gleich gehen, ich konnte meinen Mann nicht erreichen. Aber Markus kommt jeden Moment, er wird dir deine Schneeflocken stechen.«

Ich glaube, ich höre nicht richtig! Das hat sie doch jetzt nicht tatsächlich gesagt?

Mein schockierter Blick wandert umgehend zu

Caro, während mein Körper beinahe automatisch auf dem Sprung ist. Am liebsten würde ich mich auf der Stelle in Luft auflösen, aber das geht leider nicht.

Mein Herz … Es rast nicht, es hat ausgesetzt! Es schlägt vor lauter Schreck gar nicht mehr!

Mein ganzer Körper befindet sich für Sekunden in einer Starre. Ich kann nicht mehr atmen, nicht reden, keine Luft holen, gar nichts mehr … bis mein Puls plötzlich zu rasen beginnt und mir das pure Adrenalin durch den Körper jagt.

Jetzt trommelt auch mein Herz – und wie!

Die Schläge dröhnen in meinen Ohren, während ich stotternd nach einer Ausrede suche, um schnell verschwinden zu können. Am liebsten wäre es mir, wenn ich jetzt einen Anruf bekommen würde. Einen Notruf, was auch immer! Von mir aus kann unsere Wohnung abgebrannt sein, Hauptsache, ich könnte sofort gehen. Dummerweise habe ich meinen Pieper nicht bei mir, also wird auch von der Klinik kein Notruf kommen, denn ich habe heute frei. So ein Mist!

Ich bekomme vor lauter Schreck kaum einen Ton heraus, verhasple mich immer wieder und verschlucke mich an meinen eigenen, unausgesprochenen Worten. Dabei will ich doch nur sagen, dass *das* unter gar keinen Umständen geht! Ich kann mir unmöglich von *ihm* dieses Tattoo stechen lassen.

Ich sterbe dabei! Nein, ich sterbe ja schon bei dem Gedanken daran!

Oh Gott! Mir ist so komisch … Meine Hände werden zu Eiszapfen. Ich schüttle mich reflexartig, und eine Gänsehaut zeichnet meinen Leib.

»Ist dir kalt? Soll ich die Heizung höher drehen?«, fragt Eileen, als sie mich beobachtet und das Frösteln auf meiner Haut sehen kann. Ich schnappe immer noch nach Luft und versuche aufzustehen, doch sie drückt mich wieder auf die Pritsche.

»Bleib liegen, Vic! Er muss jeden Moment da sein.«

»Ich, ich, äh … ich kann das, das äh … Du, ich meine, du, du kannst das doch nächste Woche machen! Ich, ich habe gar keine Zeit, nein, keine Zeit mehr, so lange … heute nicht mehr … Äh, wir, wir müssen dann los. Ja, gleich los müssen wir. Nicht wahr, Caro?«, stottere ich, und wende mich verzweifelt an meine Freundin.

»Nein! Nicht, dass ich wüsste. Da verwechselst du etwas, Vic! Heute ist Freitag, du hast weder Dienst noch sonst irgendwelche Verpflichtungen. Der Abend gehört ganz dir und deiner Tätowierung!«, sagt sie frech und grinst mich an.

Aus meinen Augen sprühen Funken, und ich würde sie so gerne damit verbrennen. Wie kann sie nur?

Sie hat ja gar keine Ahnung, wie schlimm das für mich ist! Alleine die Tatsache, dass *er* jeden Moment hier auftauchen wird, bringt mich beinahe um. Ich habe doch nichts an! Jedenfalls nicht viel! Ich bin fast nackt! Und was soll ich ihm nur sagen? Ich kann ja so kaum reden. Ich will nicht, dass er mich tätowiert! Nicht an dieser Stelle! Ich kann ihm doch unmöglich meine Muschi zeigen! Die hat noch kein Mann außer Alex gesehen! Das geht verdammt nochmal nicht! Unter gar keinen Umständen! HILFE!, schreie ich innerlich und setze mich abrupt auf.

»Äh, Eileen! Sei mir bitte nicht böse, bitte! Aber ich, ich … Ich glaube, ich kann das einfach nicht! Ich weiß eure Hilfe sehr zu schätzen, aber er, er ist ein Mann, und ich, ich … äh …«

»Nur die Ruhe, Süße! Markus hat das schon tausend Mal gemacht. Er hat auch meine Pussy tätowiert. Der sieht da nur Haut!«

»Ja, toll … Aber ich sehe etwas Anderes, nämlich ihn! Ich meine, äh … naja …«

»Leg dich einfach hin, mach die Augen zu und lass dir deine Schneeflocken von ihm stechen. Und ich schwöre dir, er kann das besser als ich. Ich bin zwar auch nicht schlecht, aber er hat schon ganz schön was drauf, vor allem, was Schattierungen und Effekte anbelangt, und gerade bei dem Eisglitterzeug, das du willst, ist er mir meilenweit voraus. Du wirst es nicht bereuen, dich von ihm tätowieren zu lassen, glaub mir!«, versucht sie mir einzureden, aber das ist mir gerade egal. Wie das Tattoo letztendlich aussehen wird, spielt für mich überhaupt keine Rolle mehr. Ich sehe nur ihn, mich und meine … meine …

Scheiße, ich muss hier weg! Ich kann das nicht, niemals! Mein Herz schafft das nicht! Ich blicke hilfesuchend zu Caro, die mich wieder nur angrinst. Oh, na warte, du tolle Freundin, du! Das zahle ich dir heim!

»Ah, er kommt ja wie gerufen. Das war gerade unser Hintereingang«, sagt Eileen, und in dem Moment setzt mein Herz wieder aus. Ich sehe panisch zu meinen Klamotten, die auf dem kleinen Rollhocker liegen. Aber meine Hände zittern viel zu sehr, als dass ich mich so schnell anziehen könnte …

Jetzt höre ich auch, dass jemand kommt. Scheiße!

Nein, bitte nicht! Ich kann das nicht …

Lieber Gott, hilf mir doch!

Da geht die Türe auf … Ich sitze bibbernd auf der Liege, habe meine Beine leicht angewinkelt und ziehe ruckartig meine Tunika tiefer, während ich den Kopf in meine Arme sinken lasse, die meine Knie jetzt umfassen, um ihn ja nicht ansehen zu müssen.

Aber seine Präsenz spüre ich auch so …

Er ist es, ganz unverkennbar! Ich nehme sogar seinen Geruch wahr. Verdammt, riecht er gut!

Etwas berührt mich am Rücken, und ich zucke zusammen. Es muss Eileen sein, denn sie verabschiedet sich in dem Moment. »Tut mir echt leid, wie es gelaufen ist, aber ich muss jetzt dringend los, und danke, Markus, dass du so schnell einspringen konntest. Wir sehen uns dann Montag! Bye Vic, und bye Caro, kommt später gut nach Hause!«, höre ich sie sagen, während ich nur stumm in meine Arme nicke, die noch immer auf meinen angezogenen Knien liegen und in denen ich meinen Kopf weiterhin versenkt halte.

Das wäre jetzt der perfekte Augenblick, um zu sterben. Ich würde auch einen Herzinfarkt vorziehen, denn ich weiß verdammt nochmal nicht, was ich tun soll. Mich hinlegen, gar nichts sagen und ihn einfach machen lassen?

Wäre vermutlich das Beste und am wenigsten Peinliche, aber wie soll ich das nur über mich bringen? Wie nur?

»Alles okay mit dir?«, höre ich ihn sagen und weiß, dass er mich meint. Ich nicke nur wieder, ohne meinen Kopf zu heben.

Er hat eine extrem tiefe Stimme … Himmel! Sie streicht vibrierend durch meinen Leib, sodass sich auch das letzte Härchen auf meinem Körper aufstellt.

Oh, du Dämon, der du ihm diese Stimme geschenkt hast! Sie ist genauso verführerisch wie der ganze Mann, der in seiner Größe und Stattlichkeit direkt vor mir steht und garantiert darauf wartet, dass ich ihn ansehe. Ich weiß genau, was beim letzten Mal passiert ist, und da war er gut vier oder fünf Meter entfernt. Jetzt trennen uns Zentimeter!

Wie soll ich ihn denn nur ansehen? Meine Wangen glühen, und meine Augen tränen … aus Angst, aus Scham, wegen dieser ganzen prekären Situation, die mich heillos überfordert. Aber ich kann hier auch nicht sitzen bleiben wie der Vogel Strauß persönlich und meinen Kopf weiterhin in meinen Armen begraben … Also hole ich tief Luft, sodass es garantiert auch Eileen hört, die den Raum schon längst verlassen hat. Ich schnaube dabei wie ein Walross, ehe ich das letzte bisschen Mut aus meinen

Eingeweiden krame, um meinen hochroten Kopf zu erheben.

Aber ich kann ihn nicht ansehen, unmöglich! Ich starre wie ein Gespenst auf Bauchhöhe an ihm vorbei in Richtung der Schränke, als würden die sonst etwas offenbaren.

»So, Vic …«, beginnt er, und ich falle ihm unüberlegt, gar automatisch ins Wort. »…toria. Victoria!« Weshalb ich das sage, weiß ich nicht.

All meine Freunde nennen mich Vic. Sogar meine vornehmen Adoptiveltern haben sich daran gewöhnt, weil ich es unbedingt so wollte. Aber mit Markus ist alles anders, alles! Er erzeugt Empfindungen in mir, die ich noch nie gespürt habe. Ich bin dem Herztod ganz nah und fühle mich gleichzeitig so lebendig wie noch nie. Vermutlich brauche ich einen anderen Namen, weil ich mich in seiner Gegenwart wie ein anderer Mensch fühle. Von der lieben Vic oder der überkorrekten Frau Dr. König ist gerade nichts mehr übrig. Jetzt bin ich Victoria … die zitternde, bebende Victoria.

»Also schön, *Victoria* … Du möchtest Schneeflocken, Eisblumen und frostigen Glitter, wie ich der Vorlage entnehmen kann. Auf deine …«

Und abermals falle ich ihm ins Wort, sogar ziemlich laut. »JA, JA … so war das eigentlich geplant!«

»War geplant? Und was spricht dagegen?«, fragt er mich allen Ernstes! Das fragt er doch absichtlich! Ich müsste jetzt einfach den Mumm haben, ›Du‹ zu sagen, ›Du sprichst dagegen!‹, aber nicht eine Silbe verlässt meinen staubtrockenen Mund. Ich schweige wie eine Taubstumme, und plötzlich meldet sich Caro zu Wort. »So, ihr zwei, ich gehe dann mal und wünsche euch noch viel Spaß mit den Schneeflocken und was auch immer …«

Ich glaube, ich höre nicht richtig und starre sie irritiert an. »Gehen? Aber ich bin doch gefahren! Du wolltest die ganze Zeit dabei bleiben!«, erinnere ich sie panisch, während meine Stimmlage in Höhen gerät, in die ich gar nicht abdriften wollte.

»Ja, eigentlich wollte ich das, aber nun haben sich ja ein paar Details geändert, und glaub mir, du brauchst das! Ich nehme die S-Bahn. Schönen Abend noch!«, sagt sie offen heraus, als hätten wir sonst was vor.

Du brauchst das … Geht es ihr noch gut?

Was soll Markus nur von mir denken?

»Ich brauche das definitiv nicht, was auch immer du meinst!«, versuche ich mich verzweifelt zu rechtfertigen.

»Oh doch, und wie du *das* brauchst! Du weißt genau, was ich meine!«

»Caro! Was hast du genommen?«

Sie schenkt mir nur ein überlegenes Grinsen, wendet sich mit einem »Tschüß« an Markus, den ich immer noch nicht angucken kann, ehe sie ihre Jacke greift und tatsächlich zur Tür läuft.

»Wenn du jetzt gehst und mich hier alleine lässt, bringe ich dich morgen um!«, drohe ich ihr.

»Du bist doch nicht alleine. Du hast einen ganz hinreißenden Mann bei dir, der garantiert weiß, was er jetzt zu tun hat. Ich muss mich sputen, denn die nächste S-Bahn fährt jeden Moment. Und ich habe dich auch lieb. Bis morgen, Schatz!«

Oh Gott, ich könnte sie …! Wenn man solche Freunde hat, braucht man keine Feinde. Sie geht tatsächlich und überlässt mich Markus … dem Mann, von dem ich ihr die letzten zwei Wochen Tag und Nacht vorgeschwärmt habe.

Erst jetzt macht es Klick!

Vermutlich hätte ich an ihrer Stelle genauso gehandelt, obwohl ich mich schrecklich unwohl fühle, wie ausgeliefert. Ich sitze hier … Ohne Hose, ohne Slip und mit der gnadenlosen Gewissheit, dass vermutlich das Unvermeidbare geschehen wird, weil ich zu feige bin, die Wahrheit zu sagen!

Ich habe solche Angst, ihn anzusehen. Ich habe solche Angst, meine Beine vor ihm zu spreizen … Mein Herz rast wie noch nie, und jetzt habe ich auch noch Angst, in Ohnmacht zu fallen! Mir wird vor lauter Hilflosigkeit ganz schummrig …

»Ja, was wäre das Leben ohne echte Freunde? Ich habe auch so ein nettes Exemplar von Bruder, der nur das Beste für mich will. Also … Fangen wir am besten nochmal ganz von vorne an! Ich habe deiner Freundin auch *gar nicht* zugehört«, erklärt er, während ich verzweifelt meinen Kopf schüttle.

Ich dachte vorhin schon, es ginge nicht mehr peinlicher, aber irgendwie geht es das doch, und er reizt meine Unterlegenheit immer weiter aus.

»Vic … *toria*? Magst du mich mal ansehen? Das wäre vielleicht von Vorteil!«

»Besser nicht!«, piepse ich wie ein Mäuschen.

»Ich weiß, dass unser letzer Blickkontakt fast zum Bruch meines geliebten Engels geführt hat. Aber Eileen hat vorsichtshalber alle zerstörbaren Gegenstände aus dem Zimmer geräumt. Und heißer Kaffee steht hier auch nirgends. Du musst dir also keine Gedanken machen und kannst mich gerne anschauen!«

Boah, ist er gemein!

Jetzt werfe ich ihm tatsächlich einen unterwürfigen Blick zu und bin wieder wie vom Blitz getroffen. Das geht durch und durch! Wie reinster Strom …

Stark prickelnd zieht es mir durch jeden Nerv bis ins Hirn. Was hat er nur in seinen Augen? Ich kann seinem einnehmenden Blick nicht lange standhalten, weil die süße Elektrizität, die durch meine Adern fließt, mir alle Sinne raubt und mein Herz so laut wie eine Buschtrommel schlägt.

Aber er sieht gut aus, und wie! Er ist ein Mann, und was für einer! So unvergleichbar … Er ist groß und stark und dunkel und unglaublich attraktiv, obwohl er ganz leger gekleidet ist. Er trägt schlichte Blue Jeans und ein hellgraues, langärmliges Shirt, das sich straff über seine beeindruckenden Muskeln spannt. Aus ihm strahlt die pure Maskulinität … Ich glaube, er hat gar kein X-Chromosom, an ihm ist alles männlich. Er ist Testosteron pur! Und er riecht so gut … Sein betörender Duft, der eine Herznote aus holzigem Moschus und Ambra erahnen lässt und im Nachklang die Frische des Ozeans in sich trägt, unterstreicht seine charismatische Ausstrahlung, die mich so schwach macht, dass sich die Liege unter mir wie eine Wolke anfühlt. Ich kann nicht mehr und breche den Blickkontakt ab …

Eigentlich sollte ich aufgeben. Ich bin eh geliefert! Er weiß, was los ist und dass mich seine Erscheinung hecheln lässt wie eine läufige Hündin. Aber das Schlimmste kommt ja noch. Das Tätowieren! Wobei ich nichts gegen die Tätowierung an sich habe. Nur diese Stelle …

Warum habe ich mich denn nicht für meinen Arm entschieden? Oder für meinen Rücken? Herrgott, ich würde mir die Schneeflocken sogar auf die Stirn tätowieren lassen, wenn ich jetzt nur nicht meine Beine vor ihm breit machen müsste! Ich bin keine Kate Moss und habe schon immer Probleme mit meiner Figur, die zugegebenermaßen sehr fraulich ist. Wenn ich so aussehen würde wie Eileen, an der wirklich kein Gramm Fett ist, wäre es vermutlich nicht ganz so schlimm, aber ich schäme mich schon jetzt in Grund und Boden! Während ich daran denke, spricht er es auch noch an …

»Du willst also Schneeflocken auf deine Pussy, und soweit ich weiß, hat Eileen schon das Muster übertragen. Ich müsste es mal sehen, damit wir starten können.«

Ich kann nicht! Ich kann gar nichts mehr!

Weder reden noch nicken, ihn ansehen, mich bewegen oder mich sonst irgendwie bemerkbar machen. Es geht gar nichts! Ich bin starr wie seine Engelsskulptur, die seit meinem Fauxpas hinter der Anmeldetheke oben auf einem Schrank steht. Und ich beneide sie, weil sie dort stehen darf und nicht hier sitzen muss …

Er spürt wohl, dass ich gewaltige Probleme habe, denn er ergreift abermals das Wort.

»Ich kann mir denken, dass es dir unangenehm ist, aber das muss es nicht sein! Ich habe schon einige Tattoos an dieser Stelle gestochen und noch mehr intime Piercings gesetzt. Also dieser Bereich ist für mich jetzt kein Neuland. Ich mache das nicht zum ersten Mal.«

»Aber für mich ist es das erste Mal, und ich hatte mir extra Eileen ausgesucht«, gestehe ich kleinlaut, wobei sich meine Stimme fast weinerlich anhört.

»Komm mal her!«, sagt er plötzlich, und ich spüre, dass er sich hinter mich setzt und mich in den Arm nimmt. Ich glaube, ich sterbe!

Meine Zellen scheinen sich allesamt aufzulösen, so sehr kribbelt es in mir. Ich fühle mich wie eine Feder in seinen starken Armen, während ich der Ohnmacht immer näher komme. Sein Körper strahlt eine unglaubliche Hitze aus, und sein Bart kitzelt an meinem Ohr …

»Wenn du es nicht willst, dann tue ich es nicht. Dann ziehst du dich jetzt wieder an und gehst, und nächste Woche ist Eileen ganz sicher für dich da, ohne Unterbrechung! Oder aber wir nehmen das beide jetzt ganz locker, du lässt mich meinen Job machen, und wir lachen nachher darüber. Es ist deine Entscheidung. Ich ärgere dich auch nicht mehr. Jedenfalls nicht sehr«, flüstert er mir ins Ohr, und seine Worte verwandeln sich in Streicheleinheiten, die durch meinen Körper fließen und mich ganz schwach machen, noch schwächer, als ich es eh schon bin.

Wenn ich jetzt gehe, muss ich der dümmste Mensch auf der ganzen Welt sein! Eigentlich bin ich doch gerade am Ziel meiner Träume angelangt. Beziehungsweise habe ich davon noch nicht einmal zu träumen gewagt! Unbewusst und ohne es steuern zu können, nicke ich plötzlich.

»Ja?«, fragt er. »Wofür steht dein Nicken?«

Es sind die schwierigsten Worte, die je meinen Mund verlassen haben. »Ich, ich bleibe …«

»Sehr gut, das freut mich. Und es kann sogar lustig werden, wenn du es nicht so ernst nimmst!«

Jetzt drehe ich mich kurz zu ihm um und werfe ihm einen fragenden Blick zu.

Lustig? Für ihn vielleicht! Für mich garantiert nicht. Ich bin froh, wenn mein Herz es heil übersteht.

Er grinst mich an und löst sich von mir. (Eigentlich hätte er mich noch länger halten können. Im Grunde hätte er mich nie wieder loslassen müssen …) Aber er greift nochmal zu der Vorlage, zieht den freien Rollhocker heran und fährt damit neben mich, während er den Ausdruck des Bildes begutachtet.

»Wieso eigentlich Schneeflocken und all das Eiszeug? Und dann auch noch auf deiner Pussy. Ich habe ja schon Einiges an dieser Stelle gestochen: Katzen, Chilis, Tribals, Blumen, Sprüche, Feuer und Flammen … Aber Schneeflocken?«

»Äh, das … das ist symbolisch.«

»So, so, Schneeflocken auf heißer Haut … Soll sie dort etwa jemand zum Schmelzen bringen?«, will er wissen.

»Äh, nein … so ist das nicht gemeint! Vielmehr, äh, naja … das, das ist privat!«, beende ich stotternd meinen Satz und schäme mich schon wieder, was ihm nicht verborgen bleibt.

»Alles gut! Vic …*toria*«, sagt er und tätschelt dabei mein nacktes Bein, während ich abermals vor Scham zerfließe. Wo soll das nur enden? Wir haben ja noch nicht einmal angefangen!

»Wann hast du das letzte Mal etwas gegessen?«, will er jetzt wissen, und die Frage passt so gar nicht zu der momentanen Situation.

»Heute Mittag.«

»Gar nicht gut! Wir haben es gleich neunzehn Uhr, das ist ganz schön lange her. Hat dir Eileen nicht gesagt, dass du vorab etwas essen oder zumindest eine Cola trinken solltest? Tätowierungen sind Stress pur für den Körper«, erklärt er mir, was ich nur bestätigen kann.

»Oh, ja, das merke ich!«, entfährt es mir unbewusst, und er grinst ganz verwegen, ehe er mir den Grund erklärt. »Ich sprach von der eigentlichen Tätowierung. Du hast noch keine, aber es tut schon ordentlich weh, vor allem an dieser Stelle. Dein Körper wird über eine längere Zeit einem konstanten Schmerz ausgesetzt sein, was sich negativ auf deinen Kreislauf auswirken kann. Ein bisschen Power in Form von Zucker schadet da nicht, im Gegenteil. Mit leerem Magen und unterzuckert kannst du mir leicht kollabieren. Ich hole dir lieber einen Energy Drink. Aspirin oder andere Blutverdünner hast du aber nicht eingenommen, und schwanger bist du auch nicht, oder?«, erkundigt er sich, während er kurz nach nebenan verschwindet und binnen Sekunden mit einer kleinen Dose zurückkommt, die er zischend öffnet und mir reicht.

»Danke. Und, nein, nichts Dergleichen«, sage ich, bevor ich an dem Drink nippe. Dass er so korrekt arbeitet, hätte ich nicht erwartet, und als Ärztin weiß ich seine Bedenken zu schätzen. Er versteht seinen Job und nimmt das hier ernst, während ich mich wie ein pubertierender Teenager aufführe. Ich sollte mich jetzt echt zusammenreißen!

Er wartet auch noch, bis ich die Dose zur Hälfte

geleert habe. Dann nimmt er sie mir ab, stellt sie auf das Fensterbrett und wäscht sich gründlich die Hände, bevor er sich wieder mir zuwendet.

»Geht es dir jetzt ein bisschen besser? Schlagen Puls und Herz wieder normal?«, erkundigt er sich, womit er meine beiden Organe erneut in Bedrängnis bringt. Diesmal grinse ich ihn peinlich berührt an, während er sich wieder auf den Hocker setzt und vor die Pritsche rollt. Er zieht den kleinen Ablagetisch aus Edelstahl zu sich heran und kontrolliert alle bereitgestellten Utensilien.

»Wie es aussieht, können wir starten! Eileen war gründlich. Ich desinfiziere jetzt nur nochmal kurz deine Haut, schmiere die Stelle mit Vaseline ein, damit die Maschine weich darüber läuft, und dann kann es losgehen. Du müsstest jetzt nur dein rechtes Bein über meine linke Schulter legen!«

Kapitel 4
Victoria

Schmerz

»WAS?«, frage ich lautstark und hoffe, mich verhört zu haben.

»Ich handhabe das meist so. Ein Bein auf die Schulter und das andere am besten über meinen Schenkel legen, oder aber du lässt deine Beine geöffnet nach unten hängen, was allerdings über die Dauer der Sitzung zu Krämpfen oder eingeschlafenen Füßen führen kann. Es wird auf jeden Fall angenehmer für dich sein, wenn du deine Beine oder Füße irgendwo ablegen kannst, und ich biete dir gerne meinen Körper dafür an.«

Ich glaube immer noch, mich verhört zu haben. Das kann er doch unmöglich ernst meinen!

»Äh, Eileen hat es vorhin von der Seite gemacht«, versuche ich ihm näher zu bringen, wie ich es mir vorstelle.

»Ja, sie hat nur die Schablone aufgesetzt. Das dauert für gewöhnlich fünf Sekunden, und das mache ich auch von der Seite. Aber jetzt muss ich es stechen und dazu auch richtig rankommen. Du musst sowieso viel näher zu mir rutschen, sodass dein Po relativ nah an der Kante der Pritsche liegt, und dann entscheide selbst, wie und wo sich deine Beine am wohlsten fühlen. Du kannst sie auch gerne nach unten hängen lassen, aber dadurch, dass sie gespreizt sind, wird es dir nach einer Weile wehtun. Mein Körper ist da die bessere Alternative, glaub mir.«

»Und wie handhabt es Eileen? Ihre Schulter ist nicht sonderlich breit.«

»Das stimmt. Sie sticht solche Tattoos auch nicht oft, und wenn, nutzen die Kunden ebenfalls ihre Schenkel oder Knie. Manche lassen auch die Beine hängen oder stellen ihre Füße an der Kante der Pritsche ab, je nachdem, wie lange es dauert … Ich will dich damit jetzt wirklich nicht ärgern. Mach das, womit du dich am besten fühlst, aber ich muss rankommen, ohne mich zu verbiegen. Deine Beine sind ungefähr einen Meter lang, und ich stoße mit meinem Bauch an die Unterkante der Liege … Ich müsste mich praktisch einen ganzen Meter recken und strecken, nur, um an die betreffende Hautstelle zu kommen, ohne sie richtig sehen zu können. So kann ich unmöglich arbeiten, deshalb brauche ich dich so nah wie möglich hier vorne bei mir«, verdeutlicht er, und das macht sogar Sinn. Ich habe vorher nicht einmal darüber nachgedacht, wie dieses Tattoo gestochen wird. Eigentlich bin ich davon ausgegangen, dass Eileen daneben sitzen würde, aber da es ziemlich tief auf der Schamlippe verläuft, muss es vermutlich wirklich von vorne gemacht werden. Trotzdem werde ich mein Bein nicht über seine Schulter legen! Das geht eindeutig zu weit. Lieber sollen mir die Füße einschlafen!

Gequält hole ich Luft und rutsche samt dem Ärztekrepp, der schon an mir klebt, weiter nach vorne. Und ich rutsche noch ein Stück und noch ein Stück, bis ich die Kante der Liege in meinen Kniekehlen spüre und meine Waden nach unten baumeln. Im Sitzen geht das ausgezeichnet.

»Reicht das?«, will ich wissen.

»Es ist auf jeden Fall schon mal viel besser. Jetzt

musst du dich nur noch hinlegen und deine Beine ein bisschen spreizen. Und sollte die Position mit der Zeit zu unbequem werden, tu dir keinen Zwang an und nutz mich als Ablage. Es wird dir mitunter schon helfen, wenn du einen Fuß auf meinen Schenkel stellst oder ihn darüber legst.«

Auf seine Warnung gebe ich nichts. Ihn zu berühren, und wenn es nur mit meinen Füßen geschieht, ist mehr, als ich im Augenblick vertragen kann. Ich habe so schon die größten Probleme, mich gleich hinzulegen und vor allem die Beine vor ihm spreizen zu müssen. Noch verdeckt die Tunika alles, aber die Vorstellung, dass er mich gleich sehen wird … *da* sehen wird … mich an diesen Stellen unweigerlich berühren wird … Oh Gott, was tue ich hier überhaupt? Ich muss wahnsinnig sein!

»Erregt dich die ganze Situation?«, fragt er plötzlich. Ich reiße meine Augen weit auf und starre ihn an. »BITTE?«

»Naja, deine Nippel sind ganz steif. Mir kommt es jedenfalls so vor.«

Ich will antworten, aber mir stockt der Atem! Ich habe zwar meinen Mund geöffnet und versuche, zu sprechen, aber außer seltsamen Tönen kommt da nicht viel. »Mir, mir … mir ist kalt!«, schaffe ich es endlich, etwas von mir zu geben und spüre plötzlich selbst, dass meine Brustwarzen total gehärtet sind.

»Nun gut, wir werden ja gleich sehen, ob es daran liegt.«

»Da ist mir auch kalt!«, antworte ich unüberlegt, wohl wissend, dass die Kälte, die hier gar nicht existiert, in keinem Fall für die Feuchtigkeit zwischen meinen Beinen verantwortlich sein kann.

Oh, mein Gott … kann man vor Scham sterben? Dann bin ich nah dran. Verlegen lasse ich mein Gesicht in meine Hände fallen.

»Hey, das muss dir jetzt nicht unangenehm sein!

Deine Erregung ist eine völlig normale Reaktion deines Körpers und zeigt nur, dass du gesund bist, und es ehrt mich zudem.«

»Na, toll! Dann ist ja alles gut. Kannst du jetzt bitte anfangen, damit ich es endlich hinter mir habe? Und ab morgen brauche ich dann eine Therapie, um dieses Szenario zu verarbeiten«, gebe ich ehrlich zu.

»Oder du nimmst es einfach hin, wie es ist, und gehst ganz offen mit deinen Empfindungen um. Sie sind nämlich nichts Verwerfliches, sondern ganz natürlich.«

Ich gebe auf, fasse mir an die Stirn und lasse mich langsam nach hinten fallen. ›Mach die Beine breit, Vic! Mach die Beine breit!‹, sporne ich mich selbst an, und es kostet mich alle Kraft, die ich habe, meine Beine zu spreizen, meine Tunika hochzuziehen und ihm mein Innerstes so offenherzig zu präsentieren.

Mir wird ganz flau im Magen. Ich glaube, man kann keinen Albtraum haben, der schrecklicher ist als das, was ich gerade durchlebe. Meine Scham paart sich mit Angst, und meine Erregung macht mir zusätzlich zu schaffen.

Ich spüre die Feuchtigkeit und das Zucken meiner Vagina … Es ist, als berührten mich seine Augen, und seine Blicke verursachen ein unerträgliches Kribbeln in mir. Meine inneren Muskeln, von denen ich gar nicht mehr wusste, dass sie existieren, spielen mit sich selbst und kneten mich … Ich kann diese leichten Kontraktionen gar nicht kontrollieren, es passiert einfach. Hoffentlich kann er das nicht sehen!

Ich gebe es nur äußerst ungern zu, aber mir wäre es am liebsten, wenn er mich jetzt einfach vögeln würde! Er müsste mich auch gar nicht fragen, sondern es einfach nur tun! Ich bin bereit, so bereit wie noch nie!

»Du hast eine wunderschöne Farbe«, höre ich plötzlich. Hat er das gerade wirklich gesagt? Ich habe eine schöne Farbe? Er meint garantiert nicht das

Motiv, sondern meine Muschi. Das hat noch nie jemand zu mir gesagt! Alex hat sie in all den Jahren noch nicht einmal richtig angesehen.

Markus' Worte gehen mir umso mehr durch und durch … Dennoch gehe ich nicht auf seine Anspielung ein, sondern lenke dummerweise ab.

»Kannst du jetzt bitte, bitte anfangen … mit dem Tätowieren?«, flehe ich schon beinahe, während ich bemerke, wie er zu den Utensilien auf dem kleinen Ablagetisch greift.

»Ich bin schon dabei. Erst werde ich nochmal kurz desinfizieren und die Stelle dann mit der Vaseline einschmieren. Das mache ich immer, ehe ich steche, also keine falschen Gedanken, wenn die Creme ins Spiel kommt.«

Bin ich froh, dass ich liege und ihn nicht ansehen muss! Er drückt meine Beine weiter auseinander, zieht mich noch ein kleines Stück nach vorne und rutscht direkt zwischen meine Schenkel. Dann spüre ich, wie er sich die Latexhandschuhe überzieht und meine Vulva mit einem feuchten Tuch einreibt. Ich vermute, dass es das Desinfektionsmittel ist. Dasselbe hat Eileen vorhin auch getan. Anschließend folgt die Vaseline … dafür benutzt er einen Tupfer.

»Also, Kleines, dann wollen wir mal! Zuerst kommen die Outlines dran. Es tut weh, du darfst also gerne jammern, schreien, fluchen oder was immer du willst, nur beweg dich nicht, sonst verrutsche ich! Und wenn es gar nicht mehr geht, sag es mir, dann unterbrechen wir«, warnt er mich vor, ehe das Summen ertönt und er ansetzt …

Ich habe ja gewusst, dass es wehtun wird, aber der intensive Schmerz überrascht mich jetzt doch. Es ist nichts, was man nicht aushalten kann, aber es tut dennoch verdammt weh! Und vor allem hört es nicht auf! Es hält beständig an … Eine ganze Stunde soll das jetzt so gehen? Ach du meine Güte!

Ich spüre, dass ich verkrampfe und meine Zähne zusammenbeiße. Ich starre an die Zimmerdecke und versuche zu zählen … Aber wie lange? Wie viele Sekunden hat eine Stunde? Es brennt so sehr! Richtig stark! Dann spüre ich, dass er kurz aufhört, mit einem Tuch darüber wischt, und weiter geht es. Halleluja … als würde jemand mit einem glühenden Bügeleisen meine Vulva bearbeiten. Himmel, das tut so weh!

Ich bekomme gar nicht mit, dass ich plötzlich auf meinen Handrücken beiße und meinen linken Fuß tatsächlich und unbewusst in seinen muskulösen Oberschenkel stemme. Erst, als er unterbricht, bemerke ich es und will mein Bein zurückziehen.

»Es ist okay! Lass deinen Fuß auf mir ruhen und versuch dich zu entspannen! Du bist ganz verkrampft, und das fördert den Schmerz. Atme ganz ruhig durch die Nase und tief in den Bauch hinein. Je tiefer und ruhiger du atmest, desto besser kannst du dich lösen. Versuch es mal! Konzentrier dich ausschließlich auf deine Atmung!«, empfiehlt er mir, ehe es weitergeht.

Sein Tipp hilft mir nur bedingt. Ich weiß, dass man in einem entspannten Zustand Schmerzen besser ertragen kann oder sie bestenfalls gar nicht so stark wahrnimmt. Aber das Brennen tut so weh, dass es mir bis ins Hirn strahlt. Ich kann daher kaum ruhig atmen, weil ich immer wieder die Luft anhalten muss, um ja nicht zu stöhnen oder gar zu schreien.

Ich komme mir vor, als würde ich gebrandmarkt, fortwährend, unaufhörlich … Immer und immer wieder, und dann auch noch in diesem Bereich. Jetzt lerne ich, wie relativ die Zeit ist. Minuten werden zu ganzen Stunden. Es wird nach einer Weile unerträglich, sodass ich meine Atmung ganz einstelle. Stattdessen beiße ich mir wieder auf den Handrücken und halte krampfhaft die Luft an. Ich will unter gar keinen Umständen rumjammern oder gar laut werden! Ich muss still sein!

Obwohl Markus in seine Arbeit vertieft ist, stoppt er umgehend, wischt meine Haut sauber und legt die Maschine zur Seite.

»Atme erstmal ruhig durch, ehe wir weitermachen!«, sagt er äußerst einfühlsam und streichelt mir dabei über das Bein. Dann höre ich, wie er sich die Handschuhe auszieht, nach meinem Arm greift und mich hochzieht, sodass ich wieder sitze.

Ich kann ihn gar nicht ansehen!

Ich weiß auch nicht, was mir unangenehmer ist: die Tatsache, dass er meine Muschi kennt oder mein memmenhaftes Verhalten.

Ich bemerke, dass er zum Fenster geht und den Drink holt, den er mir abermals reicht.

»Danke! Du hättest aber nicht unterbrechen müssen. Es, es geht schon«, sage ich und trinke einen Schluck, obwohl ich mehr als dankbar bin, dass er kurz aufgehört hat. Dennoch will ich mir die Blöße nicht geben.

»Verstellst du dich eigentlich immer so sehr? Lässt du jemals Gefühle zu?«, will er wissen, und ich verstehe nicht recht. Ich schaue ihn leicht skeptisch und zugleich verlegen an, ohne ihm antworten zu können. Dafür spricht er weiter.

»Was ist denn so schlimm, wenn du den Schmerz zugibst? Es tut dir nun mal sehr weh, und das ist völlig legitim, denn Tätowieren tut auch weh. Jeder Mensch hat ein anderes Schmerzempfinden, das ist genetisch veranlagt, man kann nichts dafür. Ich habe Kunden, die spüren es kaum, andere finden es prickelnd, den meisten tut es weh, und Einige leiden ungeahnt, für sie ist es beinahe unerträglich. Man kann das nicht pauschalisieren, und es ist auch nichts Verwerfliches daran, zuzugeben, dass es sehr schmerzt oder mir zu sagen, dass ich unterbrechen soll. Du hast dir zudem eine ohnehin sehr gefühlvolle Region ausgesucht. Tätowierungen im Intimbereich sind die schmerzhaftesten überhaupt. Also, wenn es nicht mehr geht, dann sag es mir, ehe du dir den Handrücken noch ganz zerbeißt!«, sagt er im Hinblick auf die Bissspuren, die meine rechte Hand zieren.

»Ist schon okay, ich halte es aus. Du kannst weitermachen!«, antworte ich beinahe trotzig, trinke die Dose leer und reiche sie ihm.

Ich finde es ja nett, dass er offenbar sehr gefühlvoll ist und so achtsam dazu. Trotzdem ist es mir unangenehm, jetzt permanent um Unterbrechungen zu bitten. Davon wird das Tattoo auch nicht schneller fertig, und ich stehe zudem wie eine Mimose da. Das will ich aber nicht sein! Ich war schon immer stark und erlaube mir keine Schwächen. Ich habe mich heute bereits genug vor ihm blamiert, das reicht für mein restliches Leben.

Ich beobachte, wie er aufsteht, um die Dose in den kleinen schwarzen Abfalleimer zu werfen. Dann wäscht er sich erneut die Hände, ehe er zurückkommt, wieder Platz nimmt und sich die Handschuhe überzieht.

Er ist wirklich ein außergewöhnlicher Mann, nicht nur wegen seiner beeindruckenden Größe und Stärke, die selbst durch seine Kleidung ersichtlich sind. Er strahlt so viel Charisma aus, dass er den ganzen Raum damit einnimmt.

»Tu dir selbst einen Gefallen und spiel mir nichts vor! Wenn es nicht mehr geht, dann geht es eben nicht mehr. Wir finden eine Lösung. Okay?«, wendet er sich nochmal an mich. Ich schaue ihm gefasst in die Augen und nicke.

»Ja, klar. Mach weiter!«, fordere ich ihn beinahe überheblich auf. Innerlich bete ich zu Gott, dass ich es schweigend ertragen kann, während ich zurück auf die Liegefläche sinke und meine Beine wieder spreize. Aber kaum hat Markus angesetzt, kehrt der Schmerz rekordartig zurück, und meine guten Vorsätze geraten ins Wanken. Jetzt kämpfe ich gegen meine inneren Dämonen, denn ich weiß, ich muss da durch! Ohne zu jammern und ohne zu stöhnen! Ich muss verdammt nochmal still sein und es einfach nur ertragen!

Menschen lassen sich tagtäglich tätowieren, manche sind randvoll mit Tattoos. Wie können mir dann die paar Schneeflocken und Eisblumen so zusetzen? Herrgott, Vic, stell dich nicht so an!, tadele ich mich selbst, wobei mir seine lieb gemeinten Worte wieder durch den Kopf gehen …

Verdammt, wieso bin ich nur so stur und will immer stark sein? Aber ich kann mich doch hier nicht wie ein Kleinkind aufführen! Er wird mich dann ewig als Mimose in Erinnerung behalten, und das will ich nicht! Ich habe bis jetzt immer alles ertragen, ganz gleich, wie schlimm es war. Selbst nach dem Tod meiner Eltern habe ich keine Tränen vergossen. Auch nicht, als sie mich in dieses Heim steckten. Und als ich dann zu den von Buhls kam, blieb ich auch stark, obwohl sie mir all meine Habseligkeiten wegnahmen, die ich noch hatte, um sie durch neue zu ersetzen. Innerlich schrie ich, als sie meinen heiß geliebten Teddy wegwarfen, aber nach außen drang schon damals kein Wort. Der Teddy war das Einzige, was ich noch von meinem Papa hatte. Aber ihm fehlte ein Auge, und er war schon ganz zottelig, weil ich ihn immer bei mir trug, bis sie dieses ›widerliche Teil‹, wie sie es nannten, entsorgten.

Nein, ich weine nicht! Und ich jammere auch nicht! Eine Victoria König tut so etwas nicht. Niemals! Ganz gleich, wie weh es tut!

Aber dieser kontinuierliche Schmerz macht mich schwach und angreifbar, trotzdem muss ich das aushalten! Ich muss!

Während das Gerät summend über meine Haut fährt, in die es jede Sekunde mehrfach seine Nadel mit der Farbe jagt, komme ich der Ohnmacht immer näher, weil ich kaum atmen kann, denn würde ich es tun, drängen unweigerlich Geräusche aus mir. Deshalb schlucke ich den Schmerz hinunter, beiße mir auf die Lippen und halte beständig die Luft an, bis mir ganz schwarz vor Augen wird.

Ich merke plötzlich, wie der Schmerz versiegt. Dann wird die Maschine lautstark abgelegt, und Markus reißt mich ruckartig hoch.

Bei mir dreht sich alles. Ich atme hastig, fasse benommen an meinen Kopf, während der Sauerstoff langsam wieder mein Hirn flutet und ich allmählich klarer werde.

»Sag mal, was soll das denn?«, fragt er und wird ganz laut dabei. »Ich finde dein Verhalten extrem bedenklich. Ich brauche deine Ehrlichkeit, sonst höre ich auf!«, sagt er, und es klingt wie eine Drohung.

»Es, es ist doch nichts! Alles gut. Mir war nur leicht schwindlig.«

»Leicht schwindlig? Du warst kurz vorm Kollabieren! Ich kann nicht das Tattoo stechen und gleichzeitig nach dir sehen. Ich muss mich auf dich verlassen können! Wem willst du hier eigentlich etwas vormachen? Und wozu?«, will er wissen.

»Es, es ist doch nichts, wirklich! Alles prima. Alles fein.«

»Dass du so eine Lügnerin bist, hätte ich nicht gedacht!«, sagt er und verletzt mich damit ungemein. Jetzt brennen mir auch noch Tränen in den Augen, als ich ihn verständnislos und schweigend ansehe.

Er wirft seine Latexhandschuhe in den kleinen Mülleimer, holt tief Luft und setzt sich zu mir. Als er nach meinen Händen greift, will ich sie reflexartig wegziehen, aber er hält sie fest.

»Wenn ich die Tätowierung fertig stechen soll, verlange ich deine Aufrichtigkeit! Und ich verlange, dass du atmest! Die ganze Zeit! Es fehlen nur noch ein bisschen Farbe, ein paar Schattierungen und einige glitzernde Effekte, dafür muss ich sowieso einige Pausen einlegen, was auch bis jetzt keine Hürde gewesen wäre. Verdammt, Vic, wieso quälst du dich so? Stehst du auf Schmerzen? Brauchst du es so heftig?«, will er wissen und lässt mich los.

Ich sehe ihn verständnislos an. »Nein! Überhaupt nicht. Ich, ich … ich bin nur kein kleines Kind mehr. Ich schaffe das schon.«

»Du benimmst dich aber wie ein kleines Kind!«, wirft er mir vor.

Ich verstehe nicht recht. »Weil ich nichts sage?«

»Ja, genau. Weil du lieber in Ohnmacht fällst, als um eine Pause zu bitten. Weißt du, wie viele hier liegen und stöhnen und schreien? Männer wie Frauen, das ist ganz normal! Selbst bei gewöhnlichen Tattoos auf Armen oder Beinen zeigen mir die Kunden ihren Schmerz, damit ich meine Arbeit anpassen kann, und darauf zähle ich! Ich bin selbst tätowiert. Auch bei mir musste mehrmals unterbrochen werden, weil ich es an bestimmten Punkten nicht mehr ertragen habe. Das ist doch ganz normal. Wir sind alle nur Menschen und haben Empfindungen. Ich glaube, ich weiß jetzt auch, was die Schneeflocken bei dir bedeuten. Sie symbolisieren dein vereistes Inneres. Trotzdem beende ich meine Arbeit nur, wenn du jetzt vernünftig bist! Du wirst schön kontinuierlich atmen und mir deine Gefühle mitteilen, während ich dich steche … Und solltest du stöhnen müssen, dann tu es, sonst helfe ich nach, damit du es tust! Verstanden?«, fragt er, und ich weiß nicht recht, wie er das jetzt meint. Aber mein Körper nimmt es zu seinen Gunsten auf … Vor allem mein Unterleib juchzt über seine Worte und kann es kaum erwarten.

»Wie … wie meinst du das?«

»Das wirst du dann schon sehen. Bist du beim Sex eigentlich auch so schweigsam?«

Ohne darauf antworten zu können, starre ich ihn weiter an. Was soll ich auch sagen? Welcher Sex? Ich kann mich nicht mehr erinnern … es ist zu lange her, obwohl ich im Grunde nie sonderlich laut war.

»Soll ich das vielleicht auch testen?«, setzt er nach, und jetzt feiert meine Vagina eine Party. Da unten geht es heiß her, während ich stark schlucken muss und spüre, wie sich meine Brustwarzen schon wieder sichtbar zusammenziehen. Verdammt! Weshalb habe ich keinen dicken Pullover angezogen?

Ich bleibe stumm, während mein Herz rast und die Feuchtigkeit zwischen meinen Beinen spürbar wird. Dennoch versuche ich, mir nichts anmerken zu lassen, was äußerst schwierig ist, so nah, wie er mir kommt. Jetzt berührt er auch noch meine Schultern, sodass mir der Atem stockt.

»Weißt du, was du dringend brauchst, Vic …*toria*? Einen ordentlichen Arsch voll, aber mal so richtig! Du gehörst über die Knie gelegt, bis du nicht mehr weißt, ob du Mann oder Frau bist und deine Maskerade fällt. An deinen Schreien würde ich mich laben! Wärst du mein, würdest du jede Nacht singen, bis deine Schneeflocken schmelzen und die wahre Vic-wer-auch-immer zum Vorschein käme!«

Jetzt habe ich Probleme, meine Körperfunktionen zu kontrollieren. Ich schaue ihm weiter kontinuierlich in die Augen, während seine starken Hände auf mir liegen. Ich schlucke mehrfach, lecke mir unbewusst über die Lippen und versuche zwanghaft, die Contenance zu wahren, während ihm mein beschleunigter Herzschlag garantiert nicht verborgen bleibt, denn mein Brustkorb hebt und senkt sich sichtbar, ohne dass ich es verhindern kann. Meine steifen Nippel sprechen ebenfalls für sich. Auch meine Vagina zuckt wie noch nie. Die Kontraktionen sind richtig stark! Bekomme ich etwa einen Orgasmus?

Es fühlt sich fast so an, aber die Empfindungen dringen nicht in mein Hirn, sondern beschränken sich zum Glück nur auf meine Scheide. Zudem laufe ich aus! Meine Feuchtigkeit tränkt den Krepp unter mir, während ich Markus immer noch standhaft und eisern in seine tiefliegenden, graublauen Augen schaue, die mich nur durch ihren betörenden Blick zu einem echten Höhepunkt jagen. Ich spüre es kommen … spüre, wie mein Unterleib krampft, sich alles mehr und mehr zusammenzieht, die Wellen sich ausbreiten und weiter nach oben wandern …

Ich kann nicht mehr und stoppe es im letzten Moment, indem ich den Blickkontakt breche und auf meine Beine starre. Dann versuche ich hartnäckig, dagegen zu atmen. Durch den Mund! Fast puste ich wie eine Frau unter Wehen, damit meine Ekstase nachlässt.

»Fräulein, Fräulein, na warte! Leg dich wieder hin und mach schön die Beine breit!«, verlangt er und drückt mich auf die Liege, was augenblicklich gar keine gute Idee ist.

Weshalb erregen mich seine Worte und sein strenger Blick so sehr? Er hat mir gerade Gewalt angedroht, und ich zerfließe dabei! Was stimmt denn nicht mit mir?

Himmel, ich lebe wirklich schon viel zu lange abstinent. Das ist wahrscheinlich der Grund. Jetzt wünsche ich mir die Tätowiermaschine herbei. Lieber erleide ich Schmerzen, als dieses Verlangen spüren zu müssen, die sich meinen Körper zueigen macht.

Es ist mir ja so peinlich, die Beine spreizen zu müssen. Dass ich über alle Maßen erregt bin und auslaufe, würde ein unerfahrener Jüngling sehen, und erst recht Markus, der die klebrige Flüssigkeit zwischen meinen Schenkeln richtig zu deuten weiß. Er sitzt bereits wieder vor mir auf seinem Hocker und facht meine Scham zusätzlich an.

»Dass dir meine Ausführungen so gut gefallen, hätte ich jetzt nicht gedacht!«, sagt er und wischt mich sauber, wobei ich meine Hände über meinem Gesicht zusammenschlage und unweigerlich den Kopf schüttle.

»Sei einfach still!«, fordere ich, weil ich die Wahrheit nicht ertragen kann.

»Still sein … Mmhhh, das, was du so gerne bist. Na, mal schauen, ob wir dir ein paar Töne entlocken können«, höre ich ihn sagen, und dann spüre ich, wie sein Finger in mich eindringt. Das kann doch jetzt nicht wahr sein! Das darf er doch gar nicht tun!

Es geht so schnell und leicht, dass ich geschockt bin und im ersten Moment gar nichts sagen kann. Erst, als er einen weiteren Finger nachschiebt und meine Vagina sich fest und dankend um ihn zusammenzieht, versuche ich, mich aufzusetzen, aber er drückt mich mit seiner freien Hand umgehend zurück.

»Bleib liegen, sonst binde ich dich fest! Du weißt genauso gut wie ich, dass du diese kleine Stimulation jetzt brauchst, ehe du hier noch komplett zergehst! Und hör dir mal an, wie schön du schmatzt. Wenigstens deine Pussy ist ehrlich«, sagt er und beginnt, mich rhythmisch zu penetrieren, was ganz komische Geräusche mit sich bringt. Er kostet das voll aus und entlockt meiner Vagina mit seinen geschickten Fingern die pikantesten Töne.

Ich kann nicht mehr klar denken. Ich weiß, dass es falsch ist, und peinlich dazu … Aber es fühlt sich so fantastisch an, dass ich ihn einfach machen lasse und ein kleines Stoßgebet gen Himmel sende.

Meine Schenkel werden ganz weich und öffnen sich ihm automatisch noch mehr. Irgendwie rutsche ich auch unbeabsichtigt weiter an die Kante, seinen Fingern entgegen, die mich so schön verwöhnen und ganz gekonnt meinen G-Punkt stimulieren. Er macht das göttlich, und ich beiße mir verwegen auf die Unterlippe.

Als er noch seine andere Hand dazu nimmt und meine Klitoris zu massieren beginnt, ist es um mich geschehen. Ich drücke beide Hände übereinander auf meinen Mund und hauche hinein. Ich pruste und stöhne dabei, so leise ich kann, während ich mich seinen Liebkosungen völlig hingebe, die wahnsinnig gekonnt sind und mich binnen einer Minute ins Himmelreich befördern …

Den erlösenden Orgasmus, der mich durchströmt und Sternchen sehen lässt, habe ich schon so lange Zeit herbeigesehnt. Fast könnte ich weinen, so gut tut er mir. Aber vielleicht kommen mir auch die Tränen, weil mich die ganze Situation überfordert. Das geht doch nicht! Was tun wir hier? Was tut er?

Ich wische schnell die Tränen weg und versuche, mich zu sammeln. Ich muss dringend wieder klar im Kopf werden, obwohl es für jegliche Vernunft schon längst zu spät ist.

Ich habe die Augen geschlossen und kann hören, dass er aufsteht und sich die Hände waschen geht. Dann kommt er zurück und zieht sich offenbar frische Latexhandschuhe über. Anschließend rutscht er abermals zwischen meine Beine und nimmt die Maschine wieder an sich.

»So, Kleines, ich mache jetzt noch eine Runde. Benimmst du dich dabei nicht angemessen und verheimlichst mir wieder deinen Schmerz, lasse ich mir andere Dinge einfallen, um deine Emotionen sichtbar zu machen! Verstanden?«, erkundigt er sich, ohne auf das einzugehen, was gerade passiert ist, wofür ich ihm über alle Maßen dankbar bin.

Ich nicke ganz stark und murmele: »Hmmm!«

»Also, schön. Und atme!«, befiehlt er, ehe die Maschine wieder zu summen beginnt und der brennende Schmerz meine Schamlippe heimsucht.

Ich atme tief durch die Nase ein und puste die Luft durch den Mund wieder aus, damit er es hören kann. Wieder und wieder, bis ich mein eigenes zittriges Vibrieren beim Ausatmen bemerke, das meinen Schmerz sichtbar macht. Reflexartig beiße ich mir erneut auf die Lippe und stoppe das Luftholen, was er sofort realisiert. Umgehend setzt er die Maschine ab.

»Atme, Vic! Immer schön weiter atmen! Und erzähl mir dabei, wann du das letzte Mal so richtig ordentlich gefickt worden bist!«, verlangt er allen Ernstes in einer Tonart, die mir völlig fremd ist, ehe er mich weiter tätowiert. Ich weiß nicht, was ich zuerst machen soll. Atmen, antworten, mich auf den Schmerz konzentrieren?

Richtig ordentlich gef… worden bin ich, glaube ich, noch nie! Während ich versuche, genug Sauerstoff zu bekommen, antworte ich ihm, was leider nicht ohne Jammern geht … »Das, das … aaah, zhhhh, äh, ist … ne Weile her, zssch … aaah, egal.«

»Das merkt man. Ich dachte schon, es liegt an mir, aber offenbar ist dein Körper nur ausgehungert.«

Es ist vermutlich eher beides der Fall, aber das braucht er ja nicht zu wissen, deswegen schweige ich und atme gegen das Brennen an.

Plötzlich stoppt er erneut, und ich bäume mich kurz auf. »Was habe ich denn jetzt wieder falsch gemacht?«, will ich wissen.

»Gar nichts, ich muss nur die Farbe wechseln. Die Eisblumen sollen doch türkisfarben werden, oder?«

Ich nicke nur und falle zurück auf die Liege, während mein Fuß nach seinem Schenkel sucht, auf dem er sich platziert.

»Na, endlich«, raunt er und tätschelt meinen Fuß. »Lange dauert es übrigens nicht mehr. In ein paar Minuten hast du es geschafft.«

Gut zu wissen. Allerdings können selbst Minuten sehr lang werden, wenn man Schmerzen hat. Zum

Glück muss er noch mehrmals die Farben wechseln, denn es folgen himmelblauer Eisglitter und silbrige Kristalle, die er durch verschiedene Schattierungen erzeugt.

Zudem benutzt er jetzt eine neue Technik, die mir gar zu gut gefällt. Er kombiniert den Schmerz mit Streicheleinheiten, die er meiner Klit fortwährend schenkt. Ich weiß nicht, wie er es anstellt, aber während er mich tätowiert, liegen zwei seiner Finger permanent auf meiner Perle und verwöhnen sie ganz sanft. Dadurch ist der Schmerz nicht nur erträglich, sondern sogar genussvoll. Es ist so eine schöne Kombination, dass ich mir plötzlich wünsche, das Tattoo wäre viel größer.

Mich durchströmen die angenehmsten Empfindungen und eine Hitze, die ich so noch nie gespürt habe. Ich atme tief ein und pruste die Luft leicht stöhnend aus. Mir ist auch gar nicht mehr schwindlig. Selbst das Brennen tut kaum noch weh. Die schönen Gefühle überwiegen, und dann ist es leider schon vorbei … Er wischt die überschüssige Farbe ab und trägt eine Salbe auf. Dann reicht er mir den Handspiegel.

Ich weiß gar nicht, wie ich mit der Situation umgehen soll. Schmerzlindernde intime Stimulierungen gehören garantiert nicht zu seinem Job, und gerade frage ich mich, wie es mit Eileen verlaufen wäre. Sie hätte mich garantiert nicht …

Oh Gott, wie peinlich!

»Komm, schau es dir an! Es sieht sogar richtig gut aus, obwohl du etwas anderes als Schneeflocken viel nötiger bräuchtest.«

Ohne auf seine außergewöhnliche Arbeit einzugehen, schaue ich mir zwischen die Beine, und er hat Recht, es sieht gut aus! Richtig schön!

Es ist noch nicht mal geschwollen oder blutig. Es ist einfach nur ein Kunstwerk aus Eiskristallen, Glitter und Schneeflocken in traumhaft schönen Farben, die sich halbseitig auf meinem Venushügel befinden und deren silbriger Schweif sich bis auf die Schamlippe zieht. Wow!

Im Nu ist aller Schmerz vergessen. Was bleibt, sind Scham und Peinlichkeit. Soll ich jetzt aufstehen, mich anziehen, zahlen, gehen und dabei so tun, als wäre nichts geschehen? Bringt er etwa all seine Kundinnen zum Orgasmus? Ist das eine Inklusivleistung? Denn wenn dem so ist, lasse ich mich gerne erneut von ihm tätowieren!

Ich kann ihm noch nicht einmal mehr in die Augen schauen, sondern lege nur den Spiegel ab und hauche leise: »Dankeschön. Es, es ist toll geworden. Und tut auch gar nicht mehr weh.«

Mist, das Letzte hätte ich nicht sagen sollen! Wieder schüttle ich meinen Kopf und fasse mir an die Stirn. Ich sollte dringend gehen!

»Tja, nun weiß ich, wie man deinen Schmerz erträglicher macht. Hättest du mir das mal eher gesagt, hätte ich noch einen zweiten oder dritten Orgasmus aus dir gestreichelt. Das könnte ich übrigens immer noch. Soll ich?«

Kapitel 5
Markus

Devot

Ich bin gespannt, was sie antworten wird und ob sie überhaupt etwas sagen kann. Wie ich sie mittlerweile einschätze, wird sie schweigen und ihre wahren Gefühle wieder nicht offenbaren. Diese Frau hat mich vom ersten Augenblick an fasziniert. Sie schürt in mir ein tot geglaubtes Verlangen. Nicht umsonst habe ich seit einer Stunde einen Steifen, der sich gewaschen hat. Meine Latte presst so sehr gegen meine Jeans, dass es schon kein Vergnügen mehr ist. Allerdings ist es äußerst amüsant, klein Vic zu beobachten, von deren peinlich berührtem Verhalten ich nicht genug bekommen kann.

Wie sehr sie sich gegen ihre eigenen Gefühle wehrt – unglaublich! Ihre Scham facht mich an. Wäre ich noch der, der ich vor ein paar Jahren war, hätte ich sie schon längst über meine Knie gelegt, denn genau das braucht sie! Da bin ich mir ziemlich sicher. Sie muss dringend mal loslassen, sich gehen lassen und vor allem Gefühle zulassen. Sie blockt alles ab, verschließt sich und führt einen permanenten Kampf gegen sich selbst, den ich nicht gutheißen kann. Mir ist selten eine so starrsinnige Frau begegnet, obwohl ich ganz schön an ihrer eisernen Hülle kratze. Aber natürlich würde sie das nicht zugeben. Dass sie sich allerdings von mir so bereitwillig hat fingern lassen, sagt mehr als tausend Worte. Da kam kein Aufschrei, kein Nein und auch kein Stopp, obwohl ich das eigentlich erwartet hatte. Stattdessen wurde sie ganz weich und zugänglich und gab sich mir in der ihr eigenen, scheuen Art hin. Ich hatte zu kämpfen, um sie nicht vor Ort und Stelle zu ficken, und wäre das frische Tattoo an dieser Stelle nicht gewesen, hätte ich es vermutlich getan.

Aber so blieb mir nur ihre Stimulation, die ich genauso genossen habe. Vor allem, als ich sie während des Tätowierens leicht streichelte, wurde sie ganz zahm … Das Zusammenspiel von Schmerz und Lust scheint ihr besser zu gefallen, als sie es garantiert ahnt, aber ich kenne die Signale. Ich habe die Themen Schmerz und Lust eingehend studiert. Victoria ist geradezu prädestiniert für meinen Club. Ich müsste sie Philip vorstellen … Er weiß, wie er mit ihr umzugehen hat. Ich vermute, dass sie tief in ihrem Inneren devot ist, denn besonders starke Frauen sind die devotesten überhaupt. Sie tragen den ganzen Tag ihre Stärke wie einen Panzer, durch den sie niemanden dringen lassen. Sie wirken oft kühl, beinahe unnahbar und lassen keine Gefühle zu, denn Gefühle sind für sie gleichbedeutend mit Schwäche. Aber gerade diese Stärke ist auch ein schwerer Ballast, der sie beinahe erdrückt. Wenn sie diese selbst auferlegte Bürde stundenweise abgeben und sich fallen lassen können, einer anderen Person das Zepter überreichen, dann dürfen sie der Mensch sein, der sie tief in ihrem Inneren wirklich sind, den sie aber zu verbergen versuchen … aus Angst und vor lauter Selbstzweifeln, weil sie meist ein sehr hohes Ideal verfolgen, das unerreichbar ist. Oft sind es Perfektionistinnen, die immer wieder Fehler an sich selbst entdecken und sich nie genügen. Außerdem lassen sie wegen ihrer Empfindungen, die so viel stärker sind als bei gewöhnlichen Menschen, ihren Gefühlen kaum freien Lauf.

All diese Ängste und Zweifel abzugeben, ihre übergroße Selbstkontrolle aufzugeben – und wenn es nur für ein paar Stunden ist –, bedeutet oft eine enorme Entlastung und Befreiung für die betreffende Person.

Ich hatte früher oft mit solchen Frauen zu tun, und sie waren mir die liebsten. Unter meiner Führung, meiner festen Hand und meiner Peitsche wurden sie zu Wachs und waren sehr dankbar, für die Stunden, in denen ich ihnen die Schwere durch meine Fesseln nahm.

Victoria ist auch so eine Frau. Ihr verschlossenes, unnahbares Verhalten resultiert aus ihrer Unsicherheit. Sie verbarrikadiert sich hinter Mauern, unterdrückt ihre wahren Gefühle, gibt sich nach außen kämpferisch und stark. Die Schneeflocken passen perfekt zu ihrem frostigen Verhalten. Sie versucht, wie ein Eisklotz zu wirken, um ja keine Reaktion zu zeigen. Sie wäre lieber vor lauter Schmerz in Ohnmacht gefallen, statt sich selbst und mir zu gestehen, dass es ihr wehtut. Was muss sie nur erlebt haben, um solche Barrieren um sich zu errichten? Was wäre denn so schlimm gewesen, wenn sie mal gejammert oder gestöhnt hätte?

Sie hätte Gefühle gezeigt, ihre wahren Gefühle … Sie hätte sich mir öffnen müssen, und das konnte sie nicht. Dummerweise habe ich es zu spät erkannt.

Mir hätte es gleich auffallen müssen, als ich den Raum betreten habe. Wie sie auf der Liege kauerte … sie konnte mich weder ansehen noch reden.

Sie kämpfte die ganze Zeit gegen ihre Empfindungen. Ich weiß, dass sie am liebsten schreiend hinausgelaufen wäre, und jeder andere Kunde hätte an ihrer Stelle vermutlich gesagt, dass er nicht von mir tätowiert werden will. Aber nicht sie!

Sie starb lieber innerlich, um ja nicht offenbaren zu müssen, dass ihr die Tätowierung durch mich unangenehm ist. Deshalb habe ich auch gegengesteuert und bin sehr einfühlsam vorgegangen. Ich habe die kleine Miss Unantastbar leiden und kämpfen sehen, und es ging mir erstaunlich nahe. Deshalb wollte ich ihr helfen, und zum Glück ging mein Plan auf, obwohl mich die Sitzung selbst viel Kraft gekostet hat.

Ich habe es ja schon bei unserer ersten Begegnung gespürt … Zwischen uns herrscht ein besonderes Knistern. Vermutlich nimmt sie unbewusst meine Dominanz wahr, die ich schon immer in mir trage, aber nicht mehr auslebe. Und ich wiederum erahne ihre Devotheit, die tief unter ihrer Eisschicht begraben liegt. Leider kann ich ihr nicht die Erfüllung schenken, nach der sie sich unbewusst sehnt, um endlich mal loslassen zu können. Ich gestehe, ich würde ihre Schreie genießen, weil ich sehe, wie sehr sie es braucht und wie arg sie unter ihren selbst auferlegten Fesseln leidet.

Selbst bei dem Orgasmus, den ich ihr binnen Sekunden entlockt habe, hat sie nur ganz schwach gewimmert. Auch jetzt kommt keine Antwort. Sie sitzt mit geröteten Wangen vor mir und hat wieder ihren Kopf gesenkt. Sie wirkt auf mich wie Schneewittchen … so süß und unschuldig und doch so rattenscharf!

Ihr dunkles, langes Haar glänzt, und ihre vollen Lippen sind wunderbar rot. Sie hat den perfekten Kussmund und Kurven, die jeden Mann ganz schwach machen. Ihre sehr helle Haut schmiegt sich wie Samt über ihre Rundungen, und ich hatte mit mir zu kämpfen, sie nicht zu bitten, ihr viel zu großes Oberteil abzulegen. Es ist ihr garantiert zwei Nummern zu groß und verbirgt auf bedauernswerte Weise ihre geilen Brüste, die garantiert mehr als nur eine Hand füllen. Und auch ihren drallen Arsch hätte ich gerne gesehen. Noch lieber würde ich ihn unter meinen Handflächen spüren, die geradezu prickeln, wenn ich nur daran denke.

Ach, Kleines, du gehörst auf den Strafbock, mit weit gespreizten Beinen, und festgebunden dazu! Was ich mit dir alles anstellen könnte! Nach meiner Behandlung wären deine Mauern nur noch Geröll, und deine Schneeflocken würden schmelzen wie Eis in der Sonne. Du würdest schreien, laut schreien … und deine Schreie würden dich aus deinem frostigen Gefängnis befreien …

Vielleicht sollte ich sie wirklich zu Philip bringen. Er weiß, was zu tun ist. Und ich weiß, dass sie es braucht, nur sie weiß es noch nicht. Aber aus ihren Augen strahlt eine Unterwürfigkeit, mit der sie mich ganz schwach macht.

Gerade schaut sie mich mit ihrem verführerischen Wimpernaufschlag verunsichert an. Sie hat so wundervolle braune Augen, in deren Tiefen ich ihre Verletzlichkeit erkenne, die sie so gerne zu verstecken versucht. Aber sobald sich unsere Blicke treffen, kann ich in ihr lesen wie in einem offenen Buch …

Ich weiß, dass sie willig ist. Ich weiß, dass sie sich mir sofort hingeben würde, wenn ich es nur verlange oder es mir schweigend nehme. Aber ich werde es nicht tun, denn die Kleine geht mir unter die Haut. Jede weitere Minute mit ihr bringt auch meine Mauern verdächtig zum Wackeln, und das kann ich mir nicht erlauben. Ich liebe Nora, und das wird so bleiben! Trotzdem bin ich jetzt derjenige, der gegen sein pochendes Herz und gegen seinen Steifen ankämpft. Mein kleiner, großer Freund gibt einfach keine Ruhe.

Seit sie ihre heißen Schenkel vor mir geöffnet hat, habe ich einen Dauerständer, was ihr gerade auch aufzufallen scheint, denn ihre großen, glänzenden

Augen starren ziemlich lange auf die Beule in meiner Hose, ehe sie mich fragend ansieht.

»Tja, Kleines, ich bin auch nur ein Mann und war jetzt ziemlich lange deinem Aphrodisiakum ausgesetzt, was noch immer nachhaltig wirkt.«

»Aber, aber ich … ich habe mich doch gewaschen«, sagt sie stotternd und verteidigend zugleich.

Ist das niedlich! Habe ich etwa behauptet, dass sie stinkt? Sie kommt mir so unerfahren vor, was mein Verlangen noch mehr schürt.

Am liebsten würde ich sie jetzt über die Liege werfen und von hinten richtig hart ficken, aber ich kann nicht, denn ich habe einen Ehrenkodex. Ich ficke jede Frau nur einmal, und irgendwie will ich sie mir aufsparen. Trotzdem setzt mir mein Ständer zu, und ihr verunsicherter, unterwürfiger Blick quält meine Eier zusätzlich.

Verdammt! Sie muss jetzt gehen, sonst kann ich für nichts mehr garantieren. Aber ehe sie in ihren Slip schlüpft, muss ich noch die Tätowierung abdecken. Eine Infektion will ich nicht riskieren.

»Ich habe übrigens nicht behauptet, dass du dich nicht gewaschen hast. Aber dein Duft ist stärker als jede Seife, und ich meine das auch nicht negativ, das siehst du ja an meinem Ständer, der sich gar nicht mehr einkriegt. Trotzdem muss ich jetzt nochmal an deine extrem verführerische Pussy, um das Tattoo abzudecken. Also bitte nochmal hinlegen! Jetzt geht es übrigens auch von der Seite«, lasse ich sie wissen, während sie mich ungläubig anstarrt.

Ich sehe, wie sie schluckt, tief Luft holt und sich langsam zurücklehnt. Dann greift sie zu ihrem überdimensionalen Shirt und zieht es nach oben, sodass mir ihre sensationellen Kurven erneut ins Auge stechen. Ihre Silhouette ist so wundervoll geschwungen wie die einer Sexgöttin. Es sind vermutlich keine 90/60/90, sondern eher

100/70/100, aber ihre Proportionen sind prächtig und so sinnlich.

Ich bevorzuge schon immer Frauen, an denen etwas dran ist. Ich brauche einfach etwas zum Anfassen und zum Kneten. Mit Mädels wie Eileen könnte ich nichts anfangen, aber so hat eben jeder seine eigenen Vorlieben. Nora zum Beispiel war auch so eine Rassefrau, und ich habe es geliebt. Sie war sogar noch um Einiges runder als Victoria.

Meine Vorliebe für Kurven ist vermutlich angeboren, denn auch Philip fährt voll darauf ab. Wie sagt er immer so schön? ›Nur Hunde spielen mit Knochen, aber keine echten Männer‹. Recht hat er! Es geht doch nichts über ein gebärfreudiges Becken und einen drallen Arsch, den man so richtig schön versohlen kann. Ich hatte schon einige sehr schlanke Frauen, mit denen ich früher BDSM praktizierte. Zum einen hatte ich immer Angst, sie zu verletzen, dann waren sie mir körperlich dermaßen unterlegen, dass es mich gar nicht anmachte, sie zu züchtigen, und zum dritten hatte ich oft das Gefühl, ich würde ein Kind schlagen, wenn ich sie spankte.

Wenn man so einen kleinen festen Arsch unter seinen Händen hat, ist das nicht wirklich geil. Zum einen fehlt mir persönlich die Angriffsfläche und zum anderen die wunderbare Weichheit, die einem ein größeres Hinterteil bieten kann. Seitdem lief bei mir nichts mehr unter Kleidergröße M mit Tendenz zur Steigerung. Nora trug die L, und sie war perfekt für mich. Ich habe es genossen, sie in ihrer ganzen Weiblichkeit zu spüren …

Ich muss mich sammeln, während ich eine Heilsalbe auf Vics frische Tätowierung auftrage und die Wunde mit Frischhaltefolie abdecke.

»Lass die Folie mindestens zwei Stunden drauf. Wenn du zu Hause bist, kannst du dich ganz normal waschen, aber benutz bitte die ersten Tage ph-hautneutrales Duschgel oder entsprechende Seife, es ist schließlich eine Wunde. Ich gebe dir noch eine kleine Tube Heilsalbe mit, die du morgens und abends dünn aufträgst, die Folie brauchst du dann nicht mehr. An der Luft heilt es sowieso am besten. Sollte es jucken, ist alles super, dann heilt es. Bitte nicht kratzen, egal, wie sehr es juckt. Sollten wider Erwarten Rötungen auftreten, sollte die Stelle brennen oder sich gar entzünden, kommst du umgehend wieder her, aber im Grunde dürfte nichts passieren. In sieben bis zehn Tagen müsste alles verheilt sein. Vermeide nur die nächsten Tage intensive Sonnenbäder, also erstmal keine Solarien«, kläre ich sie auf, wobei sie keineswegs nach Solarium aussieht, im Gegenteil. Dann reiche ich ihr noch eine kleine Tube mit der Salbe, die sie dankend annimmt und in ihre Handtasche steckt. Anschließend steht sie vorsichtig auf und schlüpft vor mir in ihren schwarzen Slip.

Ich würde sie so gerne darin sehen. Vor allem ihren Arsch! Aber leider versperrt mir dieses lässige, in meinen Augen absolut scheußliche, lange Shirt den Blick. Sie ist barfuß und reicht mir kaum bis an die Schulter … zudem hat sie ihren Kopf gesenkt und mir den Rücken zugedreht, wodurch sie noch kleiner wirkt. Gerade greift sie nach ihrer Jeans.

Am liebsten würde ich ihr jetzt das Shirt hochziehen, um ihren Arsch zu entblößen und von hinten zwischen ihr Spalte fahren. Sie ist garantiert noch immer feucht. Genau so, wie ich geil bin …

Ich muss an ihre enge, heiße Vagina denken, die sich wie ein Schraubstock um meine Finger gespannt hat. Die Vorstellung, in ihr zu stecken, entlockt mir die ersten Tröpfchen, und ich kann nicht mehr …

Ich atme tief ein und öffne meinen Reißverschluss, um meiner Latte endlich Freigang zu gewähren. Halleluja, tut das gut!

Mit einem unterdrückten Stöhnen schließe ich meine Finger um meine Härte und stelle mir vor, sie wäre es. Dabei beobachte ich, wie sie direkt vor mir steht und ihre Hose anzieht. Dann bückt sie sich und schlüpft in ihre dicken Winterstiefel. Sie bekommt gar nicht mit, wie ich direkt hinter ihr meinen Schwanz wichse.

Am liebsten würde ich sofort auf sie spritzen, um sie zu zeichnen, und ich wäre umgehend fähig dazu. Aber die Aussicht darauf, ihre Reaktion zu sehen, wenn sie sich gleich umdreht, lässt mich durchhalten und verstärkt meine Geilheit. Ich pumpe weiterhin in meine Faust und lege meinen Kopf ein Stück in den Nacken, während meine Eier sich zusammenziehen. Dann ist es soweit … Klein Victoria dreht sich um!

Sie will sich garantiert nur artig von mir verabschieden, muss nun sehen, was sie in mir auslöst …

Ihr schockierter Blick ist die größte Genugtuung, die ich kriegen konnte. Ihre wunderschönen Augen schauen entsetzt auf meinen Schwanz, den ich genüsslich weiter massiere, ehe ihr ängstlicher Blick wieder zu mir wandert und sich in meinen Augen verliert. Tja, dummerweise habe ich eine kleine Schwäche für Angst, und aus ihr strahlt sie gerade nur so. Sie kann ihren Blick auch gar nicht von mir lösen, sondern starrt mich weiter mit leicht geöffnetem Mund an … Das ist doch schon mal ganz passend!

Ich weiß, dass es vermutlich eine dumme Idee ist, dennoch kann ich nicht anders, und ein paar Sequenzen des alten Doms in mir strahlen an die Oberfläche. »Auf die Knie und Mund auf!«, befehle ich in einem Tonfall, den ich schon lange nicht mehr benutzt habe. Er wirkt aber offenbar nach wie vor, denn sie geht umgehend auf die Knie, was bei mir zu Herzrasen führt.

Sie kauert am Boden und blickt mich jetzt von

unten ergeben an, während ich mich weiter wichse. Ach, kleine, süße Vic …

Es kostet mich eine ungeheure Beherrschung, ihr nicht sofort ins Gesicht zu spritzen. Aber ich will mehr! »Mund auf! Ganz weit auf!«, wiederhole ich deshalb, und sie gehorcht. Sie rutscht näher, leckt sich über ihre wunderschönen, vollen Lippen und nimmt meinen Steifen zaghaft in den Mund, während sie mich nicht aus den Augen lässt, was es mir wahnsinnig schwer macht, meinen Orgasmus zurückzuhalten …

Atemlos beobachte ich, wie sie meinen Schwanz beinahe vollständig schluckt, wobei ihre großen Augen noch größer werden, denn mein bester Freund ist nicht gerade klein.

Zielsicher greife ich in ihr weiches, duftendes Haar, sodass sie mir nicht ausweichen kann, wenn ich gleich zustoße. Ich weiß nicht, wann ich das letzte Mal so geil gewesen bin, aber es muss schon eine Ewigkeit her sein. In mir pulsiert das Feuer und fegt durch mein Fleisch, das bis in jede Zelle unter Strom steht, während ich meinen Prügel noch tiefer in sie schiebe, bis ich ihre Nasenspitze an meinem Bauch spüre.

Ebenfalls fühle ich das verräterische Würgen ihrer Kehle an meiner Eichel. Zusätzlich höre ich sie röcheln, aber das ist mir jetzt egal. Es macht mich nur noch mehr an, und ich stoße sechs weitere Male in ihren heißen Mund, den sie mir so ergeben angeboten hat. Das warme, enge Gefühl lässt mich schaudern. Sie wehrt sich nicht, obwohl ich denke, dass es ihr zu viel wird. Willig lässt sie sich an ihren Haaren dirigieren, ganz gleich, wie tief ich ihn in ihr versenke.

Als mein Blick nach unten in ihre warmen, braunen Augen fällt, die mich immer noch ängstlich anstarren, und ich eine Träne sehe, ist es um mich geschehen. Ich wische ihr die Träne weg, die mir den letzten Kick gibt, ehe ich ihr die volle Ladung in den Rachen spritze. Erst dann lasse ich von ihr ab und packe meinen besten Freund wieder ein.

Kapitel 6
Victoria

Veränderung

Ich zittere wie Espenlaub, als ich das Studio fluchtartig verlasse. Was ist da gerade passiert? Ich habe noch immer seinen Geschmack im Mund. Die würzige Herbe streichelt meine Zunge und macht mich rasend und schwach zugleich.

Das war der erste Blowjob meines Lebens … Himmel, ich sterbe! Meine Knie schlottern, als ich mich auf den Weg zum Auto mache. Es schneit schon wieder, dennoch habe ich nur meine Jacke übergeworfen, als ich panisch hinausgelaufen bin. Und jetzt muss ich mich beeilen. Ich muss nach Hause! Hektisch krame ich in meiner Jackentasche nach dem Autoschlüssel, den ich vor lauter Aufregung erstmal fallen lasse. Ich habe sogar Probleme, ihn ins Schloss zu stecken, so sehr zittern meine Hände. Auch über meine Füße habe ich die Kontrolle verloren, denn ich betätige das Gaspedal so stark, dass mein Motor laut aufheult, ehe ich durch München rase. An der nächsten Ampel würge ich das Auto natürlich erstmal ab und verpasse auch noch die Einfahrt, sodass ich eine Ehrenrunde drehen muss, ehe ich unser Zuhause im exklusiven Herzogpark – einem vornehmen Stadtbereich in München Bogenhausen – erreiche. Ich steuere meinen knallroten Mini Cooper mit den zwei auffälligen weißen Streifen auf der Motorhaube direkt in Alex' Tiefgarage unter unserem Domizil, dass sagenhafte fünfhundert Quadratmeter Wohnfläche misst, sodass wir uns immer gekonnt aus dem Weg gehen können, was heute nur von Vorteil ist.

Zum Glück haben wir auch getrennte Schlafzimmer, beziehungsweise haben wir ganze vier Schlafzimmer, von denen ich meines nun gezielt ansteuere, um mich einschließen zu können.

In meinen vertrauten vier Wänden reiße ich mir die Kleider vom Leib und krame hektisch in dem Sideboard, in dem meine Unterwäsche und die Strümpfe verstaut sind, nach der kleinen Kiste mit den Sextoys, die ich mir mal vor Jahren zugelegt, aber so gut wie nie benutzt habe. Jetzt brauche ich sie, dringend! In mir prickelt es, als hätte ich einen elektrischen Dildo in meiner Scheide, der kontinuierlich süße Stromstöße abgibt. Mein ganzer Unterleib steht unter Strom, seit ich seinen gigantischen Penis gesehen habe, und gigantisch trifft es bei seinem riesigen Teil am besten.

Als Ärztin musste ich schon einige Exemplare im erschlafften Zustand sehen, wenn ich operierte oder ein Unfallopfer in der Nähe seiner Genitalien eine Wunde hatte, die ich versorgte, was auch absolut keine Hürde für mich ist. In meinem Job existieren keine sexuellen Fantasien, da sehe ich kranke, hilfsbedürftige Menschen, die ein körperliches Leiden haben und auf mein Können angewiesen sind. Und im privaten Bereich kenne ich nur den Schniedel von Alex, den ich auch schon ein paar Jahre nicht mehr gesehen habe, und im Mund hatte ich ihn noch nie … Oh Gott, im Mund! Ich schlage beide Hände vor meinem Gesicht zusammen, ehe ich weiter nach der Kiste suche und alles im Schrank zerwühle, weil ich sie einfach nicht finden kann.

Ich hatte wirklich seinen Penis im Mund!

Und nicht nur da … er war ziemlich tief in meinem Rachen. Zeitweise dachte ich, ich würde daran ersticken. Nun ja, bei seiner Größe ist das auch nicht verwunderlich. Dass es überhaupt solche riesigen Teile gibt, habe ich zwar gelesen, aber nie eines in natura gesehen und erst recht nicht gekostet … Alex wollte nie Oralsex, zumindest hat er nie danach verlangt. Wir haben lediglich ganz normal miteinander geschlafen. Ich habe immer mal davon geträumt und mir vorgestellt, wie es wäre, ihn an diesen Stellen zu küssen oder auch zu lecken … Aber so einen mächtigen Schwanz wie den von Markus komplett in den Mund gestoßen zu bekommen, dabei gehalten zu werden, sodass es kein Zurück mehr gibt … Himmel, das hat mich so angemacht! Das war so toll! Ich bin dabei zerflossen. Mir kamen sogar die Tränen, weil mich die Gefühle übermannt haben, obwohl ich nie weine!

Markus ist … er ist einfach nur göttlich! Ich wusste es von der ersten Sekunde an. Alles an ihm wirkt elektrisierend auf mich. Er braucht mich nur anzusehen, und ich bin einem Orgasmus ganz nah.

Da ist ja endlich die Kiste!

Ich reiße den Deckel herunter und greife zielsicher zu dem kleinen rosafarbenen Dildo, den mir Caro mal geschenkt hat, weil sie weiß, dass der Sex zwischen Alex und mir schon immer sehr dürftig ist. Trotzdem habe ich das Teil nie gebraucht, aber jetzt brauche ich es – und wie!

Ich kuschle mich geschwind in mein großes Bett mit den vielen seidigen Kissen und spreize meine Beine, zwischen denen es immer noch verdächtig feucht ist. Das Tattoo lasse ich vorerst abgedeckt und erinnere mich bei dem Anblick an Markus … Ich bin so stolz, es tragen zu dürfen, alleine aus dem Grund, weil er es mir gestochen hat! So lange ich lebe, werde ich immer an ihn denken müssen, sobald ich es erblicke, und das Wissen darum macht mich augenblicklich sehr glücklich. Selig stoße ich mir den Dildo in meine Muschi …

Himmel, ist das schön! Ich habe das so vermisst!

Obwohl das Teil relativ klein ist, erfüllt es seinen Zweck. Ich muss mir nur Markus in Erinnerung rufen, mir vorstellen, wie er mich angesehen hat, mich gehalten hat … Ich höre seine tiefe Stimme, sehe nochmal seine beeindruckenden Muskeln, die sich sichtbar unter dem Shirt abzeichnen. Dann seine Augen, die mich geradezu fesseln …

Gott, er brauchte sich noch nicht einmal richtig Mühe zu geben. Seine Erscheinung war schon ausreichend, um mich über alle Maßen zu erregen, und selbst jetzt genügen die Gedanken an ihn, um eine Hitze in mir zu erzeugen, die mich schnell zum nächsten Höhepunkt treibt.

Mit meiner freien Hand greife ich zwischen meine Beine und ertaste meine geschwollene Klit, die ich kreisend massiere. Gleichzeitig schiebe ich den Dildo rein und raus, bis sich die Wellen stärker in meinem Unterleib ausbreiten. Ich verstärke den Druck, besorge es mir schneller, reibe immer derber meine Perle, während ich meine nackten Füße in die Matratze stemme und meinen Po anspanne, bis mich ein Orgasmus überrollt, dem ich lauthals huldige … Jetzt muss ich nicht still sein und leise wimmern. Ich bin alleine und darf endlich mal richtig stöhnen, und das tut verdammt gut.

Erlöst sinkt mein Po zurück auf die Matratze und auch meine durchgedrückten Zehen entspannen sich wieder. Ich hole tief Luft. Meine Vagina löst ihren klammernden Griff vom Dildo, und allmählich beruhigen sich mein Puls und mein Herz ebenfalls.

Plötzlich klopft es an meiner Zimmertür …

»Vic? Alles okay bei dir? Du hast geschrien!«

»Äh … ja, alles gut! Ich, ich habe mir nur den Zeh gestoßen. Das, das tat sehr weh«, rufe ich Alex zu und fluche leise. Was macht er vor meiner Schlafzimmertür? Für gewöhnlich laufen wir zwei uns maximal drei oder vier Mal pro Woche in der riesigen Wohnung über den Weg. Ansonsten sehe ich ihn nie. Er ist von früh bis spät im Immobilienbüro meines Vaters, in das er vor fünf Jahren als Teilhaber eingestiegen ist, und abends geht er strikt in sein Schlafzimmer. Ach, egal …

Ich entferne sanft den Dildo, der mir so gut getan hat, recke und strecke mich genüsslich, ehe ich mich entscheide, ein entspannendes Schaumbad zu nehmen. Von meinem Schlafzimmer aus erreiche ich gleich mein eigenes Badezimmer, in dem ein großer Whirlpool steht, den ich umgehend mit warmem Wasser fülle und duftende Ölessenzen zugebe. Es riecht traumhaft schön nach Patschuli und Veilchen, während ich mich nackt im Spiegel betrachte, was eine absolute Seltenheit ist. Für gewöhnlich bedecke ich mich, so gut es geht, weil ich mir mein Leben lang von meinen Eltern und Alex anhören musste, wie fett ich bin. Aber komischerweise gefalle ich mir heute.

Im Spiegel gegenüber sehe ich eine hoch erotische Frau, der die Lust noch deutlich ins Gesicht geschrieben steht. Meine Wangen sind leicht gerötet, meine Augen sind ganz glasig, und ich bekomme das Lächeln, das sich irgendwie manifestiert hat, gar nicht mehr weg.

Mein dunkles Haar fällt mir in Wellen über die Schultern und kitzelt meinen Rücken. Ich greife zu einem Haarclip und wickle mir binnen Sekunden einen Dutt, den ich feststecke. Dann fahren meine Hände meinen eigenen Körper entlang, und ich beobachte mich, während das Wasser weiter plätschert … Meine Brüste füllen ein ordentliches D-Körbchen, für das ich mich schon immer schäme.

Da ist einfach ganz schön viel Frau an mir, obwohl sie fest und knackig sind. Ich fahre sacht über meine Nippel, die sich umgehend zusammenziehen. Meine Hände tasten tiefer zu meinem Bauch, der erstaunlich flach ist, ehe er in meine ausschweifenden Hüften übergeht. Dann erblicke ich das Tattoo, und pure Euphorie steigt in mir auf. Ich bin ja so stolz darauf!

Der Besuch in diesem Tattoostudio war die beste Entscheidung in meinem bisherigen Leben! Allerdings überlege ich gerade, ob ein Vollbad jetzt angebracht ist. PH-hautneutrales Duschgel hat er gesagt … und erst in zwei Stunden. Nun gut, eineinhalb Stunden sind bereits vergangen, und auf die dreißig Minuten kommt es sicherlich auch nicht an. Ein paar Tropfen ätherisches Öl führen nicht gleich zu einem Wundbrand. Ich rufe mir in Erinnerung, dass ich Chirurgin bin und mich mit Wunden besser auskenne als Markus, der mich, wie ich zugeben muss, jedoch sehr gut beraten hat. Was das betrifft, macht er seinen Job ausgezeichnet. Und seine Nebenleistungen sind auch nicht zu verachten … Wenn ich daran denke, wie er seine Finger in mich gebohrt hat, werde ich schon wieder ganz heiß. Ich brauche jetzt dringend das Bad!

Anschließend fühle ich mich wie neu geboren.

Ich schlüpfe heute auch nicht in meinen flauschigen Schlafanzug mit den rosa Schweinchen, den ich für gewöhnlich in den Wintermonaten trage. Jetzt hole ich mir ein seidiges Negligé in sattem Rotton aus dem Ankleidezimmer, das gleich hinter meinem Schlafzimmer liegt. Es ist oben aus zarter Spitze mit filigranen Spaghettiträgern und geht ab der Hüfte in die zarte Seide über, die anschmiegsam über meinen stattlichen Hintern fällt.

Es ist ziemlich kurz, aber ich fühle mich wohl darin. Ich weiß nicht, was mich dazu veranlasst, einen Eyeliner und Wimperntusche zu benutzen und einen knallroten Lippenstift aufzutragen, denn ich schminke mich nur selten, aber irgendwie ist mir gerade danach. Anschließend löse ich den Dutt und schüttle mein Haar, sodass es fließend auf meinen Rücken fällt, ehe ich mich dazu entschließe, in die Küche zu gehen und noch einen Happen zu essen. Bis auf den Energy Drink habe ich seit heute Mittag nichts mehr zu mir genommen, und der Appetit auf ein Sandwich ist gerade enorm.

Singend belege ich mir ein Körnerbrötchen mit Salat, Gurke, Aufschnitt, Käse und Remouladensoße, als Alex plötzlich in die Küche kommt und mich anstarrt, als wäre ich eine Außerirdische.

»Vic! Was ist denn mit dir los?«, will er wissen, und es klingt ganz überrascht, was er auch durch seine Augen zum Ausdruck bringt. Ich setze mich am Tresen unserer hochmodernen Einbauküche auf den Barhocker, schlage meine nackten Beine übereinander und beiße erstmal in das Sandwich, ehe ich ihm antworte. »Nichts. Was soll denn sein?«, frage ich kauend, denn ich bin irre hungrig.

»Wie läufst du denn umher? Was hast du da an? Und bist du etwa geschminkt?«

Ich wische mir die Krümel vom Mund und trinke einen Schluck von dem O-Saft, den ich mir zuvor eingegossen habe. »Ich habe ein Nachthemd an und bin leicht geschminkt, ja. Ich bin eine Frau, die tragen für gewöhnlich Make-up.«

»Ja, aber du doch nicht! Und dann an einem Freitagabend.«

»Ist Lippenstift am Samstagabend besser?«, kontere ich, während er verwirrt seinen Kopf mit dem kurzen, lichten Haar schüttelt.

»Es steht dir nicht! Es passt überhaupt nicht zu dir. Und dann so ein Aufzug mit deiner Figur. Hast du dich mal im Spiegel angesehen? Stell dir vor, ich bekäme Besuch, und man würde dich so sehen!«, fährt er mich, wie so oft, an, aber im Gegensatz zu sonst tut es mir heute nicht weh, denn mich hat vor zwei Stunden einer der hinreißendsten Männer beglückt, der meinetwegen sogar erregt wurde und den ich oral befriedigt habe. Das Wissen darüber wirkt wie ein Schutzwall gegen seine Beleidigungen, die ich mir permanent anhören muss.

»Ehrlich gesagt, habe ich mich im Spiegel angesehen, und mir gefiel, was ich da sah.«

»Dann solltest du schleunigst zum Optiker gehen. Vielleicht stimmt ja etwas mit deiner Wahrnehmung nicht!«, wirft er mir an den Kopf und verlässt die Küche.

Natürlich wirken seine Worte wieder wie Schläge in die Magengrube, und das Sandwich schmeckt mir anschließend auch nur noch halb so gut. Aber als ich zurück ins Schlafzimmer gehe und die kleine Tube mit der Heilsalbe auf meinem Nachttisch liegen sehe, geht es mir umgehend besser. Lächelnd nehme ich sie an mich, ziehe mein Negligé hoch und begutachte nochmal das Tattoo, ehe ich die Salbe auftrage.

Dass mich so eine kleine Tätowierung je so glücklich machen könnte, hätte ich nie für möglich gehalten. Es sind lediglich ineinander greifende Schneeflocken, versehen mit Eisglitter … aber für mich bedeuten sie die Welt. Ich fühle mich durch sie wie eine begehrenswerte Frau, weil der Mann, der sie mir gestochen hat, die Frau in mir zum Leben erweckte. Es ist nicht die Befriedigung, die ich durch ihn erfahren habe, sondern vielmehr die Lust, die ich ihm verschaffen konnte, die mich heute Abend selig einschlummern lässt …

Mein Glücksgefühl hält auch noch am nächsten Tag an, als Caro mich besuchen kommt. Es ist Samstagabend, und ich bin wieder einmal alleine zu Hause. Alex ist angeblich zu einem wichtigen Meeting gefahren. Komischerweise hat er immer samstags

Meetings, was mich aber nicht stört, im Gegenteil.

Auch heute mache ich das Beste aus meiner Einsamkeit und kuschle mich gerade vor dem Fernseher in eine Decke, als mich Caros Klingeln aufschreckt. Sie gibt mir durch die Sprechanlage zu verstehen, dass sie sich nach mir erkundigen wolle. Ich betätige umgehend den Türöffner, es summt, und sie bekommt Einlass in unsere heiligen Hallen.

Die letzten Worte, die sie gestern von mir hörte, ehe sie ging, waren wenig versöhnlich. Ich glaube, es klang wie: ›Wenn du jetzt gehst, bringe ich dich morgen um!‹.

Dabei bin ich inzwischen froh, dass sie gegangen ist! Tja, die beste Freundin weiß eben, was ihrer Seelenschwester gut tut. Dennoch blicke ich sie mit einer Mischung aus Läuterung und Frohlocken an, als sie das Wohnzimmer betritt.

Sie braucht nur eine Sekunde, um zu merken, was geschehen ist. »Oh mein Gott, ihr habt gevögelt!«, sagt sie umgehend, was bei mir zu einem Lachflash führt. Ich schüttle den Kopf und wiegle ab.

»Nein, nein, haben wir nicht! Aber es war, es war … himmlisch! Ich danke dir ja sooo, sooo sehr, dass du gegangen bist.«

»Ach, auf einmal? Gestern wolltest du mich noch killen«, erinnert sie mich.

»Na, hallo, ich war ja auch erschrocken! Ich wusste gar nicht, dass er kommt. Und dann auch noch dieses Tattoo an dieser Stelle … Das hat mich alles überfordert, und du bist einfach gegangen. Ich hatte richtig Panik und habe mich total hilflos gefühlt.«

»Das hat sich aber irgendwie geändert. Gerade kommst du mir gar nicht hilflos vor, im Gegenteil. So habe ich dich schon lange nicht mehr strahlen sehen. Hast du denn dein Tattoo?«, will sie jetzt wissen, und mein breites Grinsen sagt mehr als tausend Worte. Obwohl ich im Grunde sehr schamhaft bin, ziehe ich bedenkenlos meine bequeme Jogginghose nach unten und erlaube ihr einen Blick in meinen Slip.

»Wow, das sieht ja wirklich genial aus! Und er hat es gemacht, ja?«

»Frag aber nicht, wie! Hätte ich das vorher gewusst … Naja, manchmal ist es vielleicht besser, dass man nicht alles gleich weiß. Er saß dabei vor der Liege, und ich musste meine Beine breit machen. Er sagte sogar, dass ich ein Bein über seine Schulter legen soll«, erkläre ich gerade, als von ihr ein »Scheiße« ertönt. »Und das hast du gemacht?«, will sie wissen.

»Naja, nicht direkt. Aber es wäre mir ab einem bestimmten Punkt sogar egal gewesen, denn es hat furchtbar wehgetan.«

»Und dann strahlst du so?«

Mein Grinsen wird noch intensiver, ich kriege mich kaum noch ein, als ich an gestern zurückdenke …

»Er, er … äh, nun ja, er hat dann für Abhilfe gesorgt«, deute ich an, während Caro wie in Trance ihren Schal abwickelt und sich zu mir auf die Couch fallen lässt. »Er hat für Abhilfe gesorgt? Wie?«

Als ich es ihr erzähle, geht es nicht nur mir durch und durch, auch sie sitzt wie geschockt da und lauscht meinen Worten. Ich lasse nichts aus, bis zum spritzigen Ende, das ich in meinem ganzen Leben nicht mehr vergessen werde!

»Du hast ihm was? Einen geblasen? Ach, du heilige Scheiße! Dich kann man ja wirklich nicht alleine lassen!«, sagt sie sichtlich überrascht, während ich mich freue wie ein Kind an Weihnachten.

»Ach, Caro, das war so toll! Ich würde alles geben, um die Zeit nochmal einen Tag zurück zu drehen.«

»Vielleicht solltest du dich einfach nochmal tätowieren lassen. Du hast ja noch eine Schamlippe frei«, sagt sie, und wir müssen beide lachen, wobei mir etwas einfällt. »Mist! Ich habe gar nicht bezahlt! Ich bin einfach so rausgerannt.«

»Dann hast du ja was, auf das du dich noch freuen kannst. Vielleicht nimmt er die Bezahlung in Naturalien. Das Trinkgeld hat er ja schon bekommen«, spaßt sie weiter, während es mir wirklich unangenehm ist, dass ich vergessen habe, nach der Rechnung zu fragen. Allerdings gefällt mir der Gedanke irre gut, kommende Woche nochmal hingehen zu dürfen.

Die Tatsache, dass ich ihn vermutlich bald wiedersehen werde, bringt ganze Schwärme an Schmetterlingen in meinem Bauch zum Flattern.

Was ist das nur? So habe ich mich in meinem ganzen Leben noch nicht gefühlt. Plötzlich fällt mir etwas anderes ein, an das ich noch keinen Gedanken verschwendet habe … »Auweia, ich habe Alex betrogen!«

Caro wirft mir einen skeptischen Blick zu und schüttelt ihren Kopf. »Das kannst du so nicht sagen. Bei drei Jahren Abstinenz zählt das nicht. Das ist kein Betrügen, das ist eine überlebenswichtige Maßnahme für deine Vagina und dein Selbstwertgefühl.«

»Trotzdem … wir wollen heiraten. Oh, je.«

»Das mit dem Heiraten würde ich mir nochmal gut überlegen. Du und Alex, ihr passt so gut zusammen wie ein Vogel und ein Fisch. Ihr werdet euer Leben lang nur nebeneinander her existieren, wie ihr es schon immer getan habt. Du kannst mir doch nicht erzählen, dass du ihn liebst.«

»Das tue ich auch nicht, aber wir sind einander versprochen. Ich war siebzehn Jahre alt, als ihn mein Vater für mich auserkoren hat, und seitdem sind wir auch zusammen. Ich hatte noch nie einen anderen Freund, das weißt du genau. Mit Alex und mir, das, nun ja, es ist eben so, wie es ist«, versuche ich, meine Situation zu verdeutlichen.

»Und das ist schlimm genug, Vic! Geh lieber nochmal die Rechnung bezahlen und überleg dir, ob auf die andere Seite deiner Mumu nicht auch ein schönes Bildchen passen würde.«

Ich werfe ihr einen schiefen Blick zu.

»Du kannst doch Alexander und Markus in keinem Fall miteinander vergleichen. Die beiden sind so unterschiedlich wie Tag und Nacht. Markus ist kein Mann zum Heiraten, er ist ein Mann zum Träumen! Der Traummann schlechthin, ein Halbgott, ach iwo, ein Gott in Menschengestalt. Er ist groß und stark und düster und so maskulin«, schwärme ich ihr vor.

»Eben drum. Und dein Graf in spe ist das genaue Gegenteil. Er ist blond, fast haarlos, klein und dünn. Seine Statur gleicht der eines Grundschülers. Er ist eher dein Albtraummann … Du kannst mir doch nicht erzählen, dass dich das anmacht, wo du so auf diesen Markus abfährst.«

»Naja, komm … welche Frau fährt nicht auf Markus ab? Die musst du mir zeigen! Ich glaube, es gibt keine einzige, die bei seinem Anblick nicht dahinschmelzen würde«, denke ich laut nach.

»Doch, die gibt es. Mich zum Beispiel. Dein Markus in allen Ehren, aber mir ist er ein bisschen zu viel von allem … Er ist extrem groß, ich verrenke mir nur ungern den Kopf, wenn ich dem Mann meiner Träume in die Augen sehen will. Dann ist er mir viel zu muskulös. Nichts gegen ein paar Muckis, aber was sich unter seinem Shirt abgezeichnet hat, ist mir persönlich too much. Dazu sein Bart … du weißt, wie ich zu Bärten stehe. Ich mochte die Wikinger noch nie. Und in seinen Augen glitzerte etwas Gefährliches. Er ist definitiv nicht der Typ Mann, auf den ich mich jemals einlassen würde. Er ist mir schlicht zu dominant in seinem ganzen Sein. Seine Erscheinung ist so überdimensional, dass sie mich eher abschreckt als anzieht. So viel zu deiner Theorie. Ich wusste auch nicht, dass du auf solche Giganten abfährst.«

Das wusste ich, bis ich ihn zum ersten Mal gesehen

habe, auch nicht. Aber seit unserer Begegnung ist für mich nichts mehr, wie es einmal war. Er hat binnen kürzester Zeit mein ganzes Leben aus den Angeln gehoben. Und er ist auch der Grund dafür, dass ich mit einem Lächeln ins Bett gehe und selig einschlafe.

Kapitel 7
Markus

Erinnerungen

»Nimmst du eigentlich ab und zu neue Leute in den Club auf?«, will ich von Philip wissen, als ich am Sonntagabend bei ihm bin, denn darüber haben wir in all den Jahren nie gesprochen. Nach Noras Tod habe ich ihm das Dark Dream überlassen und ihn gebeten, nie wieder ein Wort darüber zu verlieren, es sei denn, es gäbe Probleme, dann wäre ich natürlich für Philip da. Aber offenbar sind alle zufrieden, und er hat mich nie mit irgendetwas behelligt, bis auf die Tatsache, dass er mich seit zwei Jahren damit nervt, die Kellerräume wieder zu betreten. Vermutlich denkt er, dass dann mein Verlangen neu aufflammt, aber ganz so leicht ist das nicht. Der Kopf und das Herz spielen eine wesentliche Rolle beim BDSM, und ich verschließe mich dagegen. Allerdings geht mir Victoria nicht mehr aus dem Sinn. Ich würde sie gerne in die erfahrenen Hände meines Bruders geben, weil ich die Unterwürfigkeit in ihrem Blick nicht mehr vergessen kann. Wie gehorsam sie reagiert hat, als ich meine Wünsche ausgedrückt habe … Ihre Devotheit schreit geradezu nach einer führenden Hand, die sie fliegen und den Himmel kosten lässt, aber ich kann ihr diese Hand leider nur bedingt reichen. Mehr als das, was in meinem Studio passiert ist, wird es zwischen ihr und mir nicht geben.

Vielleicht komme ich irgendwann nochmal in den Genuss, sie zu ficken, das würde ich wahnsinnig gerne tun, aber das ist es nicht, was ich mir für sie wünsche. Ich habe das Verlangen in ihren Augen gesehen … Ich kenne diesen flehenden Blick, der still um Halt und Führung bittet. Und genau dieser Blick berührte den Dom in mir. Philip muss sich um sie kümmern! Doch wie bringe ich ihm das bei?

»Am Freitagabend kam doch dieser Anruf, als Eileen gehen musste. Es ging um eine Kundin, die ein intimes Tattoo wollte«, beginne ich, ganz lapidar zu erzählen. »Sie würde dir gefallen, Philip. Sie ist eine Kopie von Kim Kardashian. Sie sieht ihr unglaublich ähnlich, und ich meine nicht nur im Gesicht. Ihre Titten, die sie leider Gottes ziemlich versteckt gehalten hat, wirkten schon rattenscharf, aber ihr Arsch ist ein echtes Geschenk des Himmels. Selbst mir hat es in den Handflächen gekribbelt, als ich ihre Rundungen gesehen habe. Ein echtes Rasseweib mit einem Mund … Mir wird jetzt noch ganz anders. Geküsst habe ich ihn zwar nicht, aber ich hatte anderweitig Vergnügen mit ihren geschwungenen Lippen und ihrer heißen Zunge, die ich wirklich gerne gekostet hätte.«

Eigentlich habe ich eine Antwort erwartet, aber stattdessen grinst er mich breit an und geht an den Kühlschrank, um uns zwei Bier zu holen, die er zischend ineinander verkeilt öffnet, bevor er mir eine Flasche reicht.

»Erzähl weiter, Bruderherz!«, fordert er mich auf.

»Naja, du und ich, wir kennen die Signale, und ich meine das jetzt nicht nur auf ihren Arsch bezogen, der geradezu geschaffen ist für ein schönes Spanking. Ich habe ihre Devotheit gespürt, und ich gehe davon aus, dass sie ein absoluter Neuling auf diesem Gebiet ist. Ich glaube, sie braucht so jemanden wie dich,

Philip.«

»Wie wäre es denn mit dir, Markus? Du bist der wahre Meister! Von dir haben wir alle gelernt. Keiner unserer Doms ist auch nur annähernd so erfahren wie du.«

»Das mag vielleicht sein, aber ich spreche auch nicht von den anderen Männern. Ich wüsste sie gerne in deinen Händen. Mit mir wird das nichts mehr, das weißt du, ich bin raus. Für immer! Ich werde nie wieder eine Peitsche schwingen oder einen Hintern versohlen.«

»Aber ihre Lippen hast du erkundet. Mit deinem Schwanz, vermute ich. Also warst du ihr doch ganz schön nah. Und das bei einer wildfremden Kundin? Wie ich sehe, hast du deine Verführungskünste immer noch drauf. Wo liegt für dich der Unterschied zwischen Sex und Sex? Du lässt dir einen blasen, du gehst wild vögeln … Und ich weiß aus guten Quellen, dass du es ganz schön heftig treibst! Aber auf der anderen Seite hast du Angst, das Dark Dream zu betreten und dein wahres Naturell auszuleben. Was ist dort anders? Ob du eine in deinem Studio poppst oder deine Spielwiese wieder hierhin, unter die Tanzschule, verlegst, ist doch im Grunde egal«, schildert er mir seine Sichtweise, und kurzzeitig frage ich mich, ob ich mich in meinem Bruder getäuscht habe.

»Seit wann ist Sex gleich Sex? Er ist so individuell wie all die Nahrung, die es hier auf Erden gibt. Die Varianten reichen von süß bis sauer, von bitter über scharf bis salzig. Es kann heiß sein, es kann kalt sein. Es kann fest oder weich, gesund oder giftig sein … Philip, ich bin gerade entsetzt! Du als erfahrener BDSMler fragst mich allen Ernstes nach dem Unterschied zwischen einer SM-Session und Blümchensex? Was habe ich dich eigentlich all die Jahre gelehrt? Was treibt ihr da unten? Der gravierendste Unterschied ist die Intensität, diese ganz besondere Bindung zwischen Top und Sub. Das kannst du doch mit keiner Vanilla-Beziehung vergleichen. Und erst recht mit keinem ONS, wie ich ihn ab und an habe. Es stimmt, dass es dabei ordentlich zur Sache geht, aus einem guten Grund! Wenn ich es langsam und zärtlich täte, würden sich die Frauen womöglich Hoffnung machen, und dem will ich vorbeugen. Ich liebe keine, ich schlafe mit keiner, ich ficke sie. Punkt! Und ich ficke nur jede einmal, nie ein zweites Mal! Vielleicht haben dir das deine Quellen ja auch gesagt. Außerdem habe ich nach Noras Tod über ein Jahr gar keine Frau mehr angerührt, b…«, bin ich gerade dabei meinen Standpunkt zu verdeutlichen, als er mir besänftigend ins Wort fällt.

»Hey, das sollte jetzt auch kein Vorwurf sein, im Gegenteil! Ich bin froh, dass du wieder ab und zu deinen Spaß hast. Du hast genug gelitten und tust es noch. Und selbstverständlich ist mir der Unterschied zwischen normalem Sex und einer BDSM-Session bekannt. Was ich damit ausdrücken wollte, ist einfach nur … warum kommst du nicht wieder mit zu uns? Du sollst doch auch im Club keine lieben, das tue selbst ich nicht. Aber du könntest da unten ebenso gut *ficken,* und vielleicht würde dadurch dein Verlangen nach der dunklen Seite irgendwann wieder empor kommen.«

»Das will ich aber gar nicht, Philip! Die dunkle Seite ist gar nicht so dunkel, wie du glaubst. In Wahrheit ist sie das Licht. Wenn man sich hinein begibt, findet man die Erfüllung. Ich habe sie einmal gefunden und wieder verloren. Ein zweites Mal stehe ich das nicht durch. Deshalb halte ich mich fern davon. Und was Vic betrifft, Victoria – die junge Frau, um die es eigentlich geht … Wenn du sie nicht willst, dann muss ich jemand anderen für sie finden. Jonathan und

Luke verstehen auch ihr Handwerk …«

Abermals unterbricht er mich. »Ich habe nicht gesagt, dass ich sie nicht will oder kein Interesse an ihr habe. Ich habe lediglich an dich gedacht, denn sie scheint dich ja zu interessieren. Markus, ich weiß, wie sehr du Nora geliebt hast und immer noch liebst. Aber mach doch mal in deinem Herzen ein kleines Stückchen Platz für eine andere Person, es muss auch gar nicht viel sein. Wenn du meinst, dass diese Vic devot veranlagt ist, dann führ du sie ein Stück in unsere Welt. Wenn es nicht im Dark Dream geschieht, dann eben in deinem Studio oder in einem Auto. Von mir aus auch im Kino. Du warst doch derjenige, der uns beigebracht hat, wie man eine Frau in Ketten legt und sie gefügig macht, und das alleine durch die richtigen Worte, mit Blicken und ganz banalen Griffen … «

»Du verstehst es nicht oder willst es nicht verstehen. Ja, ich weiß natürlich, was zu tun wäre, es ist schließlich mein Metier. Aber ich will nicht, Basta! Ich fahre jetzt noch eine Runde. Ich muss den Kopf frei kriegen. Wir sehen uns!«, sage ich, trinke mein Bier aus und schlüpfe in meine Lederjacke. Anschließend greife ich zum Helm und mache mich startklar.

Ich bin mit meiner Yamaha hier, denn ich liebe meine Maschine. Früher habe ich darauf viele Ausflüge mit Nora gemacht, die unvergesslich sind. Wir beide, so eng verbunden, und nur der Wind und die Freiheit haben uns zu den schönsten Orten getragen … das waren noch Zeiten! Selbst jetzt spüre ich sie ganz intensiv bei mir, wenn ich auf dem Motorrad sitze und mir den Kopf frei fahre. Ich spüre sie dicht hinter mir, so, wie es damals war … Ihre Wärme an meinem Rücken, ihre Arme, die sich um meine Brust schlängeln und mich ganz festhalten … Manchmal höre ich sogar ihre Stimme … Hin und wieder kann ich sie noch riechen. Ja, auf meiner Maschine bin ich ihr immer unglaublich nah, denn ich vermisse sie wie am ersten Tag. »Baby, du fehlst mir!«, säusle ich in den Helm, während ich mich in die Kurven lege und aus München tragen lasse. Es ist schon spät, die Straßen sind verhältnismäßig leer. Dafür schneit es wieder, wie schon gestern Abend. Der Graupel legt sich auf meine Blende. Ich muss irgendwann sogar anhalten, um mir freie Sicht zu verschaffen, ehe es weitergeht. Dann gehört die Straße wieder mir, und je näher die Nacht kommt, umso glücklicher fühle ich mich im Rausch der Einsamkeit, gepaart mit der Geschwindigkeit, die mir wie Gesänge um die Ohren weht. Meine Gedanken sind bei Nora und ihrem stets fröhlichen Gesicht, bei ihrer gepiercten Unterlippe, auf der sie immer kaute, und ihren wilden Locken, die sie nie bändigen konnte. Ich sehe die große Lücke zwischen ihren beiden Frontzähnen und ihr freches Lächeln. Ich weiß nicht, wie oft sie mir die Zunge herausgestreckt und mich so geneckt hat … Sie war einmalig, und ich vermisse sie so sehr, dass es immer noch unwahrscheinlich wehtut.

Mag sein, dass ich durch meine Erinnerungen ein bisschen abgelenkt bin und zu spät reagiere. Aber wer ahnt schon, dass plötzlich ein Auto um die Ecke auf meine Fahrbahn schießt?

Es geht so schnell, dass ich kaum reagieren kann. Eben war der Wagen noch nicht da, und jetzt ist er genau vor mir auf meiner Spur. Ich reiße den Lenker auf der verschneiten Fahrbahn panisch zur Seite, um einen offensichtlichen Crash in letzter Sekunde zu vermeiden. Dabei spüre ich, wie die Räder von meiner Maschine wegrutschen und ich sie nicht mehr halten kann …

Dann driften meine Gedanken ab … hin zu Nora, und ganz kurz denke ich mir: ›Ich komme, Baby!‹

Kapitel 8
Victoria

Spätdienst mit Folgen

Hoffentlich komme ich nicht zu spät zur Arbeit. Mit so viel Schnee habe ich nicht gerechnet. Ich wusste zwar, dass es etwas schneien würde, deshalb habe ich auch meinen Mini gewählt, aber was gerade auf den Straßen los ist, überrascht mich jetzt doch. Es ist Sonntagabend, der erste Advent, ich habe Spätschicht, was man vom Winterdienst nicht behaupten kann. Der scheint frei zu haben, denn die weiße Pracht säumt sogar die Hauptstraßen. Da werden wir heute in der Notaufnahme Einiges zu tun haben. Ich habe sowieso ein gestörtes Verhältnis zu Schnee auf der Fahrbahn, weil ich vor Jahren Zeugin eines schrecklichen Unfalls wurde. Bis zu jenem Tag bin ich immer mit dem Fahrrad zur Arbeit gefahren, selbst im Winter, aber ich werde nie die junge Frau vergessen können … Ich hatte noch Monate danach Albträume und bekomme selbst heute Gänsehaut, wenn ich daran zurückdenke.

Es war am Silvesterabend, und es schneite wie heute. Ich war auf dem Weg zu Caro, weil Alex mit Kollegen feierte. Die Straßen waren glatt, und die Sicht war stark eingeschränkt. Ich war einmal mehr mit dem Fahrrad unterwegs, so wie sie. Es hätte auch mich an jenem Tag erwischen können. Ich fuhr auf dem Radweg genau hinter der jungen Frau her und ließ aufgrund des ganzen Schnees einen größeren Abstand, was vermutlich meine Rettung war. Ich sehe es noch immer vor meinen Augen … Auf der Fahrbahn neben uns fuhren die Autos. Plötzlich kam ein LKW auf uns zu und geriet wohl ins Schleudern. Ich weiß nicht, warum die Frau so abrupt bremste. Vermutlich, weil sie sich erschreckte … Ich sehe noch immer, wie das Rad wegrutschte und sie schutzlos auf die Fahrbahn schlitterte. Der LKW versuchte, zu bremsen, aber es war zu spät. Er überrollte sie vor meinen Augen …

Ich musste alles mit ansehen. Es war so schrecklich, so furchtbar schrecklich! Ich alarmierte sofort einen Rettungswagen und blieb bei der jungen Frau, obwohl ich wusste, dass jede Hilfe zu spät kommen würde. Der LKW-Fahrer stand würgend am Fahrbahnrand, während ich neben ihr kauerte und vor Schock nicht wusste, was ich zuerst tun sollte.

Ihr Körper war mittig durchtrennt, trotzdem lebte sie noch einige Minuten … Minuten, die ich nie vergessen werde! Ich harrte bibbernd auf der Straße, und ihr Kopf ruhte auf meinem Schoß. Ich streichelte sie, redete beruhigend und hoffnungsvoll auf sie ein, obwohl wir beide wussten, dass es keine Hoffnung mehr gab. Sie kämpfte, um mir noch etwas zu sagen. Jedes Wort, jeder Atemzug von ihr war das reinste Wunder, während meine Tränen auf sie rieselten wie der fallende Schnee, der sich in all ihrem Blut auflöste … Ich habe ihren Namen nie erfahren. Aber sie riss sich mit letzter Kraft eine Kette vom Hals und legte sie mir in die Hand. Sie hauchte mir entgegen, dass es die Liebe ist. »Pass gut auf sie auf!«, röchelte sie in ihrem letzten Moment, bevor sie in meinen Armen einschlief. Ich habe die Kette noch heute, aber ich habe sie nie getragen, obwohl ich dieses kleine Schmuckstück faszinierend finde. Es ist das

Unendlichkeitszeichen in Form zweier winziger Handschellen, die ineinander greifen.

Es ist die Liebe …

Ich habe nie für jemanden eine solche Liebe empfunden, wie sie dieses kleine Schmuckstück repräsentiert. Man erkennt die innige Verbundenheit zweier Seelen auf einen Blick. Deshalb fand ich es nie richtig, die Kette zu tragen, zumal ich ein schlechtes Gewissen dabei hätte. Sie gehörte ihr … der namenlosen, jungen Frau. Sie war kaum dreißig Jahre alt, und ihre letzten Worte galten der Liebe. Dass sie mir im Angesicht des Todes ihre Kette anvertraute, geht mir bis heute sehr nah, und an Tagen, an denen es mir gar nicht gut geht, hole ich sie oft aus der Schatulle und halte sie in der Hand.

Es ist die Liebe …

Dass sie an diesem Tag sterben musste, habe ich nie verstanden. Ihr Tod war so sinnlos. Es waren Sekunden, und der LKW wäre vorbeigefahren. Es waren Sekunden, in denen sie nicht hätte bremsen müssen, dann wäre ihr Rad nie weggerutscht … Wäre sie eine Minute später zu Hause losgefahren, würde sie heute noch leben … All das geht mir noch immer durch den Kopf, und jeden Winter, sobald der Schnee fällt und die Straßen bedeckt sind, kommt es wieder hoch. *Ruhe in Frieden …*, denke ich mir und wische die Tränen weg, die mir ungewollt über die Wangen tropfen, als ich endlich am Notfallklinikum ankomme.

Ich spute mich, denn es gibt Einiges zu tun. Ich bin mit unserem Oberarzt alleine in der Notaufnahme, schließlich ist der erste Advent, und die anderen Kollegen stehen nur auf Abruf zur Verfügung. Aber je später der Abend wird, umso ruhiger wird es.

Wir haben sowohl ein paar Unfallopfer versorgt, von denen die meisten aufgrund der Glätte ausgerutscht sind, als auch eine Frau, die wegen einer Grippe zu uns kam. Gerade behandelt der Oberarzt,

Dr. Wedel, einen jungen Mann, der laut Aussage seiner Freundin unbeabsichtigt einen Drogencocktail zu sich genommen hat. Dieser beeinflusst jetzt nicht nur seinen Herzrhythmus negativ, sondern lässt ihn auch halluzinieren. Ich widme mich derweil einer älteren Dame, die einen Treppensturz hinter sich hat. Zum Glück hat die Frau keine Frakturen, und ich kann sie ihrem erleichterten Gatten wieder mit nach Hause geben. Wie selig er sie in seine Arme schließt, gar Tränen in den Augen hat, weil es ihr wider Erwarten gutgeht … Ist das schön mit anzusehen! Sich in dem Alter noch so viel Liebe und Zuneigung zu schenken … Ich muss schlucken, als ich den beiden melancholisch hinterher blicke und sehe, wie sie Hand in Hand ganz langsam in die Nacht hinaus spazieren. Ich bin mir sicher, dass es mit Alex und mir nie so sein wird. Er würde mich vermutlich noch nicht einmal hierher begleiten, wenn ich gestürzt wäre. Etwas wehmütig räume ich die benutzten Gegenstände in den Sterilisator, als ein Anruf vom Notarzt eingeht. Es ist bereits kurz nach Mitternacht, und es handelt sich um einen Motorradunfall. Das klingt gar nicht gut bei den Straßenverhältnissen, und dann noch ein Motorradfahrer … Ein Krankenwagen ist bereits vor Ort und wird den Mann gleich bringen.

Dr. Wedel lässt sich alle relevanten Daten durchgeben. Offenbar hatte das Unfallopfer noch Glück im Unglück. Laut dem Rettungsdienst vor Ort besteht der Verdacht auf eine Oberschenkelfraktur als auch auf ein Schädel-Hirn-Trauma.

Unser Oberarzt übernimmt, während ich mich für ein paar Minuten in das Ärztezimmer zurückziehen kann, weil die Notaufnahme gerade leer ist. Ich koche mir einen Tee und mache es mir mit einem Buch gemütlich. Im Grunde könnte ich mich jetzt auch hinlegen, aber ich hasse es, wenn ich kurz nach dem Einschlafen wieder geweckt werde, und bis morgen früh wird es bestimmt nicht so ruhig bleiben.

Das Buch war eine gute Idee, denn eine halbe Stunde später klopft Dr. Wedel bei mir an. »Der Verdacht einer Oberschenkelfraktur hat sich bei dem jungen Mann nicht bestätigt. Es ist nur eine starke Prellung. Er hat zudem ein leichtes Schleudertrauma erlitten, deshalb möchte ich ihn über Nacht zur Beobachtung hier behalten. Gleich kommen zwei weitere Verletzte rein, deren Wagen aufgrund der Glätte gegen einen Baum geprallt ist. Ich habe schon Dr. Adloff informiert, weil wir vermutlich werden operieren müssen. Du müsstest jetzt Herrn Harper übernehmen. Er wartet in der Eins. Sein Oberschenkel weist äußere Verletzungen auf, die noch gesäubert werden müssen. Schick ihn anschließend auf Station, die wissen schon Bescheid«, erklärt er mir routiniert und reicht mir die Akte.

Harper? Irgendwie sagt mir der Name etwas, allerdings kann ich ihn gerade nicht zuordnen. Ich trinke nur meinen Tee aus und mache mich gleich auf den Weg zu den Behandlungsräumen. Vor der Tür schlage ich kurz die Akte auf, und der Name sticht mir wie Feuer ins Auge. *Markus Harper …*

Ob die Möglichkeit besteht, dass zwei Menschen so heißen? Leicht panisch schaue ich auf das Geburtsdatum und rechne zurück.

Er ist 36 Jahre alt. Oh, mein Gott! Und die Adresse stimmt auch überein. Es ist die Adresse des Tattoostudios in der Sternstraße, offenbar wohnt er auch dort. Ich weiß gerade nicht, worüber ich mehr geschockt sein soll … Dass er jetzt in diesem Zimmer sitzt und ich ihn gleich werde verarzten müssen, oder weil er einen Unfall hatte, was mir unglaublich nahe geht. Zum Glück hat er es heil überstanden, zumindest, wenn ich den Vermerken in seiner Akte Glauben schenke. Seine Röntgenaufnahmen befinden sich ebenfalls auf dem PC in der Eins. Ich muss da jetzt hinein, ob ich will oder nicht! Scheiße …

Ich bin ja froh, ihn wiederzusehen. Aber unter anderen Umständen wäre es mir viel lieber. Ich zittere ungeheuerlich, als ich die Türklinke betätige und mit gesenktem Kopf den Raum betrete.

Während ich ihm unkontrolliert einen unterwürfigen Blick zuwerfe, schaut er mich überaus erstaunt an, setzt sich auf und scannt mich von oben bis zu meinen Zehenspitzen.

»Vic?«, fragt er, als könne er es nicht glauben, ehe er sich räuspert und sagt: »Victoria! Oh, ich meine, Frau Dr. König«, liest er jetzt von meinem Schild ab.

Ich gehe gar nicht darauf ein. Ich sehe nur seine Verletzungen, die mich umgehend schmerzen, was normalerweise nie der Fall ist. Seine linke Augenbraue ist gesprungen und blutig, und sein linkes Bein hat es übel erwischt. Die Prellung ist mit bloßem Auge ersichtlich, zudem hat er eine ziemlich großflächige Fleischwunde am Schenkel.

»Hi! Was machst du denn für Sachen? Hast du starke Schmerzen? Soll ich dir etwas dagegen geben?«, frage ich ganz zaghaft.

»Es geht schon. Da meinte vorhin einer, er müsse meine Fahrbahn benutzen, deshalb bin ich ein bisschen über die Straße geschlittert. Auf meinem Bein, wie man sehen kann. Aber was machst du hier? Du bist Ärztin?«, will er sichtlich überrascht wissen, was ich nur mit einem Nicken bestätigen kann.

»Assistenzärztin. Aber das bekomme ich gerade noch hin«, antworte ich im Hinblick auf seine Verletzungen. »Du müsstest dich jetzt hinlegen. Die Wunde am Bein ist ziemlich groß. Weißt du, wann du deine letzte Tetanusimpfung hattest?«

»Ja, vor zwei Jahren, als ich schon mal Bekanntschaft mit dem Asphalt gemacht habe«, erzählt er mir, während er es sich auf der Liege bequem macht.

Er trägt nur ein T-Shirt und eine Unterhose, was seine immensen Muskeln so richtig zur Geltung kommen lässt. Der Mann besteht ausschließlich aus Muskeln und Sehnen, aber etwas Anderes erregt noch mehr meine Aufmerksamkeit. Ich sehe zum ersten Mal seine Tätowierung. Es ist ein Engelsflügel, der sich auf seinem linken Unterarm befindet. Um sein Handgelenk, fast wie ein Armband, sind römische Ziffern tätowiert. Sie scheinen einem Datum zu entsprechen … Er bemerkt offenbar meinen Blick, den ich gar nicht mehr von diesem Kunstwerk lösen kann.

»Ich kannte mal einen Engel«, lautet seine kurze Erläuterung, bis er mich mit anderen Worten aus meinem tranceähnlichen Zustand holt. »Was machen die Schneeflocken? Kribbelt es schon?«

»Bitte?«, frage ich heiser.

»Ich will wissen, ob es kribbelt, ob es abheilt!«

»Oh. Das meinst du … Äh, ich vermute, ja. Aber das, das Kribbeln hält sich in Grenzen.«

Es geht schon wieder los! Ich blamiere mich abermals. Ich kann mich Markus gegenüber einfach nicht kultiviert verhalten. Deshalb werde ich jetzt still sein und meine Arbeit machen. Allerdings ist das gar nicht so leicht.

Ich spüre, wie furchtbar nervös ich bin, während ich seine Wunde am Bein säubere und versorge. Als er anschließend vor mir sitzt, weil ich die Verletzung seiner Augenbraue noch strippen muss, werde ich so zittrig, dass ich zuerst den Tupfer und dann auch noch die Strips fallen lasse.

Was ist das nur? Das passiert mir sonst nie! Vermutlich sind es die Bilder, die meinen Kopf fluten … Ich sehe mich immer wieder breitbeinig vor ihm liegen. Fast kann ich seine Finger in mir spüren. Wie sanft und erfahren er mich gestreichelt hat, wie gut er sich mit meinem Körper auskannte … Und jetzt seine unerwartete Nähe, seine Blicke aus diesen wunderschönen, tiefliegenden, stahlblauen Augen … Sie jagen mir einen Schauer nach dem anderen über den Rücken. Ich habe schon wieder Gänsehaut und muss mich erstmal beruhigen. Ich drehe mich zur Tür und hole mehrfach tief Luft, ehe ich es noch einmal mit frischen Strips versuche.

»Ich mache dich nervös«, sagt er plötzlich, was nur die Wahrheit ist, aber ich natürlich nicht so stehen lassen kann.

»Nein, nein … Es, es ist nur sehr spät, und ich bin leicht müde«, versuche ich, eine Entschuldigung für mein unruhiges Verhalten zu finden. »Tut, tut mir leid«, füge ich noch hinzu, ehe ich den ersten Strip setze, um die klaffende Wunde zu schließen, die seine Augenbraue spaltet. Zum Glück hat Dr. Wedel die Stelle vorab schon leicht rasiert, um erkennen zu können, wie tief die Wunde ist. Ich kann mich seiner in den Unterlagen dokumentierten Meinung nur anschließen, dass Strips ausreichen und die Wunde weder geklammert noch genäht werden muss. Zum Glück! Es bereitet mir schon Schwierigkeiten, die Strips zu setzen. Beim dritten und letzten macht er plötzlich »Buuh!«. Das reicht völlig, um auch diesen fallen zu lassen und zusammenzucken.

Resigniert fasse ich mir an die Stirn und will gerade den Strip aufheben, als ich seine Hände an meinen Hüften spüre, die mich ruckartig zu ihm ziehen.

»Müde bist du also? Und ziemlich schreckhaft dazu. Das ist gar nicht gut für eine Ärztin, oder bin ich es vielleicht doch, der dich so ein ganz kleines bisschen verunsichert?«

»Ja, vielleicht ein ganz kleines bisschen«, gebe ich gezwungenermaßen zu, denn die überraschende Intimität und seine starken Hände, die meine Hüften immer noch umfassen, machen mich schwach.

»Dabei liegst du heute noch nicht einmal nackt vor

mir. Jetzt bin ich der mit der Unterhose auf der Pritsche. Übrigens war dein *Zungenkuss* sensationell, aber leider bist du anschließend ziemlich schnell verschwunden. Ich konnte mich noch gar nicht für deine französische Nummer bedanken«, sagt er ganz unverblümt, während ich mir die Hände vor die Augen halte, um ihn nicht ansehen zu müssen. Ich schäme mich wie ein Kleinkind und spüre, dass meine Wangen zu glühen beginnen. Sie brennen wie Feuer, und die Hitze steigt mir umgehend zu Kopf.

»Was? Ist dir das etwa unangenehm? Ich dachte eigentlich, dass es dir auch gefallen hat. Komm, sieh mich an, Vic! Was ist los?«, fragt er, und kitzelt mich dabei leicht in den Rippen, sodass ich meine Hände reflexartig von meinem Gesicht nehmen muss.

Ich kann ihn aber kaum ansehen. Die Scham steht mir ins Gesicht geschrieben, während mich seine wunderschönen Augen völlig einnehmen. Ich möchte das Gespräch so gerne in andere Bahnen lenken, um dieser Peinlichkeit zu entkommen. Da fällt mir die Bezahlung wieder ein, und ich versuche, halbwegs die Kurve zu kriegen.

»Ja, ich bin, bin … äh, noch etwas, wie soll ich sagen …*verlegen.* Jedenfalls habe ich vergessen, bei dir zu bezahlen. Das tut mir irrsinnig leid. Das hole ich natürlich umgehend nach. Ich kann dir das Geld auch gleich geben. Wie viel bekommst du denn?«, fällt mir in letzter Sekunde ein, und gelogen ist es auch nicht.

»Versuchst du jetzt etwa abzulenken?«, fragt er, als könne er in mich hinein sehen.

»Nein, nein! Ich meine das ernst! Das ist mir total unangenehm.«

»Wie so Einiges …«, kontert er, und abermals schaue ich peinlich berührt zu Boden, während sein stählerner Blick mich weiter festhält.

»Ich, ich habe noch nie vergessen, eine Rechnung zu zahlen«, versuche ich erneut, mich zu verteidigen.

»Naja, das hast du wohl vor lauter Schlucken vergessen. Ist auch halb so wild. Du hast mich an diesem Tag genug entschädigt.«

Ich hätte nicht gedacht, dass meine Wangen noch mehr erröten könnten, aber sie können … ich sehe bestimmt wie eine Tomate aus, als ich an den Moment meiner überstürzten Flucht zurückdenke. Ich hatte kaum sein Sperma im Mund, als ich nach meiner Jacke griff und ohne ein weiteres Wort aus dem Studio rannte.

»Das mit uns hätte an diesem Abend noch richtig spaßig werden können, aber leider bist du ja Hals über Kopf geflohen«, spricht er es umgehend an.

»Noch mehr Spaß? So viel Spaß wie an diesem Tag hatte ich schon ewig nicht mehr«, gebe ich gedankenverloren zu und beiße mir sofort auf die Zunge. Ich sollte still sein! Ich sollte mir den Mund strippen!

»Schon ewig nicht mehr … So, so … Deshalb bist du wohl auch so schnell gekommen? Okay, kein guter Vergleich, ich habe ja auch schnell abgespritzt, obwohl ich das öfter tue. Aber es lag auch an deiner heißen Pussy, der ich ziemlich lange ausgesetzt war, und an deinen hinreißenden Lippen, die mich gerade wieder bezirzen. Woran lag es bei dir? Du hast wohl nicht so oft Sex?«

»Können wir bitte das Thema wechseln? Ich müsste dir ganz dringend den letzten Strip setzen!«, verdeutliche ich in aller Ehrlichkeit, denn seine Offenheit setzt mir in ungeahnter Weise zu. So etwas kenne ich nicht. Von wem auch? Alex nimmt das Wort *Sex* noch nicht einmal in den Mund, geschweige denn, Körperteile, die jenen vollziehen.

Markus ist das genaue Pendant. Er reizt mich damit und hört einfach nicht auf! »Bist du schon wieder feucht?«, fragt er ganz offen heraus.

»Kannst du bitte still sein?«, flehe ich, ehe ich

versuche, die Kontrolle zurückzuerlangen, und meine Funktion als Ärztin wieder aufzunehmen. »Also … Ich, ich setze dir jetzt den letzten Strip, und du gehst danach bitte auf Station. Dr. Wedel will dich diese Nacht über im Auge behalten. Sollten keine weiteren Beschwerden auftreten, kannst du morgen früh entlassen werden«, erkläre ich vernünftig, um endlich von diesem elektrisierenden Thema loszukommen, das mich tatsächlich anmacht. Ich bin wirklich feucht und kann die Nässe zwischen meinen Beinen deutlich spüren.

»Möchtest du mit auf mein Zimmer kommen, Vic? Oben wartet ein Einzelzimmer auf mich, in dem wir viel Spaß haben können.«

Ich schüttle verzweifelt den Kopf. »Ich kann nicht, ich … ich habe die ganze Nacht Dienst!«

Meine Aussage hält ihn nicht davon ab, nach meiner Hand zu greifen und sie gegen meinen Willen an sein Geschlecht zu führen. Ich habe einen Blick darauf nicht gewagt, aber meine Handfläche spürt nun deutlich seine Härte.

»Nicht nur du bist erregt, Vic! Das basiert auf Gegenseitigkeit. Leckst du ihn nochmal, ehe ich mich alleine in das blöde Krankenhausbett legen muss?«, fragt er mich tatsächlich, und ich sehe mich hektisch im Zimmer um. Wir sind zwar alleine, aber ich bin hier im Klinikum, und er ist mein Patient!

Wenn Dr. Wedel hereinkommen sollte oder eine der Schwestern … Ich kann doch nicht einem Patienten …

»Sei ein braves Mädchen, Vic!«, haucht er und holt seinen steifen Penis aus den schwarzen Boxershorts. Ich muss bei seinem Anblick unbewusst schlucken und lecke mir über die trockenen Lippen.

»So ist's gut! Komm näher und nimm ihn in deinen heißen Mund!«, flüsterte er, während ich seine Hand in meinem Nacken spüre, die mich zielstrebig zu seinem Schwanz drängt, ohne dass ich etwas dagegen tun kann. Ehe ich mich versehe, hocke ich wirklich in meinem weißen Ärzteoutfit vor ihm am Boden und habe schon wieder seinen Penis im Mund.

Das darf doch nicht wahr sein! Wenn uns jemand sieht! Ich verliere meinen Job!

Die Angst davor ist sehr präsent und lässt mich ihn noch schneller lecken, weil wir einfach keine Zeit haben. Dass meine Zunge so geschickt sein kann, wusste ich gar nicht. Sie umrundet ganz gekonnt seine pralle Eichel, ehe ich den Rest geradezu inhaliere, bis er meinen Mund ganz ausfüllt. Ich sauge gierig, nuckle ihn wie einen köstlichen Lolli, bewege mich vor und zurück, lasse mich ergeben an meinen Haaren dirigieren, während er mir sein riesiges Geschlecht immer tiefer in die Kehle rammt und meine eigene Erregung wächst.

»Das nenne ich mal eine erstklassige Behandlung«, säuselt er, wobei es mir immer stärker durch und durch geht. Als sein herber Geschmack und seine ersten Tröpfchen meine Zunge benässen und ich sein kehliges Stöhnen höre, trägt das zusätzlich zu meinem Verlangen bei. Ich kann den ekstatischen Zustand kaum noch kontrollieren, lasse mich mehr als willig von ihm führen und tief in meinen Hals vögeln. Dass mir Oralsex je so viel Vergnügen bereiten würde, hätte ich nie für möglich gehalten. Ich komme mir dabei so begehrenswert und gewollt vor, wie ich es immer herbeigesehnt habe …

Als ich das verräterische Zucken in seinem kräftigen Schwanz spüre, verstärkt sich mein Empfinden noch, und ich gebe alles … biete ihm meine ganze Kehle dar, bis es soweit ist und seine volle Ladung in meinem Mund landet. Ich schlucke sein Sperma langsam, um möglichst viel davon zu haben, weil es mich unwahrscheinlich anmacht.

Die Ärztin und die Klinik habe ich vergessen, als

ich seinen Penis mit meiner Zunge sauber lecke, bis auch das kleinste Tröpfchen weg ist. Seine Eichel glänzt, und ich schaue ihm fragend in die Augen, weil ich wissen will, ob es gut war, während mein Herz in seinen höchsten Tönen schlägt.

Ich erhasche einen dankbaren Blick, und Erleichterung flutet mich. Zum einen, weil er glücklich aussieht und zum anderen, weil uns niemand entdeckt hat.

»Das hast du ganz wundervoll gemacht, Vic. So habe ich dich am allerliebsten. Ergeben auf den Knien mit deiner mehr als geschickten Zunge an meinem Schwanz. Soll ich dich jetzt auch ein bisschen fingern? Das hast du nämlich verdient! Juckt deine kleine Pussy? Und diesmal meine ich nicht das Tattoo.«

Ich rapple mich wieder auf, streiche meine Kleidung zurecht und schüttle den Kopf.

»Nein, nein, alles gut. Es geht schon. Ich, ich muss jetzt deine Wunde fertig machen«, beteuere ich zum x-ten Mal, wobei ich nun zittere wie Espenlaub.

Er zieht mich abermals zu sich und hält mich ganz fest. Sein tiefer Blick, der in meine Augen fällt, lässt meine Knie zu Wackelpudding werden.

Meinen Herzschlag könnte ein Tauber hören. Es wummert zwischen uns und klingt wie Paukenschläge, während er durch meine Augen in mich hineinsieht, als könne er in meinem Kopf Antworten auf nicht gestellte Fragen finden.

Kapitel 9
Markus

Heiß und Kalt

Wie sie zittert … Ihr ganzer Körper bebt unter meinen Händen. Ihr Herz und ihr Puls rasen nur so. Ich weiß, dass sie über alle Maßen erregt ist. Garantiert ist ihr Höschen klitschnass, aber sie kämpft, wie schon beim letzten Mal … Nicht gegen mich, sondern gegen ihre eigenen Gefühle.

Dass sie mir dennoch hier einen geblasen hat, verdeutlicht mir wieder ihre Ergebenheit, derer sie sich gar nicht bewusst ist. Sie ist immerhin Ärztin, und wir sind in einer Notaufnahme … Ich gebe zu, dass dies bisher einer der interessantesten Orte ist, an denen ich abgespritzt habe. Und dann noch dieses Vergnügen exklusiv von einer Ärztin zu bekommen, ist schon außergewöhnlich, selbst für mich.

Ich muss gestehen, dass ich vollkommen überrascht war, Victoria hier zu sehen. Ich habe angenommen, dass sie einen Bürojob hat, eventuell juristisch tätig ist oder als Steuerberaterin agiert, so verschlossen und bieder, wie sie sich gibt. Aber wenn ich ganz genau darüber nachdenke, passt sie hierher.

Ich gehe davon aus, dass sie bei anderen Patienten wesentlich souveräner vorgeht und ihr zittriges, unsicheres Verhalten mir geschuldet ist, was mich wahnsinnig anturnt. Viel mehr, als es das eigentlich sollte.

Obwohl ich gerade äußerst befriedigt bin, prickelt es in meinen Händen, und ich kann der Versuchung kaum widerstehen, ihr an den Po zu fassen und ihn derb zu kneten. Dafür öffne ich ihre weiße Hose, was sie mit einem schockierten Blick geschehen lässt. Auch als meine Finger unter ihren Slip wandern, schaut sie nur erschrocken zu, unternimmt aber nichts dagegen. Als ich ihre kleine Perle unter meinem Daumen spüre und sie sanft zu massieren beginne, blüht das Verlangen in ihrem scheuen Blick auf.

Sie beißt sich auf ihre geschwungene Unterlippe und kann kaum stehen bleiben. Schwankend kämpft sie wieder gegen ihre Empfindungen, während ich den Druck verstärke und mit meinen anderen Fingern gleichzeitig tiefer wandere …

Sie ist klitschnass, wie ich es mir gedacht habe, und ich dringe wie von selbst mit zwei Fingern in sie ein. Im gleichen Moment kann sie wohl nicht länger aufrecht stehen und lässt sich ergeben mit ihrem Kopf auf meine Schulter fallen. Wie ein kleines Kätzchen schmiegt sie sich an meinen Hals, und ich höre die leisen Töne, die sie wimmernd von sich gibt, während ich in ihr grabe und ihren schwammigen G-Punkt mit sanftem Druck massiere. Mein Daumen neckt derweil immer weiter ihren Kitzler, streicht über ihn, kratzt leicht darauf, umkreist und presst ihn, bis ihr Wimmern stärker wird. Da sie dicht an meinem Ohr hängt, nehme ich es gezielt in mir auf und bekomme bei ihrem leisen Wispern eine Gänsehaut.

Ich spüre durch das Vibrieren ihrer Stimme, wie sehr sie ihr Verlangen zu unterdrücken versucht, und mein Wunsch, sie irgendwann laut schreien zu hören, wächst bis ins Unermessliche.

Dass sie jetzt nicht lauter wird, liegt garantiert auch an dem Umfeld, in dem wir uns befinden. Es kann schließlich jeden Moment ein Angestellter der Klinik zu uns stoßen. Es muss schon merkwürdig aussehen, wenn eine Ärztin ihren Kopf auf der Schulter eines Patienten liegen hat, während dessen Hand in ihrer geöffneten Hose steckt. Dass Vic jetzt nicht großartig stöhnt, sei ihr gerade noch verziehen. Trotzdem will ich einen Orgasmus aus ihr herauskitzeln. Nicht nur, um mich zu revanchieren, sondern auch, weil es mich unwahrscheinlich anmacht, ihre Schwäche zu spüren, die sie mir in diesem Moment schenkt. Ihre zitternden Hände liegen auf meinen nackten Schenkeln, und ihre bebenden Lippen berühren meinen Hals, während meine Finger weiterhin sanft raus und rein gleiten. Noch bin ich zaghaft, aber ich weiß, was ich tun muss, damit sie ganz schnell kommt …

Doch dafür will ich auch etwas haben, ganz so leicht mache ich es ihr nicht. »Halt dich an meinen Schultern fest und sieh mir dabei in die Augen!«, verlange ich, denn ich möchte ihren Höhepunkt miterleben.

»Ich, ich kann nicht … du solltest besser aufhören«, haucht sie ganz leise.

»Sollte ich?«, vergewissere ich mich und krümme meine Finger in ihr, was zu einem deutlichen Wimmern führt, bevor sie sich auf ihre Unterlippe beißt.

»Sieh mich an, Vic!«, fordere ich erneut, ehe ich sie ganz langsam weiter streichle. »Du schuldest mir übrigens noch eine Antwort. Ich habe dich bei unserem letzten Treffen im Studio gefragt, ob ich noch einen zweiten oder dritten Orgasmus aus dir streicheln soll. Also, soll ich? Oder willst du wirklich, dass ich jetzt aufhöre?«

Der scheue Blick, den sie mir endlich zuwirft, verrät mir, dass sie auf keinen Fall will, dass ich jetzt stoppe, doch ihr Verstand arbeitet natürlich dagegen.

»Es wäre klüger …«, beginnt sie, aber ich unterbreche sie sofort. »Auf einen Orgasmus zu verzichten, ist niemals klug. Also, pass auf, was du antwortest!«

Sie kann gar nicht mehr antworten, als ich meinen Druck wieder verstärke und noch einen dritten Finger in sie schiebe. Sie ist so unglaublich eng. Ihre Vagina verkrampft sich geradezu um meine Finger, und sie kämpft erneut gegen ihre Gefühle an.

»Halte dich an mir fest, Vic, und mach es dir nicht so schwer! Lass los, Kleines! Lass einfach mal los, nur für einen Augenblick«, flüstere ich in ihr kleines Ohr, an dem ihr langer, geflochtener Zopf hinabgleitet.

»So ist's gut«, bestärke ich sie, als ich spüre, wie sich ihre inneren Muskeln langsam lösen und sie meiner Penetration entgegenkommt. Jetzt macht sie sogar mit und schiebt sich meinen Fingern willig entgegen. Ihre Hände krallen sich unterdessen in meine Schultern, und ihr leises Wimmern klingt qualvoll.

Ich ahne, dass ihr Orgasmus nicht mehr weit ist und tue jetzt genau das Gegenteil von dem, was sie erwartet. Ich stelle jegliche Berührung ein, ziehe sogar meine Hand aus ihrer Hose und lasse sie auf dem Höhepunkt ihrer Erregtheit stehen, was unerträglich für sie sein muss. Aber ich will ihre Mauern zerstören, sie aus ihrem Gefängnis locken … und ein wenig scheint mir das zu gelingen, denn ihr entsetzter Blick schreit hilfesuchend nach Befriedigung.

»Sag mir, dass du es willst, und ich mache sofort weiter«.

»Ja«, haucht sie zittrig, aber das reicht mir nicht.

»Sprich es aus! Ich will hören, wie du sagst, dass ich dich zum Orgasmus bringen soll! Ich will hören, wie du nach meinen Fingern verlangst!«

»Ich, ich kann das nicht sagen … ich, ich schaffe das einfach nicht. Aber, aber …«, wispert sie, und ich sehe die Qualen, die sich von ihrem Inneren nach oben ausbreiten, und das Verlangen, das sie jeden Moment aufzufressen droht.

Ihre Finger krallen sich noch fester in meine Schultern, während sich der Schmerz ihrer unerfüllten Ektase ihren zitternden Körper zu eigen macht.

Es wäre jetzt ein Leichtes, sie zu erlösen, aber ich rudere nicht zurück! Ich möchte ja auch gar nicht viel, nur ein paar Worte, die sie einfach nicht über die Lippen bringt. Ich habe geahnt, dass sie es nicht aussprechen kann. Ich denke, sie hat noch nie etwas Versautes gesagt oder getan, also gebe ich ihr noch eine weitere Chance, die aber nicht minder schwierig zu erfüllen ist.

»Na schön. Ich erlöse dich, wenn du mir dafür versprichst, morgen früh vor meiner Entlassung in mein Zimmer zu kommen. Du wirst eintreten, ungebeten deine Hose und deinen Slip ausziehen, dich in das Bett legen und es dir vor meinen Augen selber besorgen. Ich will sehen, wie deine zarten Finger deine Perle streicheln, sie umrunden und du in deine feuchte Pussy eindringst, dich selbst schmatzend penetrierst und dich unter meinen Blicken bis zum Höhepunkt massierst, während ich neben dir stehe, mich ebenfalls wichse und auf dich spritze«, schildere ich ihr detailliert meine Fantasien, die gerade mit mir durchgehen. Denn ich würde zu gerne ihre Fingerchen auf ihren Schneeflocken bewundern und zusehen, wie sie vor mir schmilzt und kommt …

Victorias Augen werden immer größer. Ihre Erregung wird immer stärker, denn nicht nur mich macht meine Ausführung an, sie offenbar auch. Sie presst ihre Pussy gegen mein Knie, reibt sich an mir wie ein rolliges Kätzchen, weil sie das Prickeln in ihrem Unterleib nicht länger erträgt, und ich will jetzt endlich eine Antwort haben!

»So, Frau Dr. König. Wie lautet Ihre Entscheidung?«, necke ich sie zusätzlich, während sie mir wispernd um den Hals fällt.

»Bitte, bitte … ich, ich kann nicht mehr. Bitte! Ich habe so etwas noch nie gespürt. Bitte erlöse mich! Bitte, Markus! *Mach's mir mit deinen Fingern* …!«, fleht sie ganz leise in mein Ohr, womit ich gar nicht gerechnet habe. Viel lieber wäre mir die zweite Variante gewesen, also setze ich noch einen drauf.

»Sehr gerne, aber nur, wenn du morgen früh zu mir auf mein Zimmer kommst. Alles andere sehen wir dann. Okay?«, spiele ich meine Karten weiter aus, weil sie gerade gar keine andere Chance hat, als meinen Wünschen zuzustimmen.

»Ja, ja, ja, jaaaaaa …«, haucht sie nickend, wobei das letzte ›Jaaaaa‹ ziemlich deutlich ist, was vermutlich daran liegt, dass meine Finger wieder in ihr stecken.

Ich weiß, dass manche Männer sehr schnell kommen, die meisten Frauen brauchen wesentlich länger bis zum Orgasmus, aber Victoria übertrifft alle. Meine Finger haben kaum ihren G-Punkt berührt, und mein Daumen ist nur kurz über ihre Perle gefahren, als ich die Kontraktionen in ihr bereits spüre, die sich zuckend um meine Finger legen. Gleichzeitig stöhnt sie mir so ergeben, aber irrsinnig leise ins Ohr, dass ich sie am liebsten über meine Knie legen und sie für ihre Stille bestrafen möchte.

Ich darf gar nicht daran denken, was ich jetzt alles mit ihr anstellen könnte … ihr Po heizt meine Fantasie zusätzlich an. Die halbe Nacht liege ich in dem Krankenhausbett und träume davon. Ich kann den Morgen kaum erwarten.

Vic hat es nur mit Ach und Krach geschafft, den letzten Strip auf meine Augenbraue zu setzen, ehe eine Schwester gekommen ist, die mich auf die Station begleitet hat. Allerdings komme ich hier nicht zur Ruhe und denke viel nach. Den Unfall habe ich zu Beginn gar nicht realisiert, alles ging so schnell, und als ich hier ankam, war sie plötzlich da, was mich meine Verletzungen vergessen ließ.

Ich denke, ich hatte Glück. Bis auf die Wunde am Bein und dem Sprung über dem Auge bin ich glimpflich davon gekommen. Meine schöne Yamaha hat es wesentlich schlimmer getroffen. Ich bin gespannt, was die Mechaniker der Werkstatt morgen sagen werden …

Wenn nur nicht mein Kopf so wummern würde! Der Schmerz quält mich, sodass ich einfach keine Ruhe finde. Erst nach der Einnahme von Schmerz- und Beruhigungsmitteln, die mir die Schwester nach meinem Klingeln bringt, finde ich gegen vier Uhr morgens endlich in den erlösenden Schlaf. Doch bereits kurz nach sechs werde ich schon wieder geweckt, als ein Pfleger meine Körpertemperatur messen will … Ich kann es kaum erwarten, bis Philip mich nachher abholt. Ich war noch nie ein Freund von Krankenhäusern, dennoch sehne ich Vics Besuch herbei. Ich gehe davon aus, dass sie kommen wird, denn wenn nicht, wird es ein Nachspiel haben.

Es ist kurz nach neun, als es zaghaft an meine Zimmertür klopft. Allein anhand des Klopfens weiß ich, dass sie es ist. Die kleine Miss Unantastbar betritt nach meinem kräftigen »Herein!« zögerlich das Zimmer und zieht die Tür hinter sich zu.

Mit einem kurzen Blick auf die Uhr erkenne ich, dass wir eine ganze Stunde für uns haben werden, ehe Philip kommt. Wie schön! Und was ich noch schöner finde, ist die normale Kleidung, die Vic nun trägt. Offenbar ist ihre Nachtschicht beendet.

»Guten Morgen. Hat Dr. Wedel nochmal nach dir gesehen? Bist du soweit in Ordnung? Hast du Schmerzen? Darfst du nach Hause gehen?«, stellt sie mir viele Fragen, wagt es aber nicht, näher zu treten, sondern harrt im Gang vor der Zimmertür aus.

»Ich beiße nicht, Vic. Naja, nicht immer. Du kannst gerne näher kommen«, antworte ich, ohne auf ihre Fragen einzugehen.

Sie tut gerade so, als wäre ich ein Löwe und sie das Lamm, und das knisternde Spiel zwischen uns gefällt mir immer besser.

»Komm her! Setz dich zu mir auf das Bett!«, fordere ich und klopfe neben mir auf das Laken, weil sie nun mitten im Raum steht und sich nicht rührt.

Ich sehe, wie tief sie Luft holt, ehe sie sich vorsichtig näher heranwagt und sich wie eine Feder neben mir niederlässt. Dabei traut sie sich nicht, mich anzusehen, sondern starrt auf die Bettdecke. Offenbar gehen ihr die Bilder durch den Kopf, die ich gestern so treffend beschrieben habe. Liebend gerne würde ich sie jetzt nackt in diesem Bett liegen sehen, beobachten, wie sie ihre kleine Pussy streichelt … Aber ich weiß ebenso gut wie sie, dass sie dazu nicht in der Lage ist. Sie ist viel zu verklemmt und viel zu scheu.

Wenn ich betrachte, wie schüchtern sie ihren Kopf gesenkt hält, mich nicht ansehen kann … finde ich, dass die Schneeflocken ihres Tattoos hervorragend gewählt sind. Schnee und Eis … das sagt alles über sie aus. Nicht, dass sie kalt ist und kein Gefühl hat, im Gegenteil. Aber sie versucht ihre Emotionen stets zu verbergen und zu kontrollieren. Ich vermute sogar, dass tief in ihr eine kleine Flamme brennt, die so gerne nach außen züngeln würde, aber die süße Frau Dr. König kämpft ständig dagegen an.

Frau Dr. König … Schnee … eine kleine *Schneekönigin*, kommt es mir in den Sinn, und ich habe wieder den großen Wunsch, dass jemand ihr Eis zum Schmelzen bringen möge. Ich werde nur bedingt helfen können, weil ich sie nicht verletzen will. Sie braucht einfach den richtigen Mann an ihrer Seite, der sie aus ihrem eisigen Gefängnis lockt. Ich weiß, dass Philip eine gute Wahl ist. Er ist chronischer Dauersingle. Seine letzte feste Freundin war Nora, bevor wir zueinander gefunden haben, was er uns aber nie verübelt hat, im

Gegenteil. Ich glaube, er war sogar froh, wieder frei zu sein und sich ausleben zu können. Aber er hat ein gutes Herz und ist anständig. Bei ihm könnte sie die Erfüllung finden, nach der sich ihr ängstliches Herz sehnt. Doch bevor ich meinen Bruder weiter damit nerve, muss ich testen, wie willig sie wirklich ist.

Während meines langjährigen Wirkens als Dom habe ich gelernt, dass es eine Stelle an jeder Frau gibt, die ihre Willigkeit bestens demonstriert. Wenn sie Berührungen dort zulässt, dann ist alles mit ihr möglich. Nur Frauen, die sich an diesem wunden Punkt verschließen, kann man schwer zu ergebenen Gespielinnen erziehen. Meist sind sie zu beherrscht und selbst zu dominant, als dass sie diese verbotene und hochsensible Stelle mit ins Liebesspiel integrieren würden, wobei sich diese Empfindungen unbewusst abspielen und die betreffende Person gar nicht weiß, was es mit ihren Gefühlen auf sich hat.

Aber meine persönlichen Erfahrungen sprechen für sich, und ich vertrete diesen Standpunkt seit Jahren. Wer sich an diesem Punkt verschließt, wird selten eine ergebene Sub werden, und die, die es beim ersten Versuch zulassen, tragen großes Potenzial in sich. Nun will ich wissen, wie mein Schneeflöckchen tickt. Noch sitzt Victoria mir scheu gegenüber und schweigt. Niemand, der sie jetzt sehen würde, könnte ahnen, dass sie eine Ärztin ist.

Ich weiß auch nicht, ob es an meiner Erscheinung liegt, die so dermaßen einschüchternd auf sie wirkt, aber ich gehe davon aus, dass ich es bin, der sie zittern und beben lässt, ohne etwas dafür tun zu müssen.

»Um auf deine Fragen zurückzukommen, Dr. Wedel war bei mir, mir geht es einigermaßen besser, und wegen meines brummenden Schädels bekomme ich Schmerzmittel mit nach Hause. Zudem soll ich die nächsten Tage etwas kürzer treten. Aber nun zu dir.

Zeig mir mal das Tattoo!«, fordere ich sie lächelnd auf.

Ihr Blick sagt alles. Ein Teil von ihr würde am liebsten schreiend aus dem Zimmer rennen, aber erstens schreit sie nicht – ich vermute niemals, und zweitens hält sie etwas gefangen. Dieses Etwas ist die erotische Spannung, die zwischen uns seit der ersten Minute herrscht, und der sie sich ebenso wenig entziehen kann wie ich.

»Vic … ich möchte doch nur das Tattoo sehen«, versuche ich die vernünftige Variante.

»Damit ist alles bestens, wirklich!«, beteuert sie.

»Ich würde mich aber gerne selbst davon überzeugen. Was ich gestern gespürt habe, fühlte sich schon mal sehr gut an, dennoch will ich es jetzt sehen«, mache ich unmissverständlich deutlich, woraufhin sie wieder meinem Blick ausweicht und sich der schneeweißen Bettwäsche widmet.

»Werd' doch mal etwas lockerer, Kleines! Versuch es! Du bist total verklemmt«, sage ich meine ehrliche Meinung, gegen die sie umgehend protestiert.

»Bin ich nicht!«

»Sind Sie sich sicher, Fräulein Rottenmeier?«, mache ich eine witzige Anspielung auf die biedere Hausdame aus dem Kinderbuchklassiker Heidi, an die mich Victoria mit ihrer überaus beherrschten Art in manchen Situationen erinnert.

Jetzt wirft sie mir einen pikierten Blick zu, während ich näher rutsche und von hinten meine Arme um sie lege. Ich sehe sofort, wie sich eine Gänsehaut auf ihrem Körper ausbreitet und sich die kleinen Härchen in ihrem Nacken aufstellen.

Ich bin mir bewusst, welchen Eindruck ich bei einigen Frauen hinterlasse. Ich bin ein großer, dunkler Typ und ordentlich gebaut dazu. Zudem scheue ich weder Wasser noch Seife und lege auch auf meine Mundhygiene viel Wert. Doch was ich bei Victoria auslöse, ist mit nichts zu vergleichen. Sie wirft sich mir nicht an den Hals. Sie macht mich nicht an. Sie verlangt nichts von mir, sie will nichts von mir … im Gegenteil! Sie würde am liebsten fliehen. Sie scheut sogar meine Blicke, und ihr schamhaftes Verhalten facht eine tot geglaubte Seite in mir an. Auch sie wirkt auf mich äußerst erotisierend, und ich bin mir im Klaren darüber, dass ich gerade mit dem Feuer spiele. Ich muss aufpassen, damit ich mich nicht an der kleinen Schneekönigin verbrenne …

Als ich ihr noch näher komme und meine Lippen ganz sanft über ihr Ohrläppchen streichen, schüttelt sie sich reflexartig, und der nächste Ausläufer einer Gänsehaut zeichnet sie, was mich unwahrscheinlich anmacht. Das sind Dinge, die man nicht kontrollieren kann. Sie basieren auf einer biochemischen Reaktion. Wir reagieren hoch erotisch aufeinander, denn auch mein Schwanz meldet sich gerade zu Wort. Er wächst unaufhörlich und presst hart gegen meine Jeans, dabei will ich doch nur etwas testen …

»Vic, zieh deine Hose aus! Sei ein braves Mädchen und zeig mir das Tattoo!«, flüstere ich ihr ins Ohr und höre, wie sie die Luft anhält.

»Ho… Hose … ausziehen? Ga-ganz?«, stottert sie leise und dreht sich zu mir um, als sie sich wieder einigermaßen gefangen hat.

»Ja, ich will es mir komplett ansehen, auch den Schweif mit dem Eisglitter, der ja doch ganz schön tief verläuft, insofern stört deine Hose ebenso wie dein Slip. Also bitte einmal nackig machen!«

Ihr Blick ist grandios und wirkt auf mich wie das reinste Viagra. Sie hat eh schon wunderschöne große, haselnussbraune Augen mit ellenlangen, schwarzen Wimpern, die sie nun noch weiter aufreißt, während sie haspelnd nach Ausreden sucht, zu denen ich es aber gar nicht kommen lasse, denn die Zeit rennt uns davon.

»Ausziehen, Kleines! Jetzt!«, höre ich mich überzeugend sagen und grüße schweigend den Dom in mir, der ihretwegen immer wieder nach oben drängt. Sie schluckt schwer, dennoch steht sie vorsichtig auf und greift an den Bund ihrer Jeans. Sie öffnet den ersten Knopf, ehe ich das Ratschen des Reißverschlusses wahrnehme.

Sie wird es zulassen, ich weiß es … Und ich beneide ein bisschen meinen Bruder, weil er der erste sein darf, der ihr die dunkle Welt zu Füßen legt.

Gespannt beobachte ich, wie reizvoll sie aus ihrer Jeans schlüpft. Sie macht es nicht absichtlich. Es ist auch nicht die Art, mit der sich Stripperinnen ausziehen und anbiedern. Bei ihr ist es das genaue Gegenteil, das bei mir zu Herzrasen führt.

Sie geniert sich, und das macht mich an … Ihre Wangen leuchten wieder in diesem süßen Rotton, als hätte man ihr viel zu viel Rouge aufgelegt.

Dummerweise trägt sie schon wieder so einen hässlichen Pullover, der ihr zum einen viel zu lang und zum anderen auch viele Nummern zu groß ist. Während sich andere Frauen oftmals in Klamotten quetschen, bei denen man sich fragt, ob es diese oder jene Bluse nicht auch in ihrer Größe gegeben hat, kleidet sich Victoria absolut gegensätzlich und ist immer mit viel zu weiten Oberteilen bestückt. Der weiße Norwegerpullover mit dem dicken Rollkragen und dem länglichen Flechtmuster ringsum, reicht ihr bis zu den Knien und könnte mit einem Gürtel versehen als Kleid durchgehen. Zudem hätte das Teil meinem Großvater gepasst. Gott habe ihn selig …, aber seine Wampe war legendär.

Was versucht sie denn nur darunter zu verstecken? Am liebsten würde ich sie jetzt aus sämtlichen Textilien schälen. Einzig und allein der Umstand, dass wir hier in einem öffentlichen Krankenhaus sind, hindert mich daran, und ich schaue gebannt zu, wie sie unter diesem grässlichen Pullover an ihren Slip fasst und diesen die Beine hinabgleiten lässt. Er ist weiß, aus reiner Spitze mit einem seidigen, weißen breiten Bund. Ein süßer Panty. Wenigstens ihre Unterwäsche ist geschickt gewählt.

Nun kann ich mich aber nicht mehr zurückhalten, weil ich weiß, dass die Versuchung unter diesem langen, weißen Liebestöter von Pullover lauert.

Ich mache nur eine lockere Handbewegung nach oben, und sie weiß sofort, was ich will. Mein kleines Schneeflöckchen sieht sich ängstlich im Raum um und greift zaghaft an den Pullover. Dann zieht sie ihn hoch …

Eine göttliche Pussy! Anders kann ich das nicht sagen! Ihre Rundungen bringen mich schon wieder zum Schwitzen. Sie ist gemeißelt wie eine Skulptur. Alles an ihr wirkt so sinnlich, feminin, geschmeidig, wohlgeformt … und unter ihrem schönen Bauch offenbart sich die Sünde. Ich bin wirklich stolz auf mein Werk. Selten hat mir ein Tattoo so gut gefallen wie ihres. Ich sehe ihre heiße Spalte in Verbindung mit den eisigen Schneeflocken und erlebe eine kleine Gefühlsexplosion.

Schneeflocken auf heißer Haut … Es erinnert mich auf abstruse Weise an meinen Lieblingslikör Gletschereis. Wir haben die geilsten Partys mit dem Gesöff gefeiert. Frisch aus dem Gefrierfach, und dann brennen lassen. Im Ansatz ist er feurig heiß, ehe die eisige Kälte dich trifft und dir den Kick gibt. Bei ihr ist es genau andersherum, erst das Eis und dann die Hitze, aber den Kick bekomme ich jetzt schon. Ich muss sie dafür nur ansehen, was ihr allerdings absolut unangenehm ist. Beschämt steht sie vor mir, hält ihren Pullover nach oben und weiß vor lauter Verlegenheit gar nicht, wohin sie gucken soll.

Jetzt will ich sehen, was ich schon lange sehen wollte! Ihren Arsch!

Ich sitze auf dem Bett, und mir läuft es heiß und kalt zugleich über den Rücken, während ich abermals meine Hand erhebe, meinen Zeigefinger strecke und diesen langsam kreisen lasse, was ihr verdeutlicht, dass sie sich umdrehen soll.

Sie versteht auch ohne Worte, was ich von ihr will. Eine seltene Begebenheit, die meist nur zwischen vertrauten Menschen zustande kommt.

Ich spüre, dass es ihr ungeahnt schwer fällt, sich umzudrehen. Natürlich lässt sie auch ihren Pullover los, der sofort ihre heiße Kehrseite verdeckt. Allerdings brauche ich nur ihren Namen deutlich auszusprechen, und sie weiß sofort, was ich von ihr will. Es genügt ein einziges »Victoria!«.

Sofort fasst sie an den Saum des Pullovers und zieht ihn ganz langsam nach oben über ihre traumhaft schönen Rundungen, bei denen mir das Wasser im Mund zusammenläuft.

Kapitel 10
Victoria

Neue Welten

Was will er denn nur von mir? Am Po bin ich doch gar nicht tätowiert. Außerdem habe ich ein ziemlich großes Hinterteil. ›Ein Arsch wie ein Pferd‹, sagt Alex immer, weshalb ich mich tierisch für meinen Po schäme und gegen meine Tränen ankämpfen muss, die mir in den Augen brennen. Ich fühle mich wahnsinnig unwohl, mich so nackt und ungeschützt am helllichten Tag präsentieren zu müssen. Und dazu an meinem Arbeitsplatz! Wenn jetzt die Tür aufgeht und eine Schwester hereinkommt, bin ich geliefert, obwohl mein Dienst beendet ist und ich als Privatperson hier bin. Trotzdem fühle ich mich mies, als ich zum Fenster hinaus starre, während er meinen Hintern begutachtet.

Wieso mache ich das überhaupt mit?

Weil er seinen Zeigefinger in der Luft kreisen lassen hat? Und wenn er etwas ganz anderes wollte? Ich habe eher unbewusst reagiert. Ob das überhaupt richtig war?

»Kann ich mich wieder umdrehen?«, frage ich und höre selbst, wie blöd das klingt. Weshalb frage ich ihn überhaupt? Wieso reagiere ich wie ein Roboter auf seine Anweisungen?

»Lehne dich bäuchlings über das Bett, Victoria! Ich

möchte etwas testen.«

Etwas testen? Was will er denn testen?

Ich zögere und überlege, schaue vom Bett zu ihm, zurück zum Bett, dann an die weiße Decke über mir.

»Victoria! Du sollst dich über das Bett lehnen!«, wiederholt er in einem Tonfall, der gar keine andere Option zulässt, obwohl es nicht böse klingt, auch nicht drohend, im Gegenteil. Er sagt es mit so einer sanften Bestimmtheit, dass ich einfach folgen muss. Ich kann mein Handeln auch gar nicht steuern. Er sagt etwas, und mein Körper tut es einfach. Als wären die beiden einen Deal eingegangen, ohne mich zu fragen.

Mein Kopf schlägt Alarm, ebenso wie mein Herz, das furchtbar laut in meiner Brust hämmert, als ich mich bäuchlings über das Krankenhausbett beuge, ganz so, wie er es wünscht. Meinen Pullover, der zum Glück ziemlich lang ist, habe ich wieder fallen lassen, sodass er das Wesentliche verdeckt. Ich trage jetzt nur meine weißen, flauschigen Socken und den besagten Strickpulli. Meine nackten Beine lugen hervor.

Wieso soll ich mich eigentlich über dieses Bett beugen? Was hat er denn vor? Will er mich etwa von hinten … Will er … Ob er so … so mit mir schlafen will? Hier? Jetzt? Gleich?

Die Position ist passend. Mein Po ist weit ausgestreckt, während mein Kopf sanft auf dem Laken ruht und meine zittrigen Hände sich in die Bettdecke krallen. Mein Puls rast, und das Blut fließt rauschend durch meine Adern. Auch mein Herz pocht mit kräftigen Schlägen tief in meiner Brust, weil ich einfach nicht weiß, was gleich passieren wird.

Er sagt auch nichts und tut nichts …

Dieses Nichts ist quälend!

Viel quälender, als ich es je erwartet hätte.

Als ich nach einer gefühlten Ewigkeit seine Hand an meinem nackten Oberschenkel spüre, zucke ich unter einem lauten Zischen zusammen.

»Ganz ruhig! Psssst! Es wird nichts Schlimmes passieren«, raunt er und streichelt mich immer höher. Seine Berührungen sind ganz sanft. Sie liebkosen meine Haut auf ungeahnte Weise, wobei es mir durch und durch geht. Ich erwarte, dass er mir jetzt von hinten zwischen die Beine greift, doch er tut es nicht! Stattdessen schiebt er den Pullover hoch und legt ihn über meinen Po, sodass dieser nun ganz unbedeckt ist.

Ich beiße mir auf die Lippe, weil ich dieses Gefühl der Blöße gar nicht mag. Mein Hintern ist eine Schwachstelle an meinem Körper, und ausgerechnet diese Schwachstelle dem Mann meiner Träume auf so ungeschützte Weise präsentieren zu müssen, schmerzt sehr.

Zu meinem gewaltigen Herzklopfen mischen sich beinahe Tränen, die ich hartnäckig wegzublinzeln versuche. Ich kann doch jetzt nicht weinen! Ich weine nie! Und schon gar nicht aus so einem blöden Grund, obwohl meine Verletzlichkeit nie größer war als in diesem Moment.

Ich weiß nicht, wie, aber er spürt meine Verzweiflung. »Was ist denn, Vic? Was setzt dir so zu?«, will er wissen, während er meinen Po ganz zärtlich streichelt und weiter redet. »Ich weiß, dass dieser Ort nicht optimal ist und wir die Tür nicht abschließen können. Aber ich stehe genau hinter dir, sodass niemand außer mir deine heißen Rundungen zu Gesicht bekommen wird. Sollte jemand ungebeten eintreten, werde ich umgehend deinen langen Pullover über dich ziehen. Du brauchst dich also nicht davor zu fürchten, dass du hier entdeckt werden könntest«, redet er beruhigend auf mich ein.

»Das, das ist es nicht alleine …«, hauche ich.

»Was ist es dann? Was bringt dich so zum Zittern? Bin ich es? Sind es meine Hände? Ist es die hilflose

Position, in der du dich befindest?«, erkundigt er sich interessiert, während er meine Pobacken weiter kreisend umrundet, was mir wahnsinnig gut gefällt. Er ist dabei so liebevoll. Beinahe fürsorglich krault er mich, wobei die Stelle seiner Liebkosungen sehr gewagt ist.

»Ich, ich … ähm, nun ja … das, das … äh«, stottere ich und schaffe es einfach nicht, ihm den wahren Grund zu sagen, weil es mir so peinlich ist, wie mein Po selbst.

»So lange ich die Ursache nicht kenne, kann ich dir die Angst leider nicht nehmen. Aber ich sorge dafür, dass du gleich auf andere Gedanken kommen wirst. Entspann dich, Kleines!«, sagt er leise, und ich beobachte aus den Augenwinkeln, wie er zu einer Tube Kamillencreme greift, die auf dem kleinen Beistelltisch seines Bettes steht.

Ich kann hören, wie er die Tube hinter mir aufschnappen lässt. Ich glaube, er cremt sich seine Hände ein. Plötzlich spüre ich seine Finger wieder auf meinem Po und zucke zusammen.

»Schscht! Ganz ruhig, Vic!«, raunt er und cremt nun meinen Hintern mit kreisenden Bewegungen ein, was sich erstaunlich gut anfühlt und durch die weiche Creme ganz leicht geht. Er reibt immer intensiver und massiert meine Muskeln. Seine eindringliche Massage wirkt sich unweigerlich auf meinen Unterleib aus. Meine Vagina ist ganz beglückt von dieser unerwarteten Zärtlichkeit ganz in ihrer Nähe. So etwas hat sie noch nie gespürt, und ich, ehrlich gesagt, auch nicht. Ich sinke ergeben in das Laken und strecke ihm immer williger meinen Po entgegen, ohne es steuern zu können.

»So machst du das gut!«, höre ich Markus sagen und bemerke, dass er abermals Creme in seine Hände gibt und sich dann über mich beugt. »Und jetzt entspann dich, Vic! Wehr dich nicht dagegen, dann tut es auch gar nicht weh«, haucht er mir ins Ohr.

Ich überlege angestrengt, was mir wehtun könnte, als ich spüre, wie er mich mit einer Hand im Rücken plötzlich auf das Bett drückt, während seine andere Hand tiefer wandert.

Mein Herz rast, und meine Muschi lechzt nach seinen Fingern, aber die bekommt sie nicht ab! Es geschieht so schnell und so einfach … viel zu einfach. Er schiebt seinen Finger direkt in meinen Po!

Mithilfe der fettigen Kamillencreme durchbricht er mühelos meinen engen Ring, ohne dass ich etwas dagegen tun kann. Ich versuche mich zwar automatisch aufzubäumen, aber seine andere Hand hält mich nach unten gedrückt.

Oh Gott, wie kann er nur? An dieser Stelle! Das geht doch nicht! Das tut man doch nicht!

»Ganz ruhig, Vic! Gewöhn dich erstmal an dieses neuartige Gefühl. Gib dir selbst die Chance, es genießen zu lernen, ehe du dich zur Wehr setzt«, raunt er mir entgegen und krault mich mit seiner Hand, die mich gleichzeitig im Nacken hält, wodurch ich zusätzlich fröstele.

In mir spielen sich die merkwürdigsten Gefühle ab.

Sein Finger in meinem Anus wirkt wie ein Fremdkörper, und in mir entsteht der Drang, dagegen zu drücken, um diesen Eindringling hinaus zu pressen. Aber als er beginnt, mich an dieser hochsensiblen Stelle sacht zu massieren und ganz sanft raus und rein zu fahren, überhäufen mich noch ganz andere Gefühle, die ich gar nicht zuordnen kann. Es geht nicht nur raus, sondern immer wieder rein. Das verwirrt mich total. Weh tut es nicht. Es ist so anders, so neu, so fremd …

»Wenn du jetzt ganz brav bist und still liegen bleibst, zeige ich dir, wie schön es selbst an dieser Stelle sein kann«, höre ich ihn sagen. »Also, bist du brav, Vic?«

Ehe ich darüber nachdenken kann, spüre ich, dass ich bereits instinktiv nicke.

»Sehr gut. Ich wusste es doch gleich. Du wirst es nicht bereuen, Kleines!«, sagt er und liebkost mich mit seinen Worten auf ungeahnte Weise.

Ich glaube, mein echter Papa nannte mich einst oft Kleines und Schätzchen so wie Markus es tut … Irgendwo tief in mir fühlen sich diese Worte vertraut an. Aber ich habe sie jahrelang niemanden mehr sagen hören, und gerade jetzt streicheln sie meine Seele, wie seine Hände es mit meinem Körper tun.

Er lässt meinen Rücken los und greift unter mich. Seine Finger finden automatisch und ganz gezielt den Weg zu meiner Klitoris, die arg geschwollen sein muss. Ich danke es ihm mit einem ungewollten Stöhnen, das einfach aus mir dringt, als er mich dort zu streicheln beginnt. Er umrundet meine Perle, und gleichzeitig bewegt sich sein Finger der anderen Hand in meinem Po. Er gräbt in mir, massiert mich an dieser ungehörigen Stelle … und anstatt es schrecklich zu finden, erregt es mich plötzlich.

Die Stimulationen mischen sich, und das, was ich als unangenehm empfinden sollte, entpuppt sich als außerordentlich erotisch, sodass ich ihm meinen Hintern geradezu anbiete. Ich spüre, wie ich meine Beine weiter spreize, damit er noch besser Zugang findet, weil es einfach nur schön ist und mir gut tut.

Würde er meine Perle nicht nur umrunden, sondern sie gezielt streicheln, käme ich sofort zum Höhepunkt. Ich bin so kurz davor. Ob ich es ihm sagen soll? Ich sehne mich so sehr nach Erlösung!

»Wie nah an einem Orgasmus bist du?«, fragt er plötzlich, als könne er mal wieder meine Gedanken lesen. Ich weiß, dass die Zeit der Ehrlichkeit angebrochen ist.

»Ganz, ganz nah. Du müsstest nur, nur …«, beginne ich zaghaft, als er mir helfend entgegenkommt. »Ich weiß, was ich zu tun habe«, sagt er und neckt ganz kurz und intensiv meine Klit, ehe er wieder kreisend um sie fährt. »Soll ich? Willst du diesen Orgasmus?«

»Ja, bitte!«, flüstere ich kaum hörbar.

»Aber nur, wenn du dich mir öffnest und einem zweiten Finger Einlass gewährst.«

Einen zweiten Finger? Das ist ganz schön viel … *da hinten* … »Wird es sehr wehtun?«, will ich wissen, denn ich kann mir vorstellen, dass es schrecklich unangenehm sein muss.

»Kein bisschen. Ich sorge dafür!«

Ich glaube ihm, und er hat nicht zu viel versprochen! Ehe er einen weiteren Finger in mich schiebt, widmet er sich meiner Klitoris mit so einer Intensität, dass sich der ersehnte Orgasmus umgehend anbahnt. Und erst als ich auf dem Höhepunkt bin, fährt sein zweiter Finger in mich, um den erlösenden Orgasmus auf die Spitze zu treiben und auszudehnen.

So etwas habe ich noch nie erlebt!

Ich bin so froh, dass ich auf dem Laken liege und in die Bettdecke schreien kann, sonst würde mich vermutlich das ganze Krankenhaus hören.

Aber nicht, weil es weh tut – nein, kein bisschen! – sondern, weil es so atemberaubend schön ist. Dass ein Körper zu solchen Empfindungen imstande ist, habe ich nicht gewusst.

Selbst als ich zu Hause bin, kann ich den restlichen Tag an nichts anderes mehr denken. Überhaupt besudeln mich die Gedanken um Markus permanent, als ob er die Sonne meines Lebens wäre.

Obwohl wir uns nicht verabredet haben und ich auch nicht weiß, wann ich ihn wiedersehen werde, strahlt das pure Glück aus mir. Völlig absurd! Schließlich bin ich verlobt. Und gleichzeitig verliebt … in einen anderen …

Ja, ich habe mich in Markus verliebt! So schwer es mir auch fällt, mir das einzugestehen, aber ich habe mich vermutlich schon am ersten Tag unseres Kennenlernens in ihn verknallt. Der ungeahnt gute Sex, den er mich seither erleben lässt, trägt nicht minder zu meinem Gefühlswirrwarr bei.

Oh Gott, wie soll das nur weitergehen? Wo soll das noch hinführen? Mein Leben ist durchgeplant! Ich werde Alexander heiraten müssen. Allein schon aus dem Grund, weil mein Adoptivvater ihm meinetwegen die halbe Firma überschrieben hat und diese ja in Familienbesitz bleiben soll, da ich mich in keiner Weise für Immobilien interessiere. Zudem ist unsere Hochzeit fest terminiert. Bereits am 14. Januar soll es soweit sein. Meine Mutter legte das Datum fest, mir war es völlig egal. Ich bin froh, wenn ich diesen Tag hinter mir habe. Alexander bestand nur darauf, in den Wintermonaten zu heiraten, damit ich mich in einem stoffreichen Brautkleid verstecken kann und ja nicht zu viele meiner ›Dellen‹ sichtbar werden, wie er es beschrieben hat. Dabei habe ich noch nicht einmal Dellen … würde er mich einmal ansehen, würde er das vielleicht auch bemerken.

Aber meine Mutter war bei diesem Thema ganz auf Alex' Seite. Mein Körper sei für eine Heirat im Frühling oder Sommer eher unvorteilhaft, drückte sie es etwas gewählter aus. Das Haute Couture eines Hochzeitskleides, das sie für Unsummen direkt bei Dior in Auftrag gegeben hat, kostet mehr als ein Neuwagen der gehobenen Mittelklasse. Dennoch komme ich mir darin vor wie in einem Ganzkörperkondom.

Eine weiße Plüschjacke, die aussieht, als hätte man ein Huhn gerupft, gehört zum Ensemble, und sogar das ausschweifende Unterteil wirkt, als hätte man Federn darin verarbeitet, was allerdings den Winter repräsentieren soll. Mir ist es egal … Hauptsache, der

Tag ist bald vorüber. Und dann gibt es da ja immer noch Markus … *Markus*!

Allein sein Name lässt die Glückshormone in mir tanzen. Ich bin die halbe Woche wie benebelt und bekomme das Dauergrinsen aus meinem Gesicht nicht mehr weg. Caro vertritt die Meinung, es läge an den ganzen Orgasmen, die ich durch Markus erfahren habe, und meine Vernunft setzt mir ebenfalls zu. Sie redet beharrlich auf mich ein, dass ich mich lieber meinem Mann in spe widmen solle als einem Wildfremden, der mir einfach seinen Finger in den Po gesteckt hat! Und da ich ein Vernunftmensch bin, gebe ich mich geschlagen und versuche, die Beziehung mit Alex aufleben zu lassen. Vielleicht hat Caro ja Recht und meine emotionalen Höhenflüge sind dem geilen Sex geschuldet. Daher tue ich mein Bestes, um Alex' Lust anzufachen. Früher ging es schließlich auch. Wir hatten nie annähernd so geilen Sex wie den, den ich bisher mit Markus erleben durfte – obwohl ich noch nicht einmal mit ihm geschlafen habe! Das zwischen mir und Alex war immer sehr brav. Ich lag unten, er über mir, zwei Mal raus und rein, und gut war es … also mehr die Pflichtnummer einmal im Monat.

Gerade überlege ich, ob ich eventuell etwas falsch gemacht habe. Mich früher zu bieder und zu verschlossen gab, und er deshalb nicht mehr gewagt hat. Markus sagte mir ja auch, ich sei zu verkrampft und solle locker lassen …

Also begebe ich mich in die Wanne und bereite mich schon mal geistig auf eine Nacht mit meinem Verlobten vor. Es ist Donnerstagabend, und Alex ist heute zu Hause. Er arbeitet, wie so oft, in seinem heimischen Büro, während ich mich einem ausgiebigen Wellnessprogramm unterziehe.

Ich epiliere meine Beine, rasiere mich, wie jeden Tag, unter den Achseln und im Intimbereich, bis auch der kleinste Haarstoppel verschwunden ist und mein Tattoo sich in seiner ganzen Pracht präsentiert. Kurz überlege ich, wie Alex wohl auf die Tätowierung reagieren wird. Aber vermutlich wird er sie nicht sehen. Er hat sich noch nie meiner Vagina gewidmet, jedenfalls nicht mit seinen Augen.

Anschließend suche ich mir schicke Unterwäsche heraus. Ich entscheide mich für den feuerroten Zweiteiler aus purer Seide mit den neckischen Spitzeneinsätzen im BH und dem heißen Panty mit einer süßen Schleife am Po. Ich föhne meine brünetten, langen Haare wellig, trage sie offen und lege ein leichtes Make-up auf. Das verführerisch duftende Bodyspray von Victoria Secrets rundet meine Erscheinung noch ab, und genau so begebe ich mich ganz lasziv ins Arbeitszimmer, wo Alexander über Aktenbergen hängt.

Er würdigt mich keines Blickes und sagt auch nichts, daher setze ich mich direkt auf seinen Schreibtisch und schiebe die ganzen Blätter beiseite.

»Vic, was soll das denn? Kannst du bitte vorsichtig machen? Die Unterlagen sind alle sortiert! Und weshalb hast du kaum etwas an? Man läuft nicht nur in Unterwäsche durch das Haus!«, belehrt er mich barsch. Ich hole tief Luft und versuche es weiter. Ich schlage meine Beine übereinander und beuge mich dichter zu ihm, um ihm einen Kuss zu geben …

Er weicht mir aus und rollt mit seinem Drehstuhl sogar zurück, was mir einen Stich versetzt.

»Du musst entschuldigen, ich bin jetzt nicht in Stimmung. Du siehst doch, dass ich Arbeit habe! Hast du nichts zu tun? Gibt es keine Unfälle im Krankenhaus, oder so?«

»Du bist seit Jahren nicht mehr in Stimmung. Und nein, ich habe gerade nichts zu tun. Ich hatte heute Frühdienst und stehe erst am Wochenende wieder in der Notaufnahme zur Verfügung«, erkläre ich ihm kurz, ohne auf sein kränkendes Verhalten einzugehen.

»Na, fein. Dann, dann … geh halt in ein Fitnessstudio! Dort kannst du garantiert nichts falsch machen. Dein Körper freut sich bestimmt über ein bisschen Sport«, sagt er mir ins Gesicht, wobei er so viel Abstand zwischen uns hält, als hätte ich eine ansteckende Krankheit.

»Ja, ein bisschen Sport bekommt jeder Frau. Vor allem mit dem passenden Mann, kann die eine oder andere Praktik sehr viel Spaß machen«, gebe ich nicht auf, obwohl ich schrecklich verletzt bin. Aber vielleicht versteht er ja jetzt den Wink. Es kann doch nicht sein, dass man dauerhaft gar keinen Sex in der Beziehung hat, oder?

»Tja, das Auge isst aber mit, Darling. Und jetzt lass mich bitte weiter arbeiten. Ich habe noch Einiges zu tun. Und sei so lieb und bekleide dich! Ich mag es nicht, wenn du halb nackt in meiner Wohnung herumläufst.«

In *seiner* Wohnung … Nun gut. Das war die kleinste verbale Ohrfeige, alles andere tat tausend Mal mehr weh und führt dazu, dass mir Tränen aus den Augen laufen, als ich alleine im Bett liege. Ich weine nicht laut, im Grunde weine ich gar nicht, aber die Tränen fließen einfach so aus mir, ohne dass ich sie stoppen kann. Deshalb lenke ich meine Gedanken in eine andere Richtung … hin zu Markus, wohin auch sonst? Und umgehend geht es mir besser.

Ich sehe ihn vor meinem inneren Auge und muss sofort lächeln. Ich sehe ihn nochmal in der Notaufnahme sitzen … Er war verletzt, er hatte einen Unfall, es ging ihm nicht gut … und dennoch bekam er eine Erektion, wie auch schon in seinem Studio. Und beide Male ließ er sich von mir oral befriedigen. Also kann ich doch gar nicht so scheußlich sein, wie Alex immer tut …

Kapitel 11
Markus

Schachmatt

»Was ist nun, Philip? Tust du es, oder tust du es nicht?«, hake ich definitiv zum letzten Mal nach, denn nochmal werde ich nicht betteln. Ich präsentiere ihm schließlich eine wundervolle, willige Frau auf dem Silbertablett. Und nur weil ich auch mal als Dom im Dark Dream tätig war, streiten wir uns ständig, wer sie seiner Ansicht nach züchtigen soll. Dabei weiß er genauso gut wie ich, dass mein Standpunkt feststeht, und das nicht erst seit gestern. Natürlich würde ich es liebend gerne selber tun, und ich darf ihn auch gar nicht wissen lassen, dass ich ab und an darüber nachdenke, wie es wäre, sie über den Strafbock zu legen, sie festzubinden und sie all die Dinge spüren zu lassen, die sie die Hölle und den Himmel gleichzeitig erleben ließen. Ich wäre wirklich gerne der Erste, der sie in ihre Tiefen führt, um ihr dort das Paradies zu zeigen. Aber ich werde weder der Erste noch der Zweite und auch kein Dritter oder Vierter sein. Dass ich sie im Krankenhaus getestet habe, war schon mehr, als ich je wieder tun wollte. Sie festzuhalten, gefügig zu machen, in ihren engen, jungfräulichen Po einzudringen … Ihre Ängste dabei zu spüren, zu fühlen, wie sie sich unter meinen Händen in Lust verwandeln, ließ mich selbst den Himmel kosten. Und dann ihr Schrei! Ihr zuckersüßer Schrei, den sie tief ins Laken stieß … Wie gerne hätte ich ihn richtig wahrgenommen! Es war ihr erster Schritt aus ihrem selbst errichteten Seelengefängnis. Nein, weiter als an diesem Tag darf ich einfach nicht gehen. Es war schon viel zu nah an der Grenze, die ich mir selbst gesetzt habe. So nah, dass Vic mir gar nicht mehr aus dem Kopf geht. Und das muss ich ändern! Wenn ich weiß, dass sie im Dark Dream ein und aus geht und dort die Erfüllung erfährt, die ich mir für sie wünsche, kann ich mit dem Kapitel Victoria abschließen. Und dafür brauche ich Philip! Wir haben zwar noch einige gute Männer im Club, und ich habe auch schon über den einen oder anderen für sie nachgedacht, aber meine erste Wahl ist und bleibt mein Bruder, der stirnrunzelnd vor mir sitzt und sich immer noch nicht in meinem Sinne dazu äußern will.

»Ich weiß, dass dir etwas an der kleinen Ärztin liegt. Du redest pausenlos über sie. Es geht doch nur noch um Vic! Vic hier, Vic da … Nicht, dass es mich stören würde, im Gegenteil. Aber ich kenne dich, Markus! Du hast seit Nora nie wieder so über eine Frau gesprochen. Ich sehe Feuer in deinen Augen, wenn nur ihr Name fällt, und spüre Gefühle, die tief aus deinem Herzen kommen. Und genau diese eine Person, die dafür verantwortlich ist, soll ich rannehmen? Was wäre ich für ein Bruder, wenn ich das tun würde?«

»Der beste! Gerade eben wegen alledem! Ja, Victoria berührt mich. Ja, ich denke oft an sie. Aber genau das will ich nicht! Ich bin einfach noch nicht soweit. Nora ist erst seit drei Jahren tot. Mir kommt es vor, als sei es gestern gewesen, dass sie hier zur Tür rausging und nie wieder kam. Drei Jahre sind gar nichts im Vergleich zu der einen großen Liebe, Philip. Es fühlt sich an, als würde ich sie betrügen. Und das habe ich nie getan! Kein einziges Mal! Noch nicht einmal in Gedanken, und ich werde es auch künftig nicht tun. Dass Vic mich so reizt, hätte ich nie für möglich gehalten. Aber plötzlich lag sie breitbeinig vor mir, und die Tätowierung tat ihr mehr weh als erwartet. Da habe ich eben ein bisschen geholfen, ihren Schmerz zu lindern. Und dass mein Prügel mich anschließend so quälen würde, und ich ihre Lippen dankend annehme, habe ich nicht kommen sehen. Ebenso wenig wie die Tatsache, dass sie Ärztin ist und mich in der Notaufnahme begrüßt«, erkläre ich ihm zum gefühlt hundertsten Mal.

»Mag gut sein, dass viele Zufälle im Spiel waren, obwohl ich nicht an Zufälle glaube. Und ganz gleich, was im Krankenhaus zwischen euch passiert ist … Sie hat dich vom ersten Moment an gereizt. Sogar vor der Tätowierung. Ich weiß noch, wie überstürzt du aufgebrochen bist, als du gehört hast, dass sie tätowiert werden muss. Ihre Pussy hin oder her … Du hättest es auch geil gefunden, ihren Arm oder ihren Fuß zu stechen. Und genau darum geht es mir, Markus. Da ist endlich wieder eine Frau, die Emotionen in dir auslöst. Deshalb kann ich sie mir unmöglich vornehmen. Lass es doch einfach mal mit euch laufen! Wer weiß, wo eure Reise hingeht?«

»NEIN! Du willst es nicht verstehen, oder? Das mit Vic muss aufhören! Dann gehe ich eben heute Abend zu Luke und frage ihn. Der ist doch noch im Dark Dream zugange, oder? Er war damals sehr gelehrig und auch achtsam im Umgang mit den Frauen. Dann soll er es tun. Ich werde ihm explizite Anweisungen geben, wie er mit ihr zu verfahren hat. Ich will, ich will …«

»… sie loswerden. Deute ich das jetzt richtig?«, fällt mir Philip ins Wort. Ich kann darauf nicht antworten. Stattdessen stehe ich auf und gehe erstmal an meinen Kühlschrank, um uns zwei weitere Guinness zu holen. Wir haben nicht nur bei den Frauen denselben

Geschmack, sondern auch das gleiche Lieblingsbier. Mit ein paar Promille mehr im Blut denkt es sich wesentlich leichter. Trotzdem lässt er mich kaum zu Wort kommen.

»Ich finde es echt scheiße von dir! Du belügst dich und das Mädchen dazu. Victoria steht ganz offenbar auf dich, Markus! Welche Ärztin im Dienst zieht in der Notaufnahme eine französische Nummer durch? Die musst du mir erstmal zeigen! Und was tust du? Du schiebst sie ab. Ganz schnell zum Nächstbesten, um ja nicht noch mehr für sie zu empfinden. Wie muss sie sich dabei fühlen?«

»Ich schiebe sie nicht zum Nächstbesten ab. Ich wollte dich, Philip! Du bist der Beste! Zumindest meiner ebenbürtig. Ich kann ja nichts dafür, dass du plötzlich den Moralapostel raushängen lässt.«

»Was willst du ihr überhaupt sagen? Oh sorry, ich bin noch in Trauer. Vergiss die ganzen Orgasmen, vergiss meinen Schwanz, den du lecken durftest. Ich bringe dich zu meinem Bruder, der wird es dir weiterhin besorgen, allerdings mit seinen Peitschen und Gerten … Soll das so laufen oder welchen Plan verfolgst du?«

»Lass den Plan einzig und allein meine Sorge sein. Ich werde sie schon umstimmen. Ich weiß, wie sie tickt. Ich habe es vom ersten Moment an gespürt. Sie ist tief in ihrem Herzen devot. Und ihre Unterwürfigkeit offenbart sich immer in meiner Gegenwart, weil sie garantiert den Dom in mir spürt.«

»Ach was! Ich denke, der ist tot? Wie kann sie ihn dann spüren?«

Philip macht mich rasend. Wieso diskutiere ich überhaupt noch mit ihm? Ich laufe doch nur gegen die Wand. So wird das nichts. Wenn er sie nicht will, dann soll er es lassen. Aber er hat keine Ahnung, was ihm da entgeht. Vic ist süß, so wahnsinnig süß, und er ist ein Narr!

Ohne ein weiteres Wort leere ich mein Bier, greife zum Smartphone und wähle eine Nummer, die ich schon lange nicht mehr angerufen habe. Früher hatten wir viel Kontakt, als ich ihm beigebracht habe, was einen wahren Dom ausmacht und wie man Frauen dazu bringt, vor Lust auf die Knie zu fallen und sie nicht dahin zu zwingen. Es bimmelt nur ganz kurz, ehe er abnimmt. »Markus?«, fragt er sichtlich überrascht.

»Hey, Luke, ja, ich bin's. Hast du ein paar Minuten für mich?«

Ich weiß nicht, was er antwortet, denn Philip nimmt mir umgehend das Handy weg.

»Hallo, Luke, hier ist Philip. Ähm … es hat sich schon erledigt. Kommst du am Wochenende in den Club? … Okay, gut. Bis dahin! Wir sehen uns.«

Ich glaube, ich höre nicht richtig und sehe Philip triumphierend an. »Schachmatt«, sage ich hoch erfreut.

»Patt, Brüderchen. Freu dich nicht zu früh! Du machst einen Fehler. Aber ich nehme sie. Sag Victoria, dass sie in meinen Armen herzlich willkommen ist.«

Kapitel 12
Victoria

Aussprache

Nach Alex' gemeinen Worten fühle ich mich noch stärker zu Markus hingezogen. Er ist der einzige Lichtblick in meinem Leben. Wenn ich nur an ihn denke, geht es mir gut. Ich sehe sein Gesicht vor meinen Augen und muss lächeln. Manchmal bilde ich mir ein, seinen Duft riechen zu können, und das fühlt sich fantastisch an. Am Freitag wird meine Sehnsucht nach ihm so groß, dass ich am frühen Abend nach meinem Dienst einen Umweg fahre und gezielt die Sternstraße ansteuere, wo sich sein Tattoostudio befindet. Ich habe Glück und finde ganz in der Nähe einen Parkplatz, dennoch hadere ich eine Weile mit mir, ehe ich mich dazu entschließe, auszusteigen und in den Laden meiner Träume zu gehen.

Hier hat vor drei Wochen alles begonnen … Ich schlendere an dem Coffeeshop auf der gegenüberliegenden Straßenseite vorbei, ehe ich mir ein Herz fasse und gezielt das ›Burning Needle‹ ansteuere. Ich werde sagen, dass ich meine Rechnung begleichen will, jawohl! Das ist nicht nur eine gute Ausrede, sondern einfach nur die Wahrheit, denn unbeglichen mag ich das nicht stehen lassen, ganz gleich, was er gesagt hat.

Ich hole tief Luft und drücke die Glastür nach

innen auf. Sofort schlägt mir der vertraute Geruch entgegen. Irgendwie riecht es hier immer nach Sandelholz und Jasmin. Eine ganz spezielle Mischung. So urig wohnlich und gleichzeitig angenehm frisch und blumig. Ich komme nicht dazu, weiter darüber nachzudenken, denn das kleine Windlicht über dem Eingang bimmelt so laut, dass Eileen um die Ecke lugt und strahlend auf mich zukommt.

»Na, wen haben wir denn da? Die kleine Schneeflocke. Wie cool ist das denn? Lass dich mal drücken, Süße!«, sagt sie und schließt mich sofort in ihre Arme. »Und, hat alles geklappt? Bist du zufrieden mit dem Tattoo?«

»Ja, sehr. Es ist ganz toll geworden«, muss ich ehrlich gestehen.

»Wusste ich es doch! Markus ist eben ein echter Künstler. Was treibt dich wieder zu uns? Sag bloß, du willst noch eines!«, hakt sie nach.

»Äh, nein … aktuell nicht. Aber es kann durchaus nochmal dazu kommen. Heute will ich nur bezahlen. Das habe ich nämlich letzte Woche glatt vergessen.«

Ihre Mimik ändert sich umgehend. Sie weicht einen Schritt zurück, um mir gezielt in die Augen sehen zu können, während sich ihre Stirn leicht runzelt. Also denkt sie nach. »Vergessen zu bezahlen? Markus vergisst doch so etwas eigentlich nie, es sei denn …«, überlegt sie laut und endet abrupt.

Das ist mir jetzt unangenehm. »Äh, ähm … wo, wo ist er denn eigentlich?«, frage ich und kann somit das Gespräch zum einen leicht in eine andere Richtung lenken und zum anderen in Erfahrung bringen, wo er sich befindet, denn mein Herz schlägt außerordentlich wild, wenn ich nur an ihn denke.

»Er tätowiert gerade jemanden. Es ist eine längere Sitzung und wird noch etwas dauern. Soll ich … äh, soll ich ihn kurz rufen gehen?«, hakt sie nach und klingt dabei genauso unsicher, wie ich mich fühle.

Obwohl ich ihn wahnsinnig gerne sehen würde und mein Herz gerade Luftsprünge macht angesichts der Tatsache, dass er nur ein paar Meter von mir entfernt ist, versuche ich, vernünftig zu bleiben. »Nein, nein, lass nur! Ich will da jetzt nicht stören. Du kannst ihm ja Grüße von mir bestellen. Äh, und ich würde nun gerne zahlen.«

»Habt ihr miteinander gevögelt?«, fragt sie plötzlich offen heraus, ohne auf meinen Zahlungswunsch einzugehen, sodass mir der Mund offen stehen bleibt und ich im ersten Moment gar nichts antworten kann.

Ich muss stark schlucken und spüre tief in mir, wie sich Tränen auf den Vormarsch machen wollen, die ich hartnäckig verdränge. Nicht, weil sie annimmt, dass es zwischen uns zum Sex gekommen ist, was ja auch der Wahrheit entspricht, sondern, weil es so klang, als würde Markus das ständig tun!

Oh Gott, wie blöd bin ich eigentlich?

Der legt hier jede zweite Kundin flach, und ich verliebe mich auch noch in ihn. Oh, Victoria, du Vollidiotin!

»Alles okay, Süße? Ich wollte dir jetzt nicht zu nahe treten, und es geht mich im Grunde auch gar nichts an. Ich dachte nur gerade, naja, weil, weil, äh …«

»Schon gut. Vergiss es einfach! Ich möchte bitte nur bezahlen«, sage ich, und es klingt ziemlich niedergeschlagen. Ich bin von einer Sekunde auf die andere am Boden zerstört. Ich komme mir vor, als wäre eine kunterbunte Seifenblase zerplatzt. Man könnte auch sagen, mein Herz ist gesprungen. Aber das kommt davon, wenn man so bescheuert ist. Natürlich hat er Frauen ohne Ende. Er sieht ja auch verdammt gut aus und kann jede haben. Wieso sollte er das nicht ausnutzen und sich ausleben? Und ich biedere mich ihm sogar im Krankenhaus an. Blase ihm einen in der Notaufnahme und lasse mich dort von ihm in den Po … Oh Gott, wie beschämend! Wie konnte ich nur? Ich will hier weg! Ich muss dringend gehen!

»Wie viel bekommt ihr denn jetzt?«, will ich wissen und greife hektisch nach meinem Portmonee.

»Das solltest du eventuell mit Markus selbst regeln. Ich habe mich irgendwie schon zu weit aus dem Fenster gelehnt.«

»Nein, nein, keineswegs! Und übrigens habe ich nicht mit ihm geschlafen«, sage ich, weil es mir gerade ein großes Bedürfnis ist, dies kundzutun. Wir haben meines Erachtens viel schlimmere Dinge getan, aber das muss ich Eileen ja nicht auf die Nase binden.

»Oh, gut. Ich dachte nur«, deutet sie wieder an, wobei ich jetzt nicht länger still sein kann und nachhaken muss. »Er treibt es wohl öfter mit seinen Kundinnen? Müssen die dann alle nicht zahlen, oder wie läuft das hier?«, frage ich offen heraus.

»Nein, nein, überhaupt nicht! Um Gottes willen! Markus arbeitet absolut seriös und trennt sein Privatleben strikt von seinem Job. Ich wüsste auch nicht, dass er mal etwas mit einer Kundin gehabt hat. Mir kam es bei dir nur so vor. Ich kann das gar nicht erklären, weil, weil … naja, Markus vergisst doch die Rechnung nicht. Da muss irgendetwas vorgefallen sein, dass du einfach so gegangen bist. Oder bist du etwa geflohen?«, spricht sie es jetzt auch noch an, woraufhin ich mich resigniert auf die Ledercouch fallen lasse und meinen Kopf an die weiche Polsterung anlehne. Ich muss klar denken können, denn aktuell gehen meine Gefühle mit mir durch.

Also vögelt er doch nicht wahllos jede Kundin.

Also war das mit uns doch etwas … etwas *Besonderes*? Ich werde gleich verrückt! Was geschieht denn nur mit mir? Mein Magen fühlt sich an, als hätte ich einen Knoten darin. Mir ist übel, kalt und heiß.

Vielleicht sollte ich einfach offen sein und Eileen direkt fragen. Sie kennt ihn doch am besten! So erfahre ich, was ich wissen will.

Als ich meine Augen wieder öffne, steht sie mit einem Glas Wasser vor mir. »Hier, trink erstmal, Süße! Was ist denn nur los? Irgendetwas stimmt doch nicht mit dir«, erkennt sie ganz treffend und setzt sich zu mir. Ich nehme einen Schluck, ehe ich mich zaghaft herantaste. »Du, du sagtest mir bei meinem ersten Besuch, dass er Single ist«, beginne ich vorsichtig. Sie nickt schweigend.

»Hat er … Hat er viele Frauen?«, setze ich alles auf eine Karte und fürchte die Antwort.

»Das kann ich dir so leider nicht sagen. Ich zähle da nicht mit und bekomme es auch meist gar nicht mit. Es geht mich ja auch nichts an. Ich kann dir nur eines sicher sagen, Markus vögelt mit jeder nur einmal. Ein zweites Date wird es mit ihm nie geben. Er hat vor drei Jahren einen schweren Verlust erlitten. Seine Freundin Nora starb damals bei einem Unfall. Er hat sie wahnsinnig geliebt, richtig vergöttert. Seitdem ist er nicht mehr er selbst und lässt Frauen nur noch untenrum an sich ran. Und wie gesagt, jede nur einmal, damit ja keine Gefühle entstehen, und daraus macht er auch keinen Hehl. Allerdings trennt er sein Privatleben strikt von seinem Job«, offenbart sie mir, was nun für ein weiteres Gefühlschaos in mir sorgt. In so eine Richtung habe ich überhaupt noch nicht gedacht. Sein Verlust tut mir umgehend leid, und ich kann sein Verhalten jetzt noch schlechter einordnen. Was war das dann mit uns?

»Äh … nie mit derselben Frau zwei Mal, habe ich das soweit richtig verstanden?«, hake ich nochmal nach, woraufhin Eileen deutlich nickt.

»Ganz sicher?«, will ich wissen.

»Ganz sicher!«, bestätigt sie mir.

»Und zählt Sex auch? Oder meintest du jetzt richtig miteinander schlafen?«, drücke ich mich total umständlich aus, weil es, was uns betrifft, mehr als nur ein Mal gab.

»Puuh, du fragst Sachen, Vic. Keine Ahnung … Er sagt immer sehr direkt, er fickt jede nur einmal. Also gehe ich auch vom *Ficken* aus«, erläutert sie vorsichtig. »Was meinst du überhaupt damit, ob Sex auch zählt? Glaubst du, er trifft sich zwei oder drei Mal mit einer zum Kuscheln, Streicheln, Lecken, Blasen, was auch immer, ohne sie zu poppen? Das traue ich meinem Chefchen nicht zu. Was er anfasst, macht er richtig. Ich bin zwar absolut nicht sein Typ, denn Markus bevorzugt Frauen mit weiblichen Attributen, insofern bin ich mit meinen flachen Brüsten und meinem kleinen Arsch völlig außen vor, was sein Liebesleben angeht, aber wenn er sagt, kein zweites Date, meint er das garantiert auch so.«

Ihre Worte gehen mir unglaublich nah, und ich weiß einfach nicht mehr, was ich noch denken soll! Ich habe plötzlich ein vollkommen anderes Bild von ihm.

»Vic, ihr hattet doch etwas miteinander! Du fragst mich doch nicht grundlos solche Sachen«, setzt Eileen nach. Ich nicke ganz zaghaft. »Ja, schon. Aber nicht nur einmal. Und ich habe auch nicht mit ihm geschlafen«, flüstere ich leise, ehe ich gestehe: »Ich bin jetzt total durcheinander.«

»Das bin ich gerade auch. Wie, ihr hattet nicht nur einmal was miteinander? Habt ihr euch etwa zu einem zweiten Date verabredet, was er immer kategorisch ausschließt?«, fragt sie sichtlich überrascht, während es bei mir wieder Klick macht.

Nein, wir haben uns natürlich nicht verabredet!

Das zweite Mal kam per Zufall zustande. Er wusste garantiert nicht, dass er in der Notaufnahme auf mich treffen würde. Allerdings hat er mich auf sein Zimmer bestellt … zu einem dritten Mal. Und das war dann auch kein Zufall mehr. Vielleicht lag es an dem, was er mit mir tun wollte. Mich an meiner intimsten Stelle fingern … sodass er nun in jeder meiner Öffnungen einmal gesteckt hat. Und ich lasse auch noch alles mit mir machen, alles! Ohne es zu hinterfragen. Ich ziehe mich einfach aus und drehe mich halb nackt im Krankenzimmer. Dann lasse ich zu, dass er mich in den Po fingert und bettle zusätzlich um einen Orgasmus! Scheiße! Das kann ich niemandem erzählen. Das habe ich noch nicht einmal Caro anvertraut. Zum Glück! Dümmer geht es ja schon gar nicht mehr.

»Ich bin gerade ganz schön baff. Ich weiß jetzt gar nicht, wie und wann es bei euch zum mehrfachen Sex gekommen sein soll, ihr habt euch ja gerade mal vor genau einer Woche kennengelernt, wobei du da gar nicht erfreut warst, als du erfahren hast, dass er dir dein Tattoo stechen wird. Darf ich mal fragen, ob es gleich an diesem Abend passiert ist?«

Ich kann ihr nicht antworten, nicke aber.

»Wow! Deshalb fiel wohl auch die Bezahlung flach. Da hat mich mein Instinkt also nicht getäuscht. Wie gesagt, du bist auch absolut sein Typ, und ich würde mich ehrlich für euch freuen«, verdeutlich sie mir gerade, als wir beide erschrocken herumfahren, weil sich eine Tür öffnet.

Und da ist er … Markus! Mein Herz!

Ich würde mich jetzt so gerne in Luft auflösen. Ich muss das doch erstmal alles verdauen. So viele neue Informationen! Ich sehe ihn plötzlich mit ganz anderen Augen (obwohl er immer noch atemberaubend schön ist!). Seine Größe erhellt den ganzen Raum. Der Mann, der hinter ihm aus dem Zimmer kommt und im Grunde auch recht stattlich ist, wirkt total klein und unmännlich neben Markus. Seine Ausstrahlung ist so viel stärker als bei anderen Männern, seine Präsenz so enorm, dass ich meinen Blick nicht von ihm losreißen kann. Ich sitze wie angewurzelt auf dem Sofa und starre ihn einfach nur mit gewaltigem Herzklopfen an.

»Vic, du kommst ja wie gerufen! Mit dir wollte ich sowieso reden! Hast du ein paar Minuten für mich?«, fragt er, und ich weiß vor lauter Schreck gar nicht, was ich antworten soll. Ich kann augenblicklich nichts mehr sagen. Somit nicke ich nur wie so ein Dummerchen.

»Prima. Dann komm, lass uns nach hinten gehen, wo wir ungestört sind! Ich bin für heute hier fertig. Eileen, kassiere bitte noch Herrn Schubert ab und verschließe dann die Eingangstür!«, wendet er sich kurz an seine Angestellte, während es in mir drunter und drüber geht.

Ich komme wie gerufen? Wofür?

Will er etwa da weitermachen, wo wir im Krankenhaus aufgehört haben? Mehr Körpereingänge besitze ich gar nicht. Oder will er mich heute das besagte einmal *ficken*? Damit er es endlich hinter sich bringt? Oder vielleicht will er doch nur reden, wie er angedeutet hat. Aber worüber?

Das werde ich wohl nie erfahren, wenn ich wie festgemeißelt hier sitzen bleibe. Also stehe ich zaghaft auf und folge ihm durch einen Gang in eines der hinteren Zimmer des Studios, in dem eine ausladende braune Wildledercouch auf uns wartet. An der Seite steht ein großes Sideboard samt Flatscreen, und an der Wand gegenüber erkenne ich eine weiße, kleine Küchenzeile samt Kühlschrank und Spüle.

Mein Puls rast wie eh und je, wenn er in meiner Nähe ist. Ich muss ganz ruhig atmen, damit ihm meine Nervosität nicht auffällt. »Willst du etwas trinken? Coke, ein Bier, Wasser oder Saft?«, bietet er mir an, während ich schüchtern meine dicke Jacke ausziehe und auf der großen Eckcouch Platz nehme.

»Ein Wasser, bitte.«

Er kommt mit meinem Wasser und einer Bierflasche zurück, die er zischend öffnet.

»Wie geht's dir? Alles klar mit dem Tattoo?«, will er wissen, woraufhin die Ärztin in mir sich zu Wort meldet, denn die Strips sind immer noch auf seiner Augenbraue zu sehen. Sein Unfall liegt gerade mal fünf Tage zurück, und da fragt er, wie es mir geht?

»Mir geht es blendend. Aber wie geht es dir? Was macht dein Kopf? Und dein Bein?«

»Alles wieder gut. Mich bringt so schnell nichts um«, spielt er es herunter, obwohl ich weiß, dass seine Verletzungen wirklich gravierend waren. Das hätte auch viel schlimmer ausgehen können. Dennoch sieht die Wunde über seinem linken Auge sehr gut aus. Sie ist fast komplett abgeheilt. In drei Tagen könnten die Strips eigentlich runter, aber dazu sage ich jetzt nichts.

»Du, du wolltest mit mir reden?«, frage ich stattdessen zögerlich.

»Ja, das will ich tatsächlich. Ich weiß nur gerade nicht, wie und wo ich am besten anfangen soll«, gesteht er, während sich meine Gedanken überschlagen. Er sitzt dicht neben mir, macht aber keine Anstalten in sexuelle Richtung, wie er es sonst getan hat. Da sind auch nicht seine verwegenen Blicke, die mich reizen und fordern. Er hält den Kopf gesenkt und denkt offenbar nach. »Ähm … ich, ich bin nicht so der Beziehungsmensch«, sagt er plötzlich. »Ich will auch niemanden verletzen, und das mit uns ging schon ganz schön weit. In meinem Leben gibt es eine Frau, die ich sehr liebe. Sie heißt Nora und starb leider vor einiger Zeit, dennoch hat sie einen festen Platz in meinem Herzen«, offenbart er mir in aller Ehrlichkeit, was mich ungeahnt berührt, aber andererseits auch sehr verletzt. Es klingt so endgültig und macht all meine Hoffnungen zunichte.

Wobei … Hoffnung? Worauf habe ich eigentlich gehofft? Im Grunde ist die Liaison zwischen uns völlig hoffnungslos! Er liebt seine verstorbene Frau über alles, und ich werde einen Mann heiraten, der noch nicht einmal weiß, wie sich Liebe anfühlt. In diesem Spiel bin ich der Narr und nicht er. Es rührt mich unendlich, dass er so eine ehrliche, liebevolle Seite in sich trägt und offenbar doch nicht so ein Aufreißer ist, wie ich kurzzeitig befürchtet hatte.

»Was ich dir eigentlich sagen will, Vic«, beginnt er erneut ganz zögerlich. Da ich sehe, wie sehr er sich mit diesen Worten quält, komme ich ihm entgegen. Ich will mir eh nicht anhören müssen, dass es mit uns nichts wird und dass es nur ein Ausrutscher oder Ähnliches gewesen sei. »Es ist okay, Markus. Ich, äh, ich bin eh verlobt«, gebe ich offen und ehrlich zu, woraufhin er mich ganz erstaunt ansieht.

»Tatsächlich? Das hätte ich jetzt nicht vermutet. Du bist verlobt? Seit wann?«, hakt er nochmal sichtlich irritiert nach, woraufhin ich nickend zustimme und gestehe: »Schon ziemlich lange. Ich trage nur ungern Schmuck, daher findet man keinen Ring an mir.«

»Ist die Beziehung glücklich? Irgendwie bezweifle ich das nämlich gerade«, nimmt er kein Blatt vor den Mund.

»Wie man es nimmt. Wir wollen demnächst heiraten«, füge ich noch hinzu.

»Okay, jetzt bin ich baff. Das sieht man dir so gar nicht an, im Gegenteil. Menschen, die verliebt sind und heiraten wollen, sehen für gewöhnlich anders aus«, erkennt er ganz richtig.

»Naja, manche tragen es nach außen und andere…«, versuche ich mich zu rechtfertigen, als er mir direkt ins Wort fällt. »…machen einen großen Fehler. Du siehst mir absolut nicht so aus, wie eine Frau aussehen sollte, wenn sie heiraten will. Außerdem hattest du doch schon lange keinen Spaß mehr. Zumindest sagtest du mir das oder habe ich deine Worte irgendwie falsch aufgenommen?«, hakt er nach, woraufhin ich tief Luft hole und nach einer passenden Antwort suche.

»Nun ja, wir … wir kennen uns schon sehr, sehr lange. Seit Teenagerzeiten. Da ist diese Seite unserer Beziehung eher eingeschlafen.«

»Das ist aber sehr traurig. Sexualität ist der Kleber einer jeden Beziehung. Ohne sie existiert doch gar keine Bindung zum anderen. Sie hält beide Seiten fest zusammen. Ohne Sex ist es in meinen Augen nur Freundschaft und keine Beziehung. Wenn man jung und gesund ist, gehört körperliche Liebe einfach dazu! Außerdem ist es überaus wichtig, sich zu begehren, sich zu wollen, sich so nahe zu sein, den anderen glücklich zu machen, ihm Erfüllung zu schenken, ansonsten lebt man doch nur nebeneinander her, es fehlt etwas ganz Essentielles«, erklärt er vortrefflich meine Situation, die ich leider Gottes genau so bestätigen muss.

»Du hast ja Recht. Aber Alex und ich, wir … wir gehören nun mal zusammen«, sage ich verteidigend, ohne auf mein brennendes Herz zu hören, das wild für Markus pocht. Ich würde sterben, um ihn gegen Alex eintauschen zu dürfen.

Je länger ich neben ihm sitze, ihn ansehe und seinen leidenschaftlichen Worten lausche, umso mehr facht es die Liebe zu ihm in mir an. Wenn Alex nur ein klein bisschen von ihm hätte … nur irgendetwas! Aber sie sind so unterschiedlich wie Tag und Nacht, in allen Belangen!

»Ich fasse das jetzt mal kurz zusammen. Du bist in einer Beziehung mit einem Alex. Ihr seid verlobt und wollt heiraten. Aber sexuell gesehen läuft da nichts mehr zwischen euch, sonst hättest du dich kaum auf mich eingelassen. Außerdem scheinst du ausgehungert zu sein.«

Ja, das nenne ich mal eine Zusammenfassung! Ich kann ihm nicht in die Augen sehen, als ich nickend zustimme.

»Sicher, dass du ihn heiraten willst?«

»Ich muss. Es hängt zu viel damit zusammen. Es ist so ein Familiending und eine logische Entscheidung.«

»Wenn du mich fragst, ist es alles andere als logisch, es ist schlicht falsch! Egal, was du tust, hör immer auf dein Herz, denn dein Kopf kann nicht fühlen«, sagt er mir, während mich eine Gänsehaut berieselt und ich die Tränen, die sich anbahnen, inhaliere, um sie in mir zu halten.

Für mich gäbe es nur einen Grund, auf diese Hochzeit zu verzichten, und dieser Grund sitzt mir genau gegenüber. Aber bevor ich dazu komme, weiter auf mein Herz zu hören, schockiert er mich plötzlich mit einer ganz anderen Frage.

»Hättest du Interesse daran, mehr zu erleben? Dich mal so richtig auszuleben?«

Wie meint er denn das jetzt? Ehe ich es überhaupt realisiere, zuckt meine Vagina, als würden ihr elektrische Stöße zugeführt, die sich prickelnd in mir ausbreiten.

Bietet er mir gerade Sex an? Obwohl er es mit jeder nur einmal treibt? Mein Puls beschleunigt sich augenblicklich, und ich komme mir vor wie eine Verdurstende vor einem laufenden Bach … Es fehlt nur noch, dass ich hechelnd die Zunge herausstrecke. Meint er das damit, dass ich auf mein Herz hören soll? Ja, es will … es will ihn! Ich will ihn!

»Ich habe dich eingehend beobachtet, Vic, und auch ein bisschen getestet … Dabei ist mir aufgefallen, dass du eine devote Seite in dir trägst. Ich weiß aus Erfahrung, dass es schmerzlich sein kann, wenn man sie nicht auslebt. Ich kenne da jemanden, der dich sehr glücklich machen könnte.«

BITTE?

Ich glaube, ich höre nicht richtig!

Mich getestet? Devote Seite? Er kennt *jemanden*, der mich glücklich machen könnte?

Will er mich etwa weiterreichen?

Bin ich zu blöd für diese Welt?
Was geschieht hier gerade?

Kapitel 13
Markus

Einblick in die dunkle Welt

Sie schaut mich völlig fassungslos an und scheint nicht zu verstehen, was ich ihr eigentlich sagen will. Vermutlich hatte Philip Recht, und ich hätte mir mehr Gedanken darüber machen sollen, wie ich es ihr näher bringe. »Was fällt dir zu BDSM ein?«, versuche ich es nun auf diese Weise.

»Äh, nicht viel«, sagt sie ganz kleinlaut.

»Hast du damit in irgendeiner Form schon mal Erfahrung gemacht?«

»Nein, gar nicht! Ich verstehe auch gerade nicht, was du mir eigentlich sagen willst. Wie hast du mich denn getestet? Wann? Womit?«, will sie wissen, und ich beginne ganz von vorne.

»Ich habe vor Jahren einen BDSM-Club gegründet und war auch viele Jahre dort aktiv, weil ich selbst eine etwas düstere Seite in mir trage. Seit Noras Tod meide ich den Club, zumal er unsere Welt war und wir unsere Erfüllung in den Räumen gefunden haben. Ich möchte das Andenken an sie und unsere Liebe nicht mit weiteren Aktivitäten beschmutzen, weshalb ich gänzlich darauf verzichte, mich dort wieder auszuleben.«

»Und was hat das jetzt mit mir zu tun?«, will sie wissen.

»Naja, ich bin ein dominanter Part und spüre instinktiv, wenn eine Frau devot veranlagt ist. Du trägst es in dir, Vic! Ich finde, du gehörst dorthin. In meinem Club wirst du die Erfüllung deiner Träume finden.«

»Ich glaube nicht, dass du weißt, wovon ich träume!«, kontert sie umgehend und sogar sehr bestimmt.

»Ehrlich gesagt, glaube ich das doch. Ich habe es ja mehrfach gespürt.«

»Was hast du gespürt? Dass ich, dass ich … was bin? Devot? Was tut ihr dort überhaupt? Schlagt ihr Frauen? Meinst du das?«

»Ach, um Himmels willen, nein! So darfst du das nicht sehen. Das verstehst du völlig falsch. Es geht um große Lust, tiefe Begierden, grenzenlose Leidenschaft und die Erfüllung jeglicher Fantasien«, versuche ich ihr nahe zu bringen, aber sie will mir nicht so richtig glauben und wirkt extrem verunsichert.

»Ich, ich kenne mich damit wirklich nicht gut aus, aber soweit ich weiß, geht es in solchen Clubs doch darum, Menschen auszupeitschen, ihnen Schmerzen zuzufügen, sie leiden zu lassen, sie festzubinden, ihnen wehzutun. Ich weiß nicht genau, was BD bedeutet, aber SM steht doch für Sado-Maso, also für Leid und Schmerz«, verdeutlicht sie mir ihre Sicht der Dinge, und ich erkenne ihre Unerfahrenheit, weshalb ich sie ein bisschen besser aufkläre.

»BDSM ist eine englische Bezeichnung. Sie steht für Bondage & Discipline, Dominance & Submission, Sadism & Masochism. Es ist ein Oberbegriff für viele ausschweifende Spielmöglichkeiten, die alle im Zusammenhang mit Dominanz und Unterwerfung stehen. Es ist so vielfältig, wie die Farben bunt sind. Jeder muss das für ihn Passende finden. Der eine mag es heftig, braucht den intensiven Schmerz, um

Erfüllung zu verspüren, während einem anderen bereits verbale Anweisungen genügen, um zur Ekstase zu gelangen. Wiederum stehen manche Personen auf spezielle Fessel- oder Doktorspiele. Es geht auch um Lustschmerz, Erniedrigung, Hingabe, Aufgabe, darum, über sich hinauszuwachsen, sich einfach fallen zu lassen und sich ohne schlechtes Gewissen oder Wertung durch andere ausleben zu können, seinem Herzen zu folgen und damit höchstes Glück zu erfahren«, verdeutliche ich ihr, aber so ganz traut sie meinen Worten nicht.

»Also geht es doch um dieses schwarze Lederzeug mit Peitschen, Gerten und wie das alles heißt. Ihr bindet Frauen fest und unterwerft sie. Du glaubst also, ich fände es schön, wenn mir jemand wehtut?«

»So, wie du das sagst, ganz bestimmt nicht! Schmerz ist auch nicht gleich Schmerz. Beim BDSM geht es um den Lustschmerz, das ist etwas völlig anderes. Und festgebunden zu sein, ist nicht immer schlecht. Man kann loslassen, sich gehen lassen und sich in die Hände eines anderen begeben, zumindest stundenweise. Kannst du dich noch daran erinnern, wie du auf mich reagiert hast? Meinen Anweisungen blind gefolgt bist, ohne sie zu hinterfragen? Wir kennen uns kaum, und doch haben einzelne Worte und kleinste Zeichen von mir genügt, und du wusstest, was ich wollte und hast es mir ergeben geschenkt. Und das noch nicht einmal hinter verschlossenen Türen«, erinnere ich sie an das Geschehen im Krankenhaus, denn ihre Ergebenheit mir gegenüber ist schon spektakulär, wenn man bedenkt, wie kurz wir uns erst kennen.

Sie wendet beschämt den Blick ab und starrt auf das braune Sofa.

»Vic, sieh mich an! Ich will dir damit nicht wehtun, dich nicht ärgern oder kränken, im Gegenteil. Ich finde es wundervoll, wie du bist! Und ich fand alles ganz toll, was bis jetzt zwischen uns passiert ist. Genau all das hat mir gezeigt, dass eben jene devote Seite in dir lebt. Du musst dich weder davor schämen, noch sie verstecken. Dir hat es doch auch gefallen. Du warst jedes Mal klitschnass, noch ehe überhaupt etwas passiert ist«, erinnere ich sie, was umgehend dazu führt, dass ihr sehr helles Gesicht einen feurigen Rotton annimmt. Das steht ihr ausgezeichnet. Auch die Scham schleicht sich in ihre unschuldigen Augen, und sie schaut mich unterwürfig an. Ich liebe diesen Blick!

»Das geschah, weil ich … weil ich das zwischen uns schön fand! Glaubst du, ich fände es ebenfalls schön, festgebunden und geschlagen zu werden?«

»Kleines, aus deinem Mund klingt das einfach ganz furchtbar! Gib mir mal deine Hand, ich fühle jetzt deinen Puls und werde dir erzählen, wie es wirklich läuft. Und dann schauen wir mal, was dir davon ganz besonders gut gefällt und was eher nicht.«

Ihre dunklen Augen werden noch größer. Sie zittert, als sie mir ihren Arm reicht und den Pulliärmel hochstreift, sodass ich gleich Zugang zu ihrem Puls finden kann. Er schlägt schon jetzt außerordentlich, ohne dass ich etwas gesagt oder getan hätte, deshalb warte ich noch einen Moment, bis sich ihr Herzschlag wieder beruhigt hat.

Ich überlege, womit ich gleich beginnen soll, wohl eher mit den sanfteren Spielen. Ich denke, sie wird allein die Worte genießen, und ich kann es kaum erwarten, ihre Reaktionen darauf zu spüren. Ich schaue ihr tief in die Augen … Umgehend trommelt ihr Puls schneller, und ich bemerke, dass mein Herz nicht minder schlägt. Trotzdem wird ab sofort nichts mehr zwischen uns passieren, ganz gleich, wie sehr wir aufeinander reagieren. Ich will nur herausfinden, wozu sie bereit wäre, und kommende Woche wird Philip übernehmen. Danach wird sich mein

Gefühlshaushalt wieder regulieren, da bin ich mir ziemlich sicher.

»Hör mir nun aufmerksam zu und fühl dabei in dich hinein! Spüre, wie sich meine Worte in Bilder verwandeln und was sie in dir auslösen. Ob es dich ängstigt, abstößt oder eher anzieht, eventuell sogar erregt. Also … wie fändest du es, festgebunden zu werden? Nicht so, dass es dir wehtut. Auch nicht so, dass du gar keinen Spielraum mehr hast … viel mehr so, dass du dich kaum bewegen kannst und der Situation, in der du dich befindest, ausgeliefert bist. Du liegst nackt auf einem Bett, deine Beine sind leicht gespreizt und an die Bettpfosten gebunden. Um deine Arme liegen weiche Manschetten, die im oberen Bettteil verankert sind. Du kannst weder aufstehen, noch deine Beine schließen, noch dich anderweitig befreien. Du musst einfach still liegenbleiben und ausharren, bei all dem, was auf dich zukommen wird … Ganz gleich wie sehr man deinen Kitzler streichelt und neckt oder in dich eindringt … du wirst nichts dagegen tun können.«

Ich habe noch nicht zu Ende gesprochen, als sie mir abrupt ihre Hand entzieht. Ihr Puls raste schon, als das Wort ›nackt‹ fiel. Ab diesem Moment schnellte er in die Höhe. Ihr permanentes Schlucken zeigt mir zudem ihre Erregung, die auch ihr unruhiges Verhalten widerspiegelt, denn sie rutscht hin und her. Offenbar kribbelt es zwischen ihren Beinen.

»Das gefällt dir also«, kann ich feststellen, obwohl ich sehe, dass sie protestieren will.

»Vic, ich kenne mich gut genug aus, um zu wissen, dass dich diese Version gerade angemacht hat. Und würde ich dir jetzt zwischen die Beine fassen, würde ich die Nässe spüren. Also, bleib ehrlich! Ehrlichkeit ist das A und O! Belüg niemals einen Dom! Der eine Part muss sich auf den anderen verlassen können! Es ist ein zugegebenermaßen gefährliches Spiel, je nachdem, wie weit man geht. Deshalb ist bedingungslose Offenheit unumgänglich. Wir beide reden jetzt nur, vergiss das nicht! Ich will lediglich wissen, wie du tickst, mehr nicht!«, stelle ich nochmal klar und greife abermals zu ihrer Hand. »Festgebunden zu sein, sich nicht wehren zu können, einer anderen Person ausgeliefert zu sein, magst du also schon mal … Das ist fast so wie am Montagmorgen im Krankenhaus, als du auf meinem Zimmer warst«, verdeutliche ich, als sie Einspruch erhebt.

»Das zählt jetzt nicht! Das ist etwas völlig anderes! Da ging es um dich und mich. Ich war auch nicht festgebunden!«

»Es ging aber auch um Sexualität, und ich habe dich festgehalten. Ich musste kaum etwas tun, um dich zu erregen. Du hast bereits beim Betreten des Zimmers auf meine dominante Ader reagiert und alles getan, was ich wollte. Ich musste es noch nicht einmal aussprechen. Sogar Analsex war plötzlich kein Tabu mehr für dich. Und glaub mir, mehr als die Hälfte der Frauen macht da nicht so einfach mit oder lässt es geschehen. Viele lehnen es strikt ab. Für mich waren deine Reaktionen ein eindeutiges Indiz. In der Unterwürfigkeit blühst du auf«, versuche ich ihr zu erklären, aber sie verschließt sich weiterhin dieser Möglichkeit.

»Das deutest du falsch. All das … das hatte nur mit dir zu tun.«

»Jein, nur bedingt, glaub mir. Ich spreche deine Unterwürfigkeit an, deshalb fühlst du dich vermutlich zu mir hingezogen. Weil du spürst, dass ich dir Erfüllung schenken könnte. Aber leider kann ich das nicht, Vic. Ich bin außen vor. Allerdings kenne ich jemanden, der es kann«, lenke ich unser Gespräch wieder in die richtige Richtung, woraufhin sie mich ganz schockiert anstarrt.

»Du, du willst also, dass ich, dass … äh, ich zu einem anderen gehe? Der mir laut deiner Aussage sexuelle Erfüllung schenkt, indem er mich festbindet?«

Das hat sie jetzt ziemlich gut auf den Punkt gebracht, obwohl ihr Gesichtsausdruck sehr gequält wirkt. »Ja, so in etwa … Vic, du musst mal schreien! Richtig laut schreien, einfach alles raus lassen, dich komplett fallen lassen. Ich glaube, das ist bei dir schon Jahre überfällig. Dazu brauchst du einen fähigen Mann, der dich leitet und dahin führt. Du bist wahnsinnig verklemmt, du unterdrückst jegliche Empfindungen, reduzierst sämtliche Emotionen auf ein Minimum und versuchst permanent, deine Gefühle zu verstecken. Aber dadurch versteckst du einzig und alleine dich! Du belügst dich dadurch selbst, lebst dich nicht aus. Die wahre Vic …*toria* steckt tief in dir und sehnt sich danach, freigelassen zu werden, rauskommen zu dürfen, schreien und weinen zu dürfen, denn ich bin mir ziemlich sicher, dass du beides höchst selten tust. Es sind nicht die Tränen, die wir weinen, die uns nicht gut tun. Es sind die, die wir zurückhalten, die uns vergiften. Deshalb wünsche ich mir für dich, dass dir jemand den Weg zu deiner inneren Freiheit zeigt. Am besten jemand, der dich dorthin begleitet. Dieser Weg führt über Streckbänke, Strafböcke, entlang von Gerten, Peitschen, Paddel, Flogger, Nervenrädern und viel mehr, die dich leiten, damit du aus der Dunkelheit ins Licht findest.«

Ich weiß selbst, dass es sich makaber anhören muss, aber ich habe es jahrelang erlebt. Der heutige Mensch ist darauf gedrillt, zu funktionieren. Der Konkurrenzdruck ist wahnsinnig groß, so groß wie zu keiner Zeit vorher. Jeder will besser, schneller, größer, mehr sein als der andere. Es geht nur noch um Konsum, um Besitz, darum, Materielles zu zeigen, mit Dingen anzugeben, die man gar nicht braucht! Ich bin, ich habe, ich kann … dabei vergessen die Menschen, wer sie wirklich sind und was sie wirklich brauchen, und das ist im Grunde ganz wenig. Wenn wir wieder lernen, in uns zu ruhen, zufrieden zu sein mit dem, was wir haben, uns annehmen so, wie wir sind, befinden wir uns auf dem richtigen Pfad …

Aber die meisten Menschen haben ihn schon lange verlassen. Sie erkennen das Essentielle im Leben nicht mehr. Und sie erkennen sich selbst nicht mehr, weil sie einzig und alleine gelernt haben, immer zu funktionieren, sich anzupassen, an eine kranke Welt, die den Mensch wiederum krank macht.

Wie erdend da ein paar Schläge mit der Peitsche sein können, ahnen die wenigsten. Aufzeichnungen über Geißelungen und Selbstgeißelungen gibt es seit dem Mittelalter. Früher waren sie meist religiös geprägt und doch dienten sie einem Zweck: der Erlösung! Der innerlichen Befreiung. Im Schmerz finden wir die Wahrheit. Der Schmerz lügt nicht, er ist das Ehrlichste und Reinste, das ich kenne. Aber wie bringe ich das Victoria bei? Ich könnte es ihr zeigen, es sie spüren lassen. Doch ich darf es nicht tun. Ich muss sie nur soweit bringen, sich auf Philip einzulassen, dann wird sie es selbst erkennen.

»Also geht es doch ums Schlagen, um Peitschen, Gerten und so ein Zeug. Und wenn ich vor Schmerzen schreie, macht mich das dann glücklich, ja«?, fragt sie und starrt mich bestürzt an.

Wenn ich ihr weiter zuhöre, zweifle ich noch selbst an meinem Glauben. »Nein, Vic, so nicht. Du willst mich offenbar nicht verstehen. Schau doch nur, was wir hatten. Es war nur die Spitze des Eisberges. Es war so wenig und doch so viel.«

»Ja, aber du hast mir auch nie weh getan, und geschrien habe ich auch nicht!«, sagt sie, doch ganz so ist dem nicht.

»Stopp, Kleines! Unser erstes *Date* hat dir sogar

sehr wehgetan. Eine intime Tätowierung ist immer schmerzhaft, aber in Kombination mit sexueller Lust hast du es am Ende sogar genossen«, erinnere ich sie und fahre fort. »Was den Oralsex anbelangt, habe ich dich ganz schön hart und tief in den Mund gefickt. Für viele wäre das nicht akzeptabel gewesen, aber ich weiß, dass du es dennoch heiß gefunden hast. Sonst wärst du in der Notaufnahme kein zweites Mal vor mir auf die Knie gefallen. Und zwei Finger im Po sind auch eine heikle Angelegenheit, zumindest beim ersten Mal. Es wird meist als unangenehm und unnatürlich wahrgenommen, aber dich hat es binnen kürzester Zeit erregt, und du bist geradezu explodiert. Hättest du nicht das Bettlaken im Mund gehabt, hättest du geschrien, und nichts hätte ich lieber gehört als deine Schreie! Du hast keine Ahnung, wie nah leichter Schmerz und Lust beieinander liegen. Wenn man es geschickt anstellt, katapultiert dich der süße Schmerz in ungeahnte Höhen.«

Jetzt scheint sie endlich darüber nachzudenken. Sie entzieht mir ihre Hand, die ich immer noch gehalten habe, und wirkt in sich gekehrt.

»Und wenn es ganz furchtbar wird? Man es schrecklich findet? Ich stelle es mir schlimm vor, ausgepeitscht zu werden und sich nicht wehren zu können. Das kann doch nicht schön sein!«, verdeutlicht sie mir, und ich verstehe sogar, was sie meint.

»Ich glaube, wir reden von zwei völlig unterschiedlichen Dingen. Beim BDSM geht es um Lust und Leidenschaft, es soll dir Spaß machen, das will der andere Part doch damit erreichen! Niemand will dich in Grund und Boden schlagen, dir richtig wehtun … Nein, genau im Gegenteil! Ach, ich würde es dir so gerne zeigen und dir eine kleine Kostprobe geben, damit du verstehst, was ich meine. Wärst du doch nur ein paar Jahre eher gekommen!« Und das meine ich ernst.

»Wer soll es denn überhaupt tun? Wer ist dieser jemand, von dem du die ganze Zeit redest? Ich vermute, du willst, dass ich in diesen Club gehe. In deinen Club?«

»Ja, in meinen Club. Er heißt Dark Dream. Dort agieren mehrere Doms, aber ich möchte, dass du zu meinem Bruder gehst. Er weiß von dir, und er erwartet dich.«

Kapitel 14

Victoria

Schmerz

»Dein Bruder? Ich, ich soll zu deinem Bruder gehen, um mich von ihm …«, beginne ich fassungslos, als er mir ins Wort fällt. »Sag bitte nicht wieder ›schlagen zu lassen‹! Ja, ich möchte, dass du zu meinem Bruder gehst. Er heißt Philip und hat das Dark Dream vor drei Jahren übernommen. Er kennt sich ebenso gut aus wie ich und ist in meinen Augen die beste Wahl für dich.«

Wenn Markus nur wüsste, wer die beste Wahl für mich ist. Hat er denn immer noch nicht verstanden, dass er mir alles bedeutet? War ich nicht deutlich genug? Krieche ich hier nicht seit einer Stunde genug zu Kreuze? Und er will mich zu seinem Bruder abschieben, in einen BDSM-Club, wo ich festgebunden und drangsaliert werden soll! Warum sitze ich überhaupt noch hier und höre mir all das an?

Warum denke ich überhaupt darüber nach? Ich muss wahnsinnig sein!

»Ich wäre dafür, dass du Philip erst einmal kennenlernst, dir den Club ansiehst und dann entscheidest. Ich weiß, dass es dir gefallen wird!«, behauptet er allen Ernstes.

»Glaubst du? Ich sehe das anders! Und was hättest du überhaupt davon?« Das interessiert mich nämlich wirklich.

»Ich weiß dich bei ihm in den allerbesten Händen. Das habe ich davon.«

Das ist doch verrückt! »Findet dein Bruder keine andere Frau für seine Spielchen? Testest du deshalb wahllos für ihn? Ist das so eine blöde Abmachung zwischen euch?«

»Keineswegs, Vic! Philip ist sehr begehrt bei den Frauen. Ich musste ihn sogar mehrfach bitten, dass er dich nimmt.«

Das wird ja immer besser. *Ihn mehrfach bitten, dass er mich nimmt* … Was bin ich? Wer bin ich? Ich könnte glatt heulen! Steh auf, Vic, und geh!, redet der letzte Funke meines Selbstbewusstseins auf mich ein.

»Ich glaube, du verstehst mich schon wieder falsch, Kleines. So habe ich das jetzt nicht gemeint. Nicht, dass Philip kein Interesse an dir hätte, aber wir tauschen normalerweise nicht die Frauen, das ist bisher nur einmal geschehen, deshalb war er dagegen, und ich musste ihn erst von dir überzeugen. Er weiß ja, dass etwas zwischen uns gelaufen ist«, steuert er plötzlich dagegen. Wohl auch, weil bereits alles in mir auf dem Sprung war.

»Du musst niemanden von mir überzeugen! Ich habe einen Mann«, erinnere ich ihn konsequent und bin zum ersten Mal froh, verlobt zu sein. Es wirkt wie ein Schutz. Ich komme mir nämlich total wertlos vor. Wie so ein Gegenstand, den man erst testet und dann einfach weiterreicht.

»Oh ja, man merkt, dass du einen Mann hast. Das Glück strahlt nur so aus dir!«, macht er sich jetzt auch noch über mich lustig, und allmählich zweifle ich an meinem Verstand. Sind denn alle Männer Idioten?

»Das Glück würde also aus mir strahlen, wenn ich zu deinem Bruder in diesen Club ginge?«, frage ich dennoch.

»Ja, davon bin ich überzeugt. Und ich würde es an

deiner Stelle noch vor der Hochzeit tun. Vielleicht kommst du ja noch zur Besinnung und überdenkst die Geschichte mit der Heirat.«

»Diese Heirat ist rein kommerzieller Art. Mein Vater ist ein Immobilienmogul, und Alex ist sein Geschäftspartner. Durch unsere Hochzeit bleibt die Firma im Familienbesitz.«

»Klingt total romantisch. Besitz macht ja auch so glücklich, wie man bei dir sieht! Ich kenne diesen Alex nicht und weiß auch nicht, was er für ein Mensch ist. Aber eines weiß ich ganz genau, weder liebst du ihn, noch begehrst du ihn, noch sehnst du dich nach ihm. Ich würde nie einen Menschen heiraten, für den ich nichts empfinde. Dafür wäre mir mein Leben zu schade.«

»Mag gut sein. Ich muss dir dabei sogar Recht geben. Aber außer Alex gibt es für mich keine Option, oder glaubst du, dein Bruder Philip wäre eine?«

»Auf jeden Fall würde er dich glücklicher machen als dein Verlobter«, sagt er so überzeugt, dass ich wirklich ins Grübeln komme.

»Was ist er … dein Zwillingsbruder?«, hake ich jetzt nach, denn ein bisschen Neugierde kitzelt mich doch.

»Nein, das ist er nicht. Philip ist ein Jahr jünger als ich und, mal abgesehen von unserer Größe und der Statur, haben wir optisch gesehen nicht viele Ähnlichkeiten. Aber du kannst dir ja von ihm die Augen verbinden lassen und dir vorstellen, dass ich es bin … «

Umgehend überkommt mich eine Gänsehaut.

Augen verbinden …

»Na, schau einer an … wie ich sehe, haben wir ein weiteres Spielfeld entdeckt, das dir gefällt. Wie schön! Sich die Augen verbinden zu lassen, kann nämlich auch sehr reizvoll sein«, setzt er nach, und ich ärgere mich, da er offenbar wie in einem Buch in mir lesen kann. All meine Emotionen deutet er richtig. Wie macht er das nur?

»Gib dir einen Ruck und die Chance, dich auszuleben, Vic! Geh und lern Philip kennen. Rede mit ihm! Er ist ein guter Kerl, du wirst es nicht bereuen«, beteuert er abermals.

»Das ist total verrückt! Im Grunde ist alles verrückt, was bisher geschehen ist. Dabei wollte ich doch nur ein Tattoo haben«, denke ich laut nach, während ich die Ereignisse der letzten Woche Revue passieren lasse. Es ist wirklich nur eine Woche und kommt mir dennoch wie ein ganzes Leben vor, so stark sind die Empfindungen in meinem Inneren.

»Wer sind wir, dass wir urteilen können, was verrückt ist? Und was ist das Gegenteil von verrückt? Normal? Aber was ist normal? Wer setzt die Normen? Die Menschen, die gleichsam jede Norm durch ihre Vielfältigkeit widerlegen? Diese Unterteilung in Gut oder Schlecht, Richtig oder Falsch, Lieb oder Böse ist fatal, denn alles ist miteinander verbunden. Es existiert das eine nicht ohne das andere. Es gibt kein Richtig oder Falsch, es gibt nur beides. Das, was wir bisher getan haben, war weder verrückt noch falsch noch schlimm oder verkehrt … im Gegenteil! Es fühlte sich fantastisch an, tat uns beiden gut und hat dich als auch mich wachsen lassen. Was daran ist also verrückt? Und was wäre verrückt daran, sich in Philips erfahrene Hände zu begeben? Neue Horizonte kennenzulernen, Erfahrungen zu schöpfen, zu genießen, zu lieben, zu lachen, zu leben …?«

Eine Antwort darauf bleibe ich ihm schuldig. Aber seine Worte gehen mir den ganzen Abend nicht mehr aus dem Kopf. Dass er so philosophisch angehaucht ist, hätte ich ihm nie zugetraut! Ich gebe es nur ungern zu, aber er beeindruckt mich auf eine Art und Weise, wie ich es nie für möglich gehalten hätte.

Als ich ihn das erste Mal sah, war es sein teuflisch

gutes Aussehen, das mich angezogen hat. Als wir uns näher kamen, war es die sexuelle Anziehungskraft, die mich schwach machte und zerfließen ließ. Jetzt ist es sein Geist, der mich berührt und nicht in den Schlaf kommen lässt. Könnte ich doch nur in sein Herz vordringen! Ich liebe ihn! Ja, ich liebe Markus Harper! Ich liebe alles an ihm … alles! Und er will mich weiterreichen, an Philip, über den ich ebenfalls nachdenke …

Natürlich kommt er für mich nicht in Frage. Zum einen gibt es Alex, und dass ich ihn mit Markus betrogen habe, ist schon mehr als genug. Da kann ich mich binnen kürzester Zeit nicht auch noch einem zweiten Mann an den Hals werfen, dem es nur um BDSM geht. Und dennoch träume ich in der Nacht wüst … von Fesseln, Handschellen und Peitschen.

Ich bin völlig durchgeschwitzt, als ich am Samstagmorgen erwache. Ich habe heute wieder Spätdienst, weshalb ich tagsüber gerne etwas mit Alex unternehmen würde. Zumindest würde ich gerne ausführlich mit ihm reden, denn die Hochzeit steht ja kurz bevor. Daher dusche ich ausgiebig und entschließe mich danach, zu kochen, was ich zeitbedingt nur selten tue. Aber ich habe ein Händchen dafür und kredenze ein Drei-Gänge-Menü, das sich sehen lassen kann.

Ich decke in unserem Esszimmer schick ein und bereite alles für ein köstliches Dinner vor, Kerzenschein inklusive, aber Alexanders Reaktion ist alles andere als positiv, als ich ihn zum Essen rufe. Er steckt schon den ganzen Vormittag in seinem Arbeitszimmer, deshalb bin ich davon ausgegangen, dass er hungrig ist, doch offenbar ist dem nicht so.

»Hast du noch etwas anderes außer Essen im Kopf?«, fährt er mich barsch an, als er all die Köstlichkeiten auf der langen Tafel sieht.

»Wer soll das alles essen? Ich an deiner Stelle würde

mir mal lieber über Diätprodukte Gedanken machen, anstatt Törtchen zu backen und einen solchen Braten aufzutischen. Wir wollen heiraten, Vic! In gut einem Monat! Jede andere Frau hätte schon längst einen Diätcoach angeheuert, aber du tust so, als könntest du dir all die Kalorienbomben erlauben. Ignorierst du eigentlich alle Spiegel im Haus?«

»Nein, aber der Mensch braucht nun mal ein paar Kalorien, um zu leben. Ich habe seit gestern Nachmittag nichts mehr gegessen, heute auch nicht gefrühstückt. Ich muss in drei Stunden an die Arbeit und werde die ganze Nacht in der Notaufnahme stehen. Da brauche ich vorher eine Stärkung. Außerdem dachte ich, ich mache dir damit eine Freude.«

»Mit zehn Kilo weniger würdest du mir eine Freude machen!«

»Du bist so ein Arschloch, Alexander! Du tust so, als wäre ich ein Elefant! Dabei habe ich noch nicht einmal Übergewicht, sondern bin lediglich eine ganz normale Frau. Es tut mir ja irre leid, dass ich nicht dem püppchenhaften Aussehen entspreche, nach dem du dich so sehnst. Gleichsam frage ich mich, warum du mich dann überhaupt heiraten willst. Dann such dir doch so eine XS-Tante, mit der du angeben kannst!«

»Ach, Liebling, wir wissen doch beide, weshalb wir heiraten und dass es nicht unsere Körper sind, die uns zum gegenseitigen Ja-Wort bewegen. Wir haben gemeinsame Pläne und Ziele, und dafür lieben wir uns. Und trotzdem fände ich es schön, wenn du dich angemessen ernähren würdest. Schau deine Mutter an und nimm sie zum Vorbild!«

»Meine Mutter? Du kanntest meine Mutter nicht! Soweit ich mich erinnern kann, sehe ich ihr sogar sehr ähnlich. Du meinst gewiss meine Ziehmutter, Frau von Buhl. Und nein, die nehme ich mir gewiss nicht zum Vorbild! Ich will nicht mit sechzig Jahren wie eine Wachsfigur aussehen, deren Mund sich automatisch öffnet, wenn sie lachen muss, weil sie sich schon so oft hat liften lassen. Mit ein paar Gramm mehr Fett auf den Rippen wäre sie nicht so faltig. Da ziehe ich aber meinen großen Arsch und die Titten tausend Mal vor. Und wenn du nicht Manns genug bist, um damit umgehen zu können, dann muss ich mir eben jemanden suchen, der es kann!«, kontere ich rotzfrech.

Er wirft mir einen überheblichen Blick zu. »Dann tu es doch! Wenn du jemanden findest … Ist aber bestimmt keine leichte Aufgabe.«

Er hätte genauso gut ein Messer nehmen und damit auf mich einstechen können. Der Schmerz wäre vermutlich derselbe gewesen. Ich drehe mich auf dem Absatz um und gehe beherrscht in mein Zimmer. Die Tür knallt hinter mir ins Schloss. Am liebsten würde ich mich auf das Bett werfen und einfach nur heulen, laut schreien, wie ich es noch nie getan habe, denn gerade ist mir danach … Aber mir bleibt die ganze Wut und Traurigkeit im Halse stecken. Ich setze mich hungrig und resigniert in meinen alten Ohrensessel und denke nach … Als Erstes kommt mir natürlich Markus in den Sinn. Aber der will mich ja auch nicht. Angeblich wegen Nora … Vielleicht ist sie aber nur eine nett gemeinte Ausrede, um sich nicht weiter mit mir abgeben zu müssen. Deshalb will er mich vermutlich auch an seinen Bruder weiterreichen.

Himmel, so traurig war ich schon ewig nicht mehr!

Die Einsamkeit hüllt mich wie eine Decke ein und schmerzt. Morgen haben wir den zweiten Advent … Am besten lasse ich mich für den Notdienst eintragen und bleibe in der Klinik. Da trifft man wenigstens ab und zu auf freundliche Menschen, und ich komme mir bei der Arbeit nicht gar so nutzlos und unbrauchbar vor wie im Moment. Ich fühle mich ja so einsam …

Wenn ich jetzt Caro anrufe, liest sie mir garantiert nur die Leviten. Ihr brauche ich nichts wegen Alex vorzujammern. Ich kenne ihre Meinung dazu. Also bleibe ich mit meinen Sorgen und Nöten alleine.

In meiner Traurigkeit gehe ich zu der kleinen Schatulle, die auf meinem Nachttisch steht und in der ich meine Schätze verwahre. Viele sind es nicht, eine uralte Haarspange und eine rote Schleife mit weißen Punkten, die mir meine echte Mom gekauft hat. Ich weiß es noch ganz genau. Es war im Sommer und wir kamen an dem Laden vorbei. Ich sah die Spange und wollte sie unbedingt haben! Ich hatte damals schon so langes dunkles Haar wie heute und wusste, sie würde mir hervorragend stehen. Aber Mama kaufte sie mir nicht. Jedenfalls nicht gleich … ich weiß nicht, wie sie es gemacht hat, doch am Abend lag die Spange auf meinem Kopfkissen. Ich trug sie damals immer, auch bei dem Unfall, deshalb ist sie das Einzige, was mir noch von dieser Zeit geblieben ist, und ich hüte sie wie einen echten Schatz. Ebenso wie die Kette des toten Mädchens, die ich jetzt an mich nehme. In Momenten wie diesen ist sie mir immer am liebsten. Wenn es mir ganz schlecht geht, denke ich an die junge Frau zurück und daran, wie schnell das Leben vorbei sein kann … und dass, ganz gleich, wie schlecht es einem geht, man doch froh sein kann, hier sein und leben zu dürfen. Sie hatte bestimmt noch so viel vor. Wer weiß, wohin sie gerade unterwegs war. Wer weiß, wer auf sie wartete …

Es ist die Liebe …, höre ich wieder und blicke auf die zwei kleinen Handschellen, die fest ineinander greifen und das Unendlichkeitszeichen bilden.

Dabei bemerke ich gar nicht die Träne, die mir über die Wange rinnt. Ich schniefe kurz und wische sie weg, während ich die Kette dicht an mein Herz drücke. Als ich sie abermals ansehe, stechen mir die

Handschellen ins Auge. Ich kenne die Kette in und auswendig, jedes einzelne Glied, und doch geschieht gerade etwas … Ich sehe die Handschellen! Ich sehe sie anders als sonst. Und mein Herz trommelt plötzlich ganz wild.

Ob ich es wagen sollte? Ob ich tatsächlich zu diesem Philip gehen sollte?

›*Gib dir einen Ruck und die Chance, dich auszuleben! Geh und lern Philip kennen. Er ist ein guter Kerl, du wirst es nicht bereuen …*‹, dröhnen Markus' Worte plötzlich in meinen Ohren. Dann erklingt Alex' Stimme: ›*Dann tu es doch! Wenn du jemanden findest … Ist aber bestimmt keine leichte Aufgabe.*‹

Keine leichte Aufgabe … Jemanden zu finden, der mich will? Meinte er das?

Wieder blicke ich die Kette an … Handschellen.

Vielleicht ist es ja ein Zeichen, wobei ich das bezweifle. Die junge Frau hatte bestimmt jemanden, der sie liebte. Philip geht es schlicht um sexuelle Dinge … und was für welche! Aber es würde mich auf andere Gedanken bringen, mich ablenken … auch von Markus – vermute ich jedenfalls. Und ich könnte es Alex heimzahlen! Er verletzt mich ja so sehr.

Noch einmal sehe ich die Kette an.

Es ist die Liebe …

Ich hole tief Luft und gehe zum Sideboard, auf dem meine Handtasche steht. Markus hat mir gestern seine Karte gegeben. Wenn ich reden wolle oder es mir überlegt hätte, sagte er, solle ich ihn anrufen.

Ich überlege nicht mehr, sondern wähle einfach seine Nummer.

Kapitel 15
Markus

Beglückende Zusage

»Hallo?«, melde ich mich, ohne meinen Namen zu nennen, denn die mir angezeigte Nummer habe ich nicht eingespeichert, und mein Studio ist heute geschlossen. Die Wochenenden sind mir heilig, und ich genieße die Auszeit. Außerdem kuriere ich immer noch mein Bein aus, obwohl die Verletzungen sehr gut abgeheilt sind. Das hätte ich in der kurzen Zeit gar nicht erwartet.

»Markus?«, fragt eine mir sehr vertraute Stimme, und automatisch schleicht sich ein Lächeln auf mein Gesicht. Ich wusste, dass sie anrufen wird. Auch wenn sie gestern beinahe fluchtartig mein Studio verlassen hat. »Hey, Vic! Na, hast du nochmal über alles nachgedacht?«

»Ja, habe ich. Wie würde das denn vonstatten gehen? Ich könnte doch erstmal deinen Bruder kennenlernen, oder? Ich müsste doch nicht gleich, äh …«, sagt sie und stoppt.

Mein Lächeln wird immer breiter, und komischerweise klopft auch mein Herz wie verrückt. In Gedanken sehe ich sie schon vor mir … nackt an das Andreaskreuz gefesselt, ihre Beine weit gespreizt, sodass ihre süße Pussy permanent zugänglich ist und man sie gar zu schön necken kann, ganz ohne

Gegenwehr. Sie kann nichts dagegen tun, außer auszulaufen, zu stöhnen und zu schreien …

»Natürlich kannst du ihn erstmal kennenlernen!«, antworte ich ganz ruhig und hole tief Luft, um mich wieder herunterzufahren. »Ihr müsst sowieso reden. Vor einer Session wird immer geklärt, was geht und was nicht geht, was du magst oder gar nicht willst. Es soll doch schön für dich werden, niemand will dir etwas Böses, Vic!«, mache ich nochmal deutlich, denn ich habe das Gefühl, sie versteht immer noch nicht so richtig, worum es überhaupt geht. Ihre Ängste und Zweifel sind völlig unbegründet. Philip wird sie ihr nehmen, da bin ich mir sicher.

»Okay, gut«, haucht sie in den Hörer. »Wann, wann könnte ich ihn denn kennenlernen?«, will sie wissen, und ihre Eile überrascht mich jetzt doch. Ich habe ja damit gerechnet, dass sie sich irgendwann melden wird. Aber so schnell? »Ist alles okay, Vic? Geht es dir gut?«, hake ich deshalb nach.

»Ja, ja, soweit ist alles in Ordnung.«

Soweit? Komisch … das glaube ich ihr nicht so ganz. Außerdem klingt ihre Stimme niedergeschlagen.

»Hattest du Streit mit … Alex?«, frage ich deshalb offen heraus, weil mir nichts anderes in den Sinn kommt. Wäre sie meine Frau, und wir stünden kurz vor der Hochzeit, käme sie nicht annähernd auf die Idee, an einen anderen Mann zu denken, geschweige denn …

»Naja, wir hatten wieder einen kleinen Disput. Er mag es, mich verbal zu verletzen, oder aber er bemerkt es gar nicht. Keine Ahnung. Auf jeden Fall würde ich gerne auf andere Gedanken kommen. Da fiel mir dein Bruder ein«, unterbricht sie meine Überlegung und bestätigt gleichzeitig meine Mutmaßung. Ich kenne diesen Alex zwar nicht, aber ich hasse ihn schon jetzt, obwohl er mir gut in die Karten spielt. »Da wird sich Philip aber freuen. Wann könntest du denn?«, will ich wissen und kann es kaum erwarten, meinen Bruder davon in Kenntnis zu setzen.

»Heute habe ich Nachtdienst, und morgen werde ich wohl bis Mittag schlafen, danach wäre es möglich oder aber kommende Woche.«

»Halten wir gleich morgen fest. Ich spreche nachher mit Philip und melde mich dann nochmal bei dir. Und noch etwas, Kleines! Vergiss Alex! Er ist es nicht wert, glaube mir«, muss ich meiner Ansicht Nachdruck verleihen, denn ungeachtet dessen, dass er sie nicht glücklich macht, gefällt mir die Vorstellung, dass sie ihn bald heiraten will, überhaupt nicht. Ich kann es nicht erklären, ich verstehe es selbst nicht, aber der Gedanke daran, bringt meinen Magen dazu, sich zu verknoten. Philip muss Vollgas geben! Vielleicht bringen wir sie dann zusammen von dieser blöden Idee einer Heirat aus rein kommerziellen Zwecken ab.

Ich warte auch gar nicht lange, sondern mache mich gleich auf den Weg zur Tanzschule, wo Philip mich bereits am Foyer abfängt. »Na, Bruderherz … was führt dich hierher? An einem Samstag wohlbemerkt. Du weißt, dass sich in zwei Stunden die Pforten zu deinem Club öffnen werden.«

»Zu deinem Club, Philip!«, erinnere ich ihn, während ich an ihm vorbei in den Tanzsaal gehe und es mir auf einem der Stühle gemütlich mache. Ich strecke die Beine von mir und grinse ihn an.

»Du hast mit ihr geredet, und wie du aussiehst, hast du sie auch überredet, richtig?«, schlussfolgert er absolut korrekt anhand meiner Mimik, und ich sehe, wir verstehen uns wie früher. Ganz ohne Worte.

»Kann man fast so sagen. Wenn du es jetzt nicht versaust, bekommst du eine zuckersüße, willige Sub der Extraklasse. Vic ist etwas Besonderes, aber total unerfahren. Pass bloß auf, sonst trete ich dich in deinen Allerwertesten! Zudem habe ich erfahren, dass sie verlobt ist und heiraten will. Mach es gut, mach es besser, besorge es ihr so fantastisch, dass sie den Typen vergisst! Hast du was zu trinken da?«, frage ich im gleichen Atemzug, während Philip schweigend nickt und in die kleine Küche nebenan geht, um uns ein kühles Schwarzes zu holen. Als er zurückkommt, setzt er sich neben mich, trinkt einen Schluck und sieht mich eindringlich an.

»Sie ist verlobt, sie will heiraten, und du willst, dass ich es ihr besorge? Da komme ich jetzt nicht mit. Du gibst doch sonst so viel auf Beziehungen und Partnerschaften.«

»Ich mag den Typen nicht«, sage ich, wie es ist.

»Kennst du ihn?«

»Nicht persönlich. Er heißt Alex und macht sie unglücklich. Das reicht mir vollkommen, um für ein Aus dieser Nicht-Beziehung sorgen zu wollen, denn zwischen den beiden läuft auch nichts mehr.«

»Das wird immer heftiger. Erst war es nur die kleine, devote Ärztin, der ich die dunkle Welt zeigen soll … Aber jetzt soll ich mich in ihre Beziehung drängen und eine Hochzeit verhindern? Markus!«

»Wäre es Liebe, hätte sie sich nie auf mich eingelassen und erst recht kein Interesse an dir signalisiert. Du machst nichts kaputt, Philip, im Gegenteil. Hilf ihr da bitte raus!«

»Du stellst Forderungen! Was hat sie denn überhaupt gesagt? Wann will sie kommen, und wie soll es überhaupt laufen?«

»Sie will dich erstmal kennenlernen und reden. Sie hat wirklich null Ahnung, was unsere Welt betrifft, und Vorstellungen davon, bei denen sich mir die Haare sträuben«, erkläre ich ihm.

»In Ordnung. Ich würde sie auch gerne kennenlernen und mir ihre Meinung anhören, ehe ich letztendlich entscheide.«

»Was heißt hier ›entscheide‹? Du hast mir versprochen, dass du ihr eine Session schenken wirst. Ansonsten wäre ich gleich zu Luke gegangen. Der würde nicht so ein Brimborium veranstalten, wenn er eine willige Frau zu Füßen gelegt bekommt.«

»Ich veranstalte auch kein Brimborium, aber ich würde gerne ihre Sicht der Dinge hören. Ich will auch wissen, was es mit ihrer Beziehung auf sich hat. Und du, mein Bester, solltest dich fragen, weshalb es dich stört, dass sie heiraten will. Es kann dir doch im Grunde egal sein.«

»Ist es mir aber nicht.«

»Dann überleg mal, wieso!«

»Wann hast du nun Zeit für sie? Sie könnte morgen Nachmittag«, versuche ich abzulenken, um auf das Wesentliche zu kommen.

»Okay, dann von mir aus morgen. Willst du sie hierher schicken, oder soll ich in dein Studio kommen?«

Ich überlege kurz und entscheide mich dann für die Tanzschule, zumal das Dark Dream gleich darunter liegt. Falls sie Fragen haben sollte oder etwas sehen möchte, kann es ihr Philip umgehend zeigen.

»Ich bringe sie morgen zu dir. Um 16.00 Uhr?«

»Ja. Ich bin gespannt auf deine Ärztin!«

Und ich erst … »Mach vorsichtig mit ihr! Sie ist sehr scheu. Aber auch sehr gelehrig und willig, wenn man es behutsam angeht«, verdeutliche ich nochmal, obwohl ich weiß, dass Philip ein geübtes Händchen für solche Frauen hat. Er versteht sein Handwerk. Und wenn sie erstmal mit ihm geredet hat, wird Vic alles mit anderen Augen sehen und sich darauf einlassen. Davon bin ich überzeugt. Dennoch pocht mein Herz ungeahnt laut, als ich sie am nächsten Tag neben mir im Auto sitzen habe und die paar Meter bis zu meinem Bruder fahre. Ich weiß gar nicht, wer von uns beiden aufgeregter ist.

Victoria sitzt neben mir, hat ihre Hände gebetsartig im Schoß gefaltet und spricht kein Wort. Ich sehe, wie stark ihr Brustkorb bebt, trotz der dicken Winterjacke. Als ich nach ihrer Hand greife, um sie zu beruhigen, spüre ich, wie kalt ihre zarten Finger sind.

»Es ist alles gut, Kleines, er wird nur mit dir reden! Du kannst ihn alles fragen, was dir auf dem Herzen liegt. Geh und sieh dir das Dark Dream an, sieh aber bitte Philip nicht so genau an, denn er ist ganz schön haarig«, scherze ich in Bezug auf seine langen Haare und den wilden Vollbart. Ich trage ja auch einen, aber meiner ist ziemlich kurz gehalten und akkurat geschnitten. Philip hingegen lässt alles wild wachsen. Er hat etwas von einem Yeti, aber das sage ich Victoria nicht, denn sie schaut mich so schon ganz irritiert an.

»Keine Sorge, unter seinem Pelz findest du einen echt lieben Kerl«, bemerke ich noch und beschließe, lieber still zu sein, ehe ich sie noch weiter verunsichere. Außerdem sind wir schon da. Ich parke im Hinterhof und führe sie die paar Stufen bis zur ersten Etage, ehe wir eintreten.

»Tanzschule?«, liest sie zaghaft vom Schild ab. »Ist das eine Tarnung für euren Club?«

»Nein, nein. Philip ist Tanzlehrer, und das hier ist sein kleines Reich. Der Club ist geheim und im Keller untergebracht. Davon weiß so gut wie niemand. Es ist ein privates Etablissement Du wirst hier nirgendwo den kleinsten Hinweis darauf finden«, kläre ich sie auf, ehe ich sie durch das große Foyer nach links in den Tanzsaal führe, wo Philip bereits auf uns wartet.

»Hallo, ihr beiden, das nenne ich aber mal pünktlich«, begrüßt er uns, kommt näher und schließt als erstes Victoria in seine Arme.

Ich spüre ihre Verblüffung und nehme einmal mehr wahr, wie klein sie doch ist. Sie reicht Philip kaum bis an die Schulter, während er seine kräftigen

Arme um sie legt und sie fest an sich drückt, bevor er sich kurz an mich wendet. »Na, Brüderchen. Willst du so lange nach unten in die nicht ganz so weißen Räume gehen und dort warten, bis wir fertig sind? Oder willst du dabei bleiben und zuhören?«

»Ihr solltet erstmal alleine reden! Ich wäre dafür, dass ihr eine Etage höher in deine Wohnung geht, sodass ich hier ein paar Runden tanzen kann. Tut mir bestimmt mal gut. Bier ist im Kühlschrank, oder?«

»Natürlich. Und übertreib es nicht mit dem Tanzen!«

Ich werfe ihm nur ein breites Grinsen zu, ehe ich mich nochmal kurz an Vic wende, die immer noch ganz verblüfft zwischen uns hin und her schaut und kein Wort über ihre schönen roten Lippen bringt.

»Denk daran: Sei ehrlich bei allem, was du sagst! Frag, was immer dir auf dem Herzen liegt! Philip ist der Frauenversteher schlechthin. Mit ihm kannst du über alles reden«, gebe ich ihr mit auf den Weg, während mein Bruder mich süffisant anlächelt, und Victoria mit einer schwingenden Handbewegung in Richtung Treppe dirigiert, die nach oben führt, ehe er nochmal ganz kurz zu mir kommt und mir ins Ohr flüstert: »Sie ist entzückend!«.

Ich nicke bestätigend. »Oh ja. Und unter ihren Bergen von viel zu weiten Klamotten ist sie noch viel entzückender!«

Kapitel 16
Victoria

Ein Mann wie Philip

Wow, ist er groß! Was sind das nur für Gene? Ich bin wirklich baff und froh, dass wir nun nach oben gehen. Zwischen den beiden Männern kam ich mir vor wie eine Maus zwischen zwei Löwen. Ich hatte ganz schön Herzklopfen. Wenn ich ehrlich bin, habe ich das noch immer. Ich hatte ja mit Einigem gerechnet und mir schon überlegt, wie Philip wohl aussehen könnte, denn schließlich ist er ja Markus' Bruder, aber meine Vorstellungen haben nicht so weit gereicht, wie es die Realität nun offenbart.

Der Vater der beiden muss Herkules persönlich gewesen sein, und so ein bisschen wie dieser Halbgott sieht Philip auch aus. Noch mehr erinnert er mich an Thor. Auf jeden Fall hat er etwas von einem Gott und einem Wikinger! Er hat dunkles Haar, das im unteren Bereich ins Blonde übergeht. Es fällt ihm wild über die Schultern, da er auch eine leichte Welle darin hat. Zudem trägt er, wie Markus schon erwähnte, einen Vollbart. Ein ziemliches wildes Exemplar sogar. Wäre er nicht so schick angezogen und würde nicht so fantastisch riechen, hätte seine Behaarung vermutlich eine ganz andere Wirkung, aber so empfinde ich sie als außergewöhnlich reizvoll. Er trägt eine maßgeschneiderte, schwarze, sehr schicke Hose mit schwarzen Lackschuhen und dazu einen ebenfalls schwarzen, sehr eng anliegenden Strickpullover, durch den man jeden Muskel erahnen kann. Und er hat Muskeln wie Markus! Da steht er ihm ebenso wenig nach wie hinsichtlich der Körpergröße. Er passt ja kaum durch die Zimmertür. Und er riecht so höllisch gut! Was immer er da benutzt, ich würde es mir auch kaufen, um mein Bett damit zu besprühen. Ich hätte garantiert sündhaft schöne Träume bei diesem verführerischen Duft.

Erst jetzt komme ich dazu, in seine hinreißenden Augen zu schauen. Sie sind grün und funkeln wie Smaragde. Unter seinem linken Auge hat er drei kleine Leberflecken, die in ihrer Anordnung einem Halbmond ähneln und ihn faszinierend zeichnen. Er grinst mich an, und meine Beine geben nach …

Wow! Es schüttelt mich, obwohl ich eine dicke Winterjacke und flauschige Stiefel trage.

»Victoria … Möchtest du dich nicht erst einmal ausziehen? Hier ist es doch viel zu warm. Komm, ich nehme dir die Jacke ab«, bietet er an und hilft mir wie ein echter Gentleman aus meinem Parka. Er wartet noch, bis ich meinen Schal abgewickelt habe, nimmt alles an sich und bringt es zur Garderobe. Derweil schlüpfe ich aus meinen Stiefeln und mache es mir auf der gemütlichen weißen Ledercouch bequem … Wenn ich überlege, weshalb ich eigentlich hier bin, wird mir ganz schwindelig! Ich soll jetzt mit diesem anmutigen Mann über Sex reden? Und er weiß Bescheid über, über … Und er würde mit mir … Oh Gott, ich träume das alles bestimmt nur! Das kann unmöglich wahr sein.

Als er zurück kommt, drückt mich sein Anblick noch tiefer in die weichen Sofakissen. Markus ist ja schon groß, aber ich glaube, Philip ist noch größer. Eventuell unterstreicht sein pechschwarzes Outfit auch seine Erscheinung, dazu das lange Haar mit den blonden Spitzen und diese Augen, die mich so lieb anfunkeln … Kann man zergehen? Einfach so schmelzen? Wie Olaf, der kleine Schneemann … So fühle ich mich gerade, während ich immer tiefer nach hinten falle, je näher er kommt.

»Kann ich dir etwas zu trinken anbieten? Wasser, Kaffee, Tee, ein Gläschen Sekt vielleicht?«, fragt er, und seine tiefe Stimme streichelt mich. Er hat eindeutig Markus' Stimme. Wenn ich die Augen schließe, könnte ich beide glatt verwechseln.

»Äh, äh … Wa-Wasser«, stottere ich und habe so noch ein paar Minuten, um mich zu regenerieren, bis er mit zwei Gläsern zurückkommt, die er vor uns auf dem Glastisch abstellt. Er setzt sich neben mich, und ich glaube, ich muss kurz die Luft anhalten. Was haben diese Harpers nur an sich? Oder stimmt vielleicht mit mir etwas nicht?

»Victoria!«, sagt er abermals, und es klingt wie Musik. Ich kann nicht mehr atmen. Ich kann unmöglich reden! Ich starre ihn einfach nur an, bis er näher kommt, immer näher. So nah, viel zu nah … Plötzlich klebt mein Gesicht an diesem hinreißenden, schwarzen Pullover, und sein Duft schießt mir ins Hirn, während ich spüre, dass seine Arme mich ganz fest umschließen.

»Ganz ruhig! Atme erstmal tief durch! Schön atmen. Nur keine Angst! Wir wollen einfach nur reden. Okay?«, flüstert er mir ins Ohr, während mich seine Hände plötzlich streicheln. Ich spüre sie überall! Auf meinem Haar, meinem Rücken, meinen Armen, im Nacken … Er streichelt mich unaufhörlich, ganz sanft und beruhigend, bis ich nur noch warmer Wachs bin und an seiner starken, duftenden Brust zergehe.

»Gefällt dir das?«, will er wissen, und ich vermute, dass er die Streicheleinheiten meint, die völlig neu für mich sind. Ich wüsste nicht, wann mich mal jemand so lieb und fürsorglich gestreichelt hätte.

Markus hat mich einmal in den Arm genommen, als es darum ging, ob ich mich für oder gegen die Tätowierung entscheiden würde. Aber das hier ist anders, ganz anders. Viel intensiver! Philip hält mich fest, wiegt mich an seiner festen Brust, während seine Hände mich sanft liebkosen.

Ich bin total verwirrt. Sollte es heute nicht um BDSM gehen? Ist er nicht so ein Herr, so ein Dom, der Frauen schlägt? Mir kommt es so vor, als hielte mich gerade ein Engel im Arm. Ich verstehe gar nichts mehr und nicke nur lautlos.

Ja, es gefällt mir – und wie! Ich könnte ewig in seinen Armen verharren. Ich weiß nicht, wann ich das letzte Mal mit Alexander gekuschelt habe. Ich glaube noch nie. Und momentan spielt er auch absolut keine Rolle. Vielmehr kommt es mir so vor, als würde ich Markus betrügen. Ich kuschle mit seinem Bruder, obwohl er das ja wollte, im Grunde noch viel mehr will. Ich darf gar nicht daran denken …

»Geht es dir ein wenig besser, Victoria? Kannst du jetzt reden?«, fragt er mit seiner wundervollen Stimme, und abermals nicke ich. Als er mich wieder loslässt, fühle ich mich wie ein neuer Mensch. Ich bin vollkommen durcheinander, tiefenentspannt, beinahe in Trance und schlicht verzaubert von ihm.

Philip lächelt mich an und streichelt mir zärtlich über die Wange. »Eine einfache Umarmung kann so viel. Das war die erste Lektion, die ich damals von Markus gelernt habe. Und er hat Recht behalten. Sie wirkt damals wie heute. Ich selbst möchte auch nicht mehr darauf verzichten«, erklärt er mir ungefragt, woraufhin ich nachdenken muss.

Eine einfache Umarmung kann so viel …

War das der Grund, weshalb mich Markus in den Arm genommen hat? Damit ich mich von ihm tätowieren lasse? Und wenn ich es mir recht überlege, war genau diese Umarmung tatsächlich der Auslöser dafür, dass ich es zuließ …

Auch jetzt befinde ich mich in einem tranceartigen Zustand, bin noch ganz berauscht von so viel Herzlichkeit.

»Ist das eure Taktik, um Frauen gefügig zu machen?«, erkundige ich mich vorsichtig und meine es nicht böse. Es interessiert mich schlicht.

»Das kann man so nicht sagen. Gefügig machen wir die, die es wollen, mit anderen Mitteln. Aber Nähe baut eine Brücke von einem zum anderen. Eine Umarmung im richtigen Moment ist nicht nur heilsam, sie erleichtert Vieles. Du wirst selbst noch spüren, wie wohltuend schlichtes Kuscheln sein kann.«

Oh, ja! »Das habe ich gerade gespürt«, gestehe ich und fahre fort. »Markus möchte, dass ich offen und ehrlich zu dir bin. Bist du es auch?«

»Natürlich. Offenheit und Ehrlichkeit sind ausschlaggebend, gerade in unserem Spielbereich. Allein die kleinste Lüge kann fatale Auswirkungen haben. Was ich sage, meine ich auch so. Darauf kannst du dich immer verlassen.«

»Weißt du, wie ich Markus kennengelernt habe?«

»Ja, er sagte mir, in seinem Studio. Es ging um ein intimes Tattoo.«

Das kann ich nur bestätigen. »Genau. Ich wollte es mir nie und nimmer von ihm stechen lassen. Ich hatte sogar Panik, weil er plötzlich dastand und nicht Eileen, wie vereinbart. Aber dann nahm er mich in den Arm, redete behutsam auf mich ein, und ich ließ es geschehen. Ich habe selbst nicht verstanden, weshalb ich das zulasse, weil es im Grunde der pure Horror für mich war.«

»Typisch Markus«, antwortet er, was mich verletzt.

»Das heißt, es war geplant?«, hake ich nach.

»Nein. Er war bei mir, als der Anruf von Eileen

kam. Aber mein Bruder kriegt für gewöhnlich, was er will. Und er wollte dich ziemlich eindeutig, sonst hätte er nicht den Joker gezogen. Ich glaube ehrlich, er umarmt die allerwenigsten seiner Kunden.«

»Aber dann war es nicht echt«, schlussfolgere ich nachdenklich, woraufhin ich wieder Philips starke Arme um mich spüre. Er zieht mich eng an seinen duftenden Oberkörper. »Eine Umarmung ist immer echt. Die kann gar nicht falsch sein. Sie ist in meinen Augen das Ehrlichste, was es gibt. Hast du es denn bereut, dich von ihm tätowieren zu lassen?«, will er wissen und streichelt wieder über mein Haar, wobei mich eine Gänsehaut berieselt.

»Nein, kein bisschen. Es war die beste Entscheidung meines Lebens«, gestehe ich ehrlich.

»Na, siehst du. Dann ist doch alles gut. Bevor wir uns jetzt über das Dark Dream und einzelne Sessions unterhalten, habe ich ein paar andere Fragen an dich«, sagt er plötzlich, und ich nicke zustimmend, während ich mich leicht von ihm löse, um ihn bei der Unterhaltung ansehen zu können, denn ich rede gerne mit ihm. Er spricht so tief und langsam, dass es eine Wohltat ist, seinen Worten zu lauschen. Er könnte auch als Hypnotiseur arbeiten. Er hat eine so beruhigende Wirkung auf mich, dass ich über meinen friedlichen Puls angesichts des heiklen Themas total erstaunt bin.

»Markus hat mir erzählt, dass du verlobt bist. Mit einem Alex. Liebst du diesen Mann?«

Ich glaube, ich bin wirklich hypnotisiert, denn ohne genauer über die Frage nachzudenken, antworte ich umgehend. »Nein!«

»Glaubst du, dass er dich liebt?«

»Nein, kein bisschen, im Gegenteil«, gestehe ich ehrlich.

»Und warum wollt ihr dann heiraten?«

Auch das erkläre ich ihm offen und ehrlich. Ich

erzähle zudem von meinen Adoptiveltern, von dem Autounfall meiner wahren Familie, davon, wie ich als Teenager mit Alex zusammenkam und wie unser Alltag verläuft; alles Dinge, die ich Markus gegenüber noch nie erwähnt habe. Philip hört mir aufmerksam zu, und schaut mich dabei eindringlich an.

»Ich muss gestehen, ich hatte ein schlechtes Gewissen, als Markus deinen Verlobten erwähnte, weil ich niemand bin, der sich in Beziehungen einmischt. Aber ihr habt ja gar keine Beziehung, wenn ich das mal so sagen darf. Insofern waren meine Bedenken grundlos. Allerdings finde ich euer Verhältnis sehr traurig und du solltest ernsthaft über die Wichtigkeit dieser Hochzeit nachdenken. Vielleicht lässt sich der kommerzielle Part mit dem Immobiliengeschäft auch anders regeln. Aber kommen wir jetzt lieber zum eigentlichen Thema. Markus ist ja der Ansicht, dass du devot veranlagt bist und dich mal richtig ausleben solltest. Siehst du das auch so?«

»Ich weiß es ehrlich nicht. Ich, ich habe mit ihm Dinge getan und tun lassen, an die ich zuvor noch nicht einmal gedacht habe. Er geht deshalb davon aus, dass ich *so bin* …«, gestehe ich unsicher, ohne einzelne Details gezielt auszusprechen.

»Wenn Markus diese devote Seite in dir sieht, kannst du dich darauf verlassen, dass du sie in dir trägst. Allerdings muss man seine Neigungen nicht immer ausleben. Viele Menschen träumen ein Leben lang und setzen ihre Fantasien nie in die Realität um. Mich interessiert, ob du es möchtest, ob es dich anzieht und ob du dich darauf freust.«

Naja, freuen ist übertrieben. Und angezogen fühle ich mich gerade wirklich ein bisschen von ihm, vielmehr natürlich von seinem Bruder, aber wie erkläre ich das alles?

»Ähm, das sind schwierige Fragen …«, beginne ich.

»Was daran ist schwierig? Möchtest du es denn?«

»Ich bin mir nicht sicher. Einerseits bin ich neugierig, andererseits habe ich Angst davor.«

»Wovor genau hast du Angst?«, will er wissen.

Ich hole tief Luft und stoße sie laut aus. »Puuh, naja … ich, ich habe Angst vor der ganzen Situation. Ich hatte nie viel Sex und kenne dich kaum. Dann die Vorstellung, dir ausgeliefert und auch noch festgebunden zu sein, mich nicht wehren zu können, geschlagen zu werden und das schön finden zu sollen. Das alles … Naja, das ist mir irgendwie zu viel.«

»Das wäre es mir auch, Victoria! Sieh mich mal bitte an!«, sagt er in einem sanften Ton und kommt mir näher. Er fasst mit seinem Zeigefinger liebevoll unter mein Kinn und hebt es an, sodass ich ihm direkt in seine smaragdgrünen, funkelnden Augen schauen muss. »Ich verspreche dir, dass ich dich niemals schlagen werde, es sei denn, du verlangst danach! Die Berührungen, die du durch mich erfahren würdest, mögen manchmal intensiv sein, mitunter einen süßen Schmerz auslösen, aber da ich weiß, dass es deine erste Session wäre, würde ich niemals weiter gehen, als es gut für dich ist.«

Komisch, ich glaube ihm, und alles in mir prickelt bei seinen Worten.

»Die dunkle Welt der Liebe ist sehr speziell. Man muss sich anatomisch gut auskennen und feinfühlig genug sein, um seinen Gegenspieler an die Grenzen und ein kleines Stück darüber hinaus zu führen, aber gleichzeitig nie zu weit! Das verlangt Einfühlungsvermögen, riesiges Vertrauen, vor allem vom passiven Part, und den Wunsch, es ausprobieren zu wollen. Es soll dir doch gefallen, Victoria«, erklärt er mir weiter, wodurch er meine Neugier immer mehr weckt. »Weshalb hast du dich überhaupt dafür entschieden, zu mir zu kommen? Wie hat dich Markus überredet?«

»Er hat mir alles erklärt, wobei ich ziemlich geschockt war, als ich erfahren habe, dass ich zu einem anderen Mann soll. Ich hätte es ja noch verstanden, wenn er es machen will, aber dann kamst du ins Spiel, was ich bis heute nicht nachvollziehen kann. Ich wollte das eigentlich gar nicht. Ich wollte noch nicht einmal darüber nachdenken! Gestern jedoch … naja … Alex und ich, wir … wir hatten wieder einen Streit. Er kann manchmal richtig gemein sein. Das hat mich so verletzt, dass meine Zusage eher eine Kurzschlussreaktion war.«

»Bereust du es jetzt, hier zu sein?«

»Nein«, hauche ich zart. Ich weiß zwar nicht, was noch alles zwischen mir und Philip geschehen wird, aber ich bin ehrlich glücklich, dass ich ihn kennenlernen durfte, denn er ist ein ganz außergewöhnlicher Mann.

»Worum ging es in eurem Streit? Womit hat dich dein Verlobter verletzt?«, hakt Philip nun nach, und ich hadere mit mir, ihm die Wahrheit zu sagen. Aber anlügen will ich ihn erst recht nicht.

»Ich kann verstehen, wenn du mir keine Details deines Privatlebens anvertrauen willst, doch mich würde interessieren, womit er dich verletzt.

»Nur verbal«, sage ich umgehend.

»Nur? Worte gehen oft tiefer als reale Schläge. Noch schlimmer können sie uns verletzen, und sogar die Nachwehe halten wesentlich länger an als bei einem gewöhnlichen Klaps. Meines Erachtens sind verbale Attacken sehr schmerzhaft.«

Da muss ich ihm sogar Recht geben. »Ja, vor allem wenn die Worte immer wieder ein und dieselbe Schwachstelle treffen. Es fühlt sich an, als würde man in einer Wunde stochern. Es tut einfach nur weh.«

»Um welche Wunde geht es denn? Womit verletzt er dich immer wieder?«

Ich hole tief Luft. Ich mag ihm das eigentlich nicht

sagen, aber wir wollen ja ehrlich sein. Trotzdem ist es mir unangenehm, es anzusprechen. »Es, es ist wegen meines Gewichts. Ich bin zu dick.«

»Du bist was? Kannst du das nochmal wiederholen?«, fordert er, obwohl ich so froh bin, es ausgesprochen zu haben.

»Zu dick, zu rund, zu fett … das ist unser Hauptproblem. Deshalb läuft unsere Beziehung nicht mehr. Ich denke, er ekelt sich vor mir«, spreche ich zum ersten Mal offen aus, was ich all die Jahre schon denke.

Philip rückt ein Stück von mir, um mir besser in die Augen sehen zu können, aber ich meide den Blickkontakt und starre betroffen zu Boden.

»Das glaubst du doch nicht ernsthaft, oder?«, will er wissen, woraufhin ich ihm nur schweigend mit einem Schulterzucken antworte.

Wie viel wiegst du?«, fragt er anschließend.

»68 kg. Ich bin aber auch nur 1,65 Meter groß.«

»Dann bist du perfekt! Vic, du bist Ärztin. Du musst wissen, dass du definitiv nicht zu dick bist!«

»Schon … naja, ich, ich bin normal. Ganz normal. Aber in den Augen von Alex und meinen Eltern bin ich Miss Piggy persönlich. Ein kleines, fettes *Ding*«, betone ich, ehe ich fortfahre. »Meine Mutter könnte ›Diät‹ heißen. Sie nimmt, seit ich sie kenne, nicht mehr als 600 kcal pro Tag zu sich, und Alex möchte sich auch gerne mit so einer schönen, gertenschlanken Frau präsentieren. Ich passe einfach nicht in sein Weltbild. Und das ständig gesagt zu bekommen, immer abgewiesen zu werden, tut einfach nur weh. Deshalb habe ich Markus gestern angerufen und nach dir gefragt.«

»Eine sehr kluge Entscheidung! Jetzt weiß ich auch, weshalb Markus nicht will, dass du diesen Typen heiratest.«

Ich schaue irritiert. »Markus weiß nichts von

meinen Problemen mit meinem Verlobten. Und bitte, sag ihm auch nichts! Ich möchte nicht, dass er davon erfährt. Das ist mir eh schon alles sehr unangenehm. Ich fühle mich ja selbst nicht wohl und weiß, dass Alex im Grunde Recht hat.«

»Das hast du jetzt nicht wirklich gesagt, oder? Dieser Alex hat definitiv nicht Recht! Ich gestehe ja jedem seinen eigenen Geschmack und seine Vorlieben zu, das ist völlig legitim. Der eine mag das, der andere das … ist auch gut so. Aber einer wunderschönen, jungen Frau vorzuwerfen, dass sie übergewichtig ist, wohl wissend, dass sie es nicht ist, ist ganz harter Tobak. Und dich deshalb nicht anzurühren? Das glaube ich nicht, da stimmt etwas nicht! Wann hattet ihr das letzte Mal Sex?«

»Vor drei Jahren«, gebe ich ehrlich zu.

»Drei Jahre? Drei …? Jahre? *Jahre?* Und den willst du heiraten?«

»Wenn ich abnehmen würde …«

»Vergiss es!«, fällt er mir umgehend ins Wort. »Ich schwöre dir, was immer der Grund für seine Abweisung dir gegenüber ist, deine Figur ist es auf keinen Fall! Die nutzt er als Vorwand, um dich zu kränken und klein zu halten.«

»Wie meinst du das? Glaubst du, er hat … eine Affäre oder so?«, denke ich ernsthaft nach.

»Das kann ich nicht mit Bestimmtheit sagen, und selbst, wenn er eine hätte, würde er dich nicht so hungern lassen. Viele Männer haben Affären und kommen dennoch ihren ehelichen Verpflichtungen nach. Vielleicht nicht mehr so intensiv und enthusiastisch wie zu Beginn der Beziehung, aber sie tun es wenigstens. Ich denke, bei diesem Alex ist etwas faul. Vielleicht hat er Potenzprobleme oder ist schwul, keine Ahnung. Egal, was es ist, an dir liegt es auf gar keinen Fall. Lass dir das niemals einreden! Du bist eine wunderschöne, begehrenswerte Frau.

Markus schwärmt nur so von dir, und das zu Recht!«

Ich habe ihm aufmerksam zugehört, aber plötzlich ist alles weg, bis auf den letzten Satz. Der dröhnt geradezu in meinen Ohren. Es ist wie ein Echo, ich höre es immer und immer wieder …

»Bitte?«, wispere ich heiser, in der Hoffnung, dass er es nochmal ausspricht. Markus schwärmt von mir?

Bestimmt nur, um mich bei Philip anzupreisen.

»Du hast ihn mit deinen Kurven ganz schön bezirzt. Du bist genau sein Typ Frau. Rassig mit weiblichen Attributen, wobei es ruhig noch etwas kurviger sein dürfte. Markus hält gerne etwas in seinen Händen. Und ich übrigens auch! Wir beide sind uns da sehr ähnlich und bevorzugen Frauen, an denen etwas dran ist. Seine Nora hatte auch ordentlich etwas vorzuweisen. Du weißt doch von ihr, oder?«

»Ja, und es tut mir schrecklich leid, dass er so einen Verlust erlitten hat.«

»Es war auch tragisch. Seit ihrem Tod steht er völlig neben sich und lässt keine Frau mehr an sein Herz. Ich bin richtig froh, dass du in sein Leben gestolpert bist, denn du kratzt ordentlich an seinem Panzer.«

Ich lache ein wenig sarkastisch in mich hinein. »Ja, genau. Deshalb schickt er mich auch zu dir«, sage ich traurig, weil mir immer mehr bewusst wird, wie sehr ich Markus liebe. Philip ist wirklich wundervoll, aber ich spüre in seiner Gegenwart nicht das Herzklopfen und all die Schmetterlinge, die Markus durch meine Zellen flattern lässt.

»Ehrlich gesagt, ja! Genau deswegen schickt er dich zu mir! Weil du gewaltig an seiner harten Schale kratzt. Die ist nämlich kurz davor, zu zerspringen, und ehe du ganz durchdringst, ergreift er solche drastischen Maßnahmen. Du berührst den Dom in ihm, den er zusammen mit Nora begraben hat, wobei das eine mit dem anderen in meinen Augen nichts zu tun hat. Markus war in seinem Liebesleben schon immer auf der dunklen Seite angesiedelt. Und diese Leidenschaft zu unterdrücken, seine geheimsten Sehnsüchte nie wieder auszuleben, geht im Grunde gar nicht. Er hat seinen Club seit ihrem Tod nie wieder betreten. Angeblich, weil ihn dort unten alles an sie erinnern würde. Vermutlich ist dem auch so. Aber was ist an Erinnerungen so schlimm? Ich denke vielmehr, dass er dort unten wieder Spaß haben würde, und den gesteht er sich nicht zu. Er bestraft sich, weil er sich die Schuld an ihrem Tod gibt, denn er schickte sie an jenem Tag zum Einkaufen, und sie kam nie zurück. Dafür will er nun lebenslang leiden. Völliger Unsinn, wenn du mich fragst. Und jetzt kommst du ins Spiel … eine zuckersüße, devote Frau, ganz nach seinem Geschmack, die seine dunkle Seite reizt. Du bist gefährlich für sein gebrochenes Herz, das garantiert wieder einige Takte schneller schlägt. Was tut er also mit dir? Er schickt dich dorthin, wo deine Gelüste befriedigt werden, in der Hoffnung, deine Unterwürfigkeit ihrer Erfüllung zuzuführen, sodass diese ihn nicht mehr länger reizt und der Dom in ihm wieder zur Ruhe findet«, erklärt er mir. Ich brauche einige Minuten, um all das sacken zu lassen und zu verstehen.

»Und du glaubst, das funktioniert?«, will ich wissen.

»Ich hoffe nicht! Ich wünsche mir für ihn, dass er wieder glücklich wird. Er ist so jung, er hat genug gelitten. Deshalb wollte ich es zuerst auch gar nicht und habe immer wieder darauf gedrängt, dass er dich in die Gelüste des Clubs führt. Aber er kämpft bitter dagegen an. Tja, und deshalb sitzen wir beide nun hier.«

»Wenn du das nicht willst, musst du das nicht tun!«, sage ich umgehend, denn nichts ist schlimmer, als jemandem aufgezwungen zu werden.

»Oh, ich will schon! Aber noch lieber wäre es mir, meinem Bruder zum Glück zu verhelfen. Und du bist die Erste und Einzige in all der Zeit, in die ich Hoffnungen setze. Ich gehe davon aus – zumindest wünsche ich mir das insgeheim –, dass ihn die Vorstellungen und Gedanken daran, was wir beide im Dark Dream treiben, doch noch aus seinem Schneckenhaus locken werden. Also machen wir beide das Beste daraus. Was meinst du? Wonach sehnst du dich überhaupt?«

Wenn er mich so fragt … Und ich soll ja ehrlich sein … »Nach Markus! Ich sehne mich nach ihm«, gestehe ich und füge hinzu: »Ich, ich verstehe das alles selbst nicht! Ich kenne ihn ja kaum und kann mir meine Gefühle nicht erklären.«

»Das musst du auch nicht. Liebe kann man nicht erklären, sie passiert einfach. Meistens dann, wenn man am wenigsten damit rechnet. Ich freue mich, dass du so viel für ihn empfindest. Und glaube mir, du bist ihm nicht egal, Victoria, im Gegenteil! Wenn wir es richtig anstellen, knacken wir seine eiserne Schale. Das Wichtigste wäre, ihn in das Dark Dream zu locken. Sobald er wieder in diesen Räumen ist, denkt er vielleicht um.«

»Wir, wir beiden sollen also … äh, nun ja. Ähm … Jedenfalls, sollen wir, wir da unten, damit er … äh …« Ich kann das gar nicht aussprechen! Ich soll Sex mit seinem Bruder haben? Damit er eventuell was? Dazu kommt? Beim ersten Mal? Beim zweiten Mal? Wann? Und was, wenn es nicht funktioniert? Das ist doch völlig verrückt!

»Ganz ruhig, Victoria! Du musst nichts tun, was du nicht willst, okay? Das Wort ›sollen‹ ist völlig fehl am Platz. Wenn dich der Gedanke an eine Session reizt, du dich mal hineinfühlen oder es testen willst, bin ich liebend gerne für dich da. Und ich würde es wirklich gerne mit dir ausleben. Aber auf keinen Fall sollst du es tun, wenn dir nicht danach ist. Auch nicht für Markus!«

»Wie, wie würde das denn laufen? Du, äh … wir, äh, wir hätten Sex und würden zusammen, was?«

»Das käme ganz darauf an, was du willst! Und, ja, wir hätten ein bisschen Spaß miteinander. Es ist doch nichts Schlimmes dabei. Dir täte es gut, mir würde es gefallen. Warum denn nicht?«

»Das wäre aber das endgültige Aus meiner Hoffnung auf Markus«, überlege ich laut.

»Wie kommst du denn darauf?«

»Naja, erst habe ich was mit ihm, dann mit dir und dann wieder mit ihm … Das geht doch nicht!«

»Sagt wer? Wenn du es dir vorstellen kannst, kannst du es auch tun! Deine Grenzen setzt du dir selbst. Ich stehe dir bestimmt nicht im Weg und finde auch nichts Verwerfliches daran. Nora zum Beispiel … Sie war meine Freundin. Wir waren zwei Jahre zusammen, bis es in unserer Beziehung zu kriseln begann. Sie hat mir irgendwann anvertraut, dass sie auf BDSM steht. Zumindest fantasierte sie davon. Bis zu diesem Zeitpunkt hatte ich keine praktischen Erfahrungen damit. Ich wusste nur, dass Markus es auslebte und machte sie mit ihm bekannt, damit sie ihre Träume realisieren und testen konnte, ob es ihr wirklich zusagt. Es hat ihr so gut gefallen, dass Markus mich mit ins Boot holte. Wir hatten zu Beginn Sessions zu dritt, in denen er mir Anweisungen gab. So habe ich meine dunkle Seite entdeckt, die ich nie erahnt hätte. Nora ging im Dark Dream völlig auf. Es war ihre Welt, und sie begann mit anderen Doms zu spielen und ich mit anderen Frauen. Wir handhabten das sehr offen. Aber ihre Wünsche wurden immer extremer, ihr Verlangen immer stärker, und irgendwann konnte nur noch Markus sie beglücken. So sind die beiden zusammengekommen. Sie haben sich wirklich gut ergänzt, und ich wollte ihnen nicht länger im Weg stehen. Das ist jetzt gut acht Jahre her, und seitdem bin ich Single. Glücklicher Single, der seinen Spaß am Leben und an Frauen hat. Deshalb fände ich es überhaupt nicht schlimm oder verwerflich, mit dir zu spielen, im Gegenteil. Und wie ich Markus kenne, sieht der das genauso. Ich habe eben die Hoffnung, dass er irgendwann dazu stoßen wird, wie früher, und wir zu dritt Spaß haben könnten. Sollte es ihn nicht reizen, würde ich vermutlich bluffen, ihn anrufen und um Hilfe bitten … Ich würde mir schon etwas einfallen lassen, um ihn zu animieren, und wenn es sich um dich handelt, würde er garantiert gerannt kommen.«

Ich löse mich kurz von Philip, um seine Worte verarbeiten zu können. Ich spüre die Gänsehaut, die sich meinen Leib zueigen macht.

»Zu, zu dritt? Du und Markus? Ich, ich mit … äh, euch beiden? Zusammen?«, hauche ich und merke, wie meine Stimme vibriert. Die Vorstellung, mit diesen beiden Hünen gemeinsam Sex zu haben, elektrisiert mich … Gott im Himmel! Ich schüttle mich und spüre, dass sich meine Brustwarzen fest zusammenziehen.

»Schau mir mal in die Augen, Süße! Reizt dich die Vorstellung?«, fragt er lächelnd und hebt abermals mein Kinn an, sodass ich seinem Blick nicht ausweichen kann. Ich muss aufpassen, dass ich nicht zu sabbern beginne, wenn ich mich gedanklich zwischen den beiden Männern sehe, nackt wohl bemerkt. Erneut schüttelt es mich, und jetzt bemerkt sogar Philip die Gänsehaut, die mich deutlich zeichnet.

»So sehr? Wow! Dann lassen wir uns etwas Schönes einfallen, um ihn dazu zu holen.«

»Äh, äh … ich, ich weiß nicht. Ich äh …«

»Alles gut, Baby! Wie war das? Drei Jahre kein Sex?

Dass du unterversorgt bist, glaube ich dir gerne. Und dass der Gedanke, es von zwei Männern gleichzeitig besorgt zu bekommen, auf dich erregend wirkt, ist bei dem Defizit total nachvollziehbar.«

»Aber, aber ich habe doch erst mit Markus …«, sage ich stotternd und kann immer noch nicht glauben, in welche Richtung unser Gespräch gerade abdriftet.

»Das mit Markus war doch bisher nur ein bisschen Fummeln und nicht so richtig orgastisch.«

Ich muss beinahe lachen. »Nicht so richtig?«, frage ich in einem hohem Tonfall, ehe ich gestehe: »Es war mehr, als ich je erlebt habe.«

Er runzelt die Stirn und sieht mich fragend an. »Aber ihr habt ja noch nicht einmal miteinander geschlafen, soweit ich weiß.«

»Das stimmt, aber es war gewaltig … für mich. Ich glaube, äh … das, das mit euch beiden wäre ein bisschen zu viel … naja … «

»Pssst, Süße! Mach dich nicht vorher verrückt, und hör in dich hinein! Es erregen dich bereits die Gedanken daran. Kannst du dir dann annähernd ausmalen, wie die Realität wäre? Wenn wir gemeinsam an dir herumspielen würden … Gleich vier Hände, zwanzig Finger, da bleibt keine Körperöffnung unangetastet! Zwei Münder, die dich liebkosen, zwei Zungen, die dich necken und zwei Schwänze, die es dir zeitgleich besorgen. Glaub mir, wir würden dich gemeinsam ins Paradies vögeln!«

»Oh Gott!«, entfährt es mir unbewusst. Ich muss stark schlucken und spüre das Zucken tief in mir. Nicht nur meine Muschi findet die Ausführung berauschend, auch in meinem Po pulsiert es nur so. Ich bin feucht, total feucht! Mein Slip klebt an mir. Mein Herz rast, meine Wangen beginnen zu glühen und die Flammen in meiner Weiblichkeit lodern wie noch nie. Aber ich kann es mir beim besten Willen nicht real vorstellen. Das wäre mir einfach zu heftig! Ich bin ja schon mit einen von beiden mehr als überfordert, und wenn ich bedenke, wie ich von beiden gleichzeitig genommen werde, komme ich der Ohnmacht ganz nah. Das kann ich unmöglich tun!

»Ach, Victoria, das wird so schön! Gib dir einen Ruck, Baby! Denk an diesen Alex und an all seine Demütigungen. Und dann komm erstmal zu mir und lass dich schön verwöhnen. Ich sorge dafür, dass es beim ersten Mal ganz sanft ablaufen wird und dein Selbstbewusstsein richtig aufblüht.«

Ich muss wirklich aufpassen, dass ich nicht jeden Moment komme. Was in meiner Vagina gerade passiert, kann ich gar nicht beschreiben. Abgesehen davon, dass mein Höschen vor Nässe trieft, krampft meine Scheide, als suche sie nach einem Penis, nach irgendetwas, das sie penetriert. Ich spüre Muskeln, die ich noch nie gespürt habe, und puste gegen meine Ekstase an.

»Geht's, Süße, oder soll ich ein bisschen nachhelfen?«

»Nein, nein, alles gut«, hauche ich.

»Ich bräuchte keine fünf Minuten, und du würdest kommen«, setzt er nach.

»Ja, ja, garantiert. Ich schätze, es würde schon eine Minute reichen, aber das muss wirklich nicht sein. Es geht gleich wieder. Ich, ich muss nur ein Schluck trinken und … äh, Luft holen, viel Luft!«

»Das meinte Markus garantiert … Er erzählte mir, du würdest alle Empfindungen unterdrücken, deine Gefühle nie herauslassen, dich verstellen und deinem Verlangen nicht nachgehen. Ich vermute, er hat bei dir ungefragt den Anfang gemacht.«

Ich bestätige es, mit einem kräftigen Nicken.

»Was das betrifft, bin ich nicht wie mein Bruder. Ein ›Nein‹ ist für mich ein ›Nein‹, auch wenn ganz laut das ›Ja‹ aus dir schreit. Solange du es nicht wünschst, werde ich nichts tun. Jetzt nicht und auch nicht in Zukunft. Aber ich lege dir ans Herz, einfach mal deinen Kopf auszuschalten und deinen Gefühlen zu folgen. Im Grunde willst du es doch auch.«

»Aber, aber ihr beide, zusammen …«, stottere ich.

»Erstmal nur ich, Victoria. Nur du und ich, wir zwei. Ich verspreche dir, dass ich alles tun werde, damit du es schön findest. Außerdem möchte ich, dass es keine einmalige Geschichte bleibt. Markus holen wir zu einem späteren Zeitpunkt dazu, wenn du dich sicherer fühlst und bereit dazu bist.«

Das klingt schon wesentlich vernünftiger, sodass sich mein Herzschlag wieder einigermaßen beruhigt.

»Warum willst du es eigentlich, Philip? Weil Markus dich gebeten hat? Oder um ihn irgendwann dazu zu holen?«

»Zwei gute Gründe, aber hauptsächlich will ich es für mich. Es gibt nichts Schöneres, als einen bebenden Frauenleib unter sich zu spüren, über den man alle Macht hat.«

»Alle Macht?«, hake ich nochmal verunsichert nach, denn hier geht es ja nicht um schlichten Sex, obwohl Philip die Sanftmütigkeit in Person ist. Ich kann ihn mir kaum in Leder und mit einer Peitsche vorstellen. Er ist so schick gekleidet, riecht so gut und ist so wahnsinnig einfühlsam. Das passt irgendwie nicht zusammen. Auch jetzt nimmt er mich nochmal fest in seine Arme. »Ach, Baby, mach dir keine Gedanken darüber! Bevor es losgeht, wirst du mir ganz genau sagen, was geht und was nicht, daran werde ich mich halten. Du musst mir nur Eines schenken, dein Vertrauen, das ist essentiell für mich. Vertrau mir, begib dich in meine Hände und lass dich einfach fallen. Ab da übernehme ich, und du wirst nur noch fühlen … Tiefe Leidenschaft und außergewöhnliche Ekstase, wie du sie dir jetzt noch gar nicht vorstellen kannst. Und ich schwöre dir, ich passe auf dich auf, die ganze Zeit! Dir wird nichts Schlimmes geschehen. Also möchtest du?«, fragt er, und lächelt mich dabei ganz charmant an. Wie kann ich da Nein sagen?

»Nur du und ich? Kein anderer wird dabei sein?«

Er bestätigt es mir mit einem Nicken.

»Und wir reden nochmal, ehe wir beginnen?«

»Ja, Victoria. Wir reden nochmal. Passt es dir morgen, oder ist dir Dienstag oder Mittwoch lieber?«

»So schnell schon?« Damit hatte ich jetzt nicht gerechnet. Er erkennt meine Erschrockenheit und zieht mich nochmal zu sich. »Wie lange willst du warten, Süße? Eine Woche, zwei, einen ganzen Monat? Was ist bis dahin anders?«

»Na schön, also gut. Mittwoch habe ich meinen freien Tag, da könnte ich mich vormittags gedanklich vorbereiten«, überlege ich laut.

»Mittwoch ist fantastisch, aber denk nicht zu viel darüber nach. Erwartungen kann man nur schwer übertreffen, und Hoffnungen werden oft enttäuscht. Geh unvoreingenommen heran, sei offen für das, was kommt. Stell dir nicht zu viel vor, im Endeffekt wird es doch ganz anders werden.«

»Weißt du schon, was du mit mir tun wirst?«, frage ich ganz zaghaft.

»Nein, und selbst wenn ich es wüsste, würde ich es dir nicht sagen. Beim BDSM geht es in allererster Linie um Vertrauen, eigentlich geht es nur darum. In dem Moment, in dem du einem anderen Menschen die Führung über dein Leben überlässt, lässt du selbst los. Alle Sorgen, alle Zweifel, alle Ängste … Du musst nichts planen, du musst dich um nichts kümmern, um nichts sorgen. Ich werde übernehmen. Alles, was du tun musst, ist vertrauen – mir vertrauen, mehr nicht.«

»Das klingt schön und macht mir doch irgendwo Angst«, gebe ich zu, weil ich die Gänsehaut spüre, die sich wieder über meinen Körper zieht. Diesmal entspringt sie aber nicht der Erregung, sondern einem völlig neuen Gefühl, das ich nicht zuordnen kann.

»Die Angst werde ich dir zu nehmen wissen, das ist mein Job. Vertrau einfach darauf!«, bringt er mir näher, als wir unterbrochen werden.

»Hey, ihr zwei Turteltauben. Dauert das Gespräch noch lange? Da unten in dem Saal wird man ja blöd so ganz alleine. Die vielen Spiegel … das ist kaum zum Aushalten, wenn keiner dabei ist«, sagt Markus, der gerade zu uns stößt. Umgehend pocht mein Herz schneller. Ich sehe in seine vertrauten, schönen Augen, die mich fragend durchbohren, ehe er zu seinem Bruder schaut. »Was ist nun? Wann tut ihr es?«, will er wissen, und es klingt, als ginge es darum, die Wohnung zu tapezieren.

»Am Mittwoch ist unser Date für die erste Session«, sagte Philip, während ich schweige.

»Na, endlich, wird auch Zeit! Eigentlich hättet ihr gleich runtergehen können«, fügt Markus hinzu, und ich erkenne die Dringlichkeit in seinen Worten, was mich wahnsinnig verletzt.

Ich sehe ihn an und spüre die Liebe zu ihm. Mein Herz brennt für diesen Mann. Gleichzeitig bemerke ich aber auch, mit welcher Vehemenz er mich abschieben will, zu seinem Bruder! Markus will mich schlicht loswerden, und der Schmerz darüber lässt mich an den kommenden Tagen immer öfter an Philip denken, der so wahnsinnig sanft und lieb zu mir war.

Ich weiß immer noch nicht, ob es richtig ist, was ich vorhabe. Vermutlich ist es ein riesengroßer Fehler. Meine Seele fühlt sich gespalten an, und je näher der Mittwoch rückt, umso seltsamer fühle ich mich. Markus hat sich seit Sonntag nicht mehr bei mir gemeldet. Nur Philip, dem ich meine Nummer hinterlegt habe, schreibt mir jeden Abend ein paar nette Zeilen. Obwohl ich weiß, dass sie Brüder sind, könnten sie nicht unterschiedlich sein. Wenn es wirklich um diese Session geht, fühle ich mich bei Philip sicherer, als es bei Markus der Fall wäre, und doch liebe ich diesen Kerl – oder was ist das in mir?

›Er will dich nicht! Er will dich loswerden!‹, redet mein Gewissen immer wieder auf mich ein. Vielleicht sollte ich mich wirklich auf Philip freuen und Markus einfach vergessen. Eventuell sollte ich mich auch mal wieder auf meinen Verlobten konzentrieren, denn heute trudelten die Hochzeitseinladungen ein, die meine Mutter in Auftrag gegeben hat und die nun alle noch verschickt werden müssen. Ich darf gar nicht daran denken, dass ich in vier Wochen heiraten werde. Was ist gerade nur in meinem Leben los? Jahrelang tat sich gar nichts, und jetzt bricht alles über mich herein. Am liebsten würde ich schreiend davonlaufen.

Vielleicht ist Philip doch die bessere Alternative.

Vielleicht komme ich bei ihm auf andere Gedanken. Vielleicht wird er mich von der krankhaften Zuneigung zu seinem Bruder heilen, und vielleicht bekomme ich durch den Sex mit ihm mehr Selbstbewusstsein, denn heute hat mich Alex wieder richtig fertig gemacht. Mal abgesehen davon, dass er mich als ›dicke Kuh‹ tituliert hat, durfte ich mir beim Abendessen anhören, dass er bald ein Schloss um den Kühlschrank legen werde. Ich komme mir in seiner Gegenwart wirklich wie ein Walross vor, und wenn ich mich dann vor den Spiegel stelle, sehe ich eine ganz normale junge Frau. Eine sehr traurige junge Frau …

Wie soll das alles nur weitergehen?

Der, den ich heiraten soll, beleidigt mich permanent. Der, den ich liebe, will mich nicht. Und gerade klingelt mein Smartphone …

»Hey, Victoria, noch wach? Hab keine Angst wegen morgen, Baby! Ich werde gut auf dich aufpassen, ich verspreche es dir! Schlaf schön und fühl dich fest gedrückt, du weißt ja … eine Umarmung kann so viel. Morgen zeige ich dir, wie viel! Gute Nacht! Ich freue mich auf dich und kann es kaum erwarten.«

Weshalb überlege ich überhaupt noch?

Vielleicht ist Philip das Beste, was mir je passiert ist. Auf jeden Fall sind es seine Zeilen, die meine Tränen zurückhalten und mich sanft in den Schlaf wiegen.

Kapitel 17

Markus

Düstere Gedanken

Eigentlich wollte ich heute im Studio bleiben und abwarten, bis die Session gelaufen ist. Philip weiß, was er tut, und ich bin froh, dass er Vic so schnell überzeugen konnte. Naja, mein Brüderchen war schon immer der Schmuse-Dom, auf den alle Frauen abfahren. Überhaupt ist Philip der Frauenversteher schlechthin. Auch die Weiber in seiner Tanzschule sind verrückt nach ihm. Ich glaube, nur deshalb laufen seine Kurse so hervorragend. Sie sind immer ausgebucht, es gibt sogar Wartelisten. Im Dark Dream stehen die Damen ebenfalls Schlange, wobei er dort nur auf wenige Subs zurückgreift, mit denen er immer wieder spielt. Aber wenn mal eine andere Session aus dem Ruder lief oder es für eine Sub zu heftig wurde, schrien alle ganz laut nach ihm. Ob das heute immer noch so ist, kann ich nicht mit Sicherheit sagen, aber Philip ist nun mal Philip, der Riese mit dem noch größeren Herzen. Dass er überhaupt zum BDSM gefunden hat und sogar die Peitsche schwingt, hätte ich ihm nie zugetraut, denn er war schon als Kind die Gutmütigkeit in Person, die keiner Fliege etwas zuleide tun konnte. Aber vielleicht sorgen genau deswegen die Aktivitäten im Club für den nötigen Ausgleich, den er braucht, obwohl er es nie herrisch angeht und niemals jemanden wirklich verletzen würde. Die Spuren, die er auf der Haut seiner Gespielinnen hinterlässt, sind alle erlesen. Wenn die Frauen in Ketten liegen und winseln, ist er es, der sie mit seinen Schwingen auffängt und fliegen lässt. Er ist Brandstifter und Löschmeister in einem, und ich kenne keinen Dom, der es gefühlvoller angeht als mein Bruder. Genau deswegen wollte ich ihn für Victoria, und heute wird es endlich soweit sein!

Ich kann den ganzen Tag an nichts anderes denken. Hoffentlich macht sie keinen Rückzieher! Wie ich Victoria einschätze, bekommt sie kalte Füße, und Philip ist nicht der, der es auf Biegen und Brechen durchziehen wird. Sobald sie kuscht, ist er händchenhaltend bei ihr und wird sie trösten statt sie zu überreden. Um 16.00 Uhr wollen sie sich treffen, allerdings, um erstmal zu reden. Meiner Meinung nach haben sie am Sonntag genug geredet. Er sollte endlich handeln! Wenn er es richtig anstellt, hat sie gar keine Chance, und sie braucht es, verdammt nochmal! Ich brauche es auch, um endlich wieder zur Ruhe zu finden, denn sie spukt mir permanent durch den Kopf. Sobald jemand auf meiner Pritsche liegt, sehe ich sie vor mir liegen. Als ich gestern beim Arzt war, um die Strips entfernen zu lassen, sah ich sie wieder in meinen Erinnerungen, wie in jener Nacht, als sie mich meinen Unfall komplett vergessen ließ. Und selbst wenn ich schlafen gehe, muss ich an sie und ihren weichen, warmen Körper denken und daran, wie gut es sich anfühlen würde, sie im Arm zu halten, was ich bisher immer vermieden habe. Nur einmal habe ich sie in den Arm genommen, als es darum ging, sie für die Tätowierung zu begeistern. Seitdem habe ich jedwede Nähe gemieden, es sei denn, sie spielte sich im Intimbereich ab. Dennoch hat sich Victoria in mein Herz geschlichen, sodass ich sogar nachts von ihr träume. Ich muss sie schleunigst wieder aus meinem Kopf bekommen, und Philip muss mir dabei helfen! Wenn ich weiß, dass die beiden sich sexuell ausleben und ihren Spaß haben, kann ich vermutlich leichter loslassen. Dann muss er sie nur noch davon überzeugen, diese blöde Hochzeit abzusagen! Ich kann mir überhaupt nicht vorstellen, dass sie wirklich heiraten will. Sie sieht immer so bedrückt aus, so leer, so einsam … Welcher Mann lässt zu, dass seine zukünftige Frau so unglücklich ist? Wenn man eine Frau hat, die man liebt, tut man doch alles, um ihr den Himmel zu Füßen zu legen. Ich wäre für Nora gestorben! Philip hat sie mir damals auch aus Liebe anvertraut, weil er sie nicht mehr glücklich machen konnte. Was muss dieser Alex für ein Idiot sein, so eine wundervolle Frau wie Vic dazu zu bringen, sich kurz vor der Hochzeit auf fremde Männer einzulassen? Außerdem scheint sie ausgehungert zu sein … Ich sehe es wieder vor mir, wie sie auf meiner Liege zergangen ist. Ich habe selten eine Frau erlebt, die so offensichtlich erregt war und ausgelaufen ist wie sie an jenem Tag. An meiner tollen Tätowiermaschine kann es nicht gelegen haben!

Hach, ich krieg sie einfach nicht aus meinem Kopf! Selbst wenn ich eine Cola trinke, muss ich unweigerlich an sie und den Energy Drink denken. Was, verdammt, ist das nur? Hoffentlich geht der Tag schnell vorüber. Ich muss heute Abend dringend mit Philip reden, um zu erfahren, wie es gelaufen ist. Allerdings nehme ich an, dass sie heute Nacht bei ihm bleiben wird. Man lässt eine Sub nach einer Session nicht alleine, vor allem nicht, wenn es ihre erste ist. Auch wenn es Philip sanft angehen wird, ist es kein normaler Sex …

Das Gefühl, jemandem ausgeliefert zu sein und alles spüren und ertragen zu müssen, was derjenige im Schilde führt, erzeugt mitunter Angst und Panikattacken. Dann kommt der leichte Schmerz mit ins Spiel und der Adrenalinspiegel steigt. Hilflosigkeit, Erschöpfung, Angst, Erregung, Ekstase und Befriedigung mischen sich zu einem Cocktail, der mehr als berauschend wirkt und laut der neuesten Untersuchungen Bewusstseinszustände bewirken kann, wie man sie sonst nur in Phasen tiefster Meditation findet und aus denen man erlöst und glücklich, der Ohnmacht nahe, hervorgeht.

Aber danach muss Victoria aufgefangen werden, denn meist folgen Nachwehen. Vor allem bei Neulingen ist die Zuwendung danach essentiell. Demzufolge wird Vic heute Nacht bei Philip bleiben – wenn er es denn durchzieht. Ich blicke nervös auf meine Uhr. 15.10 Uhr. Noch eine Stunde! Hoffentlich reden sie nicht so lange. Im Dark Dream ist am Mittwoch niemand, sie könnten sofort nach unten gehen und starten. Wenn ich es wäre, ich würde nicht so lange fackeln. Ich würde … Scheiße! Ich darf gar nicht daran denken. Mir stellen sich gerade sämtliche Härchen auf.

Die Vorstellung, Vic komplett auszuziehen, sie endlich splitternackt zu bewundern – wow! Ich nehme an, dass sie dabei zittern wird und ihre Wangen wieder diesen verführerischen Rotton annehmen werden. Ich sehe ihre helle, weiche Haut vor meinen Augen … ihre geilen Kurven, die großen Titten, die ich endlich mal in ihrer ganzen Pracht bewundern will und mit denen ich so gerne spielen würde … Ihr schöner, draller Arsch, der sich wie eine Blüte unter ihrer schmalen Taille entfaltet. Himmel! Was würde ich geben, um dem einmal richtig Farbe zu verleihen! Meine Handflächen brennen nur bei dem Gedanken daran! Und die Vorstellung, die Kleine dabei über den Strafbock zu legen, sie festzubinden, sodass sie mir und meinen Gelüsten vollkommen hilflos ausgeliefert ist, wäre der Traum schlechthin! Ich spüre innerlich, wie sie zittert und bebt, winselt und jammert … Scheiße, mein Schwanz bringt mich um! Er drückt hart gegen meine Jeans, und am liebsten würde ich mir jetzt einen runterholen. Noch lieber würde ich ihn in Victorias süßen Mund rammen. Wie ergeben sie mir einen geblasen hat. Ihre großen Augen dabei zu bewundern, ihre geschwungenen Lippen zu sehen, die sich sanft um meinen Lümmel gelegt und ihn ergeben verwöhnt haben…

Philip weiß gar nicht, welch ein Glück er hat!

Hoffentlich vermasselt er es nicht, sonst werde ich noch wahnsinnig! Wieder muss ich auf die Uhr schauen. 15.30 Uhr! Ich erwarte gleich Kundschaft und spüre, dass ich das Tattoo kaum werde stechen können. Ich bin einfach zu abgelenkt und kann meine Gedanken auf nichts anderes mehr konzentrieren als auf Vic und meinen Steifen, der mir mächtig zusetzt. Ich bereite noch fix alles vor, decke die Liege mit dem Krepp ab, aber zehn Minuten später gebe ich auf und schreie laut nach Eileen, die sofort gesprungen kommt.

»Du musst übernehmen, ich erwarte gleich Kundschaft! Es wird ein schlichtes Tribal auf einer Männerbrust sein. David war schon mehrfach bei uns, der kennt sich aus, und es ist auch nichts Kompliziertes. Ich muss weg! Ich, äh, muss kurz zu Philip. Der hat heute etwas vor, und ich will schauen, ob es klappt. Ruf mich bitte auch nicht an. Wenn etwas sein sollte, frag Ron! Ich bin irgendwann wieder zurück. Solltest du eher gehen, schließ einfach alles ab!«, höre ich mich sagen und glaube mir selbst kein Wort mehr.

Aber ich kann hier unmöglich sitzen bleiben und warten, geschweige denn, arbeiten. Meine Hände zittern viel zu sehr vor lauter Nervosität und meine Geilheit macht es nicht besser.

Ich muss einfach wissen, ob Vic es durchzieht. Ich

muss wissen, ob sie überhaupt zu Philip fährt. Ich muss mich davon überzeugen, dass beide hinunter ins Dark Dream gehen. Ich werde einfach während der Session oben warten. Entweder in dem blöden Tanzsaal oder, noch besser, in Philips Wohnung. Auf jeden Fall werde ich nah genug sein, um alles aus erster Hand zu erfahren. Hier kann ich unmöglich bleiben. Mir fällt die Decke auf den Kopf! Meine Hände sind eiskalt und klitschnass vor lauter Aufregung. Verdammt, was ist das nur? Ich habe doch gar nichts vor! Dabei fühlt es sich noch viel schlimmer an, als wenn ich selbst beteiligt wäre. Mein Herz rast, und mein Puls überschlägt sich, als ich in einem Affenzahn zu Philip rase. 15.50 Uhr. Mal schauen, wer eher da ist. Sie oder ich …

Als ich im Hinterhof auf den Parkplatz fahre, kann ich ihren Mini nirgends entdecken. Oh, Vic, bitte – komm und zieh es durch! Mich flutet eine Gänsehautattacke nach der anderen. Als ich die Tanzschule betrete, bleibe ich im Foyer stehen und werfe zum ersten Mal seit drei Jahren einen intensiven Blick auf die goldene Tür mit der Aufschrift ›privat‹, die sich so nichtssagend neben den Tanzsaal reiht, aber ein dunkles Geheimnis auf der anderen Seite birgt.

Es ist eine schwarze Marmortreppe, die weit nach unten führt und von einem messingfarbenen, filigranen Geländer eingefasst ist. Ich bin die Stufen nun seit 36 Monaten weder gegangen, noch habe ich sie gesehen. Auch nicht die unzähligen, kleinen Lämpchen, die ich mit Philip in die schwarzen Wände mit Samttapete eingearbeitet habe.

3 Jahre – 36 Monate und so ziemlich genau 153 Wochen ist es jetzt her, dass ich diese Tür geöffnet habe. Und doch kommt es mir vor, als wäre es gestern gewesen! Ich kann selbst hier den einzigartigen Geruch vom Dark Dream wahrnehmen,

was eigentlich völlig unmöglich ist.

»Markus! Du? Ich habe die Türe gehört und dachte, Victoria ist es. Was machst du hier? Kommt sie etwa nicht?«, fragt mein Bruder und schaut nachdenklich auf seine Uhr. Ich tue es ihm gleich. 15.59 Uhr.

»Keine Ahnung. Eine Minute bleibt ihr ja noch. Ich, äh … wollte eigentlich nur mal nachsehen, ob sie bereits da ist. Also steht euer Termin noch?«

»Ja, im Grunde schon. Bisher hat sie nicht abgesagt. Sie müsste quasi jeden Moment erscheinen.«

»Cool«, sage ich und höre mein lautes Ausatmen, was einem Prusten gleichkommt, ehe ich mich räuspere, um meine Nervosität unter Kontrolle zu bekommen. »Äh, hast du Bier da? Oder Whisky? Wodka? Irgendetwas Hochprozentiges?«

»Du weißt, dass ich immer etwas da habe. Aber genauso gut weißt du, dass vor einer Session Alkohol absolut tabu ist!«

Ich glaube, ich höre gerade nicht richtig.

»Moment mal, wer hat hier eine Session? Du oder ich? Ich darf trinken, und ich brauche auch etwas! Ich … ich bin nämlich total durch den Wind. Ich kann das gar nicht erklären. Ich weiß nicht, wann ich zuletzt so ein Herzrasen hatte«, gestehe ich meinem Bruder, denn wir hatten noch nie Geheimnisse voreinander.

»Probier es doch einfach mal mit einem Beruhigungstee, ich habe sogar welchen da! Ich bereite dir eine Tasse zu, denn ich hätte dich gerne bei klarem Verstand. Vielleicht brauche ich deine Hilfe. Ich kenne mich zwar aus, aber nur bei Frauen, die das auch wollen und schon eine gewisse Erfahrung haben. So einen Neuling wie Victoria hatte ich noch nie. Außerdem fürchtet sie sich. Für den Fall, dass ich nicht weiter weiß oder einen Tipp brauche, würde ich gerne auf deine Hilfe zurückgreifen. Ich hätte dich diesbezüglich sowieso noch angerufen.«

Das hat er jetzt nicht wirklich gesagt, oder doch?

Soll ich etwa in der Leitung hängen und ihm explizite Anweisungen geben? Das hatten wir bisher nur bei einer Frau, bei Nora. Da stand ich am Anfang immer daneben und habe ihm zu verstehen gegeben, was er wann und wie wo tun muss, bis er es verinnerlicht hatte. Aber dann war es bereits zu spät, denn Nora brauchte mehr, als er damals zu geben bereit war. So hat es mit uns begonnen … Die schmerzhaften Erinnerungen an sie, ziehen sich durch meinen Körper, der sich momentan sowieso in einem Ausnahmezustand befindet. Zum einen, weil ich dem Club schon lange nicht mehr so nah war, wie ich es gerade geistig bin. Zum anderen, weil es bereits fünf Minuten nach der vereinbarten Zeit und Vic immer noch nicht da ist, und zum dritten, weil mich Philips Ausführungen zusätzlich verwirren.

»Wobei genau könnte ich euch denn helfen? Du bist kein Anfänger mehr, Philip! Sie schon, okay, aber als erfahrener Dom musst du ihr die Ängste und Zweifel nehmen können! Lass es am besten erst gar nicht so weit kommen, dass sie sich ihres Körpers bemächtigen. Sei schneller und geschickter als ihre Furcht! Und redet nicht so viel! Du musst ihr nicht alles bis ins kleinste Detail erklären, lass es sie lieber spüren! Wenn ihre Angst überhand nimmt, begegne ihr mit Zärtlichkeit, sodass sie sich wieder beruhigt und du den nächsten Schritt gehen kannst. Peu á peu führst du sie dort hin, wo du sie haben willst. Du wirst doch ungefähr geplant haben, wie es ablaufen soll, oder?«, hake ich jetzt mal lieber nach, denn so ziellos, wie er mir gerade erscheint, sollte er nicht an eine Session herangehen.

»Schon, ja, so ein bisschen zumindest. Wir wollen ja erst reden, um abzuklären, was ihre Vorlieben sind und womit sie gar nicht leben kann. Dann würde ich ihr das Dark Dream zeigen, und sie kann sich aussuchen, in welchem Raum und mit welchen Gerätschaften sie spielen möchte. Ob ihr das Bett mit den Fesseln eher zusagt oder eventuell der Strafbock, unser Sklavenstuhl oder das Andreaskreuz. Sie muss mir sagen, ob sie bereit für eine Peitsche ist oder die Paddel vorzieht, eventuell die Gerten oder die Nervenräder …«

Ich kann das nicht mehr mit anhören und falle ihm umgehend ins Wort. »STOPP! Philip! Geht's dir noch ganz gut? Woher soll sie wissen, wie sich eine Peitsche, das Nervenrad oder ein Paddel auf der Haut anfühlt? Sie kann sich das doch nicht aussuchen! Du bist der Dom! Du entscheidest! Wie kannst du einer Sub zumuten, ihre eigenen Foltergeräte zu wählen? Das ist ja eine Strafe im doppelten Sinne. Dadurch kann sie sich später schuldig fühlen, weil sie es ja so entschieden hat. In dem Moment, in dem sie dort liegt oder hängt, festgebunden ist und Schmerzen hat, wird es ihre Schuld sein, weil sie es ja so wollte! Das geht nicht! Niemals! Das kannst du ihr nicht antun! Um Himmels willen, Philip, ich bin gerade echt geschockt! Das hatte ich dir doch alles mal erklärt! DU, ganz alleine du trägst die Verantwortung für eine Session, und nur DU alleine entscheidest, womit ihr spielt, wie weit du gehst, was deine Sub braucht und was ihr zu viel ist. Wenn sie wimmert und winselt, kannst du zurückfahren, aber lass sie niemals die Gerätschaften wählen! Das hat genau den gegenteiligen Effekt! Möchtest du etwa entscheiden müssen, womit man dich quält?«

Mein schicker Hüne von Bruder steht vor mir und prustet laut los. »Ich werde sie nicht sehr quälen. Es ist schließlich ihr erstes Mal! Wir wollen testen, sie soll alles ein bisschen kennenlernen, aber sehr sanft, schließlich will ich, dass es auch ein zweites und ein drittes Mal gibt.«

»Schön und gut, da bin ich voll bei dir, und genau

deswegen darfst du sie nicht entscheiden lassen! Wenn sie sagt, dass sie nicht ans Andreaskreuz will, dann bindest du sie erst recht dort fest und zeigst ihr, wie schön selbst das sein kann! Nur so findet sie Vertrauen in dich und spürt, dass sie in deinen Händen in Sicherheit ist, ganz gleich, was du mit ihr tust. Sie soll sich doch fallen lassen können und eben nicht bestimmen müssen, sondern nur fühlen, all das, was du sie fühlen lässt. Es darf auch ruhig ein bisschen wehtun, das soll es sogar! Schmerz verlangt danach, gespürt zu werden. Er bricht die Hülle und bringt das wahre Ich an die Oberfläche, das, was wir im Alltag so gekonnt unter Kontrolle behalten. Dieses kleine verletzliche Kind, das tief in unserer Seele wohnt. Genau das gilt es herauszulocken. Und wenn es da ist, dann liebe es! Schenk ihm so viel Liebe, wie du nur in dir hast, um es aufzufangen. Dann wirst du eine zutiefst ergebene Sub an deiner Seite haben, die dir fortan bedingungslos vertrauen wird«, erkläre ich ihm nochmal, ehe ich fortfahre. »Das viele Fragen danach, was gefällt und was nicht, war damals auch dein Fehler bei Nora. Diese übergroße Rücksichtnahme war fatal. Du hast ihr viel zu viele Entscheidungen zugestanden, das wollte sie gar nicht! Sie musste dir ja quasi sagen, was du tun sollst, und so läuft es eben nicht. Dieses Kuschimuschi kannst du mit jeder Frau haben, aber das, was wir leben, ist etwas ganz Besonderes. Eine gute Sub ist der größte Schatz, den ein Herr haben kann. Diesen Schatz wirst du hegen und pflegen, glaub mir! Und ich rede nicht vom gelegentlichen Spielen, wie du es seit Jahren tust, sondern von tiefster Ergebenheit, etwas, das du leider noch nie selbst erfahren hast. Unterwerfung ist ein Geschenk, geboren aus Stärke, genährt von Vertrauen, erhalten durch Respekt und Achtung. Achte dieses Geschenk und werde dir deiner Verantwortung bewusst, denn wenn das Wort nicht schlägt, schlägt auch nicht die Peitsche.«

Philip steht vor mir und starrt auf die weiß-schwarz karierten Fliesen, die sein Foyer säumen, in dem wir uns immer noch aufhalten. »Ich soll also über ihre Wünsche hinwegsehen? Ich soll ihre Tabus brechen? Erst frage ich, was nicht geht und tue es anschließend erst recht? Das ist zu krass, Markus, da bin ich raus! Ich habe in den letzten Jahren viel dazu gelernt und viel mehr getan als früher, aber nur mit Einverständnis. Ich spiele auch immer noch mit einem Safeword, was du stets abgelehnt hast.«

»Ja, ich würde es auch immer wieder ablehnen, weil ich die Sub, die ich erwähle, zu gut kenne, als dass sie eines bei mir bräuchte. Ich sehe, wann es zu viel ist und nicht mehr geht. Solange sie immer das Gefühl hat, ›ich kann entscheiden‹, wird sie nie die Empfindungen erfahren, die es zu erleben gilt«, mache ich meinen Standpunkt klar.

»Einige unserer Doms spielen sogar mit der Ampel«, erinnert er mich, und ich nicke. »Ich weiß. Völlig absurd, wenn du mich fragst. Grün ist okay, bei Gelb wird es kritisch, und Rot bedeutet Stopp. Was soll das? Da kann sie doch genauso gut detaillierte Anweisungen geben. Jetzt noch ein bisschen mehr da lecken, etwas stärker am Arsch fingern, mach vorsichtiger an meinen Titten … Hallo? Ich entscheide! Ich bin der Dom. Basta!«

»Diese Worte aus deinem Mund, Markus? Ich bin hocherfreut! Du bist der Dom, und gerade hörte es sich genau so an! Bravo!«

Touché, Bruderherz. Soweit sollte es heute gar nicht kommen. Überhaupt sollte es heute um etwas ganz anderes gehen. Wo bleibt sie denn nur?

Beim Blick auf die Uhr wird mir ganz übel. Philip bemerkt es und spricht es umgehend an. »Ob ich sie mal anrufe?«

In dem Moment öffnet sich die Tür, und ich

glaube, wir beide atmen so tief aus, dass es einem Windstoß gleichkommt, der Vic beim Eintreten erwischt. Sie schaut uns ganz verdutzt und abwechselnd an. Dann werden ihre großen Augen noch größer. »Markus!«, haucht sie meinen Namen überrascht.

»Ja, du … äh … kamst ewig nicht. Philip hat sich schon Sorgen gemacht«, sage ich langsam, ohne zu offenbaren, dass ich mir garantiert wesentlich mehr Sorgen gemacht habe. Aber Hauptsache, sie ist endlich da.

»Entschuldigung. Ich habe die ganze Zeit im Auto gesessen und nachgedacht. Ich, ich bin mir so unsicher«, flüstert sie, ohne uns anzusehen, und schaut dabei eingeschüchtert auf die Fliesen.

»Komm erstmal her, Süße! Lass dich drücken. Du brauchst dir doch keine Sorgen zu machen«, sagt Philip übermäßig verständnisvoll und nimmt sie in den Arm, während ich meine Augen verdrehe.

So wird das nie etwas! Da kann er gleich mit ihr nach oben ins Schlafzimmer gehen und Blümchensex haben. Wie ich daran denke, spricht er es an. »Wollen wir zuerst nach oben gehen und reden?«

»Ihr könnt auch nach unten gehen und reden! Das wäre wesentlich sinnvoller!«, sage ich klar und deutlich und werfe einen Blick auf die goldene Tür, sodass beide den Wink verstehen. »Und während ihr redet, könnt ihr ja schon mal anfangen! Das ganze Reden bringt nämlich nichts, glaubt mir! Ich kann stundenlang vom Skispringen erzählen, aber ich werde erst dann wissen, wie es sich anfühlt, wenn ich auf den Brettern stehe.«

»Aber, aber, wir … wir müssen noch klären, was geht und was nicht«, sagt Vic ganz hektisch und wirft erst mir und dann Philip einen ängstlichen Blick zu.

»Natürlich, Baby, wir klären vorab alles in Ruhe! Nur keine Panik!«

Typisch Philip! Ich fasse mir an die Stirn und schüttle mit dem Kopf. Ich glaube, ich brauche doch ein Bier. Oder besser Wodka. Wenn das so weitergeht, reden die heute nur und es passiert wieder nichts.

»Geht doch einfach nach unten, schau dich um, Vic, und dann fangt an! Genießt, liebt und denkt nicht so viel!«

»Das sagst du so einfach, Markus. Du gehst ja selbst nicht mehr nach unten!«, kontert sie allen Ernstes, und jetzt grinst mich Philip ganz frech an. »Wo sie Recht hat, hat sie Recht!«, fügt er hinzu.

»Das sind zwei völlig verschiedene Dinge!«, behaupte ich, und Vic nickt zustimmend. »Oh, ja! Du gehst noch nicht einmal so nach unten, und ich soll mich da, soll mich da … naja, das, das war alles deine Idee! Vielleicht bin ich noch gar nicht soweit. Vielleicht bin ich überhaupt nicht so, wie du denkst!«

»Du bist genau so, wie ich denke, und das weißt du auch. Dort unten wirst du deine eigentliche Natur kennenlernen. Fast alles, was du dort siehst, wird dich anmachen. Ich weiß einfach, dass es so ist. Und genau davor fürchtest du dich. Vor deiner eigenen, dunklen Seite, gegen die du permanent ankämpfst.»

»Das sagt der Richtige! Du kämpfst doch auch dagegen an. Du bist doch der mit der dunklen Seite! Weshalb lebst du es nicht aus? Ja, du hast die Frau verloren, die du liebst. Das ist auch ganz, ganz schlimm und tut mir schrecklich leid. Aber da unten in diesem Dark Dream geht es doch gar nicht um Liebe. Da geht es um ganz andere Dinge!«, antwortet sie plötzlich in einer Art und Weise, die mich anstachelt. So habe ich sie noch nie erlebt! Da kommt die kleine, kecke Ärztin zum Vorschein, die mich gerade tierisch reizt. Ich sehe in ihren Augen die beherrschte Victoria, die ich ihr so gerne austreiben will. All ihre Dämme sollen brechen, noch heute!

Philip muss dafür sorgen!

»Also schön, Vic! Gehst du runter, wenn ich mitgehe? Ich begleite euch. Ich werde es tun! Nach drei Jahren … sofern du voran gehst! Ich bleibe aber nur kurz, dann werdet ihr anfangen, und ich gehe wieder nach oben. Okay?«

Noch ehe Vic überhaupt etwas sagen kann, schreit Philip ganz laut: »Ja! Das machen wir. Wir gehen jetzt sofort hinunter, wir alle drei gemeinsam!«

Ich kann sehen, dass es ihr nicht gefällt. Ihr Herzschlag ist so immens, dass sie das Beben ihrer Brüste nicht unterdrücken kann. Dennoch ist Philip plötzlich ganz anders bei der Sache und richtig engagiert. Vermutlich, weil er mich seit Ewigkeiten wieder da unten haben wird. Aber was soll's? Ich werde ja nichts tun! Ich gehe einfach nur hinunter, mehr nicht. Es muss sein! Anders finden die beiden nie zusammen. Ich hole tief Luft und folge meinem Bruder schweren Herzens, als er die goldene Tür aufschließt. Das Gefühl ist unbeschreiblich, als ich die Stufen dicht hinter Victoria hinunter gehe. Mir ist, als käme ich nach langer Zeit wieder nach Hause. Die schwarzen Wände wirken beruhigend auf mich. Ich gehe sehr langsam und bedacht, streiche über die samtige Tapete und atme den Duft ein. Es riecht bereits im Empfangsbereich nach Lack, Leder und Metall. Dieser vertraute, heimische Geruch dringt bis in mein Hirn … Ich sehe Nora darin aufblitzen, sie lächelt mich an, als würde sie sich freuen, dass ich wieder hier bin! Jetzt nickt sie mir bestätigend zu.

Ich glaube, ich habe Halluzinationen und reibe mir die Augen. Das bewirkt gleichzeitig, dass ich die Tränen wegwischen kann, die darin brennen, weil mir die ganze Situation näher geht als erwartet.

Zum Glück steuert Philip gleich unser großes Spielzimmer an, von dem alle anderen Räume abgehen. Hier ist das Zentrum meines ehemaligen

Reiches, inklusive einer kleinen Bar und mehrerer Sitzmöglichkeiten. Nichts hat sich verändert, seitdem ich das letzte Mal hier gewesen bin. Ich sehe mich schweigend und eingehend um und spüre die Relativität der Zeit. Drei Jahre sind vergangen, und sie kommen mir vor wie ein einziger Tag, als hätte es sie nicht gegeben.

Hier drin ist alles in Schwarz und Gold gehalten, das wollte ich damals so. Von der Decke strahlen unzählige winzige Leuchten wie ein warmes Lichtermeer aus Glühwürmchen.

Normalerweise vergnügen sich immer einzelne Paare in den Räumlichkeiten. Wir haben zwei Liebesschaukeln, die von der Decke baumeln, mehrere Kuschelecken, einen Billardtisch, natürlich mit Manschetten oben und unten zum Festbinden der Sub. Aber heute ist niemand hier, abgesehen von uns Dreien. Man spürt, dass Philip hier zu Hause ist. Er geht so entschlossen durch die Zimmer wie andere durch ihre Wohnung. Nur Vic bekommt kaum einen Fuß vor den anderen. Da ich dicht hinter ihr bin, kann ich ihre Furcht beinahe riechen. Sie ist wirklich stark verunsichert. Deshalb piekse ich ihr kurz aufmunternd in die Rippen, sodass sie zuckend zusammenfährt und sich zu mir umdreht.

Ich trete noch näher an sie heran, ganz nah, bis ich ihren süßen Atem spüre. Meine Hände greifen nach ihren Oberarmen, und ich ziehe sie eng an meine Brust, wobei ihr Duft meine Sinne berauscht. Sie riecht immer so verführerisch und süß.

»Mach dich nicht verrückt, und mach es Philip nicht so schwer! Er ist unser Schmusedom. Sanfter bekommst du es von Keinem«, hauche ich ihr ins Ohr, denn so ist es ja auch.

»Ich weiß, er ist so lieb. Aber vielleicht ist er zu lieb für all das«, flüstert sie mir zu und zeigt auf das Andreaskreuz und den Strafbock, die wir im nächsten

Zimmer sehen. Ich will ihr jetzt nicht zugestehen, dass sie Recht hat. Aber wenn sie schon merkt, dass Philip zu brav für all das ist, sollte er schleunigst an seinem Auftreten als Dom arbeiten.

»Er tut bei dir nur so überaus lieb. Er will dich nicht noch mehr verängstigen«, antworte ich deswegen und weiß, dass ich mir meinen Bruder nochmal zur Brust nehmen muss.

Als wir weitergehen, kann ich nicht anders, als meine Arme von hinten um sie zu legen, und sie eng an meinen Körper zu ziehen, denn ich will etwas wissen. »Glaubst du, ich bin nicht zu lieb für all das?«, hauche ihr ins Ohr. Dabei presse ich sie noch enger an mich, was sich trotz ihrer dicken Jacke verdammt gut anfühlt.

»Nein, kein bisschen. Ich glaube, du passt hierher«, flüstert sie und dreht sich zu mir um.

Ich kann sie nicht mehr in den dicken Klamotten sehen und greife an ihren Reißverschluss, um die Jacke ungefragt zu öffnen. Ich wickle ihr auch den Schal ab, ziehe sie galant aus dem Parka und hänge die Sachen an die Haken, gleich neben all die Gerten und Peitschen, die so wunderbar an einer schwarzen Halterung aufgereiht sind.

»Sagt bloß, ihr fangt schon ohne mich an«, meldet sich plötzlich Philip zu Wort.

»Ich will nur nicht, dass sie eine Hitzeattacke erleidet. Hier ist es ja doch ziemlich warm.«

»Ich frage ja nur. Du dürftest dich gerne ausleben, ich stehe euch da nicht im Weg«, fordert mich Philip heraus, und ich weiß genau, was er vorhat. Das will er vermutlich nur, obwohl ich nicht verstehen kann, weshalb er sich so eine Frau entgehen lassen möchte. Vic ist die perfekte Sub, und ich bin noch nicht soweit. Eigentlich will ich nie wieder soweit sein. Es reicht schon, dass ich hier bin.

»Deine guten Vorsätze in allen Ehren, Bruder. Aber

ich kann es nicht! Okay? Du kannst allerdings, und es wäre gut, wenn ihr jetzt beginnen würdet!«

»Beginnen?«, piepst Vic und schaut Philip fassungslos an. »Aber wir müssen doch noch reden! Ich, ich äh … will zum Beispiel nicht. Naja, was will ich denn nicht? Äh, am liebsten wäre es mir, wenn ich etwas Kleidung anbehalten könnte. Und, äh, ich, ich kann das gar nicht aussprechen. Könnte ich es vielleicht aufschreiben? Ginge das?«

Ich fasse mir wieder unbewusst an die Stirn und habe das große Verlangen, sie sofort aus ihren Klamotten zu schälen. Wäre ich Philip, würde ich es auch tun, denn sie trägt erneut so ein scheußliches Outfit. Ich weiß einfach nicht, was sie für einen Geschmack hat, aber so kleidet sich doch heutzutage keine junge Frau mehr. Ihre dicken Winterstiefel lasse ich mir im Dezember ja noch gefallen, zur Not auch die Jeans, die aber sowas von nichtssagend an ihr hängt, dass es selbst für eine Jeans ein trauriger Anblick ist, obwohl man von ihr außer unterhalb der Knie sowieso nicht viel sieht. Denn darüber hat sie diesmal einen bunten Strickpullover mit Rudolf dem Rentier an. Wenn es nicht so tierisch hässlich wäre, wäre es sogar süß. Aber Vic geht darin völlig unter. Ich will sie so gerne nackt sehen, dass es mich reizt, hier zu bleiben. Aber das würde definitiv zu weit gehen.

Trotzdem muss ich Philip ins Gewissen reden und schicke Victoria in unseren kleinen Specialroom, auch Whiteroom genannt, je nachdem. Dort kommen unsere Medizin-Fetische auf ihre Kosten, was für eine Ärztin eventuell interessant ist. Wir haben eine Pritsche, echte Tropfs, Einläufe aller Art inklusive einem WC, einer Dusche und zusätzlich einen wunderbaren gynäkologischen Stuhl, an dem ich mich auch schon mehrfach ausgelebt habe.

»Geh mal hinein und schau dir alles an, Vic! Das ist

doch dein Metier!« ermutige ich sie, damit ich kurz Luft habe, um ungestört mit Philip zu reden. Sie hat den Whiteroom noch nicht richtig betreten, als ich mir meinen Bruder zur Seite nehme.

»ZIEH SIE AUS! Splitterfasernackt! Fackel nicht so lange, von wegen, sie will etwas anlassen. Sie will sich nur wieder verstecken, unter all ihren grässlichen Klamotten, aber das darfst du nicht erlauben! Lass nicht zu, dass sie eine Ritze zum Verkriechen hat, und das meine ich wortwörtlich. Als Erstes bekommt sie einen Plug in den Hintern, ehe du überhaupt richtig startest. Nimm den kleinsten, den wir haben, aber erlaube ihr keinen Rückzug! Sie bekommt etwas in jedes Loch, am besten gleichzeitig, verstanden?«, hauche ich ihm ins Ohr, sodass sie es auf keinen Fall hören kann.

»Du weißt nichts von ihrem Problem, oder? Dir hat sie es nicht erzählt.«

»Was für ein Problem?«, will ich umgehend wissen.

»Ihr Figurproblem.«

»Hä? Was für ein Figurproblem?«, frage ich irritiert.

»Sie ist zu dick!«

»Spinnst du jetzt völlig, Philip?«, fahre ich ihn an, während er seinen Zeigefinger auf seine Lippen legt, damit ich wieder runterfahre.

»Das behauptet sie! Beziehungsweise dieser Alex, ihr Verlobter. Er beschimpft sie wohl immer, weil sie seiner Meinung nach viel zu dick ist. Deshalb haben sie auch angeblich seit drei Jahren keinen Sex mehr. Laut ihren Worten ekelt er sich vor ihr und rührt sie nicht mehr an. Sie ist ziemlich niedergeschlagen deswegen und fühlt sich in ihrem Körper total unwohl. Deshalb will sie vermutlich auch etwas anbeh…«

»Hol sie aus den Klamotten raus, aber ganz schnell, sonst tu ich es!«, falle ich ihm ins Wort. »Zu dick, ich glaube, ich spinne. Sie ist mega geil! Der absolute

Burner. Und wegen so einem Idioten versteckt sie sich und trägt Rudolf das Rentier und Jeans, die ihr fünf Nummern zu groß sind? Oh, Philip, vögel sie so sehr, dass sie nachher nicht mehr weiß, wer dieser Alex überhaupt ist! So ein Arschloch aber auch! Wie kann ein Typ nur so gestört sein? Er hat so eine geile Frau und …«, denke ich laut nach, als sie wieder zu uns stößt. Ich verstumme sofort, denn sie schaut uns ganz entsetzt an, ist sogar noch blasser geworden.

»DAS finden Menschen stimulierend und anregend? Einläufe, Spritzen und Tropfs? Ich habe sogar Dilatoren und Katheter gesehen. Puuh, das ist heftig«, sagt sie ziemlich offen.

»Ja, jedem das Seine. Wir haben zwei Doktoren, zumindest sind sie das immer mal an den Wochenenden, die sich hier gerne ausleben. Und willige Patientinnen stehen auch zur Genüge zur Verfügung. Kommen die beiden Herren denn eigentlich immer noch?«, will ich jetzt von Philip wissen.

»Peter kommt nicht mehr, er hat geheiratet, und seine Frau ahnt nichts von seiner weißen Fantasie. Dafür haben wir einen neuen Doc. Und Luke geht auch voll in den Doktorspielchen auf. Er hat jetzt sogar einen Kurs zum Sanitäter besucht, um alles Wesentliche zu lernen.«

Ich merke schon, ich war viel zu lange nicht mehr hier. Irgendwie reizt es mich ja doch. Zumindest will ich wissen, was die anderen so treiben. Ich muss einfach mehr mit Philip darüber reden, das würde schon genügen.

»Ihr solltet jetzt wirklich beginnen. Du hast so gut wie alles gesehen, Vic! Dort hinten im Gang haben wir links noch ein Zimmer mit Käfigen und einem Sklavenstuhl. Das ist so ziemlich das härteste Zimmer und für dich sowieso erstmal tabu. Dort wird mit Elektrospielzeug und noch übleren Dingen hantiert, das musst du erstmal nicht sehen und schon gar nicht erleben, deshalb bleibt lieber hier«, empfehle ich beiden. Vic ist immer noch sehr verunsichert und dreht sich um ihre eigene Achse, damit sie nochmal alles detailliert ansehen kann. »Das ist ein Andreaskreuz. Daran wird man mit gespreizten Armen und Beinen befestigt?«, erkundigt sie sich.

»Ja!«, bestätigen Philip und ich synchron.

»Und das Ding dort drüben? Das sieht schrecklich aus. Was ist das?«

»Ein Strafbock, wir haben zwei davon. Einmal den etwas unbequemeren kleinen, über den die Sub sich beugen muss und festgeschnallt wird, sodass sie ihren Kopf nicht ablegen kann, und dort hinten steht derselbe in einer größeren Variante. Der ist bequemer, mit Kopfstütze und sogar Beinschienen, auf denen man knien kann. Das ist eine ziemlich angenehme Position für eine Session«, erkläre ich ihr, aber meine Ausführung gefällt ihr offenbar nicht.

»Oh, ich glaube, daran ist gar nichts angenehm. Ich finde das Teil ganz schrecklich!«

Tata! Und schon hätten wir das geeignete Objekt gefunden. Philip kennt mich gut genug, um meinen Blick deuten zu können. Ich nicke ihm still und lächelnd zu, ziehe dabei noch meine etwas malträtierte Augenbraue nach oben, und schon weiß er Bescheid. Aber ob er es tun wird, ist eine andere Sache. Ich würde es auf jeden Fall tun! Um mich geht es jetzt allerdings nicht. Ich sollte schleunigst gehen, ehe ich doch noch eingreife.

»So, ihr zwei. Ich war mit hier, ich habe mir alles angesehen, und nun seid ihr dran! Ich werde derweil wieder eine Etage höher gehen und wünsche euch viel Spaß, ganz besonders dir, Vic! Und zieh den hässlichen Rentierpullover aus! Philip hilft auch nach, nicht wahr, Bruderherz?«, lege ich nochmal nach, ehe ich mich schweren Herzens aufraffe und meinem heiligen Reich den Rücken kehre. Ganz langsam und nachdenklich gehe ich die schwarzen Marmorstufen nach oben …

Kapitel 18
Victoria

Schwere Entscheidung

Hässlicher Rentierpullover? Ich finde, er passt in die Adventszeit und schaue verunsichert an mir hinab. »Lass dich nicht ärgern, Süße. Außerdem meinte Markus das ganz anders. Er hat eine Schwäche für deinen Körper und ist der Meinung, dass du ihn zu sehr versteckst. Was das anbelangt, muss ich ihm sogar Recht geben, denn du bist eine wunderschöne Frau und solltest zeigen, was du hast. Unter Rudolf verbergen sich garantiert die tollsten Kurven. Weshalb zeigst du sie nicht?«,

Gute Frage. Weil ich mich dafür schäme. Ich habe ziemlich große Brüste, die umgehend hervorstechen würden, wenn die Kleidung enger geschnitten wäre. Außerdem habe ich eine sehr schmale Hüfte, die in ein gewagtes Becken übergeht, ganz zu schweigen von meinem Hintern. All das sieht man unter meinen weiten Klamotten zum Glück nicht.

»Naja, meine Mutter meint immer, ich habe einen ordinären Körper und soll aufpassen, was ich trage. Ich habe ja wirklich ziemlich ausgeprägte Rundungen … an sehr unpassenden Stellen«, füge ich hinzu und vermeide es, ihm in die Augen zu sehen.

»Meinst du mit den unpassenden Stellen deine Brüste und deinen Po?«, will er wissen und trifft damit ins Schwarze. Ich blicke ihm scheu in die Augen und nicke.

»Da ist weder etwas unpassend und schon gar nicht ordinär, dein Körper ist ein gottgegebenes Geschenk! Und deine Mutter hat sie nicht alle, um das jetzt mal mit den Worten von Markus zu sagen, der an dieser Stelle garantiert schon ausgeflippt wäre. Mensch, Vic, du bist eine Frau! Sei doch stolz auf deine Rundungen und zeig sie! Als der liebe Gott die Frau erschuf, hat er sich mächtig ins Zeug gelegt und sein ganzes Können entfaltet. So schöne Formen, so schöne Kurven … und wofür? Um sie zu verstecken oder sie weg zu hungern? Das ist eine Schande! Es gibt auf dieser Welt nichts Schöneres als einen weiblichen Körper. Er symbolisiert für mich Sinnlichkeit und Wärme pur. Ein Mann will ihn berühren, ihn festhalten, ihn an sich drücken, die weichen Rundungen kneten und ganz hineinschlüpfen … Genau das war der Plan von dem guten Herrn dort oben im Himmel. Und der ging auch immer auf, bis irgendein Idiot auf die Idee kam, dass Knochen schöner seien. Aber echte Männer wissen einen Frauenkörper zu schätzen. Ich bin jedenfalls kein Hund, der auf Knochen steht, und Markus erst recht nicht! Wenn du meinst, dich weiterhin verstecken zu müssen, kannst du das gerne tun. Aber wenn du dich mit mir oder Markus triffst, probier es doch mal mit Kleidung in deiner Größe. Wir würden uns beide darüber freuen. Ich weiß, dass du hervorragend darin aussehen würdest!«

Seine Worte sind das reinste Balsam für meine Seele und tun so unerwartet gut. Vermutlich ist das auch der Grund dafür, dass ich starr stehen bleibe, als Philip an den Bund meines Pullovers greift und ihn mir einfach über den Kopf zieht.

Ich trage weiße Unterwäsche aus reiner Spitze. Davon sieht man gerade nur den Bügel-BH, dessen filigrane Träger sich über meine Schultern schlängeln, während die beiden D-Körbchen meine Brüste im Zaum halten.

»Du bist wunderschön, Victoria!«, flüstert Philip, und ich kann einen begehrenden Blick in seinen Augen erkennen, der seine Aussage nochmal unterstreicht. Ich weiß nicht, ob seine Worte mehr schmerzen oder mir eher gut tun, auf jeden Fall berührt er damit einen wunden Punkt in mir. So etwas habe ich seit Jahren nicht mehr gehört. Zumindest von keinem Mann. Nur Caro sagt es mir hin und wieder, und dafür liebe ich sie.

Philip schaut mich immer noch ganz liebevoll an. Seine Augen tasten jeden Millimeter meiner Haut ab, ehe er mit seinen Fingerkuppen meine Arme sanft empor streichelt und mir einen Kuss auf den Hals haucht.

Sofort zeichnet mich eine Gänsehaut. Seine Lippen wandern derweil liebkosend weiter, bis zu meinem Ohr, und seine starken Hände ziehen mich nah an seinen warmen Körper. »Zieh dich aus, Baby! Ich will dich ganz sehen«, flüstert er mir zu, wobei sich alles in mir verkrampft. Ich weiß nicht, ob ich es kann!

Ich spüre nur, dass ich wie von selbst die Stiefel abstreife und den obersten Knopf am Bund meiner Jeans öffne. Philips Hände gesellen sich hinzu und ziehen den Reißverschluss hinab, ehe seine Finger geschickt über meine Taille an meinen Po tänzeln und unter die Jeans schlüpfen. Er knetet meinen Hintern ganz zärtlich, wobei meine viel zu große Jeans umgehend zu Boden fällt. Ich schlüpfe nur noch raus und trete sie zur Seite. Dann entledige ich mich ganz geschickt meiner Socken, aber mehr geht erstmal nicht! Ich stehe in Unterwäsche vor ihm, was für mich bereits eine Hürde ist, denn das Zimmer ist ziemlich hell erleuchtet. Obwohl es hier unten keine Fenster gibt, erzeugen die vielen kleinen Lampen an der Decke einen sanften, gelben Lichtschein, der nichts verbirgt.

Ich kann mich in diesem Moment unmöglich vollständig ausziehen, zumal Philip wieder extrem schick gekleidet ist. Was seinen Stil anbelangt, trägt er ganz andere Klamotten als Markus, der es leger und modern mag, während Philips Garderobe mehr als erlesen ist. Das fängt bei seinen Schuhen an, geht über die maßgeschneiderten Hosen bis hin zu seinen Pullovern, die wie angegossen sitzen und keinen Muskel unbeachtet lassen. Zudem trägt er heute wieder komplett Schwarz.

Wie soll ich mich da völlig ausziehen? Das würde einen erheblichen Kontrast bedeuten, und ich würde mich noch verletzlicher fühlen, wie es bereits der Fall ist. Zudem bin ich jetzt barfuß, und im Vergleich zu ihm sehr klein. Mein Kopf endet bei ihm auf Brusthöhe. Er ist mir augenblicklich in allem überlegen und meine Unsicherheit steigt sekündlich.

Ich kreuze meine Hände unbewusst vor meinen Brüsten und halte meinen Kopf gesenkt. Himmel, wie soll es jetzt nur weitergehen?

Als ich spüre, wie seine Finger meinen Körper tastend erkunden und sich langsam dem Verschluss meines BHs nähern, zucke ich noch mehr zusammen.

»Willst du es nicht?«, fragt er rücksichtsvoll.

»Ich, ich glaube, ich kann nicht! Ich weiß auch nicht, was das ist. Es, es tut mir so leid«, wispere ich den Tränen nahe und schäme mich auf abstruse Weise.

»Möchtest du in das Zimmer nebenan gehen? Dort können wir es uns auf dem Bett gemütlich machen und nochmal reden, vielleicht sogar etwas kuscheln. Und hab keine Angst, Süße! Ich würde dir nicht wehtun«, flüstert er und umfasst mein Gesicht mit seinen großen Händen, sodass ich ihm direkt in die smaragdgrünen Augen sehen muss. Dann tut er etwas, womit ich gar nicht gerechnet habe. Er kommt näher und gibt mir einen Kuss auf den Mund. Dabei ist er so sanft, dass ich es kaum als Kuss realisiere, und doch ist es schön und fühlt sich angenehm an. Es ist so weich und warm und vertraut. Markus hat mich noch nie geküsst!

Nachdenklich lasse ich mich von Philip in den Raum nebenan führen, in dem ein großes Bett das Zentrum bildet. Es ist schwarz mit ebensolchen seidigen Kissen und Bezügen, in die filigrane Ornamente eingearbeitet sind. Links und rechts sowie oben und unten sind Fesseln und Manschetten befestigt. Mein Blick bleibt daran haften, wie Materialien an Sekundenkleber.

»Keine Sorge, ich werde dich nicht festbinden, Victoria. Du darfst dich gerne in aller Ruhe setzen«, sagt er und lässt sich neben mir nieder. Ich spüre, wie er seine Arme um mich schließt, während ich meinen Kopf kuschelnd an seine stattliche Brust schmiege.

»Weißt du, auch für mich ist es schwierig«, beginnt er plötzlich zu erzählen. »Ich habe zwar schon viel erlebt und auch getan, aber immer nur mit Frauen, die das wollten. Natürlich gibt es Hemmschwellen und Verunsicherungen in manchen Punkten, aber darüber kann ich hinweghelfen. Bei dir hingegen kommt es mir vor, als müsste ich dich zwingen, und das will ich nicht! Wenn du dich nur fürchtest, aber trotzdem bereit bist, bin ich der Letzte, der dich nicht führt. Doch dich jetzt mit Gewalt hier festzubinden und Dinge zu tun, zu denen du nicht annähernd bereit bist, macht mir ebenso wenig Spaß wie dir. Deshalb sieh mir bitte in die Augen und sag mir, weshalb du es willst und weshalb du es nicht willst. Was überwiegt in dir? Die Neugierde, die Lust oder aber die Ablehnung und die Angst?«

»Ich, ich weiß es nicht … ich würde es ja gerne probieren, aber …«

»Aber?«, fragt er, als ich stoppe und nicht weitersprechen kann. Es ist vermutlich verrückt, doch mich hält ein wesentliches Detail zurück, wobei ich weiß und spüre, dass Philip der liebste Mann ist, den ich je kennengelernt habe. »Dieses, dieses *›aber‹* ist, ist Markus! Er, er …«, stottere ich und kann wieder nicht fortfahren.

»Du liebst ihn!«, sagt Philip, und das ist keine Frage.

»Ich bin mir nicht sicher. Aber ich kann doch jetzt nicht mit dir hier … naja, während er da oben sitzt und wartet … Ich würde es gerne mal probieren, vor allem, um Markus zu vergessen und auch um mich besser zu fühlen, wegen all dem Ärger mit Alex. Du bist so wundervoll, Philip, so lieb, so wahnsinnig gefühlvoll, und gerade frage ich mich, weshalb ich im Tattoostudio war, anstatt einen Tanzkurs zu buchen. Dann wäre jetzt alles anders.«

»Glaubst du das wirklich? Ich denke nicht. Die Chemie zwischen zwei Menschen ist etwas Besonderes und ehrliche Gefühle der Liebe sehr selten. Ich spüre, dass du in meinem Bruder ebenfalls etwas auslöst. Deine Empfindungen für ihn sind also nicht einseitig, glaub mir! Da ist etwas Besonderes zwischen euch, auch wenn er dagegen ankämpft oder es nicht wahrhaben will. Ich bin ehrlich froh, dass er gerade hier ist, sogar hier unten war – deinetwegen, Victoria! Ich habe es drei Jahre lang probiert, vergebens! Ich kann dir gar nicht genug für das danken, was du heute bewirkt hast.«

»Das hilft mir jetzt aber auch nicht weiter. Er wartet da oben darauf, dass wir … dass du und ich, naja …« Es ist so schwer, es auszusprechen und noch viel schwerer, es zu tun. Es fühlt sich nicht nur falsch an, sondern völlig unmöglich! Da ist mein Verstand, der mir ständig sagt, tu es! Philip ist so toll! Was willst du mehr? Und dann sind da meine Gefühle, die sich verkrampfen und verknoten, und mein Herz, das laut nach Markus schreit. Als ich ankam und er plötzlich hier stand … Halleluja! Damit hatte ich überhaupt nicht gerechnet! Es traf mich wie ein Blitz. Seine Augen, seine Ausstrahlung … einfach alles an ihm zieht mich magisch an. Ich versuche ja schon krampfhaft, mit ihm abzuschließen und mir einzureden, dass es sinnlos ist, aber dann sehe ich ihn, und all meine guten Vorsätze sind dahin. Als er mich vorhin berührt und mir die Jacke ausgezogen hat, bin ich innerlich geschmolzen. Mein Herz rast, wenn er nur in der Nähe ist. Nun sitze ich halb nackt neben Philip, der mich hält, zärtlich streichelt und fühle mich dabei wie in den Armen eines guten Freundes, aber mehr ist da leider nicht.

»Weshalb will er so sehr, dass wir DAS tun?«, frage ich und schaue Philip eindringlich in die Augen.

»So kann er dich besser loslassen«, lautet seine Antwort, die mich arg schmerzt. Markus will mich also nicht, er liebt seine Nora, und ich kann es ihm noch nicht einmal verdenken. Ich konkurriere nicht mit einer echten Frau, sondern mit einem Geist. Wie soll ich gegen diese starke, unsichtbare Liebe bestehen?

Philip deutet meine Traurigkeit richtig. »Gib nicht auf, Victoria! Auch wenn Markus gegen seine Gefühle ankämpft, heißt das noch lange nicht, dass sein Kopf siegen wird. Das Herz ist immer stärker. Ich kann dir nicht mit Sicherheit sagen, ob das mit euch je etwas werden wird, aber ich kann ein bisschen nachhelfen. Das wollte ich während unserer Sessions sowieso tun. Ich hätte ihn immer mal dazu geholt, sodass er wieder auf den Geschmack kommt. Ich weiß ja, wie sehr er auf dich abfährt! Du lässt ihn nicht kalt. Früher oder später wirst du ganz gewiss zu ihm durchdringen.«

»Ich soll jetzt also mit dir schlafen, in der Hoffnung, so deinen Bruder für mich zu gewinnen? Weißt du, wie verkorkst sich das anhört?«

»Logisch betrachtet, ja. Aber hier geht es nicht um Logik, sondern um Gefühle. Wir würden auch nicht miteinander schlafen. Das passiert während einer Session so gut wie nie. Die Sub wird zwar stark stimuliert und erlebt so manchen Orgasmus, und auch der Herr kommt meist auf seine Kosten, aber nur höchst selten durch den eigentlichen Geschlechtsakt. Wir würden nur spielen, Victoria. Nimm das nicht zu ernst! Sex wird oft überbewertet und mit Liebe gleichgesetzt. Wahre Liebe ist etwas ganz Anderes! Sex kannst du mit jedem haben, aber wirklich lieben wirst du in deinem Leben nur die allerwenigsten Menschen. Wenn beides zusammen kommt, ist das natürlich der Glücksfall schlechthin und auch das, wonach wir alle streben. Doch hier und heute geht es nicht um Liebe. Es geht darum, dir mal etwas Gutes zu tun. Lass dich einfach ein bisschen von mir verwöhnen. Ich werde es sanft angehen, das habe ich dir versprochen! Wir werden vorerst nur ein bisschen Spaß haben, mehr nicht. Klar kommt man sich beim Sex näher und je öfter man es tut, umso mehr Vertrauen entsteht. Deshalb vermeidet es Markus auch, mehr als einmal mit ein und derselben Frau zu schlafen, obwohl ihm seine Vorsichtsmaßnahmen in deinem Falle nichts geholfen haben. Wenn du denkst, seinetwegen heute hier nicht aktiv werden zu können, bist du auf dem Holzweg. Er verübelt es dir nicht, wenn wir spielen. Ich weiß jedoch nicht, wie er reagieren wird, wenn wir es nicht tun.«

Ich atme tief durch. Das war jetzt ganz schön viel. Vielleicht hat er sogar Recht! Ich hätte ja schon so ein bisschen Lust und bin neugierig auf all die Möglichkeiten in diesem exklusiven Club. Und wer könnte mich besser verwöhnen als Philip? Vielleicht sehen meine Gefühle danach ganz anders aus! Vielleicht komme ich so wirklich von Markus los. »Na schön … aber bitte nicht so sehr schlagen. Ich weiß nicht, ob ich damit umgehen kann.«

»Baby, dich schlage ich garantiert nicht! Keine Sorge! Dich necke ich ganz anders. Ich spiele erstmal mit deinen obszönen Körperteilen, die in ihrem bisherigen Leben viel zu wenig Aufmerksamkeit bekommen haben. Dazu braucht es heute keine Peitsche, aber ein Flogger wird dir ganz bestimmt gefallen. Ich werde sanft sein, sodass du keine Schmerzen dabei hast. Zuerst verbinde ich dir deine Augen, dann ziehe ich dich aus und werde dich an dieses Bett fesseln. Danach spüre, Süße! Einfach nur fühlen! Ich verspreche dir, dass ich dir nicht wehtun werde. Auch wenn Markus die Meinung vertritt, dass Schmerz zur Erlösung führt, handhabe ich das etwas anders. Vor allem bei dir. Schenk mir nur einen Funken Vertrauen, und du wirst es nicht bereuen!«

»Die Augen verbinden?«, frage ich eingeschüchtert, wobei mir seine Ausführungen ansonsten gefallen. Zudem vertraue ich ihm auch, sehr sogar. Mehr, als ich Markus vertraue.

»Ja. Wenn du nichts sehen kannst, konzentrieren sich deine Sinne mehr aufs Fühlen. Außerdem kannst du dir so besser vorstellen, dass Markus es tut. Ich habe nichts dagegen. Wenn du willst, rufe ich ihn im Anschluss dazu. Nach einer Session braucht der passive Part meist viel Zuwendung. Wenn ich flunkere und ihm sage, dass ich dringend gehen muss, wird er sich deiner annehmen, da bin ich mir ziemlich sicher. So werdet ihr euch wieder näher kommen«, erklärt er, und ich blicke ihm dankbar in seine wunderschönen Augen, durch die die reinste Herzensgüte fließt.

Gott, wieso bin ich nur so blöd und habe mich in Markus verguckt? Vor mir sitzt der tollste Mann der Welt, und ich soll mir gleich während unserer ersten intimen Begegnung vorstellen, es wäre ein anderer. Ich muss echt bescheuert sein! Dennoch nicke ich zaghaft.

»Ich gebe dir jetzt noch dein Safewort. Es lautet ›Rot‹. Wenn wir an irgendeinem Punkt sind, an dem du gar nicht weiter kannst, dann verwende es und ich stoppe sofort! Das handhabe ich immer so, aber ich bitte dich, nicht bei Kleinigkeiten darauf zurückzugreifen. Es bedeutet wirklich Abbruch und keine Unterbrechung. Du darfst so viel und so laut jammern, wie du willst. Du darfst winseln, weinen, bitten, klagen und schreien aus vollem Hals, und anhand der Intensität werde ich spüren, wie gut oder schlecht es für dich ist. Aber sobald du ›Rot‹ sagst, ist es vorbei. Okay?«, will er bestätigt haben, und ich nicke abermals. Natürlich habe ich mich im Vorfeld über solche Sessions informiert. Im Grunde habe ich am heutigen Tag nichts anderes getan und so auch von diesem Safewort erfahren. Dass er es noch erwähnt hat, beruhigt mich zusätzlich.

»Gut, Süße, dann fangen wir jetzt an. Ich hole die Augenbinde, und du entspannst dich, so gut du kannst!«, sagt er leise und gibt mir einen weiteren sanften Kuss auf die Lippen. Ich liege immer noch in seinen starken Armen und rieche seinen betörenden Duft, als mich eine andere Stimme aufschreckt.

»Seid ihr fertig, oder habt ihr etwa immer noch nicht angefangen?«

Markus!

Ich reiße die Augen weit auf und suche panisch nach einer Bettdecke oder irgendetwas, das ich vor mich halten kann. Ich fühle mich ihm gegenüber in der Unterwäsche wie ausgeliefert. Wieso ist er überhaupt hier? Ich dachte, er wollte nach oben gehen und warten!

»Wir fangen jeden Moment an«, sagt Philip, wofür ich ihm schweigend danke.

»Ihr hättet schon längst fertig sein können. Habt ihr mal auf die Uhr geguckt?«

»Wieso bist du hier unten? Ich dachte, du wolltest nach oben gehen«, spreche ich meine Gedanken offen aus, weil mein Herz in den höchsten Tönen wummert, sobald ich ihn nur sehe.

»Tja, da war ich auch. Eine ganze Stunde, um ehrlich zu sein, denn viel länger dauert so eine Session nicht. Zumindest nicht beim ersten Mal, das wäre sonst zu viel. Ich wollte jetzt nur schauen, ob ihr fertig seid.«

»Du, du … äh, wärst einfach so dazu gekommen?«, wispere ich erschrocken und stelle mir vor, was gewesen wäre, wenn ich jetzt schon nackt und festgebunden hier gelegen hätte. Ich wäre gestorben, wenn ich seine Stimme gehört hätte!

»Für gewöhnlich geht es dabei nicht so leise zu, wie es bei euch der Fall ist. Hätte ich dich stöhnen oder schreien hören, wäre ich wieder nach oben gegangen. Aber hier unten ist alles mucksmäuschenstill. Mein Gott, Philip, tu es doch endlich! Worauf wartest du? Soll sie dir eine schriftliche Einladung aufsetzen, oder was?«, wendet er sich nun an seinen Bruder, und ich verstehe einfach nicht, weshalb er so dermaßen darauf drängt! Wir waren so kurz davor. Ich war bereit. War – wohl bemerkt! »Markus, wenn du hier bist, kann ich das irgendwie nicht. Du blockierst mich«, gestehe ich und greife nach dem Bettdeckenzipfel, um endlich etwas vor meinen halbnackten Körper halten zu können.

»Ich blockiere dich? So, so. Hmm … Na, dann werde ich für Abhilfe sorgen. Komm mal mit!«, sagt er, greift nach meiner Hand und zieht mich aus Philips Armen.

»Was, was hast du vor? Wo willst du hin?«, frage ich hastig und lasse mich von ihm in das andere Zimmer schleifen.

»Ich will etwas gegen deine Blockade unternehmen! Und dann verschwinde ich sofort, damit ihr endlich spielen könnt. Also, Schätzchen … Stell dich mal an das Andreaskreuz!«, sagt er und drückt mich sanft an das große lederne Kreuz, das tief in der Wand verankert ist. Umgehend spüre ich das kalte Leder auf meiner nackten Haut am Rücken und halte zischend die Luft an.

Markus steht dicht vor mir, sodass sein betörender Duft zusätzlich meine Sinne benebelt, wobei ich gerade überhaupt nicht mehr denken kann. In mir geht es drunter und drüber, meine Gedanken überschlagen sich. Was soll das überhaupt?

Meine Augen suchen panisch nach Philip, der uns gefolgt ist und nun keinen Meter entfernt steht.

»Äh, Markus, ich möchte mit Vic in dem anderen Zimmer bleiben. Die Geräte hier hat sie schon alle gesehen«, sagt er zum Glück, und mein Herzschlag fährt wieder ein wenig herunter.

»Kein Ding, aber gesehen ist nicht gespürt. Wie fühlt sich das an, Kleines?«, will Markus ungeachtet des Einwands von Philip wissen, während er nach meinen Armen greift und sie nach oben führt. Dort befestigt er sie in den gepolsterten Manschetten, was ich ohne Gegenwehr geschehen lasse, sodass ich nun gefesselt vor ihm stehe. Umgehend überrollt mich eine Panikwelle. Es sind nur Reflexe in mir, die an den Ketten zerren, und ich spüre sofort, dass ich gefangen bin. Ich komme nicht mehr los, und das ist ganz schrecklich für mich.

»Das fühlt sich gar nicht gut an! Ich, ich glaube, ich möchte das nicht. Mach mich bitte wieder los!«

»Nicht so schnell, Vic. Erst solltest du in den Genuss dieses Kreuzes kommen. Philip, hol doch mal bitte die Schere!«, sagt er, wobei mein Herz wild loszutrommeln beginnt. ›Schere‹?, denke ich und wiederhole es panisch richtig laut. »Schere? Wozu? Wieso?«, möchte ich wissen, denn mir gehen die wildesten Phantasien durch den Kopf. Will er mich schneiden, verletzen? Eventuell pieksen?

Mit rasendem Herzen beobachte ich, wie Philip zu dem Schrank geht, der an der dunklen Wand gegenüber steht und eines der unzähligen Schubfächer herauszieht. Er entnimmt eine große Schere mit schwarzem Griff und kommt damit auf mich zu. Ich starre ihn ängstlich und voller Entsetzen an, dann wandert mein furchterfüllter Blick zu Markus, der immer noch dicht vor mir steht und meine Angst garantiert spürt.

»Was, was soll das? Was habt ihr vor?«, frage ich hektisch, während meine Augen nervös zwischen beiden hin und her schweifen. Ich komme mir vor wie eine Fliege in einem riesigen Spinnennetz, die gerade in die Falle gegangen ist. War das etwa der Plan der Beiden? Arbeiten sie Hand in Hand? Sie könnten jetzt quasi alles mit mir tun. Ich kann mich überhaupt nicht mehr wehren! Maximal treten könnte ich, aber was würde das den beiden Hünen schon anhaben?

Meine Brust bewegt sich bebend auf und ab, und selbst mein Atem gerät ins Stocken. Ich bekomme ganz schlecht Luft! Meine Furcht blockiert die reguläre Sauerstoffzufuhr, sodass ich hicksend nach Luft schnappen muss.

Die Augen von Markus und Philip sind derweil auf mich gerichtet. Sie beobachten mich in meiner hilflosen Situation, ohne mir zu helfen oder etwas zu sagen. Das ist furchtbar! Ganz schrecklich. Meine Angst wird immer größer!

Philip hält noch immer die Schere in der Hand und befindet sich gut einen Meter neben mir, während Markus ganz nah bei mir steht, sodass mich jeder seiner Atemzüge streift. »Beruhig dich erstmal, Vic! Ganz ruhig! Atme langsam ein und aus, ehe wir weitermachen«, sagt er plötzlich.

»Weitermachen? Was, was habt ihr mit der Schere

vor? Wollt ihr … ihr mich verletzen? Mich schneiden?«, will ich wissen und phantasiere mir schon die schlimmsten Dinge zusammen. Kurzzeitig denke ich sogar an Mord, bis mich Philips Lächeln und Kopfschütteln minimal besänftigen. »Nur keine Angst, Süße! Niemand wird dir wehtun«, sagt er, kommt näher, streichelt über meine Wange und gibt mir einen Kuss aufs Haar, während er Markus die Schere reicht und wieder einen Meter von mir weicht.

Ich blicke fragend und ängstlich zugleich in Markus vertraute Augen. ›Was soll das nur? Was hast du vor?‹, frage ich schweigend, ohne es auszusprechen, aber ich bin mir sicher, er versteht es auch ohne Worte. Er sieht mich intensiv und lange an, sagt aber nichts. Dann kommt er noch näher und drückt mir einen langen Kuss auf die Stirn. Umgehend durchflutet mich eine Hitze ab der Stelle, wo seine Lippen meine Haut berührt haben, denn nie zuvor hat er mir einen Kuss gegeben. Ich bin noch ganz verwirrt und höre nur das Ratschen. Er hat meinen BH mittig durchtrennt! Ich schaue hektisch an mir hinab, wieder zu ihm, zu der Schere, die er nun an meinem linken Träger ansetzt …

»Nein! NEIN!«, schreie ich, während es abermals ratscht, ehe er zu dem rechten Träger greift und auch diesen durchtrennt, sodass beide BH-Körben ohne Halt zur Seite fallen und ich ganz entblößt an dem Kreuz stehe. Jetzt ziehe ich nicht nur reflexartig an den Manschetten, sondern reiße richtig daran, mit dem Ergebnis, dass meine Handgelenke schmerzen. Ich will hier runter! Ich will meine nackten Brüste bedecken! Das ist mir so unangenehm! So verdammt peinlich! Ich will nicht, dass mich beide nackt sehen! Eine Panikwelle nach der anderen überrollt mich, und ich höre ständig ein »Nein!«, bis ich merke, dass ich es selbst bin, die es ununterbrochen schreit.

Kapitel 19
Victoria

Ausgeliefert

Markus steht genau vor mir, und jetzt bemerke ich auch Philips Augen, die meinen Körper abscannen. Das ist so demütigend, dass die Hilflosigkeit mich überschwemmt und sich Tränen auf den Vormarsch machen. Ich kann doch jetzt nicht weinen, obwohl ich es so gerne tun würde. Es brennt in meinen Augen, und ich weiß vor lauter Verzweiflung nicht mehr, wohin ich noch gucken soll. Ich kann die beiden nicht mehr ansehen und zerre weiter an den Ketten, in der Hoffnung, loszukommen, wobei meine unzähligen »Neins!« immer schwächer werden.

»Schsch! Ganz ruhig, Vic! Beruhig dich!«, haucht Markus und kommt näher. Ich spüre seinen Arm, der sich um meine Taille schlängelt und meinen zitternden Körper eng an seinen zieht. Ich nehme diese Nähe dankend an, presse mich noch dichter an ihn und vergrabe mein Gesicht in seiner duftenden, starken Brust, die meiner Nacktheit gleichzeitig Schutz bietet. »Pssst, ganz leise, Kleines! Komm wieder runter, alles ist gut!«, haucht Markus mir ins Ohr. Er streichelt meinen Rücken, während ich aus den Augenwinkeln sehe, dass er Philip die Schere reicht, um mich nun fest in beide Arme schließen und trösten zu können. Das ist vollkommen makaber, zumal er für meine Panik verantwortlich ist, und doch genieße ich seine unerwartete Zärtlichkeit wie nichts zuvor. Sein warmer Körper ist wie ein Rettungsanker für meinen bebenden Leib.

»Bitte lass mich nicht los!«, wispere ich kaum hörbar. Zur Antwort bekomme ich seine Lippen, die zuerst mein Haar berühren und sich anschließend küssend meinem Gesicht nähern. Er führt dabei seinen Zeigefinger unter mein Kinn und hebt es leicht an, aber es fällt mir ungeahnt schwer, ihm in seine vertrauten Augen zu sehen. Schweren Herzens und zutiefst eingeschüchtert, schaue ich doch zu ihm hoch, als würde mich sein Anblick versteinern, und dann kommen mir tatsächlich Tränen. Eine kullert dick und fett über meine Wange, ohne dass ich sie stoppen kann.

Sein Zeigefinger fährt zärtlich das Rinnsal entlang, während seine Augen die meinen in ihrem Bann halten und er mir einen Kuss auf die Nasenspitze gibt. Inzwischen muss ich sogar richtig hicksen, wie nach einem langen Weinkrampf. Ich bin völlig fertig und möchte mich so gerne weg beamen.

»Lässt … lässt du mich wieder runter von dem Kreuz?«, flüstere ich kaum hörbar, und sein langsames Kopfschütteln wundert mich keineswegs. Ich habe damit gerechnet, was dazu führt, dass die nächste Träne kullert, obwohl er noch gar nichts gesagt hat. Diesmal küsst er sie mir weg, was mich an ungeahnten Stellen tief in meinem Innersten berührt.

»Wir fangen doch gerade erst an, Vic! Weshalb sollte ich dich da schon wieder losbinden?«, raunt er und gibt mir tatsächlich einen Kuss auf den Mund. Dieser ist zwar genauso sanft wie Philips, und lediglich unsere Lippen berühren sich, dennoch fährt mir dieser Kuss wie tausend Volt durch den Körper, sodass beinahe mein Herz stehen bleibt. Ich brauche einen Moment, um zur Besinnung zu kommen und seine Worte zu realisieren.

»Wir? Ihr, ihr beide seid mir einer zu viel! Einer von euch muss gehen, bitte!, ich schaff das sonst nicht«, mache ich deutlich, sodass es auch Philip hören kann, obwohl ich sehr leise spreche. Denn wäre ich jetzt mit Markus alleine, wäre alles nur halb so schlimm. Aber beide zusammen ist mehr, als ich ertragen kann, obwohl Philip gar nichts tut.

»Ich gehe gleich, Schätzchen. Ich will dich nur so weit haben, dass Philip starten kann«, sagt Markus und löst sich von mir. Weder will ich das eine noch das andere. Er soll mich weiter festhalten! Er soll bleiben! Und vor allem soll er meine Nacktheit weiter bedecken, denn ich fühle mich schrecklich unwohl, so festgebunden und ihren Blicken ausgeliefert. Wieder übernimmt meine Verzweiflung, und ich schluchze, ohne es kontrollieren zu können.

Jetzt kommt Philip näher und nimmt mich in die Arme. Auch er beschenkt mich reichlich mit Küssen, was mich zusätzlich verwirrt. Mein armes Herz … es weiß einfach nicht mehr, was es noch fühlen soll! Meine Nase presst sich an seinen schwarzen Pullover, ich rieche seinen edlen Duft, während seine Hände abwechselnd über meinen Rücken streicheln und er mir liebevolle Worte ins Ohr flüstert … »Alles ist gut, Vic, alles ist gut. Hab keine Angst! Du bist so wunderschön, dass ich dich ewig anschauen könnte. Versteck nie wieder deinen Körper! Er ist ein wahres Kunstwerk«, raunt er mir zu, was sich wie glühende Peitschenhiebe auf meiner geschundenen Seele anfühlt. Seine Worte reißen Mauern ein und berühren mich an Stellen, die noch nie zuvor berührt worden sind. Ich komme aber nicht dazu, weiter darüber nachzudenken, denn Markus tritt wieder näher an mich heran, sodass ich mich jetzt in beider Arme befinde. Eine Achterbahnfahrt ist nichts dagegen, und ich habe Angst, zu kollabieren. Das ist zu viel Testosteron für mich, einfach viel zu viel!

Noch schlimmer wird es, als ich Markus Blicken folge, die an meinen nackten Brüsten haften bleiben. Seine Hand kommt ins Spiel, und er berührt mich! Er fährt vom Dekolleté hinab zwischen meine Brüste, sodass mein Atem wieder stockt und ich die Luft anhalten muss. Seine Fingerspitze umrundet meine linke Brust, zeichnet Kreise und tastet sich immer dichter an meinen Nippel, der bereits ganz fest ist und sich durch die sanfte Berührung noch enger zusammenzieht. Als er an dieser hochsensiblen Stelle ankommt und fest hinein kneift, entweicht mir nicht nur ein Stöhnen, sondern ich zerre auch wieder an den Manschetten des Kreuzes, ohne es beabsichtigt zu haben. Mein Körper will sich automatisch diesen Berührungen entziehen, doch es geht nicht! Ich hänge fest, mit weit ausgestreckten Armen, und die Verzweiflung breitet sich erneut in mir aus. Währenddessen werden seine Berührungen an meiner Brust intensiver, er knetet sie, massiert meine Brustwarze, zwirbelt sie durch seine Finger, sodass mir die Elektrizität durch alle Knochen fährt. Jetzt steigt Philip auch noch ein und widmet sich meiner rechten Seite! Gemeinsam necken sie meine Brustwarzen, sodass ich auf die Zehenspitzen gehe, meinen Po fest zusammenkneife und mir auf die Unterlippe beiße, um ja keinen Laut von mir zu geben, denn die Gefühle, die dabei in mir entstehen, sind nicht von dieser Welt. Ich halte das kaum noch aus! In meinem Unterleib kribbelt es so stark, als hätte ich ein Nest mit kleinen Insekten in mir, die durch sämtliche Ritze und Öffnungen flattert.

Als beide zeitgleich ihre Köpfe senken und ich sehe, wie ihre Münder sich meinen Nippeln nähern, ihre Lippen sie umschließen und sie zu saugen beginnen, schreie ich nicht nur mehrfach laut »Nein!«, sondern lasse mich zudem gänzlich fallen, denn meine Beine brechen einfach so weg. Ich kann nicht mehr!

Nun sind es einzig die Manschetten, die mich halten und mir beinahe die Arme ausreißen, während heiße Emotionen durch meinen Körper jagen und mich total verrückt machen. Umgehend fängt mich Markus starker Arm auf und hält mich, sodass meine Handgelenke nicht länger mein Gewicht ertragen müssen und der Schmerz versiegt. Philip stellt mich derweil wieder auf die Beine. Ich kann den Boden unter mir spüren, während beide gleichzeitig meine Brustwarzen weiter necken, sie mit ihren feuchten Zungen umrunden und abwechselnd hinein beißen. Das ist mehr, als ich ertragen kann! Die Gefühle sind so schön und atemberaubend, dass ich zu schmelzen beginne … Jetzt kann ich auch nicht länger still sein, sondern stöhne und jammere, was das Zeug hält!

Ich bettle auch darum, dass sie aufhören mögen, aber mit jedem Laut von mir verstärken sie ihre Liebkosungen. Ich stehe unter Strom, völlig unter Strom! Ich kann das nicht länger ertragen!

»Hört auf, bitte! Ich halte das nicht aus! Ich kann einfach nicht mehr«, rufe ich weiter, bis Markus kurz innehält und seine Finger wieder übernehmen. Der Druck auf meinen linken Nippel ist nun noch stärker. Er zwirbelt und fitzt meine Brustwarze, bis ich Sternchen sehe und extrem laut stöhnen muss. Wieder gehe ich auf die Zehenspitzen, presse ihm unbewusst mein Becken entgegen und reiße abermals an den Manschetten. Ich würde mich so gerne irgendwo festhalten, aber auch das geht nicht! Ich hänge nur da und muss Gefühle ertragen, die ich nie zuvor gespürt habe!

Philips Mund erlöst mich derweil, und seine Lippen wandern höher, fahren über mein Dekolleté meinen Hals empor, sodass mein ganzer Körper von einer Gänsehaut überzogen wird. Dann massiert auch seine Hand meinen Busen weiter, zwirbelt meinen Nippel, bis ich kurz davor bin, lauthals loszuschreien, einfach nur zu schreien, denn genau danach ist mir gerade.

»Fühl doch mal, Philip, wie gut es ihr gefällt! Und schau dir dabei gleich meine Tätowierung an!«, sagt Markus, wobei ich sofort meine Beine fest zusammenkneife.

»Nein, nein, nein, Philip! Nein! Das ist mir zu viel! Hört doch auf! Bitte! Ich kann das nicht mit euch beiden! Ihr seid einer zu viel!«

»Ach, Schätzchen, stell dir doch vor, dass ich gar nicht da bin! Im Grunde bleibe ich nur noch, um dich richtig zugänglich zu machen, ehe ich gehe, denn es besteht die Gefahr, dass Philip deinem Gejammer erliegt und dich sofort losbindet, sobald ich verschwunden bin. Dann redet und kuschelt ihr wieder stundenlang, und das will ich vermeiden. Er kann einfach nicht mit Frauen wie dir umgehen. Sorry, Brüderchen, aber das ist nun mal so! Wärst du geil darauf und würdest dich ihm anbieten, Vic, wäre Philip der ideale Spielpartner. Aber seine Hemmungen, dir über deine selbst errichteten Mauern hinwegzuhelfen, sind einfach zu groß.«

»Ihr darüber zu helfen oder sie darüber zu zwingen, Markus?«, kontert nun Philip, während es in mir drunter und drüber geht. Die Beiden spielen immer noch mit meinen Brüsten, liefern sich dabei ein Blickduell, und ich hänge wie eine Fliege an diesem Kreuz und warte darauf, verspeist zu werden. Von beiden gemeinsam! Oh Gott!

»Willst du nun testen, ob sie bereit ist, oder soll ich das auch übernehmen?«, legt Markus nach.

Ich wende mich flehend an Philip, der meine einzige Hoffnung ist. »Bitte, bitte, nein! Lasst mich runter! Ich gehe auch mit dir in das Bett, nur du und ich. Bitte, Philip, bitte!«

Anstatt meinem Flehen nachzukommen, schaut er Markus fragend an, der seine linke Augenbraue anhebt, die durch die Verletzung des Unfalls mittig gespalten ist und ihn noch gefährlicher wirken lässt. Er schüttelt minimal seinen Kopf, was mir einen Stich in den Bauch versetzt.

Es ist unglaublich, wie sehr Philip seinem Bruder vertraut und folgt, denn mein Bitten ignoriert er völlig und geht stattdessen vor mir auf die Knie. Er greift an den Bund meines Slips, und mein Herz rutscht tiefer. Unbewusst ziehe ich meine Beine an und hänge mich dadurch automatisch in die Manschetten.

»Vic, hör auf mit den Spielchen! Wir ziehen dich jetzt aus, ob du willst oder nicht! Du tust dir nur unnötig weh. Also stell dich wieder hin und lass dir von Philip den Slip runterziehen. Andernfalls kommt die Schere nochmal zum Einsatz!«, sagt Markus sehr streng, was mich wie eine Ohrfeige trifft und auf den Boden der Tatsachen zurückholt.

»Stell dich hin, Süße! Ich will schon so lange dein Tattoo bewundern, lass es mich doch sehen!«, flüstert Philip fast im gleichen Atemzug, und er beginnt, ganz sanft meinen Bauch zu küssen, wodurch meine Beine zu Wachs werden und sich meine Füße automatisch dem Boden nähern, bis ich wieder stehe. Er küsst derweil immer tiefer und streift dabei meinen Slip hinab, bis ich freiwillig aus ihm schlüpfe. Ich spüre seinen Atem auf meiner Vagina und halte die Luft an, denn an dieser Stelle war noch kein Mann mit seinem Mund …

Sein Bart kitzelt mich leicht, während seine Zunge neckend in meine Spalte vordringt und meine Klitoris umkreist. Himmel! »Aaah! AAAhhh …AAAAH!«

»Du sollst sie nicht lecken, Philip, du sollst nur fühlen und das Tattoo anschauen, oder hat deine Zunge etwa Augen?«, mischt sich Markus ein, der mich immer noch hält und meine Brüste abwechselnd knetet, als wäre es das Normalste auf der Welt.

»Bruderherz, du kannst gerne gehen, denn ab und zu würde ich gerne das tun, was mir gefällt, und das ist in diesem Fall, ihr kleines Fötzchen auszulecken, was richtig unschuldig schmeckt. Willst du auch mal kosten, oder hattest du schon das Vergnügen?«

Oh Gott, kann mir bitte jemand die Ohren zuhalten?

»Ich verzichte. Zwar äußerst ungern, aber im Grunde dürfte ich gar nicht hier sein«, sagt Markus, und dem kann ich mich nur anschließen. »Genau! Einer reicht!«

»Vic, wenn du so weiter machst, fick ich dich mit Philip zusammen! Fordere mich nicht heraus! Wenn du einen Schwanz vorne zwischen deinen süßen Lippen und einen hinten drin hast und nicht weißt, ob du zuerst schlucken oder zuerst kommen sollst, dann spürst du, was zwei auf einmal wirklich bedeutet. Das hier ist Pillepalle! Du weißt genau, weshalb ich noch hier stehe!«

War das jetzt eine Drohung? Weshalb ist er plötzlich so streng? Ich werde immer feuchter. Meine arme Vagina! Vielleicht sollte Markus doch besser gehen! Philip ist viel sanfter, und ich mag es kaum zugeben, aber er dürfte mich gerne noch weiter lecken. Das hat sich so fantastisch angefühlt!

»Wie in alten Zeiten, was, Bruder?«, fragt Philip, während seine Finger durch meine Spalte fahren und meinem Eingang stetig näher kommen. Unbewusst zucke ich zusammen und spanne jeden Muskel an.

»Nur ruhig, Baby, lass ganz locker! Du bist so schön feucht«, raunt Philip, und ich höre selbst das schmatzende Geräusch, als zwei seiner Finger noch tiefer fahren und wie von selbst in mich eindringen.

Ergeben schließe ich die Augen und genieße die sanfte Penetration, die er mir schenkt, während Markus mich ganz genau beobachtet. Ich kann es zwar gerade nicht sehen, aber ich spüre es.

Philip fährt mehrfach zärtlich raus und rein, drückt meinen G-Punkt ganz leicht und spreizt seine Finger tief in mir, sodass ich nur schwer ein Stöhnen unterdrücken kann, ehe er seine Finger wieder aus mir zieht und sie Markus entgegenhält. Sie triefen nur so von meinem Saft, der sich komplett um sie gelegt hat.

»Reicht das? Ist sie in deinen Augen weit genug? Ich meine, ich könnte ihren Nektar abfüllen, so sehr läuft sie aus.«

»Ich weiß ihre feuchte Eigenschaft sehr zu schätzen. Sie ist schon auf meiner Pritsche fast weggeschwommen.«

»Könnt ihr bitte still sein? Oder mir etwas in die Ohren stecken?«, flehe ich.

»Nein, Kleines, wir stecken dir gleich etwas Schönes ganz woanders hin. Deine Ohren verschonen wir heute. Aber vorher lässt du sie noch kommen, Philip, sonst geht es nachher zu schnell.«

Oh mein Gott! »NEIN! Nein, nein, nein, nein! Bitte nicht! Ich will das nicht!«, mache ich deutlich.

»Was willst du nicht? Einen Orgasmus oder nette Spielsachen in diversen Körperöffnungen?«, hakt Markus nach. Jetzt muss ich kurz überlegen. Ersteres wäre ganz nett, wiederum wäre es vermessen, das zu sagen. Deshalb antworte ich kleinlaut: »Beides!«

»Pech, Darling, du bist hier nicht bei Wünsch-dir-was. Heute bestimmen wir! Also, Philip … Finger, Zunge, oder willst du irgendwelche Gerätschaften hinzuziehen, um ihr einen netten Höhepunkt zu entlocken?«

»Keine Gerätschaften!«, schreie ich laut, denn alleine das Wort hört sich schon schrecklich an.

»Wärst du mein, würde dein Kitzler jetzt eine klitzekleine Elektroschocktherapie bekommen. Aber ich überlasse Philip die Wahl, obwohl du eine Strafe verdient hast«, sagt Markus, und ich erkenne ihn kaum wieder. Gott sei Dank lässt er seinen Bruder entscheiden. Ich schaue Philip ängstlich in seine wundervollen smaragdgrünen Augen und schüttle mehrfach den Kopf. »Bitte, bitte keine Gerätschaften, Philip!«

»Eventuell sollte ich dich noch kurz darüber aufklären, dass du nichts zu bestimmen hast und im Grunde viel zu viel redest. Das Einzige, was du sagen darfst, Vic, ist ›Danke, Herr!‹. Aber zu dieser Lektion kommen wir gleich. Wenn du sie jetzt bitte zum Orgasmus bringen würdest, Philip, damit wir zum eigentlichen Part übergehen können, wäre ich sehr erleichtert, denn ich möchte heute nochmal gehen.«

»Oh ja, dort hinten ist die Tür! Tu dir keinen Zwang an und geh!«, entfährt es mir, woraufhin mich ein Blick trifft, wie ich ihn noch nie bei Markus gesehen habe.

»Ich schätze, ich muss doch noch ein bisschen länger bleiben, um dir deine Stellung näherzubringen und dich Gehorsam zu lehren. Du bist hier die kleine Sub, die das tut, was ihr gesagt wird und ansonsten die Klappe hält. Du darfst stöhnen, du darfst jammern, du darfst schreien, das verlange ich sogar, und du darfst dich bedanken, aber alles andere ist tabu!«, sagt er mehr als deutlich, ehe er sich an Philip wendet. »Worüber habt ihr eigentlich am Wochenende und heute so lange debattiert, wenn sie keine Ahnung von einem angemessenen Verhalten hat?«

»Über Tabus!«

»Wie schön. Das oberste Tabu ist der Widerspruch einer Sub, und Vic, du bist jetzt ruhig, ansonsten …«, beginnt er und stoppt abrupt, während ich beobachte, wie zufrieden Philip lächelt, der inzwischen wieder vor mir steht.

»Ansonsten, Markus?«, fordert er ihn heraus.

» … ansonsten wirst DU sie bestrafen. Angemessen! Verstanden? Und jetzt leck oder finger sie von mir aus, ich will endlich weitermachen!«

Mein Verstand will nicht glauben, was hier gerade

passiert! Das ist alles so surreal, wie ein verrückter Albtraum. Ich kann immer noch nicht fassen, dass ich splitternackt an einem Andreaskreuz festgebunden bin und zwei verdammt heiße Männer an mir kleben. Der eine fällt gerade vor mir auf die Knie, um mir einen Orgasmus zu bescheren, während der andere mich streichelnd in seinen starken Armen hält. Das ist doch nicht normal! Ich habe viel über die Session nachgedacht, aber so hätte ich sie mir nie vorgestellt. Wenn Markus doch nur endlich gehen würde! Ich kann mich überhaupt nicht konzentrieren. Meine Gedanken überschlagen sich, mein Herz befindet sich in einem Ausnahmezustand, und meine Muschi erlebt Weihnachten, Geburtstag, Ostern und sämtliche andere Feste auf einmal. Ich spüre ihre Freude und das beglückende Zucken, als Philips lange Finger sich ihr erneut zuwenden. Er knetet meine inneren Schamlippen … sein Daumen nähert sich meiner Klit und umrundet sie zärtlich, ohne sie direkt zu berühren, während ich ihm mein Becken unbewusst stärker entgegenstrecke. Markus bekommt das sofort mit. »Fixier ihre Beine, ehe du fortfährst! Unsere kleine Frau Doktor hat zu viel Spielraum«, sagt er, und am liebsten würde ich ihm eine passende Antwort servieren. In mir brodelt es. Das war gerade so schön! Philip hätte weitermachen können, stattdessen stoppt er und folgt mal wieder der Anweisung von Markus. Er öffnet die Halterung der Manschetten, die links und rechts unten am Andreaskreuz befestigt sind. »Spreiz die Beine richtig weit, damit ich dich festbinden kann, Süße!«, höre ich ihn sagen und füge mich umgehend, damit er weitermachen kann.

»Sehr gut, Vic. So funktioniert das!«, bestätigt Markus, und seine Worte klingen wie ein Lob in meinen Ohren. Dennoch fühlt es sich merkwürdig an, mit weit gespreizten Beinen und ausgestreckten

Armen an einem Kreuz fixiert zu sein, sodass ich außer meinem Kopf nichts mehr bewegen kann und mein Innerstes frei zugänglich ist. Ich glaube, ich mag das nicht! Das Bett wäre mir tausend Mal lieber gewesen.

»Du fühlst dich in dieser Position unwohl«, erkennt Markus ganz richtig. Ich staune über sein Gespür und bestätige es lautlos mit einem Nicken.

»Philip, du hast sie gehört. Tu etwas dagegen!«

»Ich bin ja schon dabei. Süße, was möchtest du lieber? Meine Finger oder meine Zunge?«, fragt er mich. Markus verdreht seine Augen und prustet einen Schwall Luft aus, ehe er sich sarkastisch äußert. »Oder vielleicht noch einen Kaffee? Eventuell eine zusätzliche Massage? Wir könnten auch deine Lieblingsmusik auflegen und eine Kerze anzünden … aber das werden wir nicht tun! Los jetzt, Philip, oder ich lecke sie!«

HIMMEL! Ich falle gleich in Ohnmacht! ›Ja, ja, bitte!‹, schreit es in mir, und eine Gänsehaut zieht sich über meinen gesamten Körper. Auch das deutet Markus richtig, obwohl er nichts sagt, aber ich erkenne das unterschwellige Grinsen in seinem Gesicht. Was würde ich geben, wenn er mich jetzt oral verwöhnen würde … Ich denke gerade darüber nach, als ich Philips Atem spüre, der meiner Weiblichkeit immer näher kommt, bis sein Bart auf meiner Vulva kitzelt und seine geschickte Zunge sich in meine Spalte leckt. Diesmal kann ich meine Beine nicht anziehen oder mich in irgendeiner Form bewegen, die Fixierungen sind zu straff. Mir bleibt nichts, außer sämtliche Liebkosungen über mich ergehen zu lassen, die mir beinahe den Verstand rauben. Ich habe zwar keinen Vergleich, aber Philip macht das sensationell. Seine Zunge und meine Klitoris sind das perfekte Paar! Es ist so schön, dass meine kleine Perle umgehend dick anschwillt und sich ein süßes Prickeln in meinem Unterleib ausbreitet, das nur ein Ziel kennt. Ich schließe die Augen, lecke über meine trockenen Lippen und kämpfe verzweifelt gegen das Stöhnen an, das ich nur schwer zurückhalten kann, denn die Empfindungen sind so verdammt stark und traumhaft schön.

Ich weiß, dass Markus mich wieder beobachtet. Und ich ahne, dass ihm mein Schweigen nicht gefällt. Aber ich will nicht wieder vor beiden seufzen, stöhnen und schreien! Deshalb genieße ich schweigend und schlucke die Gefühle, die mich übermannen hinunter.

Markus' Arm schlängelt sich um meine Taille. Er kommt mir näher, aber ich lasse die Augen geschlossen. Sein Bart kratzt leicht auf meiner Wange, ehe ich seinen Mund an meinem Ohr spüre. »Na warte!«, flüstert er mir zu, und ich weiß nicht, wie er das jetzt meint. Doch binnen Sekunden fasst er wieder an meine Brust und greift gezielt zu meinem linken Nippel, den er so stark kneift, dass ich ein lautes »AAH!« von mir geben muss. Aber damit nicht genug. Er zwirbelt ihn quälend durch seine Finger, zieht ihn lang, sodass ich am liebsten auf die Zehenspitzen gehen würde, was aber leider auch nicht mehr möglich ist.

Der leichte Schmerz brennt und vereint sich mit den Liebkosungen von Philip zu einem Element, das wie Feuer durch meine Adern jagt. Ich kann nicht länger still sein, denn Markus hört nicht auf, im Gegenteil! Seine andere Hand, die sich um meinen Rücken geschlängelt hat, greift an meine rechte Brust und veranstaltet dort dasselbe Spektakel. Jetzt neckt und quält er meine beiden Brustwarzen, bis ich es nicht mehr ertragen kann! Ich stöhne laut, immer lauter … »Nein, nein … nicht! AAAhhh, das, das … das ist zu viel, aaah … viel zu viel!«

»Was zu viel ist, bestimme ich, Vic!«, säuselt er mir

ins Ohr und verstärkt abermals den Druck, bis ich lauthals brülle. Philips Finger dringen im selben Moment in meine Vagina ein, und seine Zunge neckt so gekonnt meine Klit, dass sich umgehend ein Orgasmus anbahnt. Es geht so verdammt fix … Die Berührungen der beiden sind zu stark, und der Höhepunkt steht so knapp bevor. Mein Verstand meldet sich ab, ich hänge ergeben an dem Kreuz und bin der Erlösung so nah, ganz nah … gleich …

»STOPP!«, sagte Markus laut, und Philip löst sich sofort von mir. Auch Markus' Hände lassen meine Nippel los. Es ist, als falle ich aus einer Wolke der Glückseligkeit auf den Boden der Tatsachen. Ich war so kurz davor, so verdammt kurz! Das ist mehr als quälend! Alles in mir zieht sich schmerzhaft zusammen. Meine Muschi will berührt werden, nur noch ein ganz klein bisschen! ›Bitte!‹, flehe ich innerlich und schaue Markus gepeinigt an.

»Gleich geht's weiter, Schätzchen. Hol erstmal tief Luft!«, sagt er.

»Aber, aber ich … ich war so kurz davor«, wispere ich heiser.

»Das ist mir schon klar, doch ein bisschen Strafe muss sein«, erklärt er, während mein Herz sich allmählich wieder beruhigt. Nur meine Muschi fühlt sich noch wie ein heißes Eisen an, der die Abkühlung verwehrt wurde. Markus wartet, bis meine Erregung wieder abgeflaut ist, ehe er gemeinsam mit Philip erneut ansetzt. Diesmal saugt er abwechselnd an meinen Nippeln, beißt sie und quält sie, während Philip mich wieder liebkosend verwöhnt und so schön leckt, als wäre ich eine süße Frucht. Seine Zungenspitze und mein Knötchen sind ein Dreamteam, seine Finger einfach nur göttlich. Es geht noch schneller als beim ersten Mal, bis ich wieder in Ekstase versunken und kurz vor einem Orgasmus bin. Ich spüre schon das erste Zucken, die Ausläufer rinnen meine Wirbelsäule hinab, und das Kribbeln in meinem Unterleib erreicht seinen Höhepunkt … Ja, ja! Oh, ja … bitte …

»STOPP!«, sagt Markus so direkt, dass Philip wie auf Kommando aufhört, während ich ganz laut »NEIN!« schreie. Verdammt! Das ist grausam! Das ist Folter! Alles in mir zieht sich zusammen und krampft. Das tut wahrlich weh! Es wären doch nur noch eine oder zwei Sekunden gewesen. Wie kann er nur? Weshalb macht Philip da mit? Ich fluche und schreie, zerre an den Manschetten und könnte glatt heulen! Verdammt, das quält mich so!

Wieder warten sie, bis ich mich beruhigt habe und mein Körper entspannt ist, ehe Philips lange Finger in mich eindringen und mich zaghaft penetrieren.

»Bitte nicht noch einmal! Macht das nicht mehr mit mir! Das ist schrecklich«, klage ich.

»Ich weiß, Vic. Aber wir machen das so lange, wie wir wollen«, sagt Markus, gibt mir einen Kuss auf die Wange und widmet sich wieder meinen Brustwarzen, die sich schon ganz wund anfühlen. Auch Philips Zunge setzt abermals an. Beide kneten und lecken mich innerhalb einer Minute zum nächsten herannahenden Orgasmus, den ich auch beim dritten Mal nicht erleben darf. Mir ist nicht klar, wie Markus es anstellt, aber er spürt meinen Höhepunkt kommen und weiß genau, wann er stoppen muss! Wäre es nur nicht so schmerzhaft! Mein Kitzler fühlt sich wie ein geschwollenes, glühendes Etwas an … In mir krabbelt es, als hätte ich tausend Ameisen im Unterleib, wozu sich noch Krämpfe gesellen, die sogar meine Schamlippen einnehmen. Ich halte das kein viertes Mal aus! Ich muss still sein! Ganz, ganz still, sodass Markus es nicht bemerkt, wenn ich kurz vor dem Höhepunkt stehe. Und obwohl ich jedes Stöhnen hinunterschlucke, an den Manschetten zerre und mich hin und her winde, ohne einen Laut von mir zu geben, kommt sein viertes »STOPP« dennoch zur rechten Zeit, sodass auch dieser Höhepunkt vergeht, ehe ich ihn erleben durfte. Ich kann nicht mehr und beginne zu weinen. Ich kann es nicht erklären, aber es ist furchtbar und tut so weh. Mir laufen auch nicht nur ein paar Tränen über die Wangen, sondern ich weine richtig. Ich glaube, das erste Mal seit vielen Jahren. Das ist total verrückt! Doch das mehrfache Verwehren dieses kleinen Glücks wiegt so schwer. Zudem macht mir meine Hilflosigkeit zu schaffen. Ich habe keine Möglichkeit, etwas zu tun! Ich muss es immer wieder ertragen, einfach nur ertragen … ohne Erlösung zu finden. Ich kann mir noch nicht einmal die Tränen wegwischen, die mein ganzes Gesicht benässen. Ich schluchze und weine unablässig, bis ich wieder ihre Münder spüre … Ich weiß schon, was kommen wird und weine noch lauter. Ja, es ist schön, verdammt schön, und mein undankbarer, dummer Körper lässt sich natürlich wieder binnen Sekunden in Ekstase versetzen. Alles brennt, ich brenne lichterloh und weiß doch, dass sie gleich wieder aufhören werden, damit ich tief, tief fallen kann … In mir vermischen sich das Weinen und das Stöhnen zu einem Gejammer, wie ich es noch bei keinem Menschen gehört habe. Meine wehleidige Stimme erhellt den ganzen Raum. Je näher ich diesem Orgasmus komme, desto schlimmer wird es, weil Markus gleich wieder ›Stopp‹ sagen wird und alles vorbei ist. Dann wird es wieder wehtun … so sehr wehtun. Weshalb macht mein Körper da nur mit? Weshalb fühlt es sich trotzdem so schön an? Markus verwöhnt meine beiden Brüste mit einer unglaublichen Intensität, die sonst nur Strom erzeugen kann, während Philips lange Finger meinen G-Punkt in den Himmel massieren und seine Zunge nicht nur meine Spalte gekonnt ausleckt, sondern sein ganzer Mund meine Klitoris in einem Vakuum saugt, sodass Sternchen vor meinen Augen aufblitzen.

Gleich, gleich ist es wieder soweit … gleich … gleich komme ich! Aber Markus sagt nichts!

»Ihr müsst aufhören! Sonst, sonst … sonst ist es zu spääääät … aaah …!«, warne ich sie stattdessen mit letzter Kraft und unter stetem Weinen, doch diesmal tun sie es nicht! Sie machen weiter! Immer weiter! Ich kann es kaum glauben, und pures, reinstes Glück flutet mich, als ein gigantischer Orgasmus wie ein berauschender Orkan durch meinen Körper rast und mir alle Sinne raubt! Ich glaube, ich habe in meinem ganzen Leben noch nie so laut geschrien. Ich brülle ergeben meine übergroße Lust in den Raum, denn dieser Höhepunkt zieht sich und hört gar nicht mehr auf! Ich kann nicht klar denken, mein Körper kribbelt, als wäre er komplett betäubt. Ich spüre noch nicht einmal mehr die Manschetten. Lediglich mein Geist funktioniert noch, und der befindet sich in einem Taumel der Glückseligkeit. Ich weiß, dass es nur ein Orgasmus war, und doch bedeutet es die Erlösung schlechthin! Es fühlt sich an, als wäre ich neu geboren.

Ich komme mir so verletzlich vor wie eine Mimose und weine immer noch. Vor Erleichterung, vor lauter Glück und vor Dankbarkeit. Ich habe sogar vergessen, wo ich bin und dass ich an diesem Kreuz hänge. Erst, als jemand meine Arme befreit und sie wie ein schweres Stück Eisen hinabfallen, komme ich langsam wieder zu mir. Philip löst wohl auch gerade meine Fußfesseln, aber ich kann kaum stehen und spüre, dass ich zusammenbreche. Markus fängt mich auf. Er hält mich in seinen starken Armen und hebt mich hoch. Wie ein Baby trägt er mich zu einem schwarzen Ledersofa, das in der Ecke steht, während Philip fast zeitgleich mit einer dicken Decke kommt, die er über meinen bebenden Körper legt. Ich kuschle mich zum einen in die Decke und zum anderen an

Markus’ warme Brust.

Ich kann nicht reden, dafür schluchze ich noch immer. Markus wiegt mich hin und her … hin und her, bis ich mich ganz langsam wieder beruhige. »Das war sehr gut, Kleines!«, haucht er mir ins Ohr und gibt mir einen Kuss auf die Wange. Auch dazu kann ich nichts sagen. Es kommt einfach keine Silbe mehr über meine Lippen. Mein Mund fühlt sich wie die Sahara an, so staubtrocken ist er. Die beiden scheinen das zu wissen, denn Philip kommt mit einem Glas Saft zurück, in dem ein roter Strohhalm steckt.

»Hier, trink erstmal etwas!«, sagt er, setzt sich neben uns auf das Sofa und führt den Strohhalm zwischen meine Lippen, sodass ich nur noch ziehen muss, denn viel mehr kann ich nicht tun. Es ist frischer Orangensaft. Der Mix aus Süße, Säure und Flüssigkeit weckt meine Lebensgeister, sodass ich langsam wieder zur Besinnung komme. Irgendwie ist mir all das Geschehene peinlich, obwohl ich mich befreit fühle. Das Gefühl der Erlösung überwiegt schließlich. Ich kuschle mich noch dichter an Markus, der mich weiter tröstend hält und immer noch wiegt.

»Ich mache uns eine Kleinigkeit zu essen«, lässt Philip derweil verlauten.

Ich weiß nicht recht, wo er war … Ich befürchte, ich habe mein Zeitgefühl verloren, aber plötzlich ist er schon wieder zurück und trägt ein Tablett mit drei riesigen Sandwiches, das er vor uns auf dem Tisch abstellt. Er holt noch zwei weitere Gläser, füllt sie ebenfalls mit Saft und gießt bei meinem nochmal nach.

Es ist unglaublich, aber kurze Zeit später essen wir gemeinsam, während meine Gedanken noch immer völlig verrückt spielen. »Das war es also. So ist das …«, sage ich irgendwann ganz leise, aber mehr zu mir selbst, weil ich realisiere, was Markus mir lange zu erklären versucht hat.

»Ehrlich gesagt, war es das noch nicht. Das war nur eine kleine Aufwärmung, Vic. Philip wird sich dir gleich nochmal richtig zuwenden«, erklärt Markus, wobei mir ein Bissen des Sandwiches fast im Halse stecken bleibt. Ich würge es hinunter und schaue beide abwechselnd an, da ich in meine Decke gehüllt zwischen ihnen sitze. »Das ist nicht dein Ernst«, gebe ich zaghaft von mir, muss aber kurze Zeit später feststellen, dass Markus es vollkommen ernst gemeint hat. Ich habe mich mittlerweile wieder gefangen, bin seltsamerweise ganz entspannt, durch die Decke schön aufgewärmt, glücklich, zufrieden und satt, obwohl ich noch nicht einmal ein Drittel des Sandwiches geschafft habe. Ich könnte jetzt nach Hause fahren und mich schlafen legen, aber die beiden haben andere Pläne, wie ich schockiert feststellen muss. Sie führen mich zielsicher zu dem großen Strafbock, dessen Funktion mir Markus vorhin bereits erklärt hat. Ich finde es schon schrecklich, das Teil nur anzusehen, geschweige denn, dass ich es benutzen will.

Es beginnt mit zwei gespreizten Beinschienen, auf die man sich knien muss, sodass die Waden und Oberschenkel mit Lederriemen, die daran befestigt sind, festgebunden werden können, während man den Oberkörper auf die gepolsterte Fläche legt, sodass der Po weit hinausragt und keine Körperöffnung verschlossen bleibt. Zudem sind unterhalb Manschetten befestigt, wie schon an dem Andreaskreuz. Also werden die Hände unterhalb des Strafbocks ebenfalls fixiert. An den Seiten befinden sich zwei weitere Gurte, die vermutlich über den Rücken gespannt werden, sodass man völlig ausgeliefert in dieser demütigenden Stellung verharren muss … und nicht nur verharren … Ich denke, grundlos haben sie mich nicht hierher geführt.

»Ich will das nicht! Nicht dieses Teil! Ich finde den

Strafbock furchtbar!«, mache ich ganz klar deutlich.

»Ich weiß, Vic! Genau aus diesem Grund sollte Philip hier mit dir spielen! Es geht um Vertrauen und darum, sich als Sub zu fügen, ganz gleich, was dein Herr verlangt, es sei denn, es wäre grotesk, extrem schmerzhaft oder gefährlich. Aber wie ich Philip kenne, wird er nicht viel von dir fordern, im Gegenteil. Ich habe sogar die Befürchtung, dass du nachher die Peitsche schwingst und er auf dem Bock liegt, wenn ich euch alleine lasse«, gibt Markus von sich und wirft seinem Bruder einen leicht überheblichen Blick zu.

»Hahaha … sehr witzig, Markus! Du darfst nicht vergessen, dass es ihr erstes Mal ist, okay?«, erinnert Philip, wofür ich ihm überaus dankbar bin.

»Das weiß ich. Aber mitunter gäbe es gar kein erstes Mal, hätte ich dich alleine machen lassen. Wir beide müssen nochmal dringend über deine Qualitäten als Dom sprechen.«

»Tja, Bruder … du hast eben drei Jahre gefehlt. Zudem haben wir hier nur Subs, die all das wollen. Wenn eine unerfahrene Frau zwanzig Mal und mehr ›Nein‹ ruft, dann werde ich schon hellhörig und unsicher.«

»Vic wäre nicht hier, wenn sie es nicht wollte«, sagt Markus, aber dem kann ich nicht zu hundert Prozent zustimmen. »Naja … ich war neugierig und wollte mich dadurch ablenken. Aber auf keinen Fall möchte ich auf diesen Strafbock!«

Wieder wechseln die beiden eindringliche Blicke. Diesmal kann ich sie nicht deuten, aber Markus zieht mir mit einem Ruck die Decke weg, sodass ich völlig entblößt in dem Raum stehe. Reflexartig kreuze ich meine Hände vor meiner nackten Brust.

»Knie dich auf den Bock, Vic!«, befiehlt er, und ich schaue ängstlich zu Philip.

»Nein, ich möchte das nicht!«, beteuere ich ehrlich.

»Baby, wenn du hörst, wird Markus gehen. Dann sind wir alleine, und ich schwöre, ich tue dir nicht weh!«

Das glaube ich ihm, dennoch möchte ich ihm nicht meinen Po so arg gespreizt entgegenstrecken. Allein die Vorstellung, in dieser Position zu verharren, sodass sämtliche Körperöffnungen frei zugänglich sind, bringt mich um den Verstand. Ich glaube, es gibt keine demütigere Haltung als die, die man auf diesem Bock einnehmen muss. Ich gehe gerne mit Philip in das Zimmer mit dem Bett – obwohl ich viel lieber mit Markus alleine dort wäre, denn die Zärtlichkeit und Streicheleinheiten, die er mir in der vergangenen Stunde entgegengebracht hat, haben meine Liebe zu ihm nochmal richtig angefeuert. Ich würde mich auch ein zweites Mal an das Kreuz binden lassen. Von mir aus können sie mich auch auf diesen interessanten Billardtisch in dem vorderen Raum ketten, aber unter keinen Umständen gehe ich auf diesen Strafbock! Deshalb habe ich nur eine Wahl und spreche es mit Bedacht aus, weil ich weiß, was es bedeutet: Abbruch! Unwiderruflich. Damit ist für heute Schluss.

»Rot!«, sage ich klar und deutlich und schaue Philip traurig in seine wunderschönen Augen.

Kapitel 20
Markus

Die Spiele beginnen

»Du hast ihr ein Safewort gegeben?«, frage ich meinen Bruder irritiert. »Das ist absurd! Als ob eine Sub bei dir so etwas bräuchte«, stelle ich klar. »Es geht nicht um mich, sondern um Victoria. Ich wollte, dass sie sich sicherer fühlt und abbrechen kann, wenn sie nicht mehr will«, verdeutlicht Philip. Nun gut, dafür ist so ein Safewort für gewöhnlich auch da. Aber sie bricht ja ab, ehe es überhaupt begonnen hat. Die kleine Aufwärmung am Kreuz war doch gar nichts, obwohl es mich irrsinnig angemacht hat, sie so hängen zu sehen, ihre Hilflosigkeit zu spüren … gepaart mit ihrem heißen Körper, der mich noch wahnsinnig macht. Ich konnte kaum aufhören, an ihren Titten zu lutschen und sie zu kneten. So geile Brüste … Ich werde die nächsten Nächte garantiert davon träumen. Ich bekomme die rosigen, festen Nippel nicht mehr aus meinen Gedanken, und hätte ich sie nicht schon wund gelutscht, würde ich ihr jetzt süße Klemmen daran zwicken, denn wie sie ihre Arme verschränkt hat, um sie abzudecken, geht gar nicht! Das dürfte Philip überhaupt nicht erlauben! Auch, dass sie sich jetzt mit diesem blöden Safewort herausreden will, würde ich nicht akzeptieren, zumal ja noch gar nichts passiert ist. Ja, wir haben sie ein bisschen stimuliert und einmal kommen lassen, aber mehr nicht! Ich fand es so geil, als sie uns beim letzten Mal selbst warnte, obwohl sie den Höhepunkt so sehr brauchte … das hat mich ganz schwach gemacht.

Vic ist die geborene Sub, aber woher soll sie das wissen, wenn es sie niemand lehrt? Ich zweifle inzwischen wirklich an Philip! Ja, er ist schon immer unser Schmusedom gewesen. Ja, er ist sehr rücksichtsvoll mit seinen Spielpartnerinnen und würde nie ihre Grenzen überschreiten, obwohl genau das in meinen Augen dazugehört. Aber heute enttäuscht er mich ganz besonders, denn Vic braucht ihn! Sie braucht seine Führung und seine starke Hand, aber nichts davon schenkt er ihr. Hätte er bloßen Sex mit ihr haben wollen, hätte er sie auch mit nach oben in sein Schlafzimmer nehmen können. Was, zum Henker, ist nur mit meinem Bruder los?

Er zwingt mich ja zur Führung, was ich im Grunde gar nicht will! Verdammt, ich dürfte noch nicht einmal hier unten sein!

Vic steht völlig verunsichert und zitternd vor uns. Ihr fehlt durch Philips Schwäche jeglicher Halt. Das geht nicht! Zum einen überlässt er ihr viel zu viele Entscheidungen, und zum anderen kennt sie ihre Grenzen nicht. Sie muss sich völlig hilflos fühlen, dabei sollte ihr Herr ihr Fels in der Brandung sein. Wie soll sie je Philip zu vertrauen lernen, wenn er seiner Rolle nicht gerecht wird? Auch jetzt lässt er sie bibbernd stehen, sodass ich wieder eingreifen muss, denn ich kann das nicht länger mit ansehen. Kurzerhand greife ich nach ihr und bringe sie mit einem einzigen, sicheren Handgriff dazu, sich über den Bock zu legen, auf dem ich sie festhalten muss, weil sie zu schreien und sich zu wehren beginnt. »Sei brav und halt still, Vic, sonst muss ich dir wehtun!«, warne ich, presse ihre beiden Armgelenke mit nur einer Hand auf ihren Rücken, damit ich nach dem Gurt greifen und ihn über ihren Rücken spannen kann. Als ich ihn festgezogen habe, kann ich sie kurz loslassen, um auch noch den zweiten stramm über ihren Rücken zu legen und sie zu fixieren.

»Rot, Rot, Rot! Ich habe Rot gesagt!«, schreit sie wie von Sinnen und zappelt mit den Beinen.

»Ja, ich hab's gehört, ich bin schließlich nicht taub, aber mit mir hast du diese Vereinbarung nicht getroffen, und dein Herr *Weichei-wie-auch-immer* scheint augenblicklich ein bisschen überfordert zu sein.«

»Verdammt, Markus, mach mich los! Lass mich hier runter! Ich will das nicht, nicht so! Nicht auf diesem Bock!«, schreit sie weiter, während sie immer noch strampelt und sich zu befreien versucht. Ihre Hände greifen doch tatsächlich zu ihrem Rücken, und sie macht sich ernsthaft daran, die Riemen zu lösen.

Ich bin aber schneller, stelle mich breitbeinig über sie, greife nach ihren zarten Händen und führe sie links und rechts unter den Strafbock, wo sich zwei Manschetten befinden, in die ich sie mit einer gewissen Kraftanstrengung stecke und diese verschließe, sodass meine kleine Sub keine Möglichkeit mehr findet, ihre Gurte zu lösen.

Wieso denke ich eigentlich, dass sie meine Sub ist? Vermutlich, weil Philip seelenruhig daneben steht und einfach zusieht, statt irgendetwas zu tun. Im Grunde erledige ich hier gerade seinen Job, während sie mich aus voller Lunge anschreit.

»So, Bruderherz … willst du auch nochmal ran, oder spielst du jetzt komplett den Zaungast?«, frage ich ihn, als ich mich wieder neben Vic stelle, die trotz der Fixierungen weiter wie ein Löwe kämpft, an den Manschetten zerrt und sich gegen die Gurte presst.

»Vic, hör auf damit! Du tust dir nur weh!«, mache ich nochmal deutlich, während ich auf Philips Antwort warte.

»Naja, ich bin nicht gut darin, eine Frau gegen ihren Willen festzubinden«, gesteht er, und deutet auf Vic.

Super Antwort! »Glaubst du, ich mache das täglich? Ihr wolltet doch spielen! Was ist nun?«, hake ich weiter nach, während Vic wild strampelt, denn ihre Beine habe ich noch nicht festgebunden.

»Ich will das nicht! Verdammt! Macht mich los! Philip, mach du mich wenigstens los! Bitte!«, fleht sie weiter, und ich wundere mich, dass mein Bruder in keiner Weise darauf eingeht. Er wartet mein weiteres Vorgehen ab und schweigt.

Ich muss meine süße Ärztin erstmal beruhigen, denn sie ist völlig außer sich und kämpft wie ein Berserker gegen die Gurte, die sie halten. Ich will nicht, dass sie sich in ihrem Adrenalinrausch noch selbst verletzt und morgen von Hämatomen gezeichnet ist. Daher führe ich meine Hand ganz sacht auf ihren bebenden Rücken und lasse meine Finger ihre geschwungene Wirbelsäule hinab gleiten. Sie ist so perfekt! Ihre schmale Taille und das breite Becken sind ein Gottesgeschenk. Sie so beobachten zu dürfen, macht mich schwächer, als es der Fall sein sollte. In meinen Handflächen kribbelt es, als hielte ich ein Stromkabel in der Hand, das seine Energie fließend in mich pumpt. Wie gerne würde ich ihr den Arsch versohlen, bis sich meine Finger in einem schönen Rotton darauf abzeichnen. Er ist so fest und so unwahrscheinlich einladend, dass ich sie am liebsten an Ort und Stelle von hinten ficken würde. Und würde Philip nicht gerade neben mir stehen, verdammt, ich würde es tun, jetzt gleich, denn auch mein Schwanz meldet sich freudig zu Wort, als er sie so ergeben auf dem Bock liegen sieht. Je zärtlicher ich ihren Rücken streichle, je häufiger ich sanft auf und ab fahre, umso mehr beruhigt sie sich, und das Zappeln lässt nach.

»So ist es gut, Vic! Entspann dich! Niemand will dir

ernsthaft weh tun. Kämpfst du weiter gegen die Riemen, wirst du ihre Spuren die nächsten Tage auf deiner Haut tragen. Zudem ist dein Kampf völlig sinnlos. Du kommst hier nicht runter, nicht, bevor ich es zulasse«, erkläre ich ihr, während ich sie weiter kraule und mit beiden Händen sanft massiere, was ihr zu gefallen scheint. Ihre Anspannung löst sich, und sie sackt auf der Lederfläche in sich zusammen.

»Sehr gut, Kleines. Lass los! Hör auf zu kämpfen! Hör auf zu denken und fühle«, pflichte ich ihr bei, während meine Hände tiefer streicheln und sich einen Weg zu ihrem geilen Hintern bahnen. Umgehend spannt sie ihre Pobacken an und presst ihren Arsch fest zusammen. Ich kann nicht anders! Ich hole kurz aus, und es ist wie ein Befreiungsschlag, als meine Handfläche auf ihre pralle Pobacke trifft, sodass es mich selbst ordentlich zwiebelt und sie laut aufschreit.

»Sei brav, Vic! Ich habe gesagt, dass du dich entspannen sollst. Mach die Beine richtig breit! Arsch zusammenkneifen gibt es heute nicht!«, mache ich unmissverständlich klar, während ich die Gurte der Knieschienen hervorziehe, um jetzt auch ihre Waden und Schenkel zu fixieren, sodass sie ihre Beine nicht mehr schließen kann.

Sie jammert und flucht, was das Zeug hält, als ich sie gänzlich festbinde, aber ihr Gewimmer macht mich nur noch heißer. Meine Jeans platzt gleich aus allen Nähten, so steif ist mein Schwanz inzwischen. Und der Abdruck meiner Hand wird auch in einem wunderbaren Rotton sichtbar. Oh Gott, ich muss mich so sehr zusammenreißen wie seit Jahren nicht mehr, um nicht sofort über sie herzufallen.

»Hört auf! Hört bitte auf und macht mich los! Bitte … bitte! Philip, sag ihm, dass er aufhören soll! Ich möchte das nicht, nicht in dieser Position! Das ist so schrecklich demütigend. Ich würde viel lieber in dieses Bett gehen«, winselt sie jetzt, und ich persönlich liebe ihre Position wie keine andere.

»Schätzchen, hier ist es genauso schön wie in dem Bett. Sogar noch viel schöner, denn in dieser für dich demütigenden Position kommt Philip viel besser an deine wesentlichen Körperöffnungen heran, die heute mal richtig stimuliert werden müssen. Und wo wir schon dabei sind, Philip, hol den Plug!«

»NEIN! NEIN!«, schreit sie so laut, dass ihre Stimme von den Wänden widerhallt. Sie zerrt wie verrückt an den Manschetten und Gurten, sodass die kleinen Ketten rascheln und klirren.

»PHILIP! Philip, bitte! Hilf mir! Ich will diesen Plug nicht, ich will das alles hier nicht! Du hast mir versprochen, dass du mir nicht wehtun wirst!«, erinnert sie meinen Bruder lautstark, wobei ich mich erneut einmischen muss.

»Was genau tut dir denn gerade weh? Die Manschetten sind gepolstert, und du liegst auf einer weichen Unterlage, hast sogar eine Kopfstütze aus schwarzem Samt. Nur der Druck der Riemen, mit denen du festgeschnallt bist, dürfte dich leicht schmerzen. Wenn du allerdings ruhig liegen bleibst, wird dir auch das nicht mehr weh tun. Also, ich kann gerade nichts entdecken, was deinem körperlichen Empfinden nicht bekommen würde.«

»Markus, du bist so ein Arsch! Wie kannst du nur? Ich hasse dich!«, schreit sie mich nun an, was mich, ehrlich gesagt, enorm anspornt. Ihre Verzweiflung und ihre Angst sind in jeder ihrer Silben zu hören, dennoch hegt sie Hoffnung, noch glaubt sie, der Behandlung irgendwie entkommen zu können. Erst wenn sie aufgibt, kann sie zu fühlen und zu genießen beginnen, und bis dahin werde ich sie begleiten.

»Pass auf, was du sagst, kleine Sub! Ansonsten wirst du die Konsequenzen tragen müssen, und die können mitunter sehr schmerzhaft sein. Sei immer schön folgsam und brav, dann tut es am wenigsten weh«, lasse ich sie wissen und streichle sanft ihre Wirbelsäule entlang bis zu ihrem Po, den sie nun nicht mehr zusammenkneifen kann. Sie kann sich überhaupt nicht mehr bewegen und wird alles ertragen müssen, was wir mit ihr anstellen werden. Meine Fantasien ufern gerade völlig aus, während Philip wie ein Soldat neben mir steht und alles emotionslos beobachtet. Aber er interessiert mich gerade sehr wenig, denn mein Augenmerk liegt einzig auf Vic und ihren geilen Öffnungen, die mir Gefühle bescheren, wie ich sie seit Ewigkeiten nicht mehr gespürt habe. Gerade schluchzt sie herzzerreißend und flucht gleichzeitig ganz leise, während ihr Körper unter meinen Berührungen bebt, als würde ich sie mit Elektroschocks behandeln. Sie ist von einer Gänsehaut gezeichnet, und jedes ihrer kleinen Härchen stellt sich auf, sobald meine Fingerkuppe über die betreffende Stelle fährt.

Wie sie zittert … zittert, jammert und schluchzt. Jetzt habe ich sie endlich da, wo ich sie schon immer haben wollte. Im Grunde wollte ich sie genau so von der ersten Sekunde an! Und ich habe mich nie lebendiger gefühlt als in diesem Moment, der mir den Atem raubt und mich beinahe ohne jede körperliche Stimulation in meine Jeans ejakulieren lässt.

Ich habe nicht geplant, dass es so weit kommen würde. Ich wollte diese Räumlichkeiten gar nicht betreten, aber irgendwie ist es nun doch geschehen. Eigentlich ist alles Philips Schuld. Außerdem hätte er schon längst beginnen und das Ruder herumreißen können. Ich verstehe nicht, weshalb er so teilnahmslos neben mir steht, wo Vic doch so willig und zugänglich festgebunden vor ihm liegt.

Sie gehört ihm! Ihm alleine! Ich serviere sie ihm auf einem Silbertablett. Er könnte sofort starten und die gewagtesten Dinge mit ihr anstellen … Sowohl ihr jungfräulicher, geiler Arsch als auch ihre triefende

Pussy präsentieren sich ihm in ihrer schönsten Form. Ihre Schenkel sind weit gespreizt, wenn auch nicht ganz freiwillig. Er kommt an jede gängige Öffnung heran, auch an ihren Mund, der als Einziger noch protestiert. Ihr restlicher Körper ist so wunderbar fixiert, dass sie nur noch ihren Kopf ganz leicht bewegen kann.

Himmel, für so eine Frau würden Männer morden, und mein Bruder steht daneben und tut so, als wäre er der Papst persönlich! Ein bisschen erinnert mich all das an unsere Anfänge mit Nora … Der einzige Unterschied zwischen Vic und Nora besteht darin, dass Nora nach der Session gierte, während Vic vor Furcht beinahe stirbt. Aber ihre Angst und ihre Widerspenstigkeit fachen mein Feuer nur zusätzlich an. Ich will es mir selbst nicht eingestehen, aber ich finde diese kleine Nummer geiler als alles Vorherige. Erneut streiche ich über ihre vollkommene, weiße Haut, die sich wie Seide über ihre wunderschönen Kurven spannt. Ihr Arsch ist einfach nur göttlich und garantiert im Paradies gefertigt worden. Ich würde jetzt so gerne noch einmal darauf schlagen … aber ich widerstehe meinem Drang. Zum einen würde es sie zusätzlich verängstigen, und zum anderen darf ich nicht schwach werden! Ich sollte gehen! Am besten gleich! Ich wollte sie ja nur so weit bringen, dass Philip richtig durchstarten kann, aber meine Bedenken, dass er ihrem Bitten nachkommt und sie umgehend losbindet, sobald ich hier weg bin, sind leider zu groß. Nein, ich muss Vic erst noch überzeugen, wie gut ihr diese Behandlung tun wird, denn noch wehrt sie sich … noch denkt sie zu viel. Erst, wenn sie aufgegeben hat, ist sie für Philip bereit.

»Bitte tut das nicht! Ich will keinen Plug! So etwas kenne ich gar nicht, und ihr dürft mich auch nicht in dieser Stellung vergewaltigen. Das ist schrecklich! Ganz, ganz schrecklich! Das stehe ich nicht durch«, jammert sie jetzt, woraufhin ich nur den Kopf schütteln kann.

»Wer sagt denn, dass wir dich vergewaltigen wollen? Wie kommst du denn auf so einen Unsinn, Vic? Nein, du müsstest schon darum betteln, dass Philip dich fickt, ansonsten bekommst du seinen Schwanz nicht zu Gesicht«, lasse ich sie wissen und trete neben sie, damit sie mich ansehen kann.

Aus ihren sonst so liebreizenden Augen starrt mich das Grauen an. Sie ist wahrlich fertig und scheint sich mächtig zu fürchten. »Hey, Kleines … es ist alles gut! Hab keine Angst! Beruhige dich erstmal!«, flüstere ich ihr zu und küsse sie sanft auf die Wange, während ich meine Finger über ihren Rücken zu ihrem Po tänzeln lasse … Ich will fühlen, ob es wirklich nur Angst ist oder ob es ihr auch gefällt, denn ihrer Pussy traue ich mehr als ihren Worten. Ich gleite immer tiefer und spüre bereits von Weitem die Feuchtigkeit, die ich im Grunde eben schon sehen konnte, denn ihre Spalte glänzte nur so. Sie ist wahrlich klitschnass und trieft. Eine Frau, die ernsthaft Angst vor einer Vergewaltigung hat, wird nicht derart feucht werden. Das ist Erregung pur. Ich habe doch gewusst, dass sie es insgeheim will, auch wenn ihre Furcht noch überwiegt. Aber wenn ich sie ein bisschen stimuliere, wird es ihr gleich besser gehen. Daher greife ich mit meiner linken Hand nach ihrer rechten, die unter dem Bock in den Manschetten hängt. Sie schnappt nach meinen Fingern, wie ein hungriger Löwe nach einem Stück Fleisch, und hält mich ganz fest.

»Es ist alles gut, Vic! Du brauchst keine Angst zu haben! Wir machen ganz sacht, okay? Und dein Safewort kannst du nutzen, sobald Philip mit dir spielt«, hauche ich ihr nochmal entgegen, während zwei Finger meiner rechten Hand wie von selbst in sie flutschen und ich mich umgehend ihrem schwammigen G-Punkt nähere, den ich gekonnt drücke und leicht massiere.

Sofort lässt ihre Anspannung nach. Ihr ganzer Körper lockert sich, während ich sie weiter ganz sanft penetriere, ihre Hand halte und spüre, wie die Furcht aus ihr weicht.

»Sehr schön. So ist es viel besser! Versuch, mir und Philip zu vertrauen. Wir wissen, was wir tun! Du wolltest es doch, sonst wärst du jetzt gar nicht hier. Dir fehlt nur der Mut, deswegen musste ich nachhelfen und schau, wie schon geschmeidig du bist! Philip, fühl du auch mal, oder willst du weiterhin als Wachsfigur dienen?«

Ich habe den Satz kaum beendet, als ihre kleine Hand sich fest in meine krallt und sie gleichzeitig laut protestiert. »Bitte nicht wieder ihr beide zusammen!«

»Nein, Schätzchen … eigentlich soll nur Philip sich deiner annehmen, aber deine tausend ›Neins‹ verschrecken ihn. Deshalb musste ich ja zu solchen drastischen Maßnahmen greifen. Also Bruderherz, du darfst gerne näher treten und dich wieder ihrer süßen Pussy zuwenden«, sporne ich ihn an und stelle mich direkt vor Vic, damit sie sehen kann, dass nicht ich es bin, der sie gleich stimulieren wird, sondern Philip ganz alleine. Ihre Pupillen weiten sich, und ihr Puls überschlägt sich beinahe, als Philips Finger in sie eindringen. Es ist Schock und Lust in einem, was ihren Körper flutet, denn sie kann ihn ja nicht sehen, nur fühlen. Ich streichle derweil ihre festgebundenen Hände und gebe ihr einen Kuss aufs Haar.

Offensichtlich scheint auch Philip Gefallen an der Sache zu finden, die riesige Beule in seiner maßgeschneiderten, schwarzen Hose spricht für sich. Ich beobachte ihn genau und erkenne ein Glänzen in seinen Augen, als er sanft in ihr gräbt, während seine andere Hand ihren wundervollen Arsch bearbeitet. Er geht dabei so zärtlich vor, dass sie innerlich zerfließen muss, und genauso sieht sie gerade aus.

»Victoria, du bist klitschnass. Du läufst nur so aus«, sagt Philip, und jetzt fällt bei ihr ein Tränchen. Ich weiß nicht, ob es Scham ist, Verzweiflung oder Aufgabe, ich glaube, von allem ein bisschen, aber es gelangen Gefühle an die Oberfläche, und das ist gut so. Meine kleine Schneekönigin beginnt wieder zu schmelzen, und ich genieße ihren ergebenen Anblick.

»Holst du jetzt den Plug, Philip?«, hake ich nach einer Weile nochmal nach, denn ich finde, wir müssen ihren Po versiegeln. Er ist ihre empfindlichste und verletzlichste Stelle, und die mag ich bei keiner Sub unangetastet lassen.

»Nein, nein! Bitte, bitte nicht! Keinen Plug!«, fleht sie ganz laut und versucht, sich zu erheben, was aber nicht möglich ist. Sofort schneiden sich die Gurte in ihre helle Haut. Auch ihre Schenkel, die sie reflexartig und schützend schließen möchte, können nicht folgen, sie sind ja ebenfalls am Strafbock fixiert.

»Bitte tut das nicht! Bitte! Bitte, bitte, bitte«, winselt sie weiter mit aller Kraft, aber darauf lasse ich mich nicht ein. Zum einen habe ich mit ihr keine Abmachung, und zum anderen wird sie noch lernen, wie wundervoll sich so ein Plug anfühlen kann. Das geht aber nur, wenn sie es zulässt, deshalb muss ich sie wieder über ihre Grenzen zwingen.

Philip folgt meinem strengen Blick und unterbricht seine Streicheleinheiten. Er säubert seine Hände, geht zum Schrank und öffnet das mittlere Schubfach.

»Nimm den Kleinsten und bring Gleitgel mit, obwohl wir uns das im Grunde sparen können, denn ihr Nektar reicht völlig aus, damit es flutscht.«

Ich habe noch nicht zu Ende gesprochen, als ihre Finger sich in meine Hand krallen und sie ganz festhalten. In ihren Augen erkenne ich einen flehenden Blick, der mir einen Stich durchs Herz versetzt. Dann wendet sie sich hilfesuchend an mich.

»Bitte, Markus, tut das nicht! BITTE! Ich habe

solche große Angst davor!«, haucht sie so leise, dass Philip es nicht hören kann. Ich gehe vor ihr auf die Knie, was ein Dom eigentlich nie tun sollte, aber nur so bin ich mit ihr auf Augenhöhe verbunden. Ich streiche ihr das dunkle Haar aus dem Gesicht und hauche ihr einen Kuss auf die Lippen, der mir selbst durch und durch geht.

»Du musst keine Angst haben, Vic, kein bisschen! Du machst das bis jetzt ganz toll! Der Plug ist kaum größer als ein Finger und Philip ist vorsichtig, das weißt du. Entspann dich einfach, es wird nicht weh tun«, rede ich ihr gut zu.

»Aber ich will keinen Plug! Ich will nicht so ein Ding in, in meinen …«, sagt sie, ohne es aussprechen zu können.

»Schscht, Vic! Pssst … Als Sub musst du dich fügen. Deine Wünsche spielen bei so einer Session keine große Rolle. Dein Herr entscheidet. Natürlich darfst du Tabus haben, und selbst ich habe mich immer an die Grenzen meiner Partnerinnen gehalten, aber gerade geht es um den kleinsten Plug, den wir haben. Der wird dir weder weh tun, noch dich irgendwie quälen, außerdem habe ich doch im Krankenhaus schon getestet, ob du anal zugänglich bist. Wenn es damals kein Hindernis war, kann es jetzt erst recht keines sein. Du bekommst den Plug, und ich möchte keinen Widerspruch mehr hören, bis er in der steckt! Sollte es dann unerträglich für dich sein, kannst du sofort mit Rot beenden. Okay?«, versuche ich ihr entgegenzukommen.

Erneut löst sich eine Träne aus ihren Augen und kullert über ihre rosige Wange, aber sie nickt mir zu. Ich fahre das Rinnsal entlang und weiß, ich habe selten etwas Schöneres gesehen als sie in diesem Augenblick. Sie ist so kurz davor, aufzugeben und ihre Maskerade fallen zu lassen, dabei haben wir noch nicht einmal begonnen.

Inzwischen ist Philip zurück und zeigt mir den kleinen silbernen Plug mit dem funkelnden Swarovski-Element an der Halterung. Ich nicke ihm bestätigend zu, wohl wissend, dass es der kleinste ist, unser Mini. Den wird sie kaum spüren, wenn sie sich dabei entspannt, was allerdings gerade sehr schwierig für sie ist. Zum Glück folgt ein Moment, in dem sich Philip mal wieder seiner Rolle bewusst wird und ebenfalls vor sie tritt. Ich weiche zur Seite und gönne den beiden einen ungestörten Augenblick.

»Hab keine Angst, Victoria! Wir haben Vieles besprochen, und daran werde ich mich halten. Dein Safewort gilt ab sofort für uns beide, du kannst es benutzen, und ich werde sofort abbrechen! Aber ich wünsche mir ehrlich, dass wir jetzt ein bisschen spielen. Schau, der Plug ist winzig und wird dich nicht sehr schmerzen. Es wird nur ungewohnt sein, aber ich sorge dafür, dass es dir gefällt. Markus kann ja noch einen Moment bei dir bleiben und Händchen halten, während ich ihn einführe«, sagt er und wirft mir einen Blick zu, der Funken zwischen uns sprühen lässt. Konkurrieren wir hier gerade? Es fühlt sich fast so an.

Auch er gibt ihr noch einen zarten Kuss aufs Haar, ehe er sich hinter ihr in Stellung begibt, was sie erneut zum Winseln und Schluchzen bringt, aber sie sagt nichts mehr dagegen und nutzt auch nicht ihr Safewort, was mich positiv überrascht. Stattdessen bittet sie um meine Hand. »Halt mich fest!«, haucht sie ganz leise, und dem komme ich gerne nach. Ich greife wieder nach ihren Händen, drücke sie und streichle ihr zusätzlich beruhigend über den Rücken. Ich kann beobachten, wie Philip den Plug mit dem Gleitgel einreibt. Er benutzt so viel, dass sie das Einführen kaum spüren wird. Mich wundert nur, dass er zuerst seine Finger ins Spiel bringt und damit ihre Rosette umrundet und massiert, was zu unglaublichen Lauten bei Vic führt. Er schmiert noch etwas Gleitgel um seinen Zeigefinger und dringt damit langsam und tief in ihren Po ein, was nicht nur bei ihr zu einer Ausnahmesituation führt, auch mich erregt es ungemein. Ich wäre jetzt so gerne in der Position von Philip und würde sie mit Genuss anal penetrieren. Ihre kleinen Hände drücken meine, als wäre ich ein Rettungsanker auf hoher See und sie stünde kurz vor dem Ertrinken. Ihr Wimmern ist paradiesisch und die schönste Musik in meinen Ohren.

Fasziniert sehe ich mit an, wie Philip den Plug ins Spiel bringt und diesen immer näher an ihr kleines, enges Loch führt … Mir läuft das Wasser im Mund zusammen, und ich befürchte, dass jeden Moment der Reißverschluss meiner Jeans gesprengt wird.

Kapitel 21
Philip

Mein wahres Ich

Eigentlich wollte ich widerstehen und Markus weitermachen lassen … Er war so aktiv und gut dabei, was mich unglaublich freut. Was habe ich die letzten drei Jahre nicht alles versucht, um ihn wieder in unseren Club zu bekommen? Dann kommt sie, und seine eiserne Hülle bricht binnen ein paar Tagen. Aber Victoria ist auch eine Granate, der selbst ich erlegen bin, und es ehrt mich zutiefst, der Erste sein zu dürfen, der ihr je einen Plug verpasst. Die Chance, mich an ihrem engen, kleinen, jungfräulichen Loch zu vergehen, kann ich mir einfach nicht nehmen lassen, so sehr ich auch will, dass Markus endlich wieder die Peitsche schwingt, denn unser kleines Etablissement befindet sich in einer misslichen Lage, und ich brauche ihn an meiner Seite, wenn wir das Dark Dream behalten wollen. Wir haben nämlich noch einen Bruder, Raphael, und der stellt gewagte Ansprüche, um es nett auszudrücken, von denen ich Markus noch nichts erzählt habe. Raphaels Drohungen bezüglich unserer geheimen, düsteren Location sind ernst gemeint, und erst dann, wenn Markus' Herz wieder für die dunkle Seite schlägt, wird er mir zur Seite stehen, um den Club zu retten. Aber dafür brauche ich Victoria, sie ist meine einzige und letzte Hoffnung. Deshalb spiele ich auch den Samariter. Der Schmusedom, der ich einmal war, bin ich schon lange nicht mehr. Nur gut, dass Markus davon nichts weiß und mir mein seichtes Verhalten abkauft. Wäre ich meinem Verlangen gefolgt, wäre ich derjenige gewesen, der die kleine, reizende Ärztin auf den Bock gebunden hätte, und nicht nur das … An ihr würde ich sämtliches Equipment ausprobieren, was uns im Club zur Verfügung steht. Ihre Unschuld macht mich rasend, ihre Angst schürt mein Verlangen noch mehr, und in ihrem engen Loch graben zu dürfen, während sie hilflos und so eingeschüchtert an dem Bock fixiert ist, lässt mich beinahe sabbern und zeitgleich abspritzen, obwohl ich weiterhin den lieben, braven Tanzlehrer mimen muss. Ich befürchte, meine steife Latte ist Markus nicht entgangen, obwohl sein Schwanz nicht minder steht. Am liebsten hätte ich mich kurz in ein Nebenzimmer verdrückt, um mich zu erlösen, ehe ich hier fortfahre, aber dafür ist es nun zu spät. In meiner linken Hand halte ich den kleinen, silbernen Plug, während der Zeigefinger meiner rechten Hand ihre Rosette quält. Wie wahnsinnig liebreizend Victoria dabei jammern kann … Sie macht mich ja so schwach! Wäre Markus nicht, würde ich alles geben, um sie zu meiner willigen Sub abzurichten, denn so etwas Unschuldiges hatte ich noch nie. Aber leider braucht Markus sie dringender als ich, und ich brauche ihn noch nötiger als sie, insofern wird das wohl heute eine einmalige Geschichte für mich bleiben. Deshalb kann ich es mir auch nicht nehmen lassen, noch meinen Mittelfinger in ihr enges Poloch zu stecken, was gar nicht so einfach ist. Sie jammert und schreit, weil ich es nicht schnell tue, sondern sie ganz langsam damit quäle und zusätzlich beide Finger in ihr spreize. Wir haben im Club ein schönes Motto: ›Wo zwei Finger reinpassen, da passt auch ein Schwanz rein‹. Ich befürchte, in diesen Genuss werde ich nicht kommen, weil Markus wie ein Schießhund aufpasst, und ich mich verraten würde. Deshalb müssen meine Finger ausreichen, und die verrichten ihren Dienst, denn die kleinen Ketten der Manschetten klirren nur so. Victoria kann kaum stillhalten, aber sie muss! Ich spüre, dass sie meine anale Massage kaum ertragen kann, und ich genieße ihre Unterlegenheit!

»Äh, Philip, wenn du ihr jetzt mal den Plug einführen würdest, könnten wir weitermachen, das wird sonst zu viel für sie. So lange darf die Session nicht dauern, außerdem kühlt sie aus«, mischt sich Markus wieder ein, obwohl ich noch stundenlang in ihr graben und sie dehnen könnte.

»Ich bereite sie nur auf den Plug vor, Markus, sie ist ja doch mächtig eng. Ich dachte, du hättest sie schon mal anal gefingert, aber davon merkt man gar nichts«, mache ich meinem Bruder die Nase lang, während ich höre, wie Victoria wieder zu schluchzen und gar zu weinen beginnt. Markus steht dicht vor ihr, um ihre Tränen wegzuwischen und sie sanft zu küssen.

Von wegen, er will nichts von ihr. Mit so viel Herz war er noch nicht einmal bei Nora bei der Sache. Tja, die Frau mit den Schneeflocken ist heißer als die Sonne selbst und bringt die Hitze zurück in das kalte Herz meines Bruders. Ich kann ihr im Grunde gar nicht genug danken … oder vielleicht doch?

Ich ziehe meine Finger aus ihrem süßen Poloch, verteile das Gleitgel nochmal rings um unseren Miniplug und führe ihn an ihre hintere kleine Pforte. Aber ich dringe nicht gleich ein, sondern presse ihn stark dagegen, halte ihn, löse den Druck und presse abermals dagegen. Ich genieße das Spiel mit Victorias Reflexen, die sich an ihrem engen Schließmuskel gar zu deutlich zeigen. Denn jedes Mal verschließt sie sich, wenn sie das Stöpselchen spürt. Und als sie nicht mehr damit rechnet, weil ich sie nun schon sieben

Mal damit geneckt habe, jage ich den Plug in ihren engen Arsch, sodass sie laut schreit und auf dem Bock nach vorne rutscht.

»Pssst, alles gut, Vic! Das ist doch nur ein Mini«, redet Markus behutsam auf sie ein. Ja, ein Mini, aber wenn man den Schließmuskel gekonnt ärgert und dann unerwartet zustößt, kann selbst ein Mini beim Einführen ganz schön brennen. Doch zu sehr quälen will ich sie auch nicht, denn ich mag Victoria, daher greife ich mit meiner linken Hand unter sie und stimuliere ihre Klit, bis sie ergeben auf die Liegefläche sinkt und es zu genießen scheint. Sie stöhnt zufrieden, und ich kann sogar das Zucken ihrer Vagina sehen. Das kleine Fötzchen verlangt nach mehr und läuft nur so aus. Der süßeste Nektar tropft aus ihrer gespreizten Spalte, der ich mich gleich zuwenden werde, aber vorher muss ich mir die Hände waschen, ich will ja nicht, dass sie noch eine Blasenentzündung bekommt, so intensiv, wie meine anale Massage war. Ich beeile mich. Zum Glück haben wir in fast jedem Zimmer ein Waschbecken, denn ich kann es kaum erwarten, wieder hinter sie zu treten. Sie hat aber auch einen geilen Arsch. Was das betrifft, hat mein Bruder ein geübtes Auge. Er nannte sie mal Kim Kardashian, und damit hat er es ziemlich gut getroffen. Sie sieht ihr nicht nur optisch ähnlich, auch ihr Arsch ist der Knaller. Markus' Handabdruck ist noch immer wunderbar auf ihrer Pobacke zu sehen, und in mir zuckte alles vor Freude, als er vorhin kurz zuschlug. Markus und ein schönes Spanking …, das war doch immer sein Metier, wobei ich persönlich gewisse Hilfsmittel bevorzuge. Deshalb lasse ich es mir auch nicht nehmen, auf dem Rückweg am Schrank Halt zu machen und ein spitzes Nervenrad aus der Schublade zu entnehmen. Einen Flogger nehme ich auch noch mit. Beides tut nicht allzu sehr weh, aber es kann mitunter leicht quälend sein, und ein klein wenig will ich unsere Subbie ja doch leiden lassen. Markus zieht seine gespaltene Augenbraue hoch, als er die beiden Utensilien sieht. Er holt tief Luft, sagt aber nichts, sondern lässt mich agieren. Er denkt garantiert immer noch, dass ich nichts drauf hätte, und freut sich bestimmt, dass es mir plötzlich doch Spaß macht, nachdem ich mich bisher zurückgehalten habe. Als ich vorhin ihre Spalte auslecken konnte, hatte ich beinahe einen Mundorgasmus. Ihre süße Unschuld auf meiner Zunge … Ihr Winseln und Jammern war so geil! Und wie sehr sie unter Markus' ›Stopps‹ gelitten hat! Ich hätte sie noch etwas länger leiden lassen, bis sie völlig zusammengebrochen wäre, aber ich wusste, dass Markus kleinbeigeben würde. Spätestens, als sie uns warnte, hatte sie in seinen Augen ihre Lektion gelernt, und er erlöste sie. Wie geil sie gekommen ist … Ich konnte kaum so schnell schlucken, wie der Saft aus ihr tropfte. Auch jetzt würde ich liebend gerne von hinten mit meiner Zunge durch ihre triefende Ritze fahren, denn ihre Schamlippen sind geschwollen und glänzen vor lauter Feuchtigkeit.

Ich halte Markus das Nervenrad entgegen, um mir seinen Segen zu holen. Nur gut, dass Victoria es nicht sehen kann, denn sie würde garantiert in Panik verfallen, obwohl es schlimmer aussieht, als es sich anfühlt. Es besteht aus Metall, hat einen Griff und, wie der Name schon sagt, ein kleines, drehbares Rad, mit dem man über die Haut fahren kann. Der Clou dabei … an dem Rädchen befinden sich viele Nadeln, die bei jeder Bewegung ein wundervolles Pieksen verursachen. Wenn man damit über die äußeren und inneren Labien fährt, entlockt es den einen oder anderen Schrei. Selbst auf dem Rücken sind die kleinen Stiche ein Hochgenuss, wie ich Victoria gleich zeigen werde.

Wie hilflos, willig und zugleich eingeschüchtert sie

vor mir auf dem Bock liegt, geilt mich mehr auf, als ich es mir je erhofft hatte. Das Swarovski-Element glitzert mir aus ihrem Po entgegen, und ich gehe genüsslich hinter ihr in Stellung, um das Nervenrad ganz oben auf ihrer Wirbelsäule anzusetzen.

»Victoria … fühle und genieß es! Verschließ dich nicht diesem berauschenden Empfinden«, lasse ich sie mit meiner tiefen, ruhigen Stimme wissen, ehe ich das Rad ansetze und ihre Wirbelsäule ganz langsam bis zu ihrem Po hinab fahre. Sie zischt und hält die Luft an, um nicht schreien zu müssen, obwohl es nicht wirklich weh tut. Ich habe ihr versprochen, ihr keine Schmerzen zuzufügen, und daran halte ich mich auch. Wohl aber werde ich sie noch ein bisschen quälen und lasse das Rad tiefer gleiten, in ihre Pospalte, wo es garantiert ganz schön heftig piekst. Sie juchzt und winselt dabei, bittet aber nicht um einen Abbruch, weshalb ich noch tiefer fahre … hin zu ihren Schamlippen. Auf der rechten gleite ich bis nach vorne und stoppe kurz vor ihrer Klit, ehe ich es auf der linken Seite zurückziehe und wieder ihre Poritze bis nach oben entlang streiche. Ich kann sehen, wie erleichtert sie ausatmet, weil sie denkt, es sei vorbei, aber dem ist nicht so, das war nur der Auftakt. Natürlich wiederhole ich das Ganze … Auch ein drittes Mal muss sie es aushalten, bis sie beim vierten Mal laut um Gnade bittet. Die gewähre ich ihr auch in Form meiner Finger, die in ihr kleines Fötzchen fahren und sie penetrieren, während ich das Rädchen nochmal schwinge … Ich spüre, wie stark ihre Vagina zuckt und sich eng um meine Finger schließt, während sie laut stöhnt und schreit, ohne etwas gegen die vielen Stiche tun zu können, die ihr das Rädchen an ihren intimsten Stellen versetzt.

Ich fahre das stachlige Rad immer tiefer, und diesmal stoppe ich nicht, als ich an ihrem sensibelsten Knötchen angelangt bin, im Gegenteil. Ich fahre darüber, schiebe es hin und her, drücke sogar ein bisschen mit den Nadeln auf. Ich habe nicht damit gerechnet, dass unsere kleine Ärztin so schnell explodieren würde! Meine Finger spüren deutlich die starken Kontraktionen in ihrer Vagina, wobei das Nervenrad sicherlich auch seinen Beitrag geleistet hat.

Ich lasse ihren Orgasmus verklingen und ziehe das Nervenrad als auch meine Hände zurück. Nun übernimmt Markus, der sich ihr liebevoll widmet, sie streichelt und ihr gut zuredet, obwohl sie in meinen Augen eine Strafe verdient hat, denn ohne zu fragen, dürfen meine Subs eigentlich nicht kommen. Aber das weiß sie nicht, trotzdem kläre ich sie auf.

»Du bist ganz schön ausgehungert, meine Süße, und kommst mir ein bisschen zu schnell. Für gewöhnlich steht darauf eine Strafe. Ich will dir allerdings weder weh tun, noch dich schlagen, das hatte ich dir versprochen. Was mache ich also dann mit dir?«, frage ich offen heraus und sehe Markus dabei an. Vic ist ziemlich fertig. Sie schluchzt und kann gar nichts sagen, während Markus auf den Flogger deutet. »Nimm den! Der tut nicht sehr weh, und sie kann sich auf diese Weise ganz leicht an die stimulierende Wirkung der Flagellation gewöhnen. Ich vermute, es wird ihr gefallen, denn wer durch Stiche auf die Klit zum Orgasmus kommt, kann Einiges vertragen, Vic!«, sagt er laut und deutlich und wendet sich mit diesen Worten an seine Herzensdame, die vermutlich gar nicht mehr weiß, wie ihr geschieht.

Ich lasse mir das nicht zwei Mal sagen und greife zu dem kleinen Flogger, einer Riemenpeitsche, die aus unzähligen kleinen Lederriemen besteht und hinten einen Griff hat. Ich fahre mit den Spitzen der Riemen ganz sanft über ihre Haut, um sie für das bevorstehende Spiel zu sensibilisieren, ehe ich aushole und die Riemchen leicht auf ihren Po schlage. Sie erschrickt und fährt zischend zusammen, aber ich weiß aus Erfahrung, dass es nicht sehr weh tut. Deshalb wiederhole ich das Ganze nochmal, erst auf ihrer linken Pobacke, dann rechts … ich wechsle und werde immer schneller, fahre mit meiner Hand geschickt auf einer Seite hoch und auf der anderen hinab, sodass die Riemchen nur so auf sie niederprasseln und nach einer Weile eine gesunde Farbe auf ihrer Haut hinterlassen. Ich bin mir bewusst, dass diese sanfte Geißelung eine stimulierende Wirkung auf den Unterleib einer Frau hat, zumal es wirklich nicht sehr schmerzhaft ist. Ich kann auch schon wieder das Zucken ihrer Vagina erkennen, die offenbar nicht genug bekommen kann. Ihre inneren Muskeln krampfen und suchen nach Halt, nach etwas, das sie stimuliert, deshalb stoppe ich und bestelle Markus an meine Seite.

»Schau dir das mal an. Die Frau Doktor bekommt nicht genug. Ihr gefällt der Flogger, und ihr Fötzchen will eindeutig mehr. Es trieft und zuckt nur so. Ich habe die Befürchtung, dass meine Finger nicht mehr ausreichen. Willst du ran und es ihr so richtig besorgen, denn, ehrlich gesagt, glaube ich, dass sie genau das braucht!«, erkläre ich Markus lautstark, woraufhin sich Victoria zu Wort meldet. »Ihr seid ja so gemein, alle beide! Ihr solltet euch schämen!«

Jetzt sind Markus und ich wieder auf einer Wellenlänge und grinsen uns an. Ich weiß genauso gut wie er, dass es geil wäre, sie gemeinsam ranzunehmen und durchzuficken. Das wäre das i-Tüpfelchen, das die Kleine brauchen würde. »Wann hat Alex das letzte Mal mit dir geschlafen, Vic?«, frage ich in meiner liebeswürdigen Art und Weise. Sie antwortet nicht und bevorzugt das Schweigen. Umgehend greife ich zu dem Nervenrad, das noch parat liegt, und piekse damit gezielt in ihre Spalte, woraufhin sie laut aufschreit. »AUA! Das tat wirklich weh!«

»Ich weiß, Vic, aber wir wollen eine Antwort!«,

erinnere ich sie.

»Vor, vor … naja, vor drei Jahren«, gibt sie gequält zu, woraufhin Markus nochmal zu ihr geht und ihr in die Augen sieht. »Drei Jahre ungevögelt, Vic? Möchtest du einen Schwanz haben? Du hast sogar zwei zur Auswahl! Welcher soll denn deine Pussy beglücken?«

»Das ist mir egal, aber … aber«, höre ich sie leise sagen. »Aber?«, hakt Markus nach.

»Ich hätte dich lieber hier vorne bei mir. Lass mich nicht alleine, Markus! So festgebunden zu sein, ist schlimm.«

Habe ich schon erwähnt, dass ich in die Kleine vernarrt bin? Sie hat mir soeben durch die Blume erlaubt, sie zu ficken. Und das nach drei Jahren Abstinenz. Ich komme mir vor wie der Sonnengott persönlich, und auch mein Schwanz sondert schon die ersten Lusttröpfchen ab. Er kann es kaum erwarten, in sie zu schlüpfen. Ich auch nicht, dennoch gaukele ich beiden den lieben, guten Philip vor.

»Bist du dir sicher, Victoria, dass du das möchtest? Denn für gewöhnlich gehört der Geschlechtsverkehr nicht ins Repertoire eines Doms. Zumindest nicht während einer Session. Allerdings würde ich es tun, wenn du es wünschst, denn es tut mir schrecklich leid, dass dein Verlobter dich so hungern lässt«, sage ich, und Letzteres meine ich wirklich so. Dieser Alex muss doch ein Volltrottel erster Güte sein. Oder aber er ist impotent, davon gehe ich sogar ganz stark aus, denn kein Mann würde so einer Göttin den Geschlechtsverkehr verweigern, wenn er sie täglich unter seinen Fittichen hat. Wäre sie mir gehören, würde ich ihre Löcher permanent rannehmen, obwohl ich nicht der Partner fürs Leben bin. Ich war damals schon froh, Nora loswerden zu können. Ich liebte sie zwar, aber diese ganze Beziehungskiste ist einfach nicht mein Ding. Ich bin lieber frei und genieße alles

Schöne, was es zu erleben gibt. Bei der süßen Ärztin könnte ich allerdings schwach werden. Aber für wie lange? Naja, vögeln würde ich Vic auf jeden Fall, bis sie nicht mehr laufen kann, und wie es aussieht, darf ich sogar ran.

»Nickst du gerade?«, höre ich Markus sagen, weil bisher von ihr keine Antwort kam.

»Hhhmmm«, gibt sie von sich, sodass mein Herz einen Sprung vor lauter Freude macht.

»Victoria, willst du es wirklich?«, hake ich nochmal verantwortungsvoll nach, obwohl ich mir am liebsten sofort die Knopfleiste meiner Hose aufreißen und in sie fahren würde, so wunderbar offenherzig präsentiert sie mir ihre lechzende Muschi.

»Du bist vorsichtig, Philip, nicht wahr? Es ist ja schließlich schon eine ganze Weile her«, klagt sie, woraufhin ich ihren Po zu streicheln beginne.

»Ich werde vorsichtig sein, Süße«, antworte ich und hoffe, mich an mein Versprechen halten zu können, wenn ich erstmal in ihr stecke.

Ich kann an Markus' Blick erkennen, dass es ihm überhaupt nicht gefällt, dass ich nun seine kleine Frau Doktor ficken werde. Zurückrudern kann er aber nicht mehr, schließlich war all das seine Idee! Doch vielleicht braucht er genau dieses Szenario, um zu realisieren, was sein Herz schon lange weiß, nämlich, dass bei ihm mehr als Geilheit im Spiel ist. Er empfindet etwas für diese Frau, ganz eindeutig, denn er hockt sich neben sie, hält ihre festgebundenen Hände, streichelt ihr zärtlich über das Haar, während ich hinter ihr in Stellung gehe. Zum Glück habe ich ein Kondom in meiner Gesäßtasche. Tja, ich bin immer gut vorbereitet, denn Sex ist mein liebstes Hobby. Ich öffne meine Hose und gewähre meinem besten Freund Freigang. Er steht wie eine Eins und zuckt beglückt, als ich ihm das vertraute Gummi überstülpe. Er ist wie ein kleiner Hund, der genau weiß, was kommt, sobald der Gurt anliegt, wobei meine Latte alles andere als klein ist. Victoria wird es gleich bestätigen können. Ich beuge mich dichter zu ihr, stütze mich über ihrem Körper einhändig ab und tue etwas, womit sie jetzt gewiss nicht rechnet, denn ich greife zielsicher zu dem Plug und ziehe ihn ohne Vorwarnung heraus. Ihr Schrei ist perfekt und ertönt auf die Sekunde, aber auch mein Bruder meldet sich zu Wort.

»PHILIP!«, mahnt er mich, weil wir beide wissen, dass man einen Plug für gewöhnlich sanfter entfernt.

»Sorry, aber beides zusammen ist gewiss zu viel für sie, daher musste er raus, und ich kann nicht mehr länger an mich halten. Ich bin auch nur ein Mensch, und, Victoria, du bist mega heiß. Es ist mir ein wahres Vergnügen, dich jetzt vögeln zu dürfen«, lasse ich sie ehrlich wissen und werfe den kleinen Plug in die unter dem Strafbock befestigte Metallschale, in der alle gebrauchten Spielzeuge zur Säuberung landen, ehe ich zu meinem Schwanz greife und ihn dicht an ihre heiße Grotte führe … Ich schließe meine Augen und stoße endlich zu!

Kapitel 22

Markus

Küsse, Säfte und Pralinen

»Oh Gott, Himmel, ja, ja, ja!«, schreit sie aus vollem Hals. Ich habe selten eine Frau gesehen, die einen Fick so genießt wie Vic. Ich halte ihre Hände, die meine Finger fest umschließen, während sie die Augen geschlossen hat und Philips Stößen gerne entgegenkommen würde. Nur dazu hat sie leider kaum eine Möglichkeit. Die Gurte verhindern jede Bewegung. Ihr bleibt nur, den Akt in dieser Position zu ertragen, ganz gleich, wie sanft oder fest Philip zustößt. Und er stößt mächtig zu! Entweder hat er auch schon lange nicht mehr gevögelt oder Vic macht ihn mehr an, als er zugeben will. Obwohl gerade das geschieht, worauf ich eigentlich gehofft habe, wünschte ich, er hätte zu einem Dildo gegriffen, um es ihr zu besorgen. Noch lieber hätte ich es getan. Sie so ergeben und willenlos zu sehen, macht mich zwar unwahrscheinlich an, aber plötzlich stört mich mein Bruder! Überhaupt finde ich sein Verhalten etwas merkwürdig. Erst tut er gar nichts, und dann drangsaliert er sie richtig heftig anal, setzt dazu das Nervenrad an, ehe er zum Flogger greift. Und nun fickt er sie auch noch … Ich schätze, ich habe mir ins eigene Fleisch geschnitten. Ich hätte vermutlich doch oben bleiben oder, noch besser, es selbst tun sollen.

Irgendwie geht er mir auch zu heftig vor. Ich verstehe das gar nicht! Er hängt über ihr und rammt seinen Ständer immer wieder in sie. Wir haben im Club eine Fickmaschine, dieser macht er gerade Konkurrenz. Von wegen vorsichtig … Irgendwie tut sie mir leid. Sie hängt auf dem Bock, stöhnt und jammert gleichzeitig, ist teilweise weggetreten, während er sie unaufhörlich und hart vögelt, und sie kann nichts tun, außer, es über sich ergehen zu lassen.

»Geht's, Vic? Hältst du es aus?«, flüstere ich ihr fragend ins Ohr und küsse dabei ihr Ohrläppchen.

»Ja«, stöhnt sie mir entgegen, und ich bin mir gar nicht sicher, ob sie meine Worte überhaupt verstanden und realisiert hat. Ich streiche über ihr Haar und lasse meine Lippen von ihrem Ohr über ihre Wange bis hin zu ihrem Mund wandern, aus dem so wundervolle Klänge ertönen. Ich habe selten schönere Töne gehört als jene, die Vic während der vergangenen Stunde durch den Raum geschrien hat. Aber jetzt ist sie ziemlich fertig, und Philip sollte verdammt nochmal runterfahren!

»Kleines … Wenn es nicht mehr geht, dann sag es! Es ist okay. Philip kann das auch sanfter machen!«, sage ich laut und deutlich, sodass auch er es hören kann. Mein Bruder scheint allerdings voll unter Strom zu stehen. Seine langen Haare hängen ihm im Gesicht, er schwitzt und stöhnt und rammt seinen Prügel unablässig in ihre Enge, sodass sich in mir alles zusammenzieht. Aber Victoria verlangt keinen Abbruch, sie sagt gar nichts! Sie liegt nur da und stöhnt bei jedem Stoß, als würde es ihr gar gefallen. Hoffentlich ist es gleich vorbei! Ich kann es kaum erwarten, sie loszubinden und mich mit ihr in das kleine Nebenzimmer zu verziehen, das nach einer heftigen Session gerne genutzt wird. Wir nennen es unsere Hochzeitssuite, weil der Raum entgegen allem anderen hier unten in weißen und pastellfarbenen

Tönen eingerichtet ist. Das Zentrum bildet ein gemütliches Wasserbett, in dem ich sie jetzt zu gerne liegen sehen würde. Stattdessen muss ich weiter mit ansehen, wie Philip außer Rand und Band es ihr unablässig besorgt. Ich hasse es, wenn ich nicht die Kontrolle habe!

»Bist du nicht bald fertig?«, fahre ich jetzt Philip an, denn es fehlt nicht mehr viel, und ich zerre ihn von ihr herunter.

»Doch, gleich, aber sie ist noch nicht soweit!«, ächzt er mir hechelnd entgegen.

»Sie ist noch nicht soweit? Vielleicht hast du es noch nicht bemerkt, aber sie ist fix und fertig! Sie ist kaum noch ansprechbar, also spritz jetzt endlich ab!«

»Nur die Ruhe, Markus! Du willst ihr doch nicht die erste Vögelei nach drei Jahren versauen. Sie hat viel nachzuholen«, sagt er allen Ernstes außer Puste und geht es nun etwas ruhiger an. Ich sehe auch, wie er seine Finger mit ins Spiel bringt und damit unter sie gleitet, um vermutlich ihre Perle zu stimulieren. Ich liege richtig, denn Vics wehleidiges Stöhnen wird ruhiger, sie wispert, und es klingt wie ein »Ja!«.

Ich hocke mich nochmal zu ihr, sodass ich ihrem Gesicht ganz nah bin. Sie öffnet kurz die Augen und sieht mich wie in Trance an. »Markus«, haucht sie schwach meinen Namen, woraufhin ich nicht anders kann, als sie zu küssen. Diesmal bleibt es aber nicht bei einem sanften Kuss, denn wir wollen beide mehr! Ich habe sie kaum berührt, als ihre Lippen meine Liebkosung gierig erwidern. Sie kann sich ja nicht anders helfen und saugt mich in eine Strömung, der ich nicht widerstehen kann … Meine Gefühle vernebeln mir das Hirn. Ich stecke meine Zunge in ihren heißen, bebenden Mund, was sie dankbar annimmt. Auf diese Weise kann auch ich in ihr sein, und sie schmeckt so gut! Es tut so gut! Ich küsse sie so leidenschaftlich, wie ich nur kann, während sie in meinen Mund stöhnt und das Zungenspiel erwidert. Unsere Zungenspitzen necken sich, umschlängeln sich und wollen nicht mehr voneinander lassen, bis ich spüre, dass sie abermals zu kommen scheint … Obwohl ich ihr diesen Orgasmus gönne, ärgert es mich, dass Philip es tatsächlich schafft, sie mehrfach zum Höhepunkt zu bringen. Aber sie braucht diese Erlösung, und ich halte ihre Hände ganz fest, küsse und lecke sie ekstatisch, während sie laut ihre Lust in meinen Mund stöhnt und schreit … dann sackt sie auf dem Bock zusammen.

Ich kann sehen, dass Philip ebenfalls zum Höhepunkt kommt und seinen Dödel endlich aus ihr zieht. Ich war noch nie so erleichtert wie in diesem Augenblick. Sofort löse ich ihre Gurte, befreie ihre Hände aus den Manschetten und entferne auch die kleinen Schnallen, die ihre Beine auf den Knieschienen fixiert hatten. Trotzdem bewegt sie sich keinen Millimeter. Ich drehe sie vorsichtig herum und nehme sie in meine Arme. Sie ist ganz kalt, und ihre Gliedmaßen hängen schlaff nach unten. Sie kann sich nicht mehr halten und erst recht nicht mehr gehen oder stehen. Deshalb trage ich sie in unser kleines, gemütliches Zimmer und lege sie auf das Wasserbett, das zum Glück schön warm ist. Offenbar hat Philip nachgedacht, und es schon vorher angeheizt, sodass ich sie der weichen Matratze übergeben kann. Ich greife nach der Satinbettwäsche und decke sie zu, damit sie endlich wieder warm wird. Sie hat arg geschwitzt, und die Nässe auf ihrer Haut lässt sie nun frieren. Wie gut, dass es vorbei ist!

»Vic? Vic? Hörst du mich?«

»Mmmhhh …«

»Ist alles okay? Hast du Schmerzen?«

»Nein, alles gut. Ich bin nur müde«, haucht sie ganz schwach, ohne ihre Augen zu öffnen.

Müde ist gut, sie ist völlig erschöpft und dehydriert.

Sie braucht dringend etwas Flüssigkeit.

»Ich hole dir nur etwas zu trinken. Ich bin gleich wieder bei dir, in Ordnung?«

Diesmal antwortet sie mir noch nicht einmal, sondern nickt nur ganz schwach.

Ich gestehe, ich bin leicht in Rage, als ich in das andere Zimmer gehe, wo unsere Gläser noch immer auf dem Tisch stehen. Ich fülle ihres auf und will gerade zurück, als ich meinen Bruder tief entspannt in dem schwarzen Polstersessel, der wie ein Thron gestaltet ist, in der Ecke sitzen sehe.

»Du hast sie auch nicht mehr alle!«, rutscht es mir unkontrolliert heraus.

»Weshalb? Weil ich es ihr besorgt habe? Das wolltest du doch!«

»Ja, schon … aber nicht so! Du solltest dich vielleicht ein bisschen mehr im Zaum halten. Erst tust du gar nichts, und dann vögelst du sie um den Verstand. Und einen Plug reißt man auch nicht einfach so heraus! Du hättest ihren Schließmuskel verletzen können! Verdammt, Philip, sie ist ein Anfänger! Willst du es ihr etwa auf ewig vermiesen?«

»Keineswegs, im Gegenteil. Ich denke, dass es ihr gefallen hat. Schau, wie oft sie gekommen ist. Und während des Ficks hat sie nicht einmal um Gnade gewinselt oder um einen Abbruch gebeten. Naja, sie nicht, aber du warst kurz davor. Wieso nur, Bruder? Ich kann mich an Zeiten erinnern, in denen du die Frauen wesentlich härter rangenommen hast.«

»Ja, welche, die es gewohnt waren. Aber bestimmt keine, die seit drei Jahren keinen Schwanz mehr zwischen ihren Beinen hatte. Du musst dich als Dom besser unter Kontrolle haben! Deine Sub ist dir schließlich ausgeliefert, vergiss das niemals! Ihre Unversehrtheit ist das oberste Gebot! Du bist für sie verantwortlich«, versuche ich ihm nahe zu bringen.

»Tja, deswegen benutze ich für gewöhnlich ein

Safewort. Wenn es nicht mehr geht, kann sie auf diese Weise abbrechen. Und übrigens denke ich nicht, dass ein Miniplug den Schließmuskel verletzen kann. Ja, das Entstöpseln hat sie überrascht und für einen schönen Schrei gesorgt, aber das kleine Ding … ich bitte dich! Was ist denn mit dir los, Markus?«

»Ich frage mich gerade viel mehr, was mit dir los ist! Du solltest auch in Zukunft mit einem Safewort spielen, denn offenbar mangelt es dir an Feingefühl, sobald sich dein Dödel zu Wort meldet. Und jetzt kannst du wiedergutmachen, was du eben angerichtet hast. Einige Läden haben noch geöffnet … Geh, und kauf Vic etwas Schönes zum Anziehen! Sie braucht einen neuen BH, und ihr Slip kann maximal als Aphrodisiakum herhalten, also braucht sie auch einen frischen. Wenn du einmal dabei bist, schau nach Kleidung in ihrer Größe! Den Rentierpulli entsorg am besten, und nimm ihre viel zu große Jeans gleich mit! Dann bräuchten wir noch etwas zu essen, hol Pizza oder so. Zudem möchte ich, dass du ihr einen großen Kasten Pralinen kaufst. Kapiert?«

»Ja, ja … alles gut. Ich bin schon auf dem Sprung. Du bleibst bei ihr, oder?«

»Fragst du das ernsthaft? Glaubst du, ich kann sie in diesem Zustand alleine lassen? Natürlich bleibe ich hier. Ich werde erstmal sehen, ob ich sie in die Badewanne bekomme. Sie ist leicht unterkühlt, außerdem würde das warme Wasser ihren geschundenen Muskeln guttun«, denke ich laut nach.

»Das klingt prima. Ich fülle im Wellnessbereich den Whirlpool für euch, ehe ich shoppen gehe. Dann kannst du sie in ein paar Minuten hineinlegen. Gib ihr aber vorher den Saft, sie braucht dringend Flüssigkeit!«

Das hätte er mir jetzt nicht zu sagen brauchen, obwohl Vic kaum etwas von dem O-Saft runterbekommt. Sie ist sogar zum Trinken zu schwach, trotz des Strohhalms. »Ich bringe dich jetzt in die Badewanne. Das wird dich entspannen und zugleich aufwärmen«, erkläre ich ihr, als ich die Bettdecke aufschlage, um nach ihrem Körper zu greifen. Sie ist inzwischen etwas wärmer, was auch an dem Wasserbett liegt. Dennoch bin ich erleichtert, als ich sie kurze Zeit später sanft in den duftenden Schaum des Whirlpools legen kann.

Zum Glück haben wir einen kleinen Wellnessbereich hier unten, den die meisten Doms als auch die Subs gerne nutzen. Er besteht aus einem Bereich mit mehreren Duschen, einer großen Sauna und zwei Whirlpools, einem großen, in dem mehrere Leute Platz finden, und einem kleinen, in dem Vic nun liegt. Mit einem kehligen Stöhnen rutscht sie tiefer ins warme Wasser, bis ihr Nacken an den Wannenrand stößt. Umgehend greife ich nach einem flauschigen Handtuch und platziere es unter ihrem Kopf, damit sie weicher liegt. Ich bekomme nicht genug davon, sie zu beobachten … Ihre schönen Augen mit den langen Wimpern sind geschlossen. Ihr dunkles Haar liegt offen über ihren hellen Schultern, und die unteren Längen schwimmen im Wasser, während der Schaum sie einhüllt. Sie sieht wie Schneewittchen aus, und mir kommt eine Idee. Ich begebe mich fix in unseren Empfangsbereich, wo ich unter dem Tresen einen Block und einen Bleistift finde. Ich möchte sie zeichnen …

Deshalb setze ich mich neben sie auf den Boden und beginne, diesen Moment bildlich festzuhalten. Die Kunst war neben meiner Liebe zur schwarzen Erotik schon immer meine größte Leidenschaft. So kommt es, dass ich binnen einer halben Stunde diese Traumfrau in Schwarz-Weiß zu Papier bringe, denn dieser Augenblick ist für die Ewigkeit und so intim, wie ich es selten zuvor erlebt habe.

Sie döst in dem warmen Wasser, ist völlig

entspannt, und man mag es kaum glauben, aber auf ihrem schönen Gesicht ist ein Lächeln zu sehen. Ich gebe ihr einen Kuss auf die Stirn, lege meine Zeichnung zur Seite, damit sie nicht nass wird, und widme mich meiner Lieblingsärztin.

»Vic, ich denke, es reicht jetzt. Wir sollten dich rausholen, ehe das Wasser kalt wird«, sage ich leise. Sie öffnet tatsächlich die Augen und blinzelt mich an.

»Okay. Aber ich glaube, ich kann nicht laufen.«

»Was tut dir denn weh? Brauchst du ein Schmerzmittel?«, hake ich besorgt nach.

Sie lächelt mich an. »Nein, mir tut nichts weh. Oder, besser gesagt, ich spüre meinen Körper gar nicht mehr. Ich bin einfach nur fertig und komme mir vor wie ein Stück unbeweglicher Stahl, wobei ich mich gleichzeitig wohl fühle. Ich kann das gar nicht beschreiben. Ich könnte ewig hier liegen bleiben und möchte nicht aufstehen.«

Wenigstens hat sie ihre Sprache wiedergefunden. Das ist doch schon mal ein guter Anfang.

»Du solltest aber aus dem Wasser! Ich trage dich gerne zurück ins Bett, doch vorher müsstest du dich kurz hinstellen, damit ich dich in ein Badetuch hüllen kann«, sage ich und reiche ihr meine Hand. Sie greift zwar danach, aber an ein Aufstehen ist nicht zu denken. Daher helfe ich nach und ziehe sie auf die Beine. Im Nu wickle ich ihr ein flauschiges Badetuch um den Körper, rubble sie ein bisschen ab und trage sie samt dem Tuch ins Bett. Dort widme ich mich noch etwas intensiver ihrer feuchten Haut und dem Haar, das ich etwas antrockne, ehe ich sie wieder zudecke und mich neben sie kuschle.

»So heftig sollte es nicht werden. Es tut mir wirklich leid. Ich habe nicht mit Philips Eifer gerechnet. Er war plötzlich arg übermotiviert, und ich hätte ihn besser stoppen sollen.«

»Nein, schon gut. Es ist alles okay, wirklich!«, sagt

sie und schmiegt sich eng an meinen Körper. Ich lege meinen Arm um sie und gebe ihr einen Kuss aufs Haar. »Wenn du reden willst, wenn du irgendetwas loswerden willst, ich bin für dich da. Wir können alles besprechen, einzelne Details nochmal durchgehen. Auch mit Philip solltest du dich unterhalten«, kläre ich sie auf, denn ich persönlich fand es schon immer wichtig, sich nach einer Session damit auseinanderzusetzen. Vic hingegen schüttelt ihren Kopf. »Nein, besser nicht reden. Das ist so schon alles peinlich genug.«

»Hey, kleine Schneeflocke … gar nichts ist peinlich! Es war unglaublich, du warst unglaublich, und ich beneide Philip für das, was er tun durfte«, gebe ich ehrlich zu, woraufhin sie sich noch enger an mich kuschelt und mir einen Kuss auf den Mund gibt.

Eigentlich will ich das gar nicht. Vorhin … das war eine ganz andere Situation, aber die Session ist nun vorbei. Trotzdem kann ich nicht widerstehen und erwidere den Kuss. Ich schließe beide Arme um sie, fahre mit einer Hand in ihren Nacken, um sie festzuhalten, während ich wie von selbst meine Zunge in ihre Mundhöhle stecke, damit wir uns gegenseitig verwöhnen können … Das ist so schön! So ehrlich und wunderbar. Für einen Augenblick kann ich alles vergessen, selbst Nora. Ich spüre nur noch und genieße, bis wir unterbrochen werden.

»Pizzaservice!«, höre ich Philip rufen, noch ehe er in unser Zimmer lugt. Wir setzen uns erschrocken auf, wobei Vic ihr Gesicht schmerzhaft verzieht. Also hat sie doch ein paar Spuren davongetragen. Ich komme nicht dazu, genauer nachzuhaken, denn Philip hat eine riesige Familienpizza geholt, die er auf dem Fußende des Bettes abstellt.

»Hey, Süße, willkommen zurück!«, begrüßt er Vic und küsst sie auf die Stirn. »Geht's wieder, oder war ich doch zu schlimm?«

Noch ehe sie antworten kann, übernehme ich das Reden. »Ja, du warst zu schlimm. Zumindest für sie. Weniger ist manchmal mehr.«

»Das sagt der Richtige. Habt ihr Hunger? Wollen wir essen? Vor allem du brauchst eine Stärkung, Victoria. Ich hole uns nur noch die Gläser und einen kleinen Tisch.«

Das tut er auch. Kurze Zeit später sitzen wir zu dritt auf dem Bett und genießen die Pizza. Vic isst so zaghaft wie ein kleiner Vogel, während Philip die Augen nicht von ihr lassen kann. Ob es Interesse, Fürsorge oder ein schlechtes Gewissen ist, kann ich nicht genau beurteilen – Letzteres eher nicht, aber er macht sich schon Gedanken, wie ich feststellen kann.

»Was war am schlimmsten für dich, und was fandest du am schönsten?«, will er von ihr wissen und schenkt uns nach. Sie kaut gründlich, schluckt, spült mit dem Saft nach, ehe sie intensiv überlegt und antwortet.

»Am schlimmsten fand ich diesen Strafbock an sich. Alles andere wäre besser gewesen, wirklich alles! Und am schönsten fand ich, dass … dass du bei mir geblieben bist und meine Hände gehalten hast. Ohne deine Nähe hätte ich das nie durchgestanden«, gesteht sie mir, und ich muss sie dafür küssen.

»Das ist ja wirklich süß, Victoria, aber ich meinte eigentlich die einzelnen Praktiken. Empfandst du den Orgasmusentzug am Kreuz als sehr quälend, oder war die anale Stimulation schlimmer? Was war dir zu viel, und wovon hätte es mehr sein dürfen?«, hakt Philip weiter nach, und ich weiß, dass er diese Fragen zurecht stellt. Nur so können wir in Erfahrung bringen, was ihr gefällt und was nicht, denn vor dieser Session hatte sie ja gar keine Ahnung diesbezüglich.

Sie starrt auf die seidige Bettwäsche und überlegt erneut. »Am schlimmsten, am … äh, naja, äh … wie soll ich sagen? Nun, äh … «, stottert sie und bringt es nicht über ihre Lippen, deshalb versuche ich ein bisschen zu helfen. »Es gab das Kreuz, an dem wir vor jedem Höhepunkt abgebrochen haben. War das am schlimmsten für dich?«

»Nein, überhaupt nicht! Das war schön … sehr, sehr quälend, aber dann unbeschreiblich schön!«

Da ich nicht jede einzige Handlung durchgehen will, komme ich zu der für mich am schlimmsten. »Fandest du das Ende sehr schmerzhaft? War Philips gewagte Vögelei zu viel für dich?«

»Nein, das tat gut! Darauf habe ich so lange gewartet. Ja, es war heftig, sehr heftig sogar, und wenn man sich überhaupt nicht bewegen und mitmachen kann, ist das nochmal eine Stufe härter, weil es sich ein bisschen wie Missbrauch anfühlt – es ist ja so einseitig, aber trotzdem war es für mich die Erfüllung pur. Wie eine innere Massage, die ich dringend gebraucht habe«, gesteht sie, woraufhin Philip ihr einen Kuss auf die Stirn gibt und ich ihm am liebsten eine scheuern würde. Ich hätte sie doch selbst vögeln sollen! Die Vorstellung, dass es ihr auch noch gefallen hat, fühlt sich für mich wie Folter an und ich überlege, was denn das Schlimmste gewesen sein könnte …

»Hat dich das Nervenrad am meisten gequält?«, versuche ich es weiter.

Sie schüttelt ihren Kopf. »Nein, das war für mich am erregendsten. Ich kann das gar nicht erklären, ich hätte das auch nie gedacht! Aber diese kleinen Nadelstiche haben etwas in mir ausgelöst. Ich stand völlig unter Strom, jeder Millimeter meiner Haut wurde durch die Piekser hoch empfindlich, und als das Rad meine Klitoris berührte, war alles zu spät«, erzählt sie voller Verwunderung, was mir zeigt, dass leichter Schmerz sie tatsächlich stimuliert.

»Kleines, ich bin gerade sehr erstaunt. Fandest du überhaupt irgendetwas schlimm? Der kleine Flogger kann es doch nicht gewesen sein, oder?«, überlege ich laut.

»Ich weiß zwar immer noch nicht, was ein Flogger ist, beziehungsweise wie der aussieht, aber wenn du die kleinen Fäden meinst, mit denen mir der Po versohlt wurde … das war schön. Es hat zuerst gekribbelt und dann leicht gebrannt. Das wirkte sehr vitalisierend an gewissen Stellen«, beschreibt sie ihre Gefühle ausgezeichnet, was mich als Spanking-Experte sehr anmacht.

»Also hast du alles als schön empfunden, bis auf den Bock an sich?«, versuche ich zusammenzufassen.

»Naja … nein! Also, äh … dieser Plug … und das davor … das ist nicht so meins«, gesteht sie kleinlaut. Mit ›dem davor‹ meint sie garantiert Philips anale Massage, was ich gar nicht verstehen kann.

»Schätzchen, ich habe dich im Krankenhaus auch schon an deiner Rosette geneckt und in dir gegraben. Damals warst du ganz schön angetan davon«, versuche ich sie zu erinnern.

»Wir essen, Markus! Naja, ich bin zwar satt, aber trotzdem!«, sagt sie leicht brüskiert, und ich sehe, die Frau Doktor kommt allmählich zurück. Ihr Köpfchen ist wieder völlig intakt, und ihr Verstand setzt erneut Grenzen, die ich gar nicht mag. Deshalb sage ich vorerst nichts mehr, sondern warte ab, bis Philip nach oben gegangen ist. Er wird in seiner Wohnung schlafen. Ich habe darauf bestanden, bei Vic zu bleiben, obwohl sie soweit war und nach Hause wollte. Aber ich finde es zu früh. Sie ist immer noch erschöpft und wird in der kommenden Nacht den einen oder anderen aufwühlenden Traum haben, dem ich sie nicht alleine aussetzen will. Zudem möchte ich noch etwas anderes testen … Nachdem sie im Badezimmer gewesen ist, und auch ich mir die Zähne geputzt habe, kuscheln wir uns wieder zusammen ins Bett, und ich dimme das Licht. Ich bemerke viel zu spät, dass ich das erste Mal seit fast drei Jahren wieder mit einer Frau zusammen im Bett liege, zum Schlafen wohlbemerkt. Und entgegen meiner Befürchtungen fühlt es sich richtig gut an! Bevor Vic einschläft, will ich allerdings wissen, weshalb sie sich mit ihrem Popo so verweigert. Ich beginne sie leidenschaftlich zu küssen und lasse meine Hände zielsicher nach hinten zu ihrem geilen Arsch wandern, den ich erstmal kneten muss. Sie schmiegt sich enger an mich und saugt gierig an meinen Lippen. Da sie noch immer nackt ist, ist es ein Leichtes, mir einen Weg in ihre Poritze zu bahnen, obwohl sie umgehend verspannt und unseren Kuss abbricht …

»Nein!«, sagt sie entschieden, weil sie spürt, was ich vorhabe.

»Warum nicht? Ich will doch nur wissen, weshalb es für dich so schrecklich ist. Philip hat dich halb bewusstlos gevögelt, das fandest du schön, aber einen Finger im Po findest du furchtbar. Das geht einfach nicht in meinen Kopf!«

»Naja, das ist so unangenehm, so unnatürlich und so schmutzig.«

»Nichts an unseren Körpern ist schmutzig! Glaub nicht an diese alten Floskeln. Du bist Ärztin, du musst wissen, wie viele Nerven im Anus liegen und wie hochsensibel diese Körperstelle ist. Vermutlich findest du es deshalb so unnatürlich, weil du es nicht anders kennst, noch nicht! Lass mich einen Finger reinstecken, nur einen einzigen, damit du dich daran gewöhnen kannst.«

»Und dann?«, wispert sie mir entgegen.

»Und dann schlafen wir! Nur einmal kurz fingern, ich mache es auch ganz vorsichtig, und wir knutschen dabei.«

Ich bin mir nicht sicher, ob der Vorschlag zu Knutschen, sie überzeugt hat, aber sie nickt mir zu, was schon den ersten Kuss wert ist. Dann greife ich in das Schubfach des kleinen Nachttisches, der neben dem Bett steht, und entnehme die Tube mit der Creme, die immer darin parat liegt. Es ist eine ganz normale Creme, die allerdings ihren Zweck erfüllt. Ich schmiere kurz meinen rechten Zeigefinger damit ein, ehe ich ihn unter die Bettdecke an Vics Po führe und ohne Probleme ganz sanft in sie eindringe. Sie stöhnt mir zwar entgegen, schließt auch kurz die Augen, aber ich kann weder Verkrampfungen noch schmerzhafte Gesichtszüge erkennen. Deshalb beginne ich, sie ganz sanft zu penetrieren und nähere mich zeitgleich ihrem Mund, den ich mit meinen Lippen umschließe.

Ich habe das Gefühl, dass sie binnen kürzester Zeit hoch erregt wird, denn sie presst ihren Unterleib reibend an meinen Schenkel.

»Soll ich dich auch mal ein bisschen lecken, Kleines? Würde dir das gefallen? Ich kann das mindestens genauso gut wie Philip«, lasse ich sie wissen. Ihre strahlenden Augen zeigen mir schon vor ihrer Antwort, dass sie es möchte, und sie stimmt mir nickend zu. »Und du? Kann ich etwas für dich tun?«, will sie wissen. Was für ein Angebot!

»Sagt dir neunundsechzig etwas?«, hake ich kurz nach und staune über ihr erneutes Nicken. »Ich meine jetzt nicht die Jahreszahl«, mache ich nochmal deutlich, und sie kichert. »Schon klar. Ja, die Stellung sagt mir etwas, wobei ich es natürlich noch nie gemacht habe.«

»Dann wird es aber Zeit! Komm, herumdrehen und schön mit deiner Muschi über mein Gesicht gehen! So kann ich die Schneeflocken bewundern, während ich dich lecke, und mich gleichzeitig noch ein bisschen um deinen Popo kümmern. Und auf dich wartet weiter unten jemand, der schon den ganzen Tag viel zu kurz gekommen ist.«

»Das Wort ›kurz‹ kannst du aber nicht im Zusammenhang mit ihm nennen! Das wäre in keiner

Weise fair«, lässt sie mich wissen, ehe sie sich herumdrehen will. Ich halte sie fest, und muss sie einfach küssen. Ich weiß zwar, dass ich gut bestückt bin, aber es aus ihrem Mund zu hören, ehrt mich doch irgendwie. Und genauso erhaben fühle ich mich, als sie ihre Beine über meinem Gesicht spreizt und mir den heißesten Einblick bietet, den ich bei ihr bis jetzt genießen durfte. Wie sie duftet! Ihre kleine Pussy ist noch ganz geschwollen, deshalb verschone ich ihre Vagina und wende mich lieber ihren äußeren Genitalien zu, die ich liebevoll zu küssen beginne, ehe meine Hand über ihren Po wandert und abermals ein Finger anal in sie eindringt. Sie stöhnt lustvoll und widmet sich meinem Schwanz. Ich spüre ihren heißen Atem über meiner prallen Eichel, ehe ich die Feuchtigkeit ihres Mundes genießen darf, der sie ganz in sich aufnimmt, während ihre geschickten Hände den Rest und meine Eier verwöhnen.

Ihren Duft direkt auf meiner Nase, meinen Finger in ihrem engen Arsch, ihren Saft in meinem Mund und meine Zunge an ihrer Perle … erlebe ich den Himmel auf Erden, als ich ihre Unschuld koste und gleichzeitig von ihr ins Paradies geblasen werde. Sie ist eine Göttin und so geschickt mit ihrer Zunge. Ich weiß nicht, ob ich lecken oder stöhnen soll, ich tue beides gleichzeitig und werde immer gieriger. Auch mein Finger gräbt immer tiefer in ihr, während ich sacht in ihr sensibles Knötchen beiße und daran sauge, was zu den schönsten Lauten bei ihr führt, die sie meinem Schwanz einhaucht, während sie ihn fest wichst und weiter bläst, sodass ich jeden Moment ejakulieren muss. Es ist ein Segen, dass sich auch ihr Orgasmus anbahnt, denn lange würde ich unter diesen Umständen nicht mehr durchhalten … Sie knetet meine Eier und krampft sich in meinen Ständer, den sie fast vollständig im Mund hat, als sie kehlig zum Höhepunkt kommt … Ihr Saft rinnt mir nur so entgegen, und dann spritze auch ich endlich ab.

Kapitel 23
Victoria

Glückseligkeit

Ich erwache in seinen Armen und fühle mich wie neugeboren. Ich habe die schönsten Stunden meines ganzen Lebens hinter mir und koste die Glückseligkeit. Nicht nur mein Geist fühlt sich befreit an und ist völlig euphorisch, auch mein Körper hat den ausschweifenden Sex gebraucht. Nun weiß ich endlich, wie sich wahrliche Befriedigung anfühlt. Ich bin zum ersten Mal in meinem Leben gänzlich befriedigt und zugleich befreit. Die französische Nummer mit Markus in der Nacht war schon mächtig heiß. Einen Penis in meinem Mund zu spüren, während ich gleichzeitig mit der Zunge intim verwöhnt werde, war ein Traum, den ich schon viele Jahre hegte. Nur war die Realität viel schöner als meine Fantasien! Es war so intensiv … alle Sinne waren involviert. Ich war so nah an seinem Glied, habe es nicht nur gesehen, sondern auch geschmeckt, seine Männlichkeit gerochen, während ich gleichzeitig die schönsten Gefühle verspürt habe, die mir seine Zunge entlockt hat. Noch nicht einmal der Finger im Po hat mich mehr gestört, obwohl Philips anale Massage richtig krass für mich war. Ich weiß nicht, was er anders gemacht hat, vielleicht lag es auch an der ganzen Situation und daran, dass ich auf diesem

Bock extrem angespannt war. Vermutlich ist das der Grund, weshalb mir selbst der kleine Plug beim Einführen so wehtat, aber alles andere war atemberaubend! Ich werde zwar weder meinen Kindern noch meinen Enkelkindern von diesen fantastischen Stunden erzählen können, aber die Erinnerungen an den ausschweifenden Sex mit den beiden werde ich mein Leben lang bewahren und in meinem Herzen als meinen größten Schatz hüten. Selbst jetzt genieße ich unsere Zweisamkeit wie nichts zuvor. Markus schläft zwar noch, aber da ich nachts noch nie ein Zimmer mit Alex geteilt habe und stets alleine schlafen musste, fühlt es sich paradiesisch an, so eingehüllt an einem wärmenden Körper liegen zu dürfen und die Nähe zum anderen genießen zu können. Ich erschrecke mich beinahe, als ich plötzlich Geräusche höre, und auch Markus wird abrupt wach.

»Guten Morgen, ihr Schlafmützen, aufgestanden! Frühstück ist fertig!«, ruft Philip, der mit einem prall gefüllten Tablett zu uns ans Bett kommt und es neben uns auf dem kleinen Tisch abstellt. Es duftet köstlich nach frischem Kaffee und warmen Croissants. Selbst an Butter, Marmelade, Aufschnitt, Eier und frischen Orangensaft hat er gedacht. Ich komme mir vor wie im Urlaub und habe plötzlich schrecklichen Hunger. Erst nachdem wir gefrühstückt haben, ich geduscht und mir in dem kleinen Badezimmer, das gleich an diesen Raum angeschlossen ist, die Zähne geputzt habe, bemerke ich, dass mir meine Unterwäsche fehlt. Gerade bin ich noch in das Badetuch gehüllt, aber wo ist meine Kleidung? Den BH werde ich zwar nicht mehr tragen können, und dummerweise fehlt mir auch die Zeit, jetzt noch nach Hause zu fahren und mich umzuziehen, denn mein Dienst steht kurz bevor. Ich habe keine Stunde mehr, bis ich in der Klinik sein muss, dennoch sollte ich mich jetzt schleunigst anziehen.

»Hey, ihr beiden! Wo sind denn meine Klamotten?«, frage ich vorsichtig und luge durch den Türspalt in das schöne Zimmer mit dem himmlischen Wasserbett. Markus grinst, und Philip greift zu einer riesigen Tüte, die mir gar nicht aufgefallen ist. Sie steht vor dem Nachttisch, und er kommt damit näher, um sie mir zu reichen.

»Hier, Darling, wunderschöne Klamotten in deiner Größe. Du kannst alles behalten, was du in der Tüte findest.«

Leicht skeptisch greife ich danach. »Und wo sind meine Sachen?«, will ich dennoch wissen.

»In der Altkleidersammlung, wo sie hingehören. Rudolf gefällt es garantiert in dem Container«, ärgert mich Markus, und ich bin mir nicht ganz sicher, ob er das ernst meint. Dennoch ziehe ich mich mit der großen Tüte in das Badezimmer zurück und staune nicht schlecht, als ich den Inhalt sehe. Ich finde unter anderem wunderschöne Unterwäsche samt BH, die mir auch noch wie angegossen passt. Des Weiteren befinden sich drei nagelneue, figurbetonte Kleider darin, ebenso eine dunkle und eine helle Thermostrumpfhose, passend zur Jahreszeit. Ich entscheide mich für die hautfarbene und habe gar keine andere Möglichkeit, als eines dieser Kleider anzuziehen. Ich greife zu dem altroséfarbenen, das aus einer Art Kaschmir besteht, langärmelig ist, bis kurz über die Knie reicht und einen wunderschönen Kragen in Wasserfalloptik hat. Es ist eng anliegend und verbirgt meine Rundungen in keiner Weise, aber ich habe keine andere Wahl. Ich entdecke zwar noch ein komplett schwarzes Kleid, aber dieses ist kürzer mit einem tiefen Schlitz, der sich über den rechten Schenkel zieht. So kann ich unmöglich im Krankenhaus aufkreuzen. Und das dritte Kleid habe ich zu spät entdeckt, das hätte mir auch gefallen, aber nun trage ich schon das flauschige, das ausgezeichnet zur Jahreszeit passt. Sogar an Stiefel hat Philip gedacht! Oder wer hat mir die Sachen gekauft? Markus kann es nicht gewesen sein. Der war ja die ganze Zeit bei mir! Es sind hohe Lederstiefel in einem Ockerfarbton, mit einem leichten Keilabsatz, die farblich hervorragend zu allen drei Kleidern passen würden. Und natürlich ist es auch meine Größe! Philip ist verrückt! Ganz unten in der Tüte entdecke ich noch ein Etui und eine Geschenkschachtel. Beide nehme ich heraus und öffne sie. Das Geschenk entpuppt sich als großer Pralinenkasten mit allerlei Köstlichkeiten, und in dem Etui befindet sich Make-up. Von Eyeliner über Mascara bis hin zu Rouge und Lippenstift ist alles vorhanden, und komischerweise nutze ich es sogar. Als ich aus dem Badezimmer komme, ertönt ein Pfeifkonzert der Extraklasse, sodass ich mich am liebsten wieder zurückziehen würde. Die Scham steht mir ins Gesicht geschrieben, und meine Wangen werden ganz rot. Verlegen blicke ich zu Boden und kann gar nichts sagen, bis ich Markus dicht vor mir spüre, der mich in den Arm nimmt.

»Du siehst ganz hinreißend aus!«, flüstert er mir zu und gibt mir einen Kuss. Allerdings nur auf die Stirn. Jetzt kommt auch Philip hinzu, der mich herzlich umarmt und mir einen dicken Knutscher auf die Wange drückt. »So und nicht anders! Und sollte Alex Probleme mit deinem neuen Look haben, empfehle ihm einen guten Psychiater!«, macht auch er mir ein Kompliment, das mir durch und durch geht. Ich stehe vollkommen neben mir und weiß nicht recht, was ich antworten soll. Mir bleibt nur eines … »Danke! Ich danke euch von Herzen für alles, echt alles! Ich kann das nie wieder gut machen.«

»Ich bitte dich, Vic! Wir beide sind doch auch auf unsere Kosten gekommen. Es war übrigens eine sehr geile Nacht!«, antwortet Markus, woraufhin Philip ihn irritiert anschaut, denn er weiß ja nichts von unserer traumhaft schönen Neunundsechziger-Nummer. Dennoch umarmt er mich ein zweites Mal, um mir etwas ins Ohr zu flüstern. »Du hast schon mehr gut gemacht, als du glaubst. Ich habe zu danken, Darling!«

Ich bin immer noch verlegen und zücke den Pralinenkasten. »Und wofür sind die?«, will ich wissen.

»Etwas Süßes für unsere Süße!«, sagt Philip, und Markus nickt bestätigend. »Ja, Kleines, lass sie dir schmecken und füttere deine heißen Kurven. Du bist nämlich göttlich, so wie du bist. Lass dir nie wieder etwas anderes einreden!«, beteuert Markus, und seine Worte bringen mich beinahe zum Weinen. Ich muss aufpassen, dass die Feuchtigkeit, die sich in meinen Augen bildet, nicht die Mascara verlaufen lässt, das wäre jetzt blöd. Auch beim Abschied habe ich mit den Tränen zu kämpfen … Philip begleitet mich bis nach oben in sein Foyer, während Markus mit mir bis zum Auto geht, zumal wir ziemlich nah beieinander im Hinterhof geparkt haben. Als er mich nochmal in seine Arme nimmt, kullert beinahe eine Träne. In dem Augenblick wünschte ich, sie hätten mich auf dem Bock hängen lassen, denn noch nie war ich irgendwo auf dieser Welt glücklicher als bei den beiden, die mir den Himmel zu Füßen gelegt haben. Leider hat alles ein Ende, und so fahre ich mit gemischten Gefühlen den vertrauten Weg in die Klinik. Einerseits bin ich traurig, dass es vorbei ist, aber andererseits überglücklich, dass ich es erleben durfte. Ich hoffe, ich werde lange von den Erinnerungen zehren können. Und vielleicht bleibt es ja keine einmalige Angelegenheit … Vielleicht komme ich irgendwann noch einmal in den Genuss. Ich wünsche es mir so sehr! Gedankenversunken gehe ich wie jeden Tag in die Klinik und bemerke schon beim Eintreten, dass etwas anders ist. Andrew, ein Pfleger, der schon länger auf unserer Station arbeitet, grinst mich an und läuft beinahe gegen die Wand, als er mich kommen sieht. Auch die Schwestern begegnen mir mit großen Augen und bekommen kaum ein ›Guten Morgen‹ über die Lippen. Als unser Chefarzt an mir vorüber geht, mich dabei von oben bis unten abscannt und schließlich gegen den Geschirrwagen auf dem Flur läuft, sodass sämtliche Tassen und Teller klirren, merke ich, dass es wohl an meinem Erscheinungsbild liegen muss. Aber sehe ich denn so anders aus? Machen ein einziges Kleid und ein bisschen Make-up diesen Unterschied? Ich kann es nicht mit Gewissheit sagen, möglicherweise liegt es auch an meiner Ausstrahlung, denn sowohl Philip als auch Markus haben mir Textnachrichten zukommen lassen, die ich strahlend lese. Während sich Markus nochmal für die tolle Nacht bedankt, hat mich Philip für Samstag zum Kaffee bei sich eingeladen. Den restlichen Tag schwebe ich daher nur noch auf Wolken und komme mir vor, als hätte ich das pure Glück inhaliert. Sowohl meinen Kollegen als auch den Patienten fällt es auf, obwohl ich nun meine Berufskleidung trage. Ich erhalte an diesem außergewöhnlichen Tag sogar zwei weitere Einladungen, die ich allerdings ablehne. Zum einen von einem netten Patienten, der mich unbedingt zum Essen ausführen will, und zum anderen von einem jungen Assistenzarzt, für den ich wirklich mal geschwärmt habe, der aber bis heute nie Interesse an mir gezeigt hat. Himmel, ich fühle mich wie eine Göttin, und so stolziere ich – ja, ich stolziere! – am frühen Abend nach Dienstschluss in die Cafeteria, um mir dort ein leckeres Stück Kuchen samt einem Latte Macchiato zu gönnen. Womit ich nicht gerechnet habe, ist Caro, die plötzlich vor mir steht und mich mit weit geöffnetem Mund anstarrt. Als ich aufstehe, um sie zu begrüßen und zu umarmen, drückt sie mich leicht von sich, um mich genauer anzusehen.

»Himmel, bist du es wirklich? Was ist passiert? Wo ist meine Freundin?«, will sie wissen und sieht mich völlig schockiert an.

»Hey, jetzt wirst du aber gemein!«

»Vic, weißt du eigentlich, wie du aussiehst? Wie einem Hochglanzmagazin entsprungen! Dieses Kleid ist der Knaller, und sag nie wieder, dass du einen großen Arsch hast! Ich würde glatt morden für deinen Hintern, deine Taille und deine Titten. Das ist ja der Wahnsinn! Dein Haar, es glänzt so … deine ganze Haut ist so rosig. Und du strahlst wie, wie … ach, wie die Sonne pur. Was ist nur los? Hast du etwas eingenommen?«, fragt sie allen Ernstes, und ich muss noch mehr grinsen, setze mich aber erstmal wieder, um an meinem Kaffee zu nippen, ehe ich antworte.

»Eingenommen, nun ja … kann man so sagen. Letzte Nacht war es ein bisschen Sperma. Gestern hatte ich einen Plug im Hintern und wurde fast zeitgleich so schön gefickt, dass ich die Engelein singen hören konnte. Glaubst du, es liegt daran oder etwa doch an dem Kleid?«, komme ich ohne Umschweife zum Punkt und erzähle Caro tatsächlich so ziemlich alles!

Es fühlt sich fantastisch an, ihr mein Erlebnis zu offenbaren und es zeitgleich nochmal selbst zu hören. Sie sitzt mir wie betäubt gegenüber, sagt gar nichts mehr, hat immer noch ihren Mund leicht geöffnet, ehe sie zu meinem Latte greift und den Rest in einem Zug leert.

»Zwei Typen auf einmal … Eine BDSM-Session, du auf dem Strafbock. Ach, du Scheiße … Gott, Vic, ich wusste ja, dass du unterversorgt bist, aber dass du so weit gehen würdest. Halleluja, mir wird ganz anders. Aber offenbar tut es dir sehr, sehr gut! Es tut sogar deiner Haut gut! Auch deinem Haar, deinen Augen … alles strahlt und glänzt nur so an dir. Aber wie zum Teufel soll es weitergehen? Du willst in einem Monat heiraten«, erinnert sie mich, und das hatte ich ganz vergessen. Selbst Alex ist nur noch ein Name, mit dem ich nichts weiter verbinde, außer einer leeren Vergangenheit. Was zählt, ist Markus … und Philip. Sie bedeuten mir die Welt. Wenn ich nur ihre Namen höre, macht mein Herz Luftsprünge. Deshalb kann ich es auch kaum erwarten, bis es Samstag ist und ich Philip wiedersehen werde. Insgeheim hoffe ich auf Markus, aber leider ist er nicht da. Dennoch fühlt es sich wie eine Heimkehr an, als ich den vertrauten Geruch in Philips Haus wahrnehme.

»Willkommen, Darling!«, begrüßt er mich mit offenen Armen und drückt mir zu meinem Erstaunen einen sachten Kuss auf den Mund. Wenn mich seine Lippen berühren, ist das ganz anders, als wenn Markus mich küsst. Dennoch gefällt es mir, es ist so eine liebevolle Geste, die mir ein Gefühl von Geborgenheit und Annahme schenkt.

»Wollen wir nach oben in mein Wohnzimmer oder lieber eine Etage tiefer gehen? Dort unten gibt es auch eine Kaffeemaschine«, überlässt er mir die Wahl. Ich brauche nicht lange nachzudenken. »Nach unten, bitte!« Ich möchte noch einmal durch die dunklen Räume gehen, über die samtigen schwarzen Tapeten streichen und mir alle Geräte aus nächster Nähe ansehen. Beim letzten Mal war ich ängstlich, jetzt erfüllt es mich mit Glück und gleichzeitig mit Stolz.

Philip setzt den Kaffee auf und lässt mir die Freiheit, alleine durch das ganze Areal zu streifen, das größer ist, als ich erwartet habe. Von außen ist nicht sichtbar, dass hier unten dieser Lusttempel existiert. Die Räume reihen sich aneinander und gehen alle vom Zentrum des Clubs ab. Ich entdecke einen kleinen Flur, in dem ebenfalls vier Türen zu sehen sind, und luge hinter die erste … Ich vermute, dass dies das Sklavenzimmer ist, denn ich sehe Käfige,

Stühle mit Ketten, aus deren Sitzflächen Dildos ragen, und noch diverse andere Geräte, die ich gar nicht zuordnen kann, aber selbst dieser Anblick schockt mich nicht mehr. Neugierig schlendere ich zurück und komme an dem Raum vorbei, in dem sich das Bett mit den Fesseln befindet. Wäre Markus nicht zurückgekommen, hätte ich den Abend hier mit Philip verbracht. Wie gut, dass er wieder aufgetaucht ist … Nicht, dass ich Philip nicht mag, im Gegenteil, und bestimmt hätte er mich auch in diesem Bett beglückt – vermutlich sanfter, als ich es an dem Kreuz und auf dem Bock erlebt habe – aber meine Erfahrungen haben mich binnen Stunden gelehrt, dass man sich Neuem gegenüber nicht verschließen sollte, denn auf dem Strafbock habe ich das größte Glück erfahren, das ich nie zu finden erhofft hatte.

Ich gehe langsam weiter und komme an das Andreaskreuz. Mit einem Lächeln bleibe ich stehen und streiche über das kühle Leder. Vor einer Woche hätte mich beim Anblick die Angst überwältigt, jetzt prickelt es auf meiner Haut. Noch stärker wird es, als ich zu dem Strafbock komme … Er sieht schon gemein aus, und die Position, die man darauf einnehmen muss, treibt mir nach wie vor die Scham ins Gesicht. Aber nichtsdestotrotz hat mir dieses Polsterteil zur Glückseligkeit verholfen. Es war wie ein Trip, der mich zuerst durch meine tiefsten Ängste gezwungen hat, bis ich am anderen Ende das Licht und die Erlösung gefunden habe.

Ich bin so in Gedanken versunken, dass ich Philip gar nicht bemerke, der plötzlich von hinten seine Arme um mich legt. »Schwelgst du in Erinnerungen?«, fragt er, woraufhin ich nicke und seine Körperwärme so dicht an meinem Rücken genieße. Durch ihn und Markus ist mir bewusst geworden, dass ich mein Leben lang zu wenig Nähe erfahren habe. Deshalb nehme ich jede Umarmung dankbar an und kuschle mich auch jetzt an ihn.

»Der Kaffee ist übrigens fertig. Wollen wir an der Bar trinken, oder soll ich uns zwei Tassen hierher holen?«

»Ich komme mit nach vorne«, antworte ich und verlasse schweren Herzens diesen düsteren Raum, dessen Atmosphäre meine Sinne benebelt. Es scheint, als lägen besondere Energien in der Luft, denn nicht nur ich wurde hier beglückt. Schon viele Menschen haben an diesem Ort Leidenschaft, Lust und höchste Befriedigung erfahren, und irgendwie sind all diese Emotionen in den Räumlichkeiten gespeichert.

So wie andere Menschen Dankbarkeit und Frieden empfinden, wenn sie in eine Kirche oder eine Moschee gehen, so verspüre ich hier unten einen inneren Frieden, gepaart mit dem Gefühl der Erlösung. Ich bin völlig entspannt, geradezu selig, und nehme Philip gegenüber auf einem hohen Barhocker Platz, der an einem der zahlreichen langbeinigen Tisch steht.

»Du siehst sehr glücklich aus«, erkennt er ganz richtig. Ich nicke. »Oh, ja … irgendwie waren die Stunden in diesem Club ein Befreiungsschlag. Seitdem bin ich ein völlig anderer Mensch.«

»Das merkt man! Und die neue Kleidung steht dir ausgezeichnet«, sagt er mit Blick auf das schwarze Kleid, das ich in seiner Tüte fand und heute extra für ihn trage. Lächelnd schaue ich an mir hinab und muss an die Reaktionen von Alex denken, denn ihm sagt mein neuer Look keineswegs zu.

»Danke! Die meisten Reaktionen sind auch äußerst positiv.«

»Die meisten?«, hakt er nach und zählt umgehend eins und eins zusammen. »Dein Verlobter, richtig?«

Ich nicke zustimmend. »Ja, er findet es nuttig und billig, einer Ärztin nicht würdig. Er würde sich nie in diesem Aufzug mit mir in der Öffentlichkeit zeigen«, wiederhole ich die Worte, die ich mir an den letzten beiden Tagen von Alexander anhören durfte.

»Dann soll er es lassen! Ganz ehrlich, Vic … du hast etwas Besseres als diesen Idioten verdient! Ich weiß, dass es bei euch um finanzielle Angelegenheiten geht und diese Hochzeit nur Mittel zum Zweck ist … Aber willst du wirklich dein Leben opfern? Dein Glück? Die Liebe? Wofür? Eine Immobilienfirma deiner Adoptiveltern, die mit der Heirat im Endeffekt komplett an diesen Trottel geht? Was hast du davon? Wo stehst du bei alledem?«, will er wissen, und plötzlich fällt es mir wie Schuppen von den Augen. Vermutlich hat Philip sogar Recht! Die Hälfte der Firma hat Alex als Teilhaber gekauft, aber die andere Hälfte würde ihm durch die Hochzeit früher oder später gratis zukommen. In ein paar Jahren wäre er alleiniger Inhaber und ich immer noch das ungeliebte Etwas an seiner Seite. Jetzt verstehe ich zum ersten Mal, weshalb er so dermaßen auf die Hochzeit drängt. Ich bin für ihn Millionen wert, aber mehr nicht.

»Danke, Philip! Irgendwie hat es gerade Klick gemacht«, gestehe ich nachdenklich und muss mich erstmal sortieren. Wenn ich daran denke, dass die Hochzeit bis ins kleinste Detail geplant und die Location gemietet ist, alle Einladungen ebenfalls verschickt sind … Das Kleid, die Ringe und das Catering hat meine Mutter schon vor Wochen in Auftrag gegeben. Hilfe! Wie komme ich aus dieser Nummer wieder raus? Aber die Vorstellung, Alex hinter mir zu lassen und meine neu gewonnene Freiheit leben zu dürfen, fühlt sich bombastisch an. Nur … wie bringe ich es ihm bei? Und vor allem meinen Eltern? Das ist schwerer als gedacht, denn als ich am selben Abend den ersten Versuch starte, blockt er sofort ab.

»Ich habe jetzt keine Zeit zum Reden. Du siehst doch, dass ich beschäftigt bin«, sagt er.

»Wann bist du das mal nicht? Ich kann mich kaum an einen Tag in den letzten Jahren erinnern, an dem du mal Zeit für mich hattest. Es wäre wirklich wichtig, es hat etwas mit unserer Hochzeit zu tun.«

»Klär das doch bitte mit deiner Mutter, und lass mir meine Ruhe. Und zieh dieses enge Kleid aus, mir wird sonst schlecht!«, kann er es nicht lassen, mich zu verletzen. Ich mache auf dem Absatz kehrt, und in mir brodelt es. Wütend greife ich zum Telefon, um meine Mutter anzurufen. »Vic, wie gut, dass du dich meldest. Bleibt es bei morgen?«, fragt sie mich, ehe ich überhaupt ein Wort sagen kann.

»Morgen? Was ist denn Morgen?«

»Naja, wir wollen doch zum Christkindlmarkt. Dein Vater hat den Vorstand der Firma zur Weihnachtsfeier eingeladen. Wir wollen anschließend schick essen gehen. Hat Alexander es dir nicht mitgeteilt?«

»Äh, nein. Wann denn?«, will ich wissen und komme ins Grübeln. ›Schick essen gehen‹ … als ob meine Mutter etwas essen würde!

»Geplant ist ein Treffen um 16.00 Uhr am Marienplatz. Wir wollen einen Glühwein trinken, das winterliche Flair genießen, und um 18.00 Uhr ist ein großer Tisch im Ratskeller bestellt. Ich hatte gehofft, wir würden uns sehen.«

»Davon höre ich zum ersten Mal. Naja, ich kann ja mitkommen. Aber eigentlich rufe ich wegen etwas ganz anderem an.«

»Kann das warten, Liebes? Ich habe Kopfweh und möchte mich hinlegen. Vielleicht bleibt uns ja morgen ein wenig Zeit zum Reden.«

Ich denke, in der morgendlichen Runde ist ein Gespräch über die Absage der Hochzeit weniger sinnvoll, aber ich füge mich, wie so oft, und gehe schlafen. Alex ist am nächsten Tag gar nicht begeistert, als er mitbekommt, dass ich von dem

Weihnachtsmarktbesuch erfahren habe. »Ich dachte, du würdest heute arbeiten. Deshalb habe ich nichts gesagt. Außerdem ist doch die Kälte eh nichts für dich. Du würdest nur frieren. Bleib besser zu Hause!«

»Ich denke, dass ich zwei Stunden auf dem Christkindlmarkt überleben werde. Schließlich habe ich eine warme Jacke.« Und was für eine! Ich war nämlich gestern Abend nach meinem Besuch bei Philip noch shoppen. So richtig shoppen! Ich habe mir weitere Kleider, neue Jeans – enge Jeans! – und ganz schicke Oberteile gekauft. Alles in meiner Größe und in einem sehr femininen Look. Zudem eine richtig schöne Winterjacke mit Fellkragen und einem Gürtel, der meine Taille betont. Des Weiteren einen Mantel in der Größe M, wo ich doch sonst immer einen in XL getragen habe. Er ist knielang, in einem gewagten Rotton und nach unten hin leicht ausgestellt, richtig keck. Dazu noch hohe schwarze Stiefel … Ich freue mich richtig, ihn heute auf den Christkindlmarkt ausführen zu dürfen und werfe mich zusätzlich in Schale. Ich wähle ein schwarzes, enges Strickkleid mit legerem Rollkragen, das ziemlich gewagt ist. Dazu die Stiefel und eine blickdichte Strumpfhose. Zusätzlich föhne ich mein langes Haar wellig und schminke mich ganz auffällig mit dem roten Lippenstift und dunklem Lidschatten. Die Kombination passt hervorragend zu meinem Outfit … finde ich. Alex sieht das natürlich ganz anders.

»So gehe ich nicht mit dir dorthin!«, macht er ohne Umschweife klar, als er mich in dem Kleid und zudem geschminkt erblickt.

»Musst du auch nicht. Du kannst ja gerne zu Hause bleiben! Du hast doch sowieso keine Zeit und immer viel zu tun! Ich werde alle von dir grüßen«, sage ich mit einem breiten Lächeln und wachse über mich hinaus.

Alex prustet laut los. »Wie stellst du dir das vor?

Ich bin Teilhaber der Firma, ich muss anwesend sein!«

»Und ich bin die einzige Tochter des anderen Teilhabers. Mir gehört quasi die Hälfte der Firma, deshalb sollte ich ebenfalls anwesend sein. Wenn dir mein Erscheinungsbild so wenig zusagt, dass du dich noch nicht einmal mit mir in der Öffentlichkeit zeigen willst, dann solltest du ganz intensiv über unsere Hochzeit nachdenken. Ich mache mich jetzt jedenfalls auf den Weg, ich will nicht zu spät kommen«, sage ich selbstbewusst, schlüpfe in meinen neuen, schicken Mantel und lasse ihn ohne weitere Worte im Flur stehen. Ob er mir folgt oder nicht, ist mir herzlich egal. Ich steige in meinen roten Minicooper und fahre glücklich zum Marienmarkt, wo meine Eltern bereits mit zwei weiteren Personen vor einem Glühweinstand warten.

»Wo ist denn Alexander?«, fragt mein Vater, ohne mich zu begrüßen.

»Als ich gefahren bin, war er noch zu Hause. Vermutlich kommt er noch. Guten Tag erstmal in die Runde.«

Die beiden anderen Herren, die mir vom Sehen her bekannt sind und neben meinem Vater stehen, geben mir höflich die Hand, während mir meine Mutter zwei Luftküsse an den Wangen vorbei haucht und es nicht lassen kann, mir ins Ohr zu flüstern: »Wie siehst du denn aus, Kind? Dieser rote Mantel ist zu kurz und das Make-up viel zu auffällig für dich!«

Ich lächle ihr freundlich zu und widme mich ebenfalls ihrem Ohr. »Sagt die Richtige! Hast du heute schon mal in den Spiegel geschaut?«

Ich glaube, meiner Mutter verschlägt es die Sprache. Sie reißt ihre gelifteten Augen, so gut es geht, weit auf und starrt mich sprachlos an. Es dauert eine Weile, bis sie sich wieder gefangen hat.

»Ist alles in Ordnung mit dir, Victoria?«, fragt sie laut und nennt mich bei meinem vollen Namen, was ich seit Jahren nicht wollte. Aber seit Philip mich so nennt, liebe ich den Klang. »Es ist alles bestens, sogar ganz wunderbar. Ich fühle mich fantastisch!«

»Das sieht man! Man erkennt dich ja kaum wieder. Ich musste eben zweimal hingucken, aber du bist es wirklich. Alexander kann sich glücklich schätzen, dich heiraten zu dürfen«, sagt einer der Männer, den ich zwar schon hin und wieder gesehen habe und der wohl im Vorstand der Firma ist, aber sein Name ist mir dennoch entfallen. Deshalb bedanke ich mich nur höflich für das Kompliment und fühle mich einmal mehr bestätigt.

Meine Eltern sagen nichts mehr. Mein Vater organisiert Glühwein für alle, und irgendwann taucht Alex in Begleitung eines jungen Mannes auf, der wohl auch in der Firma arbeitet. Er heißt Martin und ist offenbar Alexanders Sekretär, zumal er ihn als seine rechte Hand bezeichnet.

Meine Mutter und ich bleiben die einzigen Frauen und lauschen der Unterhaltung der fünf Männer, die sich einzig um die Firma dreht. Mir wird schnell langweilig, und der Duft all der Leckereien, die es hier gibt, bringt meinen Magen zum Knurren. Zudem steigt mir der Glühwein leicht zu Kopf, da ich seit dem Frühstück nichts mehr gegessen habe.

Ich überlege, was ich mir gönnen sollte. Ein Crêpe wäre schon lecker, wiederum liebe ich auch heiße, knusprige Waffeln. Ein Bratapfel wäre auch toll. Und die gerösteten Mandeln duften so gut!

»Ich gehe mal kurz und hole mir eine heiße Waffel. Möchte noch jemand etwas haben?«, frage ich in die Runde, woraufhin mich die Blicke von Alex und meiner Mutter wie Blitze treffen.

»Wir wollen doch in einer Stunde essen gehen, da solltest du vorher auf andere Köstlichkeiten verzichten!«, belehrt mich meine Mutter, und Alex stimmt mit ein. »Das sehe ich auch so. Die

Kalorienbomben auf diesen Märkten sind nicht für jeden geeignet«, fügt er hinzu und schenkt mir einen Blick, bei dem sich mein Magen verknotet und mir jedes bisschen Hunger vergeht. Es ist demütigend und verletzt mich ungemein, so öffentlich vorgeführt zu werden, obwohl der nette Herr, der mir eben schon ein Kompliment gemacht hat, sich auf meine Seite stellt. »Na, wenn es sich einer erlauben kann, dann deine Frau, Alexander!«, sagt er überzeugt, was den Schmerz in meiner Brust kurz erträglicher macht. Aber Alex wäre nicht er selbst, wenn er es dabei belassen würde. Ich glaube, er liebt es, mich zu denunzieren.

»Da hast du sie noch nicht ohne Kleidung gesehen«, setzt er frech vor allen anderen hinzu, was mir beinahe die Tränen in die Augen treibt. Ich kann weder kontern, noch sonst etwas sagen. Mir schnürt es sogar die Luft ab, so sehr verletzen mich seine Worte. Alle anderen verstummen ebenfalls, und der nette Mann, der neben meinem Vater steht, wirft mir einen mitleidigen Blick zu, sagt allerdings auch nichts mehr. Die Stimmung ist auf einem Tiefpunkt angelangt, und am liebsten würde ich mich kleinlaut verabschieden und gehen. Das sollte ich auch tun! Am besten mit der kurzen Info, dass sich die Hochzeit erledigt hat. Aber leider habe ich zu viel Anstand, als dass ich zu diesem Schritt fähig wäre. Stattdessen bereue ich es, mitgegangen zu sein. Ich hätte doch zu Hause bleiben sollen.

Das denke ich so lange, bis mir plötzlich jemand von hinten eine große Waffel mit Sahne, Vanilleeis und heißen Himbeeren vorsetzt. Irritiert drehe ich mich um und traue meinen Augen nicht!

»Markus! Philip! Ihr …? Wo, wo … Oh Gott, ist das schön, euch zu sehen!«, entfährt es mir ehrlich, ohne meine Verwunderung überspielen zu können. Im Nu ist Alex vergessen, und ich falle zuerst Philip um den Hals, der mich ganz fest drückt und mir einen Kuss auf die Wange gibt, ehe ich mit laut pochendem Herzen Markus umarme, der mich fest an sich zieht und mir ebenfalls einen Kuss aufhaucht. Sofort bin ich im Himmel, und das Glück prickelt wie Brausepulver in meiner Magengegend. Ich bekomme das Strahlen in meinem Gesicht nicht mehr unter Kontrolle. Selbst die köstliche Waffel ist mir egal, obwohl ich es wahnsinnig süß von beiden finde, dass sie mir eine gekauft haben. Vermutlich haben sie unser Gespräch belauscht.

»Wer, wer sind die beiden Herren?«, höre ich meine Mutter japsend fragen, die heute schon zum zweiten Mal ihre malträtierten Augen ganz weit aufreißt.

»Oh, Entschuldigung. Darf ich vorstellen? Das sind Philip und Markus Harper. Meine, meine … äh, mein Tanzlehrer und … mein Tätowierer«, sage ich, weil mir nichts Besseres einfällt. Ich kann ja schlecht erläutern, wie wir wirklich zueinander stehen. Aber selbst diese Ausführung führt bei meiner Mutter zur Schnappatmung.

»Tanzlehrer und Tätowierer?«, wiederholt sie fragend in hohem Ton und fasst sich ans Herz. Mein Vater sieht plötzlich ganz blass aus, und bei Alex kann ich deutlich die Zornesfalte sehen.

»Wo bist du denn tätowiert?«, fragt er laut in die Runde. Zuerst grinse ich nur und überlege, was ich antworten könnte. Dann schaue ich Markus an, der mich ebenfalls angrinst und spielend seine linke Augenbraue hebt, was mich motiviert, geradeheraus zu antworten.

»An einer Stelle, der du dich seit Jahren nicht mehr gewidmet hast. Deshalb kannst du es auch nicht wissen«, lautet meine Antwort, die bei Alex dazu führt, dass er seine Hände zu Fäusten ballt.

»Der Herr da drüben mit der ausgeprägten Zornesfalte im Gesicht ist übrigens mein Noch-

Verlobter«, lasse ich Markus und Philip wissen.

»Ja, das ist Dr. Alexander Graf von Weißenborn, der zukünftige Ehemann meiner Tochter«, meldet sich zum ersten Mal mein Vater zu Wort und betont das ›Graf‹ in seinem Namen überkorrekt und laut.

»Komisch, und der werte Herr Graf weiß nicht, was zwischen den Schenkeln seiner zukünftigen Ehefrau vorgeht? Sehr seltsam! Da war ich in dieser Region wohl öfter zugange als er, Vic?«, lässt Markus verlauten, und bei seinen Worten startet in meinen Eingeweiden ein wahres Feuerwerk. Es tut so unglaublich gut, nach all den Erniedrigungen, die mir Alex angetan hat, endlich mal zurückschießen und ihn bloßstellen zu können.

»Oh ja, Markus. Viel, viel öfter sogar!«

»Also, jetzt reicht es!«, sagt mein Vater brüskiert.

»Ja, das finde ich auch. Ich sollte nun besser meine Waffel essen, ehe sie kalt wird. Ich liebe nämlich Waffeln. Und vielen Dank für eure Aufmerksamkeit«, richte ich mich an Philip und Markus, die immer noch wie meine persönlichen Bodyguards links und rechts neben mir stehen.

Überhaupt ist die ganze Situation sehr skurril. Jetzt merke ich erst, wie klein und nichtssagend Alexander ist. Seine Erscheinung verblasst gänzlich im Angesicht von Philip und Markus, die mir wie Gladiatoren erscheinen. Sie sind beide fast zwei Meter groß, kräftig gebaut und behüten mich wie ihren Augapfel, während ich zu der Plastikgabel greife und ein Stück von der Waffel samt Eis und Himbeeren koste.

Ich glaube, Alex würde mich in diesem Moment am liebsten killen. Und meine Mutter überlegt noch, was sie schlimmer finden soll … Die Tatsache, dass ich so eine Kalorienbombe zu mir nehme oder das offene Zugeständnis, dass Markus meine Muschi kennt. Während alle anderen vor Schreck verstummt sind und ich die Waffel genieße, richte ich mich an meine beiden wunderschönen Hünen. »Seid ihr schon lange hier? Ich wusste gar nicht, dass ihr zum Christkindlmarkt wollt. Hättest du mir das gestern gesagt, Philip, wäre ich viel lieber mit euch gegangen«, sage ich laut und deutlich. So kann Alex nicht entgehen, dass ich mich erst gestern mit einem der beiden getroffen habe, worauf ich im Augenblick unsagbar stolz bin. Das Wohlwollen von Markus und Philip macht mich zu einer begehrenswerten Frau. Durch sie fühle ich mich so angenommen und liebenswert wie noch nie. Für meine Adoptiveltern war ich nie gut genug, und Alex vermittelte mir stets das gleiche schreckliche Gefühl. Aber jetzt ist alles anders, zum allerersten Mal in meinem Leben.

»Wir sind ganz spontan hier, Süße, sonst hätten wir dich mitgenommen. Allerdings hatte ich dir vorhin geschrieben, weil wir uns sowieso noch mit dir treffen wollten«, sagt Philip, woraufhin ich mein Handy zücke. Tatsächlich! Da ist eine Nachricht von ihm.

»*Können wir uns heute nochmal sehen? Passt es dir am Abend? Markus und ich würden gerne wegen der Hochzeit mit dir sprechen*«, kann ich lesen und bestätige es mit einem kräftigen Nicken. »Ja, es passt mir heute Abend ausgezeichnet!«, verdeutliche ich nochmal laut und schaue beide abwechselnd und zutiefst glücklich an.

»Muss ich dich daran erinnern, dass wir nachher ein Weihnachtsessen haben?«, mischt sich mein Vater wieder ein.

»Nein, Dad, das musst du nicht. Aber ich habe die Waffel gleich aufgegessen, und zu viele Kalorien darf ich nicht zu mir nehmen, der Graf hat etwas dagegen. Der kommt nämlich mit meinen weiblichen Kurven nicht klar«, verspotte ich Alex, der inzwischen schon einen hochroten Kopf hat. Aus dem Augenwinkel kann ich sehen, wie Philip grinst, während meine Mutter sich nochmal kleinlaut meldet. »Hast du wirklich eine Tätowierung? Kind, das ist ja abscheulich! Kann man das wieder entfernen? Weglasern lassen oder so?«

»Ja, das könnte man, aber das würde ich nie tun. Meine Tätowierung ist nämlich wunderschön und befindet sich an einer Stelle, die man nicht gleich sieht.«

Nun meldet sich der nette Herr zu Wort, der mir schon vorhin so unterstützend zur Seite stand und mich besser zu kennen scheint als ich ihn.

»Jetzt machst du uns aber alle neugierig, Vic. An welchem Körperteil hast du dich denn tätowieren lassen, dem sich Alexander seit Jahren nicht mehr gewidmet hat?«, will er wissen. Ich kann das dicke und breite Grinsen von Markus sehen, während es mir so sehr auf der Zunge prickelt und ich es liebend gerne aussprechen würde. Mein Vater ist allerdings kurz davor, zu explodieren, und meine Mutter sieht aus, als hätte sie ein Gespenst gesehen. Auch Alex schaut mich an, als würde er mich gerne knebeln, deshalb hadere ich noch mit der Antwort.

»Zwischen deinen Schenkeln?«, setzt der Herr unterdessen fragend nach und schenkt mir einen sehr interessierten Blick.

»Ja, genau, es sitzt zwischen meinen Schenkeln. Wie sagt ihr gewöhnlich dazu, Markus?«, übergebe ich, denn Alex wird sich kaum mit ihm anlegen. Dafür ist er viel zu feige.

»Wir nennen es Pussytattoo«, antwortet Markus umgehend, wobei meine Mutter zischend die Luft anhält und sich abermals ans Herz fasst.

»Ja, so heißt es, Pussytattoo! Es ist also auf meiner … Pussy«, bestätige ich nochmal laut und wachse mit jedem Wort über mich hinaus.

»Sehr schön!«, sagt der Mann, dessen Namen ich immer noch nicht kenne.

»Stimmt, es ist sehr schön. Das findest du doch auch, Philip, oder?«, tritt Markus nach, und jetzt muss ich beinahe lachen.

»Oh, ja, eine ganz tolle Arbeit von dir. Ich habe selten etwas Schöneres gesehen«, bestätigt Philip, während mir Flügel wachsen.

»Konrad, Konrad … halt mich! Mir ist ganz schwindelig«, sagt meine Mutter unterdessen und klammert sich an den Arm meines Vaters.

»Wollt ihr mich eigentlich verarschen? Zieht ihr hier eine Show ab?«, erklingt nun tatsächlich Alex' aufgebrachte Stimme.

»Nein, keineswegs. Ich kann dir das Tattoo gerne zeigen. Ich denke sogar darüber nach, meine rechte Schamlippe auch noch stechen zu lassen, denn in der Vergangenheit bin ich in dieser Region viel zu selten gestochen worden«, antworte ich selbstbewusst und spüre Hände auf meinem Rücken, die mir ein bestärkendes Klopfen schenken. Ich weiß zwar nicht, ob es Philip oder Markus ist, aber ich bin mir sicher, dass mein Kontern beiden gefällt. Durch ihre Nähe fühle ich mich immer sicherer, obwohl meine Aussagen sehr gewagt sind und Alex jeden Moment in die Luft gehen dürfte.

»Hast du es so nötig?«, fragt er allen Ernstes, wobei ich sarkastisch lachen muss.

»Ja, Alex, mit dir als Freund hätte es vermutlich jede Frau nötig, aber das weißt du im Grunde ja. Du hast mir selbst gesagt, dass ich mir jemanden suchen soll, der es mit meinen Kurven aufnimmt und dass dies keine leichte Aufgabe wird. Kannst du dich noch erinnern? Ist gar nicht so lange her. Und genau das habe ich getan«, lasse ich verlauten, während der Herr neben meinem Vater kurz pfeift. »Dann hättest du dich auch gerne bei mir melden können«, sagt er, woraufhin ihn der Blick meines Vaters mit Verachtung straft.

»Um Gottes Willen, was soll das alles, Kind? Hast du dich nur tätowieren lassen, oder ist da etwa mehr zwischen dir und den beiden großen Männern vorgefallen?«, will meine Mutter kleinlaut wissen.

Ich schaue erst zu Philip, dann zu Markus … und überlege, was ich antworten soll. Auf keinen Fall werde ich zurückrudern, denn dem Aus unserer Hochzeit war ich nie näher als in diesem Augenblick.

»Ich habe mich nicht nur tätowieren lassen«, sage ich deshalb ehrlich, und meine Mutter sieht aus, als würde sie jeden Moment kollabieren. »Du betrügst deinen Mann vor der Hochzeit?«, unterstellt sie mir in einem schrillen Ton.

»Nein, Mom, denn noch ist er nicht mein Mann! Und ich empfinde das auch nicht als Betrügen, denn zwischen Alex und mir läuft seit Jahren nichts mehr. Ich kann niemanden betrügen, mit dem ich gar keine Beziehung führe.«

»Wir sind aber verlobt, Vic!«, erinnert mich Alex lautstark.

»Komisch, außer einem Ring, der irgendwo zu Hause liegt und den ich noch nie an meinem Finger hatte, habe ich von dieser Verlobung all die Jahre gar nichts mitbekommen. Du könntest genauso gut mein Bruder sein, obwohl Geschwister garantiert netter zueinander sind, als du es je zu mir gewesen bist.«

»Was findest du überhaupt an diesem Fuzzi?«, will Markus plötzlich wissen.

»Gar nichts! Aber ich hatte keine Wahl. Meine werten Eltern haben den Grafen für mich auserkoren, als ich kaum volljährig war. Ich wurde nie gefragt.«

»Victoria, jetzt wirst du unfair! Alexander ist das Beste, was dir passieren konnte!«, verteidigt meine Mutter ihn, die einen Narren an ihm gefressen hat.

»Das hast du mir all die Jahre wunderbar einzureden versucht, und ich habe es teilweise sogar geglaubt. Aber jetzt weiß ich, dass dem nicht so ist. Ich brauche keinen Mann, der mir nur Vorwürfe macht und mich permanent kränkt.«

»Äh, es geht mich ja nichts an, aber bist du dir sicher, dass ihr heiraten wollt, Vic? Ich frage nur, weil die Einladung zu eurer Hochzeit bei mir liegt, und ich mir sonst für dieses Wochenende etwas anderes vornehmen könnte«, ertönt nochmal die Stimme des netten Herrn, der mir überaus sympathisch ist.

Noch ehe ich ihm antworten kann, übernimmt dies Alexander. »Natürlich werden wir heiraten!«, versichert er.

»Gott sei Dank!«, haucht meine Mutter, aber ich habe auch noch ein Wörtchen mitzureden.

»Also, ich will nicht heiraten. Alex hingegen schon, denn auf diese Weise wird ihm ja automatisch die andere Hälfte der Firma geschenkt. Aber, Dad, du kannst ihm von mir aus auch diese blöde Immobiliengesellschaft gleich ganz übertragen, dann bleibt mir wenigstens die Hochzeit erspart.«

»Das ist ja jetzt die Härte! Als würde es mir nur darum gehen! Was hast du denn nur genommen, Vic? Du weißt, dass ich dich liebe! Deshalb vergebe ich dir sogar diesen Fehltritt und die Geschichte mit dem Tattoo«, brüskiert er sich laut und zeigt abwechselnd auf Philip und Markus.

Ich lache gequält auf. »Dann wirst du mir noch öfter vergeben müssen, denn meines Erachtens war es kein Fehltritt. Es war das Beste, was mir je passiert ist.«

Kapitel 24
Markus

Verlockendes Angebot

Vics Auftreten heute hat mir außerordentlich gut gefallen. Wie sie gekontert und diesen Schwächling fertig gemacht hat, war einsame Spitze. Aber ich mache mir Sorgen, weil sie vorhin wieder nach Hause gefahren ist und dem Typen nun alleine gegenübersteht. Die Sache mit der Heirat ist auch noch nicht hundertprozentig vom Tisch. Sie hat zwar klar gemacht, dass sie nicht will, aber das scheint weder diesen Idioten von Alex noch ihre Eltern zu interessieren. Deshalb muss etwas passieren! Aber ich weiß nicht recht, was, und die Tage plätschern nur so dahin. Weihnachten rückt auch in greifbare Nähe, aber seit der Session ist zwischen uns nichts mehr geschehen. Ich weiß nicht, ob sie etwas mit Philip hat, er schreibt ihr oft – ich hingegen unterdrücke diesen Impuls, weil mir die Gefühle, die ich für sie empfinde, mehr zusetzen, als sie sollten. Ich bin hin und her gerissen und weiß einfach nicht, wie es weitergehen soll. Auf keinen Fall will ich, dass sie heiratet! Und schon gar nicht diesen Trottel von Graf Sowieso. Aber ich bin auch noch nicht bereit für eine Beziehung, obwohl die Nacht mit ihr sensationell war. Mir wäre es am liebsten, sie würde erstmal ausziehen, die Hochzeit canceln, sodass wir es im neuen Jahr langsam angehen könnten, denn sie bedeutet mir schon sehr viel … vermutlich sogar zu viel, sonst würde ich es einfach mit ihr probieren. Aber wenn es nach hinten losgeht und ich kalte Füße bekomme, will ich nicht für ihren Herzschmerz verantwortlich sein. Das ist ein Teufelskreis, und zusätzlich macht mir Philip Sorgen. Er scheint auch um sie zu buhlen, und ich weiß, dass sie ihn ebenfalls mag. Wenn ich mich nicht schnell entscheide, könnte es passieren, dass es zwischen beiden funkt, wenn es nicht schon geschehen ist … Verdammt!

Außerdem haben wir in drei Tagen Weihnachten, die diesjährige Adventszeit war sehr kurz, und Heiligabend fällt auf einen Sonntag. Ich weiß nicht, ob ich Vic einladen soll oder wir uns an den Feiertagen mal treffen werden. Die Vorstellung, dass sie am Sonntag im Kreise ihrer Familie sitzt und alle wegen der Hochzeit auf sie einreden werden, gefällt mir ganz und gar nicht. Philip bestätigt meine Befürchtung, als er mich am Freitagabend besucht.

»Hast du dir mal Gedanken darüber gemacht, wie es mit dir und Vic weitergehen soll?«, fragt er mich, als wir gemütlich mit einem Bierchen auf meiner Couch sitzen.

»Mal ist gut. Ich denke keine Minute an etwas anderes. Aber sag, was läuft zwischen euch? So ganz ohne ist das doch auch nicht!«

»Wir sind Freunde, mehr ist da nicht. Ja, sie ist eine tolle Frau. Ja, mit ihr kann man verdammt viel Spaß haben. Und, ja, sie ist die geborene Sub, wie du immer gesagt hast … Aber sie liebt dich, Markus! Selbst wenn ich wollte, wäre ihr Herz schon besetzt.«

»Bist du dir sicher, dass es Liebe ist? Dafür kennen wir uns doch viel zu kurz. Sie hängt vermutlich nur mehr an mir, weil ich zuerst da war«, überlege ich laut.

»Glaubst du das wirklich? Ich nicht, und wenn du ehrlich bist, du auch nicht. Liebe kann man nicht beeinflussen. Wenn sie da ist, ist sie da. Ob man sich kurz oder lang kennt, spielt dabei doch überhaupt keine Rolle. Manche sind jahrelang nur befreundet, und irgendwann macht es boom, andere laufen sich kurz über den Weg, und schon trifft sie Amors Pfeil, da steckt man nicht drin. Aber wenn es passiert, sollte man der Liebe eine Chance geben.«

»Sagt Mr. Dauersingle höchstpersönlich«, füge ich hinzu, denn mein Bruder hat doch noch nie eine richtige Beziehung zustande bekommen. Mit Nora war er zwar zwei Jahre zusammen, aber auch nicht böse drum, als es auseinanderbrach, und nun ist er seit acht Jahren solo unterwegs. Da will er mir etwas von Liebe erzählen?

»Ich meine ja nur, denn dieser Alex ist seit unserem Auftritt ganz schön verunsichert und scheint sie plötzlich auf Händen zu tragen. Ich schätze, der will nur die Hochzeit retten und sieht seine Millionen davonschwimmen. Es kann durchaus sein, dass Victoria schwach wird, zumal ihr auch die Eltern im Nacken sitzen und darauf drängen. Ich habe mich gestern mit ihr zum Abendessen bei einem Italiener getroffen, und wir haben lange geredet. Da hörte es sich für mich fast so an, als würde sie der Hochzeit doch noch zustimmen, und lange ist es nicht mehr bis dahin.«

»Das ist jetzt nicht dein Ernst, oder?«

»Doch, Markus, sonst würde ich es nicht sagen. Und hättest du dich mal mit ihr getroffen oder würdest ihr regelmäßig schreiben, so wie ich es tue, dann wüsstest du davon. Aber du spielst ja den Unantastbaren und lässt sie vollkommen alleine im Regen stehen.«

»So ist es doch gar nicht! Sie kann jederzeit zu mir kommen. Und wenn sie mir schreibt, antworte ich umgehend«, sage ich verteidigend, denn meine Tür steht immer für sie offen, das habe ich ihr versichert.

»Ja, genau. Wenn sie, wenn sie, wenn sie … Aber wann kommt denn mal etwas von dir? Hast du ihr auch nur ein einziges Mal von dir aus eine Nachricht geschickt? Sie mal angerufen? Oder sie eingeladen?«

»Naja, das wollte ich … darüber habe ich heute wirklich nachgedacht«, gestehe ich.

»Wow, der Wahnsinn, du hast darüber nachgedacht«, verspottet er mich.

»Philip, das geht mir alles zu schnell! Ich glaube, ich bin noch nicht bereit für eine Beziehung«, gebe ich ehrlich zu.

»Wer redet denn gleich von einer Beziehung? Du musst sie auch nicht übermorgen heiraten. Ein Schritt auf sie zu bedeutet nicht gleich einen Ring um den Finger. Aber du zeigst ihr, dass sie dir nicht egal ist. Ihr könntet hin und wieder Sex haben, ich bin auch dabei, wenn du willst. Du könntest sie sogar zu deiner Sub machen! Tagsüber seid ihr Freunde, und nachts wird sie deine kleine willige Sklavin. Der Club steht euch immer zur Verfügung! Was die Zukunft bringt, wird sich dann zeigen, aber so lange du tatenlos herumsitzt, besteht die Gefahr, dass sie ziemlich schnell einen Ring um ihren Finger hat, und es wird nicht deiner sein.«

Die Worte von Philip haben mich wach gerüttelt. Ich habe auch gar nicht damit gerechnet, dass die Hochzeit noch zur Debatte steht. Ich will auf gar keinen Fall, dass sie diesen Typen heiratet! Und die Vorstellung, sie zu meiner Sub zu machen, erregt mich über alle Maßen. Ich hätte wahnsinnig gerne wieder Sex mit ihr, allerdings ohne Philip! Die Geschichte zu dritt bleibt eine einmalige Angelegenheit, denn es hat mich gequält, sie mit ihm zu sehen. Nein, Vic will ich für mich alleine. Am liebsten sofort! Wenn ich die Augen schließe, kann ich ihr wunderschönes Gesicht vor mir sehen … Sie lächelt mich an und grinst ganz verlegen, so wie ich es von ihr gewohnt bin. Ich denke an unsere Nacht zurück und daran, wie geil es war, sie oral zu verwöhnen, während sie mir gleichzeitig einen geblasen hat …

Sie darf diesen Alexander nicht heiraten! Unter gar keinen Umständen! Was meinte Philip eigentlich damit, dass er sie jetzt auf Händen trägt? Schläft er etwa mit ihr? Haben sie wieder Sex? Die Vorstellung finde ich ja noch schlimmer als die Hochzeit!

Ich bin ganz aufgelöst und greife nervös zum Handy. Ob ich ihr schreiben soll? Es ist schon sehr spät, womöglich wird sie es erst morgen lesen. Ach, egal … ich rufe sie jetzt einfach an. Es bimmelt mehrfach, ehe sie rangeht.

»Markus?«, fragt sie ganz überrascht.

»Ja, genau. Hey! Äh, ich wollte mal mit dir sprechen. Wo bist du?«

»Ich liege im Bett, es ist kurz nach Mitternacht.«

»Ja, ich weiß, aber es ist Freitagabend beziehungsweise Samstagnacht. Ich, äh, naja ich dachte, wir … wir sollten uns mal wieder treffen und miteinander reden.«

»Okay, sehr gerne.«

»Hast du heute Zeit? Jetzt gleich oder nachher, wenn du ausgeschlafen hast?«, gehe ich in die Vollen, denn lange warten will ich nicht mehr.

»Leider wird das nichts, ich habe ab Samstagmorgen Dienst, vierundzwanzig Stunden lang, deshalb liege ich auch schon im Bett. Ich könnte maximal Sonntagfrüh ganz kurz, allerdings werde ich sehr müde sein, und am Nachmittag bin ich bei meinen Eltern. Wir verbringen den Heiligabend bei ihnen.«

›Wir‹ … scheiße!

»Ich muss dich aber dringend sehen! Du, du … du fehlst mir«, gestehe ich stockend, und das ist noch nicht einmal gelogen. »Komm doch bitte gleich am

Sonntagmorgen nach der Arbeit bei mir vorbei. Du kannst auch hier schlafen und dich ausruhen«, biete ich ihr an und will in diesem Moment nichts anderes, als sie bei mir zu wissen. Notfalls fahre ich später in die Klinik und besuche sie dort. Ich muss mit ihr sprechen und ihr die Hochzeit ausreden!

»Okay, wenn du willst … Ich freue mich auch, dich wiederzusehen. Also Sonntagmorgen?«, fragt sie zaghaft, und der Knoten in meinem Magen beginnt sich zu lösen.

»Perfekt! Vergiss es bitte nicht! Ich freue mich auf dich«, lasse ich sie wissen und erinnere sie dennoch in den nächsten Stunden mehrfach an unser Date. So viele Textnachrichten, wie ich ihr im Laufe des Tages schicke, hat sie noch nie von mir bekommen. Auch am Sonntagmorgen überlasse ich nichts dem Zufall. Ich bin kurz nach sechs Uhr der Erste beim Bäcker, um frische Brötchen und warme Croissants zu holen. Außerdem decke ich einen Tisch im Schlafzimmer direkt am Bett und bereite ein schönes Frühstück für uns vor. Währenddessen fällt mir auf, dass sie noch nie in meiner Wohnung war. Wir haben uns bisher nur in meinem Studio oder bei Philip getroffen. Daher versuche ich alles so gemütlich wie möglich herzurichten, beziehe noch flugs das Bett neu, stelle zwei Kerzen auf und lasse die Jalousien hinab, damit sie nachher schön schlafen kann. Sogar an entkoffeinierten Kaffee habe ich gedacht, damit sie zur Ruhe kommt, denn nirgends will ich sie lieber haben als in meinem Bett.

Mein Timing ist perfekt. Der Kaffee ist frisch durchgelaufen, die Eier sind noch schön warm, und der Duft der frischen Brötchen zieht durch die ganze Wohnung, als sie kurz nach acht Uhr klingelt.

Ich gestehe, ich bin nervös. So nervös wie schon lange nicht mehr. Ich sprinte nach unten, um ihr zu öffnen und sie mit nach oben zu nehmen. Wenn ich ihren Augen trauen kann, ist sie sehr verwundert.

»Wow! Das sieht toll aus. Wie komme ich zu dieser Ehre?«, fragt sie und blickt vom Tisch zu den brennenden Kerzen und schließlich zu mir.

»Naja … es, es ist Weihnachten.«

»Allerdings«, sagt sie und setzt sich irritiert auf mein Bett. Wir beginnen schweigend zu frühstücken, und ich kämpfe mit den Worten, die mir nicht so einfach über die Lippen wollen, weil ich ihre Antworten fürchte.

»Wie läuft es denn zu Hause? Hattest du viel Ärger mit deinem *Verlobten*?«, frage ich, und mein Magen krampft, als ich an diesen Idioten denke.

»Nein, überhaupt nicht. Ich habe mich ja selbst gewundert. Ich dachte auch, dass es zu einem Streit kommen würde, stattdessen hat sich Alex mehrfach bei mir entschuldigt. Seit unserem Besuch auf dem Weihnachtsmarkt ist auch nie wieder ein schlechtes Wort über meine Figur gefallen. Er hat mich am Montag sogar ins Kino eingeladen. Dort waren wir schon zehn Jahre nicht mehr gemeinsam«, erzählt sie, und in mir brodelt es.

»Du weißt aber hoffentlich, weshalb er das tut?«, hake ich nach, und sie nickt, während sie noch kaut.

»Ja, ich denke, er will die Hochzeit retten.«

»Bingo. Und weißt du auch, warum?«, setze ich nach.

»Ja, vermutlich geht es nur um die Firma. Dennoch ist es angenehm, nicht mehr gekränkt und vorgeführt zu werden. Er hat mir in den letzten Tagen sogar zwei Mal Blumen gekauft.«

Hilfe, ich könnte kotzen! »Und deshalb willst du ihn heiraten? Wegen zwei Sträußen Blumen?«

»Nein! Ich will ihn ja gar nicht heiraten, aber meine Eltern drängen mit allen Mitteln darauf. Mir wäre es viel lieber, er und Vater würden die Geschäfte unter sich ausmachen. Mir ist die Firma sowas von egal, das glaubst du gar nicht. Ich will einfach nur meine Ruhe haben.«

»Und weshalb sagst du dann nicht entschieden ›Nein!‹? Es ist dein Leben, Vic! Glaubst du ernsthaft, er behält sein freundliches Verhalten bei, wenn du erstmal den Ring am Finger hast?«

Sie holt tief Luft und pustet sie laut aus. »Ich weiß es ehrlich nicht. Ich will das einfach nur hinter mich bringen und nie wieder etwas von der blöden Hochzeit hören.«

»Habt ihr eigentlich wieder Sex?«, will ich jetzt wissen.

»Nein, um Gottes willen. Alex hat genauso viel Interesse an mir wie ich an ihm, nämlich null.«

»Tja, das sind doch die besten Voraussetzungen für eine Ehe«, entgegne ich sarkastisch.

»Was soll ich denn deiner Meinung nach tun, Markus? Entschieden ›Nein‹, sagen, mich gegen alle stellen? Und dann? Wo soll ich auf die Schnelle hin? Ich wohne seit vielen Jahren bei ihm. Wir leben hier in München, Wohnungen sind Mangelware. Ja, mein Vater ist Immobilienmakler, aber du glaubst doch nicht, dass er mir helfen würde, eine Wohnung zu finden, wenn ich Alex verlasse. Im Gegenteil! Ich vermute, die beiden würden mir sämtliche Steine in den Weg legen, die sie nur finden könnten. Alexander ist das Kind, das meine Eltern schon immer wollten, und ein waschechter Graf. Ihn als ihren Schwiegersohn bezeichnen zu dürfen, ist der Traum meines Vaters und meiner Mutter. Ich bin dabei nur der Kollateralschaden. Was ich will oder nicht, ist ihnen völlig egal. Natürlich würde ich lieber heute als morgen meine Koffer packen und ein eigenes Leben beginnen, aber das ist alles andere als leicht, wenn man ganz alleine mit allem dasteht und gar keine Unterstützung hat.«

»Du bist nicht alleine, Vic. Du hast mich«, mache

ich deutlich.

»Ach, tatsächlich? Wo warst du denn die letzten sieben Tage?«

»Genau hier. Du hättest jederzeit zu mir kommen können, das habe ich dir angeboten.«

»Soll ich etwa bei dir einziehen?«, will sie wissen, und das ist meine Chance. Eine andere werde ich nicht bekommen, um die Hochzeit zu verhindern, deshalb nicke ich. »Das kannst du gerne tun, wenn dir damit vorerst geholfen ist.«

Sie schaut mich an, als hätte sie der Schlag getroffen, und sagt gar nichts mehr, also ergreife ich nochmal das Wort.

»Ich will nicht, dass du ihn heiratest! Du bedeutest mir sehr viel, Vic! Und wenn ich dir helfen kann, aus diesem Gefängnis zu entfliehen, indem ich dir meine Wohnung zur Verfügung stelle, dann mache ich das sehr gerne.«

»Ich soll bei dir einziehen?«, wiederholt sie ganz erstaunt, als könne sie es nicht glauben. Ich, ehrlich gesagt, auch noch nicht so richtig.

»Ja, aber nur unter der Bedingung, dass du ihn verlässt!«

In ihren Augen erkenne ich Freude und Überraschung gleichermaßen.

»Okay … Und, und wir? … du, und ich? Äh … ich meine, wie, wie würde das laufen?«

»Ich weiß es ehrlich nicht. Ich mag dich, sehr sogar. Aber für eine Beziehung … ich, ich kann das, glaube ich, noch nicht. Allerdings hätte ich dich gerne als meine kleine Sub. Tagsüber sind wir Freunde, und nachts … naja, nachts könnten wir spielen«, biete ich ihr an, woraufhin das Leuchten in ihren Augen immer stärker wird. Ich glaube, ich bin auf dem richtigen Pfad und habe ganz gute Karten. Unbewusst lächle ich und sehne ihr ›Ja‹ herbei. Sie beginnt, ganz zaghaft zu nicken, und in mir sprudelt die Freude über. »Ja?«, hake ich fragend nach, denn ich will es aus ihrem Mund hören.

»Ja, okay«, haucht sie mir zu, woraufhin ich näher zu ihr rücke.

»Du ziehst zu mir und wirst meine kleine Sub, dafür gehört Alex der Vergangenheit an. Eine Hochzeit zwischen euch wird es nie geben, abgemacht?«, fasse ich unseren Deal nochmal zusammen. Anstatt zu antworten, fällt sie mir um den Hals, und ich kann nicht anders, als sie zu küssen.

Gott, habe ich das vermisst! Ihre Lippen zu spüren, ist das beste Gefühl, das ich seit Jahren erleben durfte. Wenn ich sie im Arm halte, ihren Atem spüre, sie schmecke, bleibt die Zeit stehen, und jeglicher Schmerz in mir versiegt. In diesen Momenten vergesse ich sogar Nora. Wir fallen gemeinsam aufs Bett, wo ich sie weiter küsse, bis sie in meinen Armen einschläft. Da auch meine Nacht sehr kurz gewesen ist, döse ich ebenfalls ein, und wir erwachen am frühen Nachmittag. Sie ist noch ganz verschlafen und schaut mich lächelnd an. »Wie soll es jetzt weitergehen? In ein paar Stunden ist Heiligabend. Ich müsste im Grunde nach Hause, mich umziehen und dann sofort zu meinen Eltern fahren.«

»Oder du bleibst hier, ziehst dich aus – denn bei mir brauchst du dich nicht umziehen, nackt habe ich dich am liebsten! – und wir feiern unser erstes Weihnachten zusammen.«

Kapitel 25
Victoria

Stille Nacht, heiße Nacht

Das lasse ich mir nicht zweimal sagen. Ich denke eh schon die ganze Zeit, dass ich träume. Erst meldet er sich gar nicht, und plötzlich so ein Angebot. Nicht nur, dass ich vorerst zu ihm ziehen darf, er will mich auch noch zu seiner Sub machen. Das ist mehr, als ich mir je erträumt habe. Markus war vom ersten Moment an der Mann, den ich unbedingt wollte, und jetzt bin ich meinem Ziel ganz nah. Die Vorstellung, ihn täglich sehen zu dürfen, Sex mit ihm zu haben, ihn zu küssen, ihn zu spüren … Ich glaube, ich bin im Himmel angekommen. Deshalb bleibe ich auch bei ihm und fahre nicht nach Hause. Ich schreibe nur Alex eine Nachricht und bitte ihn, meinen Eltern Grüße zu bestellen. Außerdem erkläre ich ihm, dass ich Bedenkzeit bräuchte. Von dem Aus der Hochzeit schreibe ich noch nichts. Es ist schließlich Weihnachten, und das will ich weder ihm noch meinen Eltern verderben. Diese Information kann ich ihnen auch noch in ein paar Tagen übermitteln. Heute will ich nur genießen, denn ich glaube, ich war noch nie so glücklich. Dieses Weihnachtsfest ist das schönste meines bisherigen Lebens …

Nachdem wir gegessen haben, ziehen wir uns ins Schlafzimmer zurück. »So, meine kleine Sub, heute fangen wir mit den ersten Lektionen an, denn du hast Einiges zu lernen. Ich weiß nicht, wie viel Philip dir von den Aufgaben einer Sub erzählt hat, aber das handhabt jeder Herr auch etwas anders. Da du nun mir gehörst, kommt hier meine Sicht der Dinge, und ich verlange, dass du dich daran hältst. Verstanden?«

Oha … das klingt streng. Eingeschüchtert setze ich mich auf das Bett, nicke und warte auf weitere Anweisungen.

»Zum Beispiel dürftest du dich während einer Session nicht einfach setzen, ohne vorher um Erlaubnis zu fragen«, beginnt er, und meine Augen werden ganz groß.

»Soll ich wieder aufstehen?«

»Nein, wir spielen ja noch nicht! Und ich sehe es wirklich als Spiel an. Ich nehme das auch nicht mit in unseren Alltag, wie es einige andere Doms verlangen und leben. Bei mir erstreckt sich der Akt des Spiels nur auf gewisse Stunden und immer mit vorheriger Absprache. Wir werden zwischendurch auch mal normalen Sex haben, damit du nicht permanent dem Gefühl der Unterwürfigkeit ausgesetzt bist, ich wünsche mir nämlich eine Partnerin auf Augenhöhe.«

Hat er gerade Partnerin gesagt?

Wie meint er das jetzt? Gewiss ist diese Aussage auch nur auf das Spiel bezogen … Oder? Ich frage besser nicht, sondern lausche weiter seinen Worten.

»Ich verlange von dir absolute Treue, denn ich teile nicht gerne. Die Stunden mit Philip waren eine Ausnahme, weil es nicht um uns, sondern um ihn und dich gegangen ist, und ich gar nicht hätte dabei sein sollen.«

Ich nicke mehrmals ganz stark. Natürlich werde ich ihm treu sein! Wenn ich ihn haben kann, werde ich noch nicht einmal mehr an einen anderen Mann denken!

»Im Übrigen gilt dasselbe auch für mich. Ich bin

sehr altmodisch, was Treue anbelangt. Als ich mit Nora zusammen war, wurde ich zwar öfter als Dom zu einzelnen Sessions im Club hinzugezogen, aber dort habe ich nur Instruktionen erteilt und nicht alleine mit anderen Subs gespielt. Ich schätze das innige Verhältnis, das sich über die Zeit zwischen einem Herrn und seiner Sub entwickelt, zu sehr, als dass ich andere Mitspieler dulden würde. Du wirst selbst bemerken, wie besonders es ist, diesen Weg in Zweisamkeit zu gehen. Natürlich geschieht das nicht über Nacht, und man muss daran arbeiten, wie an jeder anderen Beziehung auch, doch irgendwann erreicht man einen Punkt, an dem das Band zwischen der Sub und ihrem Herrn so stark ist, dass es beinahe unzerstörbar wird, denn die Verbindung dieser beiden ist eine andere als in gewöhnlichen Partnerschaften. Sie ist so viel intimer und machtvoller. Es kommt die Zeit, in der die Seelen beider verschmelzen und der eine ohne den anderen nicht mehr existieren kann. Darum leide ich selbst heute noch unter Noras Tod. Ich spüre unsere Verbindung nach wie vor, und es fällt mir deshalb so verdammt schwer, mich auf etwas Neues einzulassen«, gesteht er mir in aller Ehrlichkeit und treibt mir damit die Tränen in die Augen. Nicht, weil er noch an Nora hängt, das finde ich sogar ergreifend, aber wie er über die Liebe redet, ist so wundervoll.

Ja, ich möchte seine Sub werden! Mit Leib und Seele! Auch, wenn es gewiss nicht einfach werden wird, denn seine weiteren Ausführungen haben es in sich.

»Ich verlange von dir absolute Gehorsamkeit während einer Session. Ob dir meine Befehle gefallen oder nicht, spielt dabei keine Rolle. Du bist der devote Part und hast dich zu fügen! Es gibt Frauen, die davon träumen, einen Herrn zu haben. Sie malen sich die tollsten Dinge aus, haben erotische Fantasien und wünschen sich Dieses oder Jenes … Aber darum geht es nicht beim BDSM, im Gegenteil! Es geht darum, sich zu fügen, zu lernen, die eigenen Wünsche hinten anzustellen und das anzunehmen und einzugehen, was der Herr befiehlt. Das ist am Anfang nicht immer einfach … Der Weg zur guten Sub ist mit vielen Tränen gepflastert. Es ist für den Menschen kein Leichtes, das eigene Ego hinten anzustellen und bedingungslos zu folgen. Es wird Momente geben, in denen du dich minderwertig und ungeliebt fühlst, Momente, in denen du Schmerzen leiden wirst. Aber vertraue darauf, dass du das Wichtigste für mich sein wirst und ich dich so stark lieben werde, wie du mir blind folgst. Dein Leben, dein Wohl in meinen Händen … und ich schwöre, ich werde es hüten und schützen wie mein eigenes. Aber ich entscheide, was gut für dich ist, was du brauchst oder verdienst. Auf Ungehorsam folgt Bestrafung. Zuckerbrot und Peitsche, Vic … Ich werde stets liebevoll und fürsorglich sein, aber dennoch konsequent, unnachgiebig und hart.«

Mein Herz schlägt heftig bei seinen Worten. Es wummert laut in meiner Brust, sodass es sich wie Trommeln in meinen Ohren anhört. Dennoch nicke ich auch jetzt zustimmend und sehne mich insgeheim danach, obwohl ich auch ein bisschen Angst davor habe.

»Außerdem verlange ich, dass du mich während einer Session mit ›Herr‹ ansprichst. Ich will nur ›Ja, Herr‹ oder ›Danke, Herr!‹ hören. Du kannst weinen, schluchzen, jammern, winseln … das geht alles klar. Aber Widerworte sind nicht erlaubt, niemals, ebenso wenig wie meinen Namen zu nennen. Bei dem Spiel bin ich dein Herr und kein anderer!«

Puuh … ist das heftig! Ich muss arg schlucken und ringe nach Luft, ehe ich erneut nicke, diesmal allerdings ganz zaghaft.

»Gut. Dann kommen wir zum nächsten Punkt. Wenn wir uns für eine Session verabreden, verlange ich, dass du bereits nackt bist, ehe ich erscheine. Splitterfasernackt! Ich dulde noch nicht einmal einen Strumpf. Sobald du mich kommen siehst, wirst du vor mir auf die Knie sinken und warten, bis ich dir weitere Anweisungen erteile. Meinen Wünschen folgst du umgehend und bedingungslos! Du wirst ebenfalls meine Strafen annehmen und dich selbst dafür bedanken.«

Himmel, ist das heftig! Von welchen Strafen spricht er da eigentlich? Stimme ich hier gerade meinem eigenen Todesurteil zu? Es klingt beinahe so! Nackt auf ihn warten, vor ihm auf die Knie sinken, ihn ausschließlich mit ›Herr‹ ansprechen, seine Strafen dankend annehmen … Oh Gott! Hoffentlich kann ich das alles. Ich bin mir plötzlich so unsicher.

»Alles okay, Vic?«, hakt er nach, weil ich mich noch nicht zu seinen letzten Hinweisen geäußert habe.

»Naja … ich, ich weiß nicht genau, ob ich das alles schaffe. Was ist, wenn ich mich mal nicht überwinden kann? Oder unter großen Schmerzen leide? Zu großen, meine ich. Was geschieht, wenn ich es nicht mehr ertrage? Dafür bestrafst du mich dann auch noch? Ich darf ja laut deinen Ausführungen noch nicht einmal ›Nein!‹ sagen.«

»Ich kann dir deine Befürchtungen nehmen. Die Dinge, die du gerade erwähnt hast, sind der Grund dafür, dass die meisten Doms mit einem Safewort spielen, und das ist auch gut so. Ich wiederum spiele ausschließlich mit einer Partnerin, auf die ich mich völlig einlassen kann. Ich gehe auch nicht von Null auf Hundert, sondern werde dich ganz langsam und sacht an diese Welt heranführen.«

»War das, was im Dark Dream geschehen ist, etwa sacht?«, will ich wissen.

»Nein, ganz und gar nicht! Es war viel zu heftig,

aber das geht nicht auf meine Kappe. Philip trug die Verantwortung. Ihr hattet ein Safewort abgemacht, aber du hast es bei ihm nicht benutzt. Ich habe dich sogar mehrfach gefragt, ob es dir zu viel wird, ob er aufhören soll … Ich hätte ihn gestoppt, ihn notfalls von dir heruntergezogen, aber von dir kam kein ›Nein‹, im Gegenteil! Ich war für die Aktion am Kreuz verantwortlich, damit kann ich leben und denke, dass es im Rahmen lag. Auch, dass ich dich auf den Bock geschnallt habe, entspricht noch der Norm. Ich weiß, dass du es nicht wolltest. Vermutlich aus Scham und weil dir die Position unangenehm war, aber genau das ist meine Spielwiese, Vic! Ich will meine Sub über ihre Grenzen führen. Das, was ich dir an diesem Tag zugemutet habe, war nicht sehr schmerzhaft, es war auch nichts, was du nicht hättest ertragen können. Es war dir lediglich unangenehm, zu Beginn wohlbemerkt! Denn ich sorge stets dafür, dass meine Sub auf ihre Kosten kommt und die bedrängende Situation nicht nur annimmt, sondern sie sogar zu genießen lernt. Was Philip wiederum getan hat, war eindeutig zu viel. Das hätte es mit mir nicht gegeben, und dennoch hat es dir im Nachhinein gefallen, oder?«

»Ja«, gestehe ich kleinlaut, denn ich fand es wirklich unsagbar berauschend.

»Wenn es irgendetwas gibt, das du unter gar keinen Umständen willst, dann sag es mir, ehe wir zu spielen beginnen! Es ist nämlich auch nicht ein Tag wie der andere, und ihr Frauen habt mal hier, mal da ein Wehwehchen. Damit kann ich leben, ich akzeptiere auch ein NoGo von dir. Nora zum Beispiel hat sich vor Sperma geekelt. Man konnte es ihr in sämtliche Körperöffnungen spritzen, aber ihr Mund war tabu. Selbst beim bloßen Lecken hat sie schon gewürgt, sobald mal ein Tröpfchen kam. Es ging einfach nicht. Sie war eine extrem willige Sub und hat alles mit sich machen lassen, teilweise sogar die schlimmsten Dinge verlangt! Bis auf diese eine Sache mit dem Sperma, und daran habe ich mich immer gehalten, obwohl ich so eine französische Nummer hin und wieder sehr gerne gehabt hätte. Ich finde es übrigens ganz toll, dass ich diese Sehnsucht nun mit dir leben kann«, gesteht er mir, was mich ganz verlegen macht, denn ich wiederum finde es gar nicht schlimm, im Gegenteil. Ich genieße es, ihn schmecken zu dürfen.

»Also, Schätzchen … welches wäre dein NoGo? Was ist für dich völlig tabu?«

Ich hadere und kämpfe mit mir. Hole auch tief Luft, ehe ich versuche, es ihm näherzubringen.

»Nun … da gibt es eine Sache. Mein … mein Po! Ich, äh, nun ja, ich habe Angst vor … äh …«, stottere ich verlegen, und er hilft mir auf die Sprünge. »Analverkehr?«

»Ja, genau«, gestehe ich ganz leise.

»Hast du nur Angst davor, Vic, oder ist es für dich kategorisch ausgeschlossen?«

»Ich habe Angst davor. Ich weiß ja nicht, wie schlimm es wird.«

»Bingo! Und genau deswegen würde ich es nie von jetzt auf gleich verlangen. Deshalb habe ich mit einem Finger begonnen und dich im Krankenhaus gefragt, ob ich einen zweiten hinzunehmen darf. Ich würde mich langsam herantasten, bis du soweit bist. Sollte ich mitbekommen, dass du stark darunter leidest, würde ich es sowieso ausschließen. Ich als dein Herr möchte, dass es dir gut geht. Ich will dir Lust verschaffen, Vic! Dir Dinge zeigen, die du noch nicht kennst. Dich langsam aber sicher in unbekanntes Terrain führen. Darauf musst du vertrauen, denn ich werde dir niemals schaden. Dein Wohlergehen ist meine oberste Priorität«, erklärt er mir, und das klingt unerwartet gut. In mir erwacht wirklich das Gefühl der Zuversicht. Tief in mir spüre ich etwas

Wärmendes, das sich ihm und seinen Worten hingeben will, deshalb nicke ich wieder.

»Hast du noch andere NoGos? Gibt es noch irgendetwas, das du unter keinen Umständen willst?«, fragt er weiter nach, und ich zucke mit den Schultern. »Mir, mir fällt gerade nichts ein«, gestehe ich, obwohl es bestimmt noch einige Dinge gibt.

»Das ist nicht schlimm, Vic! Wir werden uns vor und nach jeder Session ausführlich darüber unterhalten. Dabei lerne ich dich auch besser kennen und zu verstehen. Sollte dir zu einem späteren Zeitpunkt noch etwas einfallen, kannst du es mir jederzeit sagen, wo wir gleich bei dem Wichtigsten von allem wären: Ehrlichkeit! Sie ist unablässig in dieser dunklen Welt. Ich verlange zwar Treue, Hingabe, Gehorsam und Unterwürfigkeit, aber nichts davon ist so essentiell wie deine hundertprozentige Ehrlichkeit! Wenn du nicht aufrichtig zu mir bist, kann ich dir nicht vertrauen. Wenn ich dir nicht vertrauen kann, kommen die ersten Zweifel … und mit den Zweifeln wird die Verbindung zwischen uns zu bröckeln beginnen. Deshalb liegt es in deiner Hand! Ehrlichkeit, Vic, absolute Ehrlichkeit, egal, wie schlimm oder peinlich oder intim sie auch in deinen Augen zu sein scheint. Ich wiederum sichere dir ebenfalls meine Aufrichtigkeit zu. Ich werde stets ehrlich zu dir sein. Auf meine Worte kannst du dich immer verlassen«, macht er deutlich, was ich gut finde und ihm demzufolge wieder ein bestätigendes Nicken schenke.

»Okay, Vic … hast du noch irgendwelche Fragen oder etwas nicht verstanden? Andernfalls würde ich jetzt gerne mit dir zu spielen beginnen.«

»Jetzt?«, frage ich in einem hohen Tonfall und glaube im ersten Moment, mich verhört zu haben. Warum denn jetzt schon? Es ist Heiligabend! Ich dachte, wir kuscheln ein bisschen oder so …

»Ja, jetzt!«, setzt er unterdessen nach. »Ich würde gerne ein bisschen mit dir spielen. Also, bereit?«

Nicht wirklich! Im Grunde gar nicht! Hilfe! Das erkennt er vermutlich auch an meinem schockierten Blick, ohne, dass ich etwas sagen muss. Er grinst, kommt näher und setzt sich neben mich auf das Bett. Dann spüre ich, dass er seinen Arm um mich legt. Ist das schön!

»Keine Angst, Kleines. Es wird unser erstes Mal werden, und wir haben heute Weihnachten … Ich gehe nur mal die Grundregeln mit dir durch und bin gespannt, ob du sie schon verstanden hast. Falls nicht alles glatt läuft, werde ich nachsichtig mit dir sein und keine allzu großen Bestrafungen aussprechen. Okay?«

Naja, wirklich beruhigt bin ich nicht! Der Meinung ist auch mein Puls, der sich gerade überschlägt. Ich bin jetzt schon verängstigt und schaue Markus unterwürfig in die Augen. Er hält meinen Blick lange fest … sieht mich eindringlich an, bis sich mein Herzschlag wieder ein wenig beruhigt hat. Dann gibt er mir einen Kuss auf die Stirn, gefolgt von einem auf die Nasenspitze … anschließend hebt er mein Kinn an, und unsere Lippen finden sich … Das ist so herrlich! Er küsst so wundervoll. Es ist wahnsinnig schön, vertraut und innig. Das könnte er den ganzen Abend beibehalten. Es müsste heute gar nichts weiter geschehen! Aber leider regiert der Dom in ihm, ich spüre es ganz deutlich und bekomme wieder Angst, als unser Kuss sich dem Ende zuneigt …

»Pssst, ganz ruhig, Vic! Du tust einfach nur das, was ich dir sage. In spätestens einer Stunde wird alles vorbei sein, und dann kuscheln wir uns schön ins Bett. Abgemacht?«

Kann ich da ›Nein‹ sagen? Deswegen bin ich doch eigentlich hier! Schweren Herzens stimme ich nickend zu.

»Gut, aber das kannst du besser! Was sollst du

sagen?«

»Oh Gott …«, entfährt es mir unbewusst.

»Nein, nein … so überheblich bin ich nicht. Ein einfaches ›Ja, Herr‹ reicht mir völlig«, scherzt er und zwinkert mir zu. Seine Antwort lockert die Situation ein klein wenig auf. Trotzdem ist es verdammt schwer, ihn plötzlich so zu nennen.

»Das zu sagen, kostet mich unglaublich viel Überwindung«, gestehe ich ihm, da diese Worte eine große Hürde für mich sind. Mir ist, als hätte mir jemand ein Schloss vor den Mund gelegt. Ihn mit ›Herr‹ anzusprechen, verändert etwas zwischen uns … das spüre ich schon, ehe ich es überhaupt ausgesprochen habe Es spaltet uns, löscht alles Vertraute. Das ›wir‹ verschwindet und wird zu einem ›er und ich‹, wobei das ›er‹ so viel mächtiger ist. Ich kann mir absolut nicht vorstellen, wie Menschen, die dieses Spiel praktizieren, ein inniges Verhältnis haben können, wo der Abstand beider exakt durch diese Anrede noch gravierender wird.

»Vic!«, fordert er unterdessen, und es klingt wesentlich strenger als seine vorherigen Worte..

»Mmmh, gleich! Moment bitte noch! … Herr«, ringe ich mir ab, und das letzte Wort zerreißt beinahe mein Herz. Er gibt mir einen sanften Kuss auf die Stirn. »Sehr gut«!, lobt er mich. »Und nun zieh dich aus!«

Als wäre die erste Hürde nicht schon schlimm genug gewesen, folgt damit die nächste. Nicht nur, dass ich mich komplett ausziehen muss, er weicht auch noch von mir und stellt sich in die Ecke des Raumes, um mich mit meiner Unsicherheit ganz alleine zu lassen. Es ist so verdammt schwer, aus den Klamotten zu schlüpfen, wenn man weiß, dass man dabei beobachtet wird und es vor allem tun muss! Es fühlt sich an, als müsse ich mich zur Schau stellen. Die Blöße sorgt dafür, dass ich mich ihm gegenüber minderwertig fühle. Ich kann nichts gegen dieses miese Gefühl tun, das mir wie Krämpfe durch den Körper rinnt. Allerdings mache ich ganz langsam und habe schon Bedenken, dass er mich deshalb ausschimpfen oder bestrafen könnte …

Aber er sagt nichts!

Er ist die Ruhe in Person und beobachtet in aller Stille, wie quälend ich mich aus meiner Kleidung schäle. Mit jedem Teil, das fällt, nimmt meine Unsicherheit zu. Als ich in Unterwäsche im Raum stehe und nach hinten an meinen BH greife, könnte ich glatt heulen. Es hat auch nichts Erotisches an sich, ist weder ein Strip noch eine sexuelle Anmache, ich fühle mich schlicht ausgeliefert, öffne dennoch meinen Büstenhalter, lege ihn fix ab und schlüpfe sogar relativ schnell aus meinem Slip, sodass ich es endlich hinter mir habe.

Ich spüre, dass meine Wangen ganz rot werden. Es brennt im Gesicht, und ich starre scheu zu Boden. Ich kann ihm unmöglich in die Augen sehen, obwohl er mich nackt kennt. Aber gerade fühlt es sich an, als betrachte mich ein Fremder. Markus' Erscheinung ist so beeindruckend … Er ist so riesig, so stark und so verdammt schweigsam. Er hat die Arme verschränkt und steht noch immer wie ein Leibwächter in der Ecke, ohne etwas zu sagen oder zu tun. Er sieht mich einfach nur an, die ganze Zeit. Ich kann seine Augen auf meinem Körper deutlich spüren, und seine Blicke verursachen ein Brennen auf meiner Haut. Meine Unsicherheit wächst bis ins Unermessliche, weil er nichts tut! Ich spüre, dass ich nach geraumer Zeit zu zittern beginne, obwohl es gar nicht kalt im Zimmer ist. Ich zittere einfach aus Angst, aus Verlegenheit, vor lauter Hemmungen und weil er mich viel zu lange so stehen lässt, ohne irgendetwas zu sagen oder einzugreifen.

Als er sich nach einer gefühlten Ewigkeit bewegt

und näher kommt, atme ich erleichtert aus und tue das Erste, was mir in den Sinn kommt … Ich falle ergeben vor ihm auf die Knie und senke meinen Blick gen Boden. In dieser Haltung fühle ich mich sogar wohl, sie passt zur Situation. Ich muss nicht mehr stehen, nicht länger stark sein … sogar das Zittern verschwindet, als ich vor ihm in die Hocke gehe und meine Hände gebetsartig in meinem Schoß falte.

Es ein ganz seltsames Gefühl und gleichzeitig so befreiend. Als würde ich die Führung abgeben, die Kontrolle über meinen Körper, der plötzlich keine Rolle mehr zu spielen scheint. Ich empfinde auf einmal viel intensiver, aber nur mich selbst! Ich bin eine reine Seele, so leicht wie eine Feder … für einen Moment bin ich wahrlich frei!

Aus den Augenwinkeln kann ich erkennen, dass Markus nach etwas greift, das an dem geschnitzten Bettpfosten hängt. Es ist irgendein Stab … Ich würde gerne genauer hinsehen, habe aber Angst, dass sich unsere Augen treffen könnten, wenn ich höher blicke, deshalb behalte ich die ergebene Pose bei.

Ich spüre, dass er mich mit dem Stab am Rücken berührt und schrecke kurz zusammen … Er fährt damit weiter meine Wirbelsäule hinab, sodass ich fröstele. Ich weiß, dass er es ganz sanft macht, und trotzdem erschrickt mich die Intensität. Mir ist, als wären meine Nerven viel sensibler als sonst. Jedes Härchen stellt sich auf meiner Haut auf.

Ich erwarte, dass er jeden Moment ausholt und mich mit diesem Teil schlägt, aber das tut er nicht! Stattdessen streichelt er mich weiter, auf und ab, auf und ab … Mittig hoch und runter, dann an den Seiten, meine Rippen entlang. Auch meine Arme sind dran, dann meine Schenkel … bis mein ganzer Körper von einer Gänsehaut gezeichnet ist.

»Streck deine Hände aus!«, sagt er, und es klingt wie ein Befehl. Umgehend leiste ich seinen Worten Folge.

»Die Handfläche nach oben!«

Auch dieser Anweisung komme ich ohne Zögern nach und kann nun sehen, dass es eine Gerte ist, die er hält. Damit schlägt er sacht auf meine rechte Hand. Es tut nicht sehr weh … es prickelt nur leicht, und dennoch habe ich mich erschrocken. Auch als er damit meine linke Hand erfasst, zucke ich zusammen. Jetzt klopft er abwechselnd rechts und links, bis ich ganz still sitzen bleibe und es ohne Zucken ertrage.

Schmerzen sind es nicht. Nach einer Weile brennt es nur leicht, so, als würden meine Hände stark erwärmt. Aber bevor es noch intensiver wird, hört er plötzlich auf und legt das Gerät beiseite.

»Beug dich über das Bett und halt mit deinen schönen, erwärmten Händen deine Pobacken weit auseinander, sodass ich ohne Weiteres Zugang zu deinem Loch finde, das du mir verweigern willst!«

Ich halte zischend die Luft an, während mein Herz wild lostrommelt. Es dröhnt in meinen Ohren, und auch mein Puls rast, wie bei einer Achterbahnfahrt.

Was hat er jetzt vor?

Was wird er gleich mit mir tun?

Ich sitze immer noch und hadere … Mein armer Po! Nicht doch … Was kann er an dieser sensiblen Stelle nur alles anstellen?

»Drei … zwei«, höre ich ihn rückwärts zählen und sage deshalb ganz schnell: »Ja, Herr!«. Somit erspiele ich mir noch einige kostbare Sekunden, ehe ich mich zitternd erhebe, um zum Bett zu gehen. Mein ganzer Körper bebt, als ich mit meinen Knien nah an die Bettkante trete und meinen Kopf mittig auf die Matratze lege. Als wäre es nicht schon schlimm genug, mich ihm in so einer Pose zu präsentieren und ihm meinen Po ungeschützt entgegenzustrecken, folge ich auch noch seinem Befehl und greife mit zitternden Händen nach hinten, um meine Pobacken für ihn zu öffnen … Himmel, ich schlottere so sehr!

Mein ganzer Körper fühlt sich wie ein Wackelpudding an. So, als würde ich auf einer vibrierenden Unterlage stehen, die mich durchschüttelt.

Ich höre, dass er näher kommt! Mein Herz rast immer schneller, es überschlägt sich beinahe!

Oh Gott!

Dann spüre ich abermals die Gerte im Rücken … zumindest denke ich, dass sie es ist. Er fährt damit abermals über meine Wirbelsäule, diesmal aber weiter hinab, zwischen meine geöffneten Pobacken … und noch tiefer bis zu meiner Spalte, die freudig zuckt, als er mit der Gerte an ihr reibt.

Ich halte die Luft an!

Da holt er ganz fix aus und schlägt zu, genau auf meine Muschi. Ich erschrecke mich so sehr, dass ich für einen Moment nach vorne kippe und meine Pobacken loslasse. Umgehend greife ich wieder nach ihnen und warte weitere Schläge ab, obwohl man es gar nicht als Schläge bezeichnen kann. Es tut ja nicht weh. Ich habe mich nur erschrocken.

Wieder klatscht es zwischen meinen Beinen, und ich zucke erneut zusammen. Als der dritte Klaps folgt, bin ich darauf gefasst und bleibe ganz ruhig. Er schlägt noch ein viertes Mal leicht auf meine Weiblichkeit, was ich ebenfalls ohne eine Reaktion über mich ergehen lasse, ehe er die Gerte zurück an den Bettpfosten hängt und ich erleichtert ausatme.

Auch mein wilder Herzschlag beruhigt sich umgehend, obwohl meine Muschi innerlich ›Schade‹ ruft, denn der haben die leichten Klapse sogar gefallen. Es prickelt so schön in ihr …

Ich bin in Gedanken versunken und bemerke zu spät, dass er an seinen Nachttisch geht, um ihm etwas zu entnehmen. Ich versuche zu erkennen, was es ist, aber leider liegt meine Stirn auf der Matratze, und meine Augen bekommen zu wenig mit.

Erst, als er wieder hinter mir steht und eine kühle Flüssigkeit durch meine Pobacken rinnt, ahne ich, was folgen wird … das war doch klar! Scheiße!

Diesmal wartet er auch gar nicht lange, sondern schiebt umgehend einen Finger in mein Poloch. Das kann ich nicht lautlos ertragen und stöhne ganz leise. Ich spüre, dass er in mir gräbt, seinen Finger gar krümmt, was zu einem wesentlich lauteren Stöhnen führt … Himmel, ist das krass!

Es tut nicht weh, es brennt noch nicht einmal … aber es ist ein sehr seltsames Gefühl. Ich halte weiterhin meinen Po für ihn offen, während sein Finger nun raus und rein fährt … raus und rein … Er fickt mich damit unablässig damit, und meine Gefühle spielen komplett verrückt. Mein Körper weiß nicht, ob er es als richtig oder falsch einstufen soll. Wenn er seinen Finger herauszieht, sackt meine Anspannung leicht ab, und mein Anus juchzt vor Erleichterung. Aber kaum ist er draußen, schiebt Markus ihn zurück und krümmt ihn auch noch in meiner Enge.

Dieses permanente Raus und Rein bringt mich ganz durcheinander, und dann meldet sich auch noch meine Muschi zu Wort, die sich vernachlässigt fühlt. Ich bin so irre feucht und will seinen Finger viel lieber in meiner anderen Öffnung haben. Meine vaginalen Muskeln spannen sich an und greifen ständig ins Leere …

Oh Gott, jetzt nimmt er auch noch einen zweiten Finger dazu! Er bohrt wirklich einen zweiten in mich hinein, sodass ich beinahe kopfüber ins Bett plumpse. Aber ich halte dem Druck stand und presse ihm meinen Po tapfer entgegen, versuche die Verkrampfungen zu lösen und seine beiden Finger einzulassen. Als Philip es tat, war es höllisch, es brannte und schmerzte. Aber jetzt überhaupt nicht! Es ist nur so merkwürdig … so verdammt merkwürdig, einfach ein völlig neues Gefühl an einer

Körperstelle, die nicht weiß, wie ihr geschieht.

Jetzt zieht er beide Finger gleichzeitig heraus und taucht abermals mit ihnen in mich ein. Raus und rein, raus und rein … mit beiden zusammen! Halleluja!

Ich gebe auf, dagegen anzukämpfen, entspanne mich und stöhne rhythmisch mit. Ich wippe leicht nach vorne und beginne, diese anale Penetration zu genießen. Unglaublich!

Irgendwie hat sich mein Kopf auch abgemeldet, zumindest ist mein Bewusstsein eingeschlafen, denn ich hinterfrage weder sein Tun, noch schäme ich mich dafür, sondern biete ihm willig meinen Hintereingang dar. Als ich in der Situation aufgehe und zu genießen beginne, nimmt er seine andere Hand dazu, die unter mich greift und zielsicher zu meiner Klitoris wandert. ›Oh, ja – danke!‹, flüstere ich innerlich und presse ihm mein geschwollenes Knötchen entgegen, während ich weiter seinen Fingern aufs Herzlichste Einlass gewähre. Abwechselnd stimuliert und penetriert er mich, bis sich die Ekstase in meinem Unterleib ausbreitet … Sie flutet meinen ganzen Bauchraum, drängt sich bis ins Rückenmark, und ich gehe immer rhythmischer mit, stöhne immer gieriger und lauter.

Das war offenbar ein Fehler, denn er stoppt sofort seine Streicheleinheiten an meiner Klit und entzieht sogar meinem Po seine Finger. Mist! Das hätte er gerne genau so noch ein bisschen weitermachen können. Allerdings verkneife ich mir jeden Kommentar und Seufzer und bleibe einfach in meiner demütigenden Position stehen.

Da spüre ich etwas Kühles zwischen meinen Pobacken … es ist sogar sehr kühl und fühlt sich metallisch an. Garantiert ein Plug! Oh, nein!

Er scheint damit gegen meine Rosette zu stoßen und drückt ihn schließlich ganz gekonnt und unnachgiebig in mich hinein, bis sich meine Enge dehnt, es kurz flutscht und mein Schließmuskel sich energisch um die schmale Halterung zusammenzieht. Jetzt bin ich gefüllt, und dennoch tut es nicht weh!

Es ist … nun ja, wie es ist! Da steckt halt etwas in meinem Po, das mich leicht stimuliert. Ich spiele mit meinem Anus daran herum, taste nach dem Teil, das gar nicht so groß zu sein scheint, wie es sich im ersten Moment angefühlt hat …

»Hock dich wieder hin und leg deine Hände auf deinen Schenkeln ab!«, befiehlt er, als ich gerade in Gedanken versunken bin und mit dem kleinen Plug in mir spiele. Dennoch folge ich umgehend seinen Anweisungen, begebe mich abermals auf die Knie und lege meine Hände wie gewünscht auf die Schenkel, während meine Augen zu Boden starren.

»Sieh mich an!«, verlangt er, und das ist für mich das Schlimmste! Bisher habe ich es vermieden, ihm in die Augen zu sehen. Denn in seinem Blick werde ich Markus sehen. Den Markus, den ich so sehr liebe und dem ich vertraue … Aber dieser Dom, dieser Herr in ihm ist mir noch so fremd. Daher fällt es mir schwer, den Kopf zu erheben. Ich blicke ganz vorsichtig in seine Augen, gerade so, als könnten sie mich verbrennen. Aber es tut nur einen Moment lang weh, dann erlischt der Schmerz in meinem verkrampften Herzen, und die Vertrautheit siegt.

Das beklemmende Gefühl weicht aus meiner Brust und macht Platz für die Wärme, die sich nun in mir ausbreitet.

»Das war gut, Vic! Sehr gut sogar. Ich bin stolz auf dich!«, sagt er, und nun ist mir danach, zu weinen. Ich komme mir vor wie ein kleines Mädchen, das seinen Papa glücklich gemacht hat.

Dieses verletzliche Kind dringt in mir durch und ist so hypersensibel, dass jedes kleine Wort im nächsten Moment fatale Folgen haben könnte. Ich fühle mich wie gehäutet und war nie empfindlicher als in dieser Sekunde. Aber er weiß das offenbar und reicht mir seine Hand. Ich greife zittrig danach, bis ich seine Stärke in meiner Handfläche spüre. Er zieht mich nach oben, sodass ich nun vor ihm stehe. Dennoch senke ich wieder den Blick und schaue auf meine nackten Füße. Da greift er unter mein Kinn und hebt es an. Unsere Blicke treffen sich … liebkosen einander, ehe er noch näher kommt und mich zu küssen beginnt. Diesmal nicht nur brav und innig, sondern leidenschaftlich, mit einer Gier und Inbrunst, die mich in seine starken Arme zieht, wo er mich festhält …

Es fühlt sich an, als wäre ich geflogen und nun in seinen Armen gelandet. Seine Stärke nimmt mir die Schwäche. Seine Kraft gibt mir den nötigen Halt, und plötzlich fühle auch ich mich wieder stark, stärker als zuvor, und weiß dennoch nicht so recht, wie ich mich verhalten soll. Somit überlasse ich ihm die Führung und den Kuss, den ich nur sanft erwidere, ohne fordernd zu werden.

»Komm!«, haucht er nach einer Weile und zieht mich zum Bett. Im ersten Moment denke ich, dass ich mich wieder hinhocken und weiteren Anweisungen folgen soll, aber er beginnt, sich selbst auszuziehen. Zuerst streift er seinen Pulli über den Kopf, sodass seine wunderschöne Engelsflügeltätowierung zum Vorschein kommt, die seine ganze Brust ziert und die ich bisher nur einmal kurz gesehen habe. Aber an diesem Abend war ich zu schwach, um sie richtig zur Kenntnis zu nehmen, deshalb bewundere ich sie jetzt umso mehr, während er aus seiner schwarzen Lederhose und den Strümpfen schlüpft.

Meine Augen haben sich in dem schönen Motiv verloren und ebenso bewundere ich sein neckisches Brustwarzenpiering. Deshalb bemerke ich viel zu spät, dass er keine Unterwäsche trägt. Er steht mir nackt gegenüber und sein steifer Penis berührt meinen Bauch. Ich weiß gar nicht, wo ich zuerst hinschauen soll. Auf seinen prächtigen Schwanz, den ich vergöttere, die wunderschöne Tätowierung oder in seine Augen …

Als ich noch darüber nachdenke und von unten zur Mitte bis nach oben blinzle, schlüpft er ins Bett und zieht mich mit einem Ruck in seine Arme. Ich weiß nicht, ob das Teil einer Session ist. Irgendwie nicht … oder etwa doch?

»Darf ich etwas fragen?«, wispere ich zaghaft.

Er nickt mir lächelnd zu. »Ja!«

»Ist, ist es vorbei?«, will ich wissen, obwohl ich ja eigentlich immer noch den Plug im Po habe.

»Ja, Vic. Für heute ist deine Session vorbei. Das sollte fürs erste Mal reichen! Meist dauert es so lange, wie ich meine Kleidung trage. Wenn wir uns nackt gegenüberstehen, ist der Dom gegangen«, erzählt er. Himmel … eine ganze Wagenladung Steine fällt mir bei seinen Worten vom Herzen.

»Darf ich dich wieder Markus nennen?«, hake ich dennoch nach. Da schließt er mich noch fester in seine Arme und gibt mir einen sanften Kuss auf den Mund. »Ja, du darfst mich wieder Markus nennen. Alles ist wieder ganz normal, Vic, so wie immer!«

Puuh! Gott sei Dank. »Und der Plug? Was machen wir mit dem?«, will ich verunsichert wissen.

»Den lassen wir bis zum nächsten mal drin!«

Ich glaube, ich starre ihn an, als hätte mich der Blitz getroffen, denn er lacht laut los. »Nur noch ein paar Minütchen, okay? Ich will, dass sich dein Popo daran gewöhnt«, sagt er immer noch lachend, und mein Herz beruhigt sich wieder.

Oh Gott, war das heute ein Auf und Ab!

Ich kuschle mich dicht an ihn, sodass mein Kopf auf seiner starken Brust ruht, und genieße die Wärme und Vertrautheit zwischen uns, die mich wie eine Decke einhüllen.

»Tut es sehr weh?«, erkundigt er sich, und ich weiß

gar nicht, was er meint.

»Der Plug?«, hake ich nach.

»Ja, Vic. Schmerzt er sehr?«

»Nein, überhaupt nicht! Es fühlt sich nur kribbelig an. Ein bisschen wie Strom.«

»Das ist sehr gut, Kleines! Was war denn für dich am schlimmsten?«, will er wissen und küsst mich auf die Stirn.

Da brauche ich nicht lange überlegen … »Dass du so lange in der Ecke gestanden und mich alleine gelassen hast, gleich zu Beginn, als ich mich ausziehen musste. Das war das schlimmste. Und dann die Sache mit den Pobacken … Das war ziemlich demütigend.«

»Okay«, raunt er mir ins Ohr, und schenkt meinen Ohrläppchen zugleich einen Kuss. »Wäre etwas von beidem bei der nächsten Session ein Tabu für dich?«

»Nein!«, muss ich gestehen, obwohl es sich merkwürdig anfühlte. Aber ich kann damit leben, wenn es ihn glücklich macht, was ich ihm auch offenbare.

»Kannst du auch damit leben, wenn ich mir jetzt wünsche, mit dir zu schlafen?«, will er wissen, und ich traue meinen Ohren kaum. Das wäre zu schön! Einfach nur wunderbar. Und es wird so viel schöner, als ich es mir je erträumt hätte!

Dom hin oder her … Ich habe zwar nicht viel Erfahrung, aber ich glaube, es gibt keinen Mann, der zärtlicher sein kann als Markus. Die Liebe und die Aufmerksamkeit, die er mir in den folgenden Stunden schenkt, sind nicht von dieser Welt. Er widmet sich meinem Körper mit einer Zärtlichkeit, die mich direkt ins Paradies befördert und in seinen Armen mehrfach kommen lässt. Wir schlafen bis zum Morgengrauen drei Mal miteinander, und jedes Mal ist es schöner und vertrauter als zuvor. Selbst, als er mich am ersten Weihnachtsfeiertag ans Bett fesselt und mir wieder zeigt, welchen Einfluss seine Spielchen auf meinen

Körper haben, er mir mehrere Orgasmen verweigert, ehe er mich kommen lässt, vertraue ich auf die Nacht, in der ich wieder seine Prinzessin sein darf, der er die Sterne vom Himmel holt.

Während unserer dritten Session führt er mich tiefer in seine Welt und bringt mir sein Lieblingsspiel ganz nah. Über seinen Knien lerne ich, was ein Spanking ist und welche Auswirkungen es auf den weiblichen Körper hat, zumindest auf meinen. Dass es so erotisch sein kann, den Po voll zu bekommen, hätte ich nie für möglich gehalten. Vermutlich liegt es aber auch daran, dass er mich zeitgleich von unten stimuliert und sich das Brennen meiner Popacken mit der sanften Massage meiner Klit vereint und in einem bombastischen Höhepunkt endet. Danach werde ich noch mehr verwöhnt und auf Händen getragen. Ich kann mein Glück kaum fassen und befinde mich nach Weihnachten in einem Taumel der Glückseligkeit. Heute muss ich wieder arbeiten und schwebe nur so durch die Klinik. Ein breites Lächeln ist jedem meiner Patienten gewiss, allerdings steht mir nachher die Aussprache mit Alex bevor, was meine Stimmung ganz leicht trübt. Wie er wohl auf die Absage der Hochzeit reagieren wird?

Caro war am ersten Weihnachtsfeiertag bei ihm, um mir einige Kleidungsstücke und Kosmetikartikel aus der Wohnung zu holen. An diesem Tag war er zum Glück nicht zu Hause, wie sie mir mitgeteilt hat. Aber heute Abend werde ich ihn ganz sicher antreffen und ein klärendes Gespräch nicht länger aufschieben können. Als ich kurz nach 18.00 Uhr die Wohnung betrete, ist er allerdings nicht da. Mir fällt ein Stein vom Herzen, und ich nutze die Gelegenheit, ihm eine Nachricht zu hinterlassen. In aller Ruhe bringe ich zu Papier, was mir in der Seele brennt.

»Lieber Alex, glaub nicht, dass es mir leicht gefallen ist, folgende Entscheidung zu treffen. Wir haben viele gemeinsame Jahre hinter uns, obwohl das Wort ›gemeinsam‹ im Grunde nicht wirklich in diesem Zusammenhang zu nennen ist, denn geteilt haben wir außer deiner Wohnung nicht viel. Mir ist bewusst, dass ich alles andere als deine Traumfrau bin und dass es Liebe zwischen uns nie geben wird. Deshalb habe ich mich gegen die Hochzeit entschieden. Es macht für mich einfach keinen Sinn, einen Mann zu heiraten, der mich weder liebt noch begehrt noch attraktiv findet. Ich finde keinen einzigen Grund, der diese Hochzeit rechtfertigen würde. Was die Geschäfte anbelangt, klär das doch bitte mit meinem Vater persönlich. Ich habe kein Interesse an der Firma, auch noch nie gehabt, insofern kann er dir meinen Erbteil liebend gerne übertragen. Ich bin heute zum letzten Mal hier, um einige persönliche Gegenstände mitzunehmen. Meinen Schlüssel zu deiner Wohnung überlasse ich dir ebenfalls. Vielleicht findest du ja jemanden, der ihn mehr verdient als ich. Ich gönne es dir von Herzen und wünsche dir für deine Zukunft alles Liebe und Gute. Vic«

Ich lese es noch einmal, ehe ich den Brief in ein Kuvert stecke. Anschließend packe ich ein paar Habseligkeiten zusammen, die ich mit in mein neues Leben nehmen werde. Viel ist es nicht, denn die Wohnung als auch das Mobiliar gehören Alex. Ob Fernseher, Lampen, Teppiche oder Telefon … nichts von all dem ist mein. Er hat einen ganz anderen Geschmack, und ich habe mich immer seinem Stil gebeugt. Folglich nehme ich nur wenige Dinge mit, die mir persönlich gehören, wie meine Bücher, Fotoalben, Kosmetikartikel, Schmuck und Erinnerungsstücke … Meine alten, viel zu weiten Klamotten lasse ich zurück und trage alles andere nach und nach zu meinem Auto. Als ich das letzte Mal durch die Wohnung gehe, nehme ich das Wichtigste an mich, meine Schatulle, in der ich all meine Schätze hüte. Nun kann ich guten Gewissens gehen, denn wirklich zu Hause bin ich hier noch nie gewesen. Ich gehe ein letztes Mal in das Arbeitszimmer, in dem Alex seine meiste Zeit verbringt, und lege das Kuvert samt Schlüssel auf seinen Laptop. Dann begebe ich mich zur Wohnungstür und ziehe sie mit einem tiefen Seufzer hinter mir zu, wobei mich ein unglaubliches Gefühl der Befreiung überkommt.

Kapitel 26
Victoria

Liebe und Hiebe

Einige Tage sind vergangen, und entgegen meiner Befürchtungen hat sich Alex nicht bei mir gemeldet. Selbst von meinen Eltern habe ich bisher nichts gehört, was sehr seltsam ist. Inzwischen haben wir den 31.12., und Silvester steht an, aber selbst an diesem Tag bleibt mein Handy stumm. Nur Caro meldet sich am Morgen, um mir einen guten Rutsch zu wünschen, denn der heutige Tag gehört einzig Markus und mir. Leider muss er am Vormittag noch arbeiten, wohingegen ich heute frei habe. Deshalb nutze ich die kleine Auszeit und setze mich in aller Stille auf sein Bett. Ich nehme mein kleine Schatulle an mich und öffne sie … Da entdecke ich die Kette. *Es ist die Liebe!*

Die kleinen Handschellen stechen mir sofort ins Auge, ebenso das Unendlichkeitszeichen, das sie gemeinsam bilden, und jetzt verstehe ich es endlich!

Miteinander verbunden zu sein … das ist Liebe!

Nie habe ich stärker geliebt als in diesen Stunden. Deshalb tue ich etwas, das ich zuvor nie gewagt habe. Ich lege die Kette des toten Mädchens um meinen Hals … Im ersten Moment überzieht mich eine Gänsehaut, zumal ich weiß, dass genau heute ihr dritter Todestag ist. Auf den Tag genau vor drei

Jahren ist die junge Frau in meinen Armen gestorben. Drei Jahre hat es gedauert, bis ich ihre Kette umlegen konnte … drei Jahre, um die Liebe zu finden. Ja, es ist die Liebe, ich spüre sie so deutlich wie noch nie!

Ich bete, dass es ihr gut gehen möge, da, wo sie jetzt ist, und danke ihr gen Himmel für dieses besondere Geschenk.

Nachdenklich gehe ich in die Küche, um unser Essen für heute Abend vorzubereiten. Philip feiert Silvester im Dark Dream mit den anderen Clubmitgliedern, so wie jedes Jahr. Nur Markus weigert sich, an dieser Party teilzunehmen. Für uns ist das Dark Dream erstmal tabu, hat er mich wissen lassen. Das, was er mir beibringen will, könne er mir auch erstmal hier zeigen. Und damit hat er Recht. Bis jetzt bin ich völlig ausgelastet mit den hiesigen Hilfsmitteln, die mich jeden Abend zum Beben bringen. Was er heute mit mir vorhat, kann ich unmöglich erahnen, denn er überrascht mich immer wieder! Wenn ich denke, es wird schlimm, ist er ganz sanft zu mir. Und wenn ich nichts Schlimmes erwarte und mich auf die Session freue, geht es unter die Haut, so wie vorgestern, als ich beinahe weinen musste, weil er sein Spanking ausdehnte, bis ich weit über meine Grenzen hinaus war. Allerdings fängt er mich nach jedem Mal so sanft wieder auf, dass es sich im Nachhinein wie Fliegen anfühlt. Ja, er bringt mich zum Fliegen, in seiner Gegenwart bin ich dem Himmel ganz nah und freue mich tierisch auf unser erstes gemeinsames Silvester.

Meine Vorfreude gerät allerdings ins Stocken, als er zur Mittagszeit die Küche betritt. Er schaut mich an, und sein Blick trifft mich wie tausend Peitschenhiebe gleichzeitig. Was ist das nur in seinen Augen? Ich erkenne ihn kaum wieder! Er starrt mich an, während der Zorn von ihm Besitz ergreift. Ich bin wie versteinert und weiche erschrocken einen Schritt zurück, weil ich nicht recht verstehe, was das soll.

»Markus? Ist alles okay?«, frage ich, weil ich mir sein Verhalten einfach nicht erklären kann. Was ist denn nur mit ihm los?

In seinem Gesicht mischen sich viele Emotionen, die ich kaum deuten kann. Ich erkenne Wut, Trauer, Verachtung … da ist alles, nur nichts Schönes mehr.

»Wo hast du die Kette her?«, fragt er mich plötzlich, und ich halte die Luft an. In mir überschlagen sich die Gedanken, mein Verstand streikt, und ich weiß nicht, ob ich weiter überlegen oder ihm besser antworten soll. Da schreit er mich an. »Ich habe dich etwas gefragt! Wo hast du diese Kette her?«

Die Art und Weise, wie er es sagt, lässt mich völlig verstummen. Ich bekomme keinen Ton heraus und weiche einen weiteren Schritt zurück.

»Verdammt, Vic, ich habe dich hier aufgenommen, dir mein Heim zur Verfügung gestellt, dich in mein Bett gelassen, und du bestiehlst mich?«

Was? Ich bestehle ihn doch nicht! Was soll denn das nur?

»Ich frage dich zum allerletzten Mal: Wo hast du die Kette her?«, brüllt er so laut, dass ich zusammenzucke und mir die Worte im Hals stecken bleiben. Ich bekomme keinen Ton heraus!

»Gib mir die Kette! SOFORT! Und dann kannst du verschwinden! Dort ist die Tür!«

Ist das ein Albtraum? Träume ich diesen Wahnsinn nur? Das kann doch unmöglich wahr sein!

»Die Kette, ich will die Kette haben!«, schreit er unterdessen nochmal so laut, dass die leeren Gläser auf dem Tisch klirrend vibrieren. Ich zittere am ganzen Leib, als meine Hände zu der Kette greifen, um sie mir über den Kopf zu ziehen. Ich habe sie kaum abgenommen, als er mit zwei großen Schritten auf mich zukommt und sie mir entreißt.

»Geh! Verschwinde, Vic! Das hätte ich nie von dir gedacht!«, sagt er und deutet auf die Tür.

»Aber, aber … ich, ich habe doch gar nichts …«

»Erst bestiehlst du mich, und dann lügst du auch noch? Raus hier, ehe ich mich noch ganz vergesse!«, droht er, während ich immer noch nicht weiß, wie mir geschieht. Ich habe doch gar nichts gestohlen! Und wieso lüge ich? Ich habe doch kaum etwas gesagt!

Ich ahne ja, was es zu bedeuten hat. Für umsonst würde er nicht so wütend reagieren, aber kann all das wahr sein? Ist Nora etwa das tote Mädchen, von dem ich die Kette habe? Wieso sollte er sonst davon ausgehen, dass ich ihn bestehle? Oder hat er etwa auch so eine Kette? Ja, gewiss, die gab es bestimmt mehrfach!

Ich schaffe es einfach nicht, die Sache aufzuklären. Zum einen bin ich viel zu geschockt, und zum anderen ist er viel zu wütend, als dass er mir überhaupt zuhören würde. Deshalb greife ich nach meiner Jacke und der Handtasche und verlasse völlig verstört seine Wohnung.

Ich fahre in meinem Auto ziellos durch München, während die Tränen mein Gesicht besudeln. Ich weiß einfach nicht, wohin, und entschließe mich am Abend, ein Hotel aufzusuchen, was alles andere als leicht ist, denn die meisten sind ausgebucht. Schließlich finde ich eine Unterkunft im Bayrischen Hof, was garantiert an der Preisklasse liegt, die es in sich hat. Aber von dem wundervollen und edlen Ambiente in dem Hotel bekomme ich nicht viel mit, denn ich verbringe die folgenden Stunden ausschließlich in meinem Zimmer.

Heute ist Silvester … und ich sitze einsam und traurig auf dem fremden Bett. Dass dieses Jahr so zu Ende gehen würde, hätte ich niemals erwartet. Ich komme irgendwann an diesem Abend an einen Punkt, an dem ich es bereue, jenen Morgen in den

Coffeeshop gegangen zu sein. Dann hätte ich Markus nie gesehen, dann wäre ich ihm nie ins ›Burning Needle‹ gefolgt, hätte mich auch nicht für ein Tattoo entschieden, das mein ganzes Leben auf den Kopf stellt … Dieser eine morgendliche Kaffee hat eine Kettenreaktion ausgelöst, die Ihresgleichen sucht. Auf der anderen Seite möchte ich die wunderschönen Stunden, die ich mit Markus verbracht habe, nie wieder missen. Die Erinnerungen daran sind alles, was ich noch habe. Dass ausgerechnet die Kette für so einen Krach zwischen uns sorgen würde, hätte ich nie für möglich gehalten.

Es ist die Liebe … von wegen!

Ich sitze weinend und völlig apathisch auf dem Bett und weiß einfach nicht mehr weiter. Ich habe Markus in den vergangenen Stunden mehrere Nachrichten geschrieben, aber offenbar hat er sein Handy ausgeschaltet, denn es wird ihm keine einzige zugestellt. Ich würde so gerne mit ihm reden, ihm alles erklären, wozu ich vorhin nicht fähig war!

Wenn ich anders reagiert hätte, wäre es vielleicht nie so eskaliert. Aber ich konnte einfach nichts sagen, ich war zu erschrocken, und dann wurde er so laut, so mächtig aufbrausend.

Wie soll es denn jetzt nur weitergehen? Ich erwäge kurz, Caro anzurufen, aber ehrlich gesagt bin ich in so einer schlechten Verfassung, dass ich ihr Silvester nicht auch noch verderben will. Sie denkt, ich würde mit Markus feiern, wie es ja eigentlich auch geplant war. Und Philip will ich ebenfalls nicht belästigen. Deshalb bleibe ich alleine und sehe mir am späten Abend ganz im Stillen an, wie die vielen bunten Raketen zum Himmel schießen und das neue Jahr begrüßen, während mein Herz in tausend Splitter zerspringt. *Markus, du fehlst mir so! Ich liebe dich!*

Hätte ich doch nur diese Kette nicht umgelegt! Dann würde ich jetzt in seinen Armen liegen, und er würde mich mit Küssen bedecken, so, wie er es an den vergangenen Tagen getan hat. Ich kann ihn selbst jetzt noch schmecken, zudem rieche ich nach ihm. Wir haben heute Morgen nach dem Duschen wieder miteinander geschlafen, deshalb trage ich sein Sperma noch in mir. Es steigt mir wie ein Aphrodisiakum zu Kopf, als ich meine Unterwäsche wechsle, ehe ich zu Bett gehe. Hier liege ich nun, alleine, verlassen, und weine mich in den Schlaf.

Seine Nähe fehlt mir ja so sehr … Eine gemeinsame Woche hatten wir, nur eine einzige Woche, die mir die Welt bedeutet. Die Tatsache, dass er mich weggeschickt hat, schmerzt so sehr, dass ich am liebsten mit Nora tauschen würde. Dann täte es jetzt nicht so weh, und sie wäre wieder bei ihm …

Ob sie auch so eine Kette hatte? Ob sie das tote Mädchen ist? Weshalb sonst hätte er so wütend auf die Kette reagieren sollen? Oder hat es vielleicht gar nichts mit Nora zu tun? Vielleicht symbolisiert die Kette etwas, und er ist deshalb so ausgerastet. Vielleicht hat sie eine Bedeutung, die mir völlig fremd ist, und er interpretiert es nur falsch. Vielleicht stehen ja die Handschellen für ein Merkmal, das ich nicht kenne, und er hat es als Provokation aufgefasst … Ach, wenn ich doch nur mit ihm reden könnte! Ich würde es so gerne klären. Es quält mich unendlich, dass ich nicht bei ihm sein kann.

Auch am nächsten Morgen bleibt sein Handy aus, und meine Nachrichten versickern im Nirgendwo. Dafür erhalte ich eine SMS von Alex. »Wir müssen dringend reden!«, schreibt er mir, obwohl ich nicht weiß, was wir noch zu bereden haben. Denn zurück zu ihm will ich auf gar keinen Fall, auch, wenn ich momentan nicht weiß, wo ich unterkommen soll. Dieses Hotel werde ich mir nicht lange leisten können und noch heute, spätestens morgen, auf eine günstige Pension ausweichen müssen. Und dann wäre eine

Wohnungssuche angebracht. Hoffentlich finde ich etwas Bezahlbares, so lange ich noch Assistenzärztin bin, denn meine Eltern werden mich nicht wieder aufnehmen, da bin ich mir ziemlich sicher.

»Vic, bitte! Lass uns nochmal reden!«, folgt schon die nächste Nachricht von Alex.

»Mir geht es gerade nicht so gut. Besser ein anderes Mal. Gesundes, neues Jahr wünsche ich dir übrigens!« Ich drücke auf Senden, und binnen Sekunden kommen die nächsten Textzeilen von ihm.

»Schenk mir nur fünf Minuten, um ein paar Details zu klären, mehr will ich gar nicht!«

Ich gebe mich geschlagen, und so kommt es, dass ich am Neujahrstag um die Mittagszeit zu ihm fahre. Es ist komisch, dort anzukommen und klingeln zu müssen, da ich jahrelang ein- und ausgegangen bin.

Es dauert eine Weile, ehe er mir öffnet, und ich bin geschockt! Er ist betrunken! Ich habe Alex in all den Jahren nie betrunken erlebt. Er sieht aus, als hätte er die Nacht durchgemacht. Er trägt die Hose einer seiner kostspieligen Anzüge, aber das teure Hemd ist völlig zerknittert und nur zum Teil in den Bund gesteckt. Zudem steht sein Hosenstall offen, und die Krawatte hängt ihm viel zu leger um den Hals. Er stinkt nach Wodka und lallt vor sich hin. Mir ist es ein Rätsel, wie er in diesem Zustand noch Textnachrichten verfassen konnte.

»Komm rein, oder hast du nach einer Woche schon vergessen, wo unsere Küche ist?«, sagt er, während mich seine Ausdünstungen fast umwerfen.

»Wie viel hast du getrunken?«

»Nur ein bisschen. Es ist ja schließlich Silvester!«

»Es war Silvester, gestern! Heute ist Neujahr«, verdeutliche ich und folge ihm in die Küche, in der es wie auf einem Schlachtfeld aussieht. Was ist denn hier nur geschehen? Überall stehen leere Flaschen herum, und auf den unzähligen Tellern befinden sich

Speisereste, die sich schon festgesetzt haben. Er greift zu einer Flasche mit billigem Fusel und setzt an, um den verbliebenen Inhalt auch noch zu sich zu nehmen.

»Hätte ich gewusst, dass du so betrunken bist, wäre ich nicht gekommen.«

»Ach, wärst du dann wieder zu deinem Stecher gefahren? Diesem Tätowiertypen, der so groß ist wie ein Bär. Stehst du auf solche Riesen, Vic? War dir mein Schwanz immer zu klein?«, fährt er mich in aller Deutlichkeit an.

»Das kann ich dir gar nicht so genau sagen, denn ich kann mich nicht mehr an deinen … nun ja, ich kann mich nicht mehr daran erinnern, so lange ist es her.«

»Willst du ihn sehen, Vic? Hast du ihn vermisst? Komm her, ich zeige ihn dir!«, faselt er und fummelt an seiner Hose herum, die eh schon halb offen steht.

»Nein, lass nur, ich gehe dann mal wieder! Nimm besser eine Aspirin und leg dich schlafen. Wir reden lieber ein anderes Mal!«

»Nein! Stopp! Bleib! Schau, hier ist er. Komm, du darfst mit ihm spielen. Du stehst ja auf Schwänze. Du brauchtest ja sogar zwei davon! Hier ist der dritte«, macht er weiter, während ich mich schon umgedreht hatte, um zu gehen. Nun sehe ich sein erschlafftes Glied, das aus seinem offenen Hosenstall hängt.

»Alex, du bist betrunken und solltest dich jetzt besser hinlegen. Wir sehen uns!«, sage ich deutlich und drehe mich abermals um. Ich habe die Küche noch nicht verlassen, als er an meine Schulter greift und mich aufzuhalten versucht. Er presst mich grob an die Wand und drückt seinen schlaffen Penis an meinen Bauch. Dabei bringt mich sein Atem fast um.

»Gefällt dir das? Willst du das, ja?«, raunt er stöhnend und reibt sich an mir. Das ist unglaublich ekelig, und ich drehe meinen Kopf angewidert zur

Seite.

»Nein, Alex! Das gefällt mir keineswegs!«, beteuere ich und drücke ihn von mir.

»Weshalb? Weil ich nicht so groß bin wie die zwei Typen? Oder weil deine Fotze satt ist? Hattest du heute schon einen Schwanz, du kleine Nutte?«, fährt er mich böswillig an, und ich erkenne den Ernst der Lage. Er hat sich keineswegs mehr unter Kontrolle, und ich bin hier ganz alleine mit ihm. Ich muss schleunigst hier raus und schiebe ihn mit aller Gewalt von mir. Aber er ist unfassbar schwer und hängt weiter vor meinem Körper, während er mir grob zwischen die Beine greift.

»Findest du das schön, ja? Willst du gefickt werden?«, hört er nicht auf, und ich weiß einfach nicht, was ich noch tun könnte. Ich will hier raus! Ich muss hier weg!

»ALEX! ALEX! STOPP«, schreie ich ihn deshalb laut an, um ihn zur Besinnung zu bringen, aber das hilft nicht, im Gegenteil! Er erschrickt sich nur, holt aus und gibt mir eine Ohrfeige, die sich gewaschen hat. Im Nu schwillt meine Lippe an. Als ich danach fasse, spüre ich Blut, und ein Blick auf meine Finger bestätigt es. Meine Lippe muss seitlich gesprungen sein.

Ich schaue ihn entsetzt an. »Bist du jetzt völlig wahnsinnig geworden? Lass mich sofort los! Du hast mich zehn Jahre kaum angerührt, also nimm jetzt deine Pfoten von mir und lass mich gehen!«, fordere ich in aller Deutlichkeit.

Er lacht nur fies und grabscht mir grob an die Brust, in die er mich auch noch zwickt, was nicht nur unangenehm, sondern auch sehr schmerzhaft ist. Er geht dabei so derb vor, dass garantiert Hämatome zurückbleiben werden.

»Ja, du und deine Monstertitten … Soll ich sie mal richtig kneten? Hat dir das gefehlt?«, macht er unterdessen weiter und hat nun beide Hände auf meiner Oberweite liegen, die sie bearbeiten, während das Gewicht seines Körpers mich an der Wand gefangen hält. Ich schaue panisch um mich und suche nach Gegenständen, die ich zur Not verwenden könnte, um mich von ihm zu befreien. Da entdecke ich einen Krug, der seitlich über mir auf einem Board an der Wand als Dekorationsartikel steht. Den hat er mal zum Oktoberfest gewonnen. Er könnte meine Rettung werden. Mit meiner linken Hand kann ich ihn erreichen, und wenn ich ihm das Gefäß gezielt auf den Kopf schlage, müsste er mich loslassen. Zumindest rein theoretisch …

Allerdings kann es fatale Folgen für ihn haben, wenn ich zu stark zuschlage. Und fällt der Schlag weniger heftig aus, besteht die Gefahr, dass es nicht wirksam genug ist und ich ihn dadurch nur noch aggressiver mache. Während ich rätsle, mit welcher Härte ich ihm den Krug über den Schädel ziehen soll, bedrängt er mich weiter …

»Jetzt ziehst du dich auch noch nuttig an. Für die Typen? Treibst du es eigentlich mit beiden gleichzeitig, oder ist einer nach dem anderen dran?«, will er wissen, während seine Hände versuchen, unter mein neues, eng anliegendes Shirt zu fahren. Als ihm dies nicht gelingt, zieht er den Ausschnitt tiefer, sodass meine Brüste richtig zur Geltung kommen.

»Den beiden gefallen deine riesigen Titten und dein Arsch, was? Tja, wäre ich nicht schwul, würden die mir vermutlich auch gefallen! Aber ich steh auf Männer, Vic! Schon immer! Ich bin seit zwölf Jahren mit Martin zusammen! Ich habe es versucht, ich habe es echt mit dir versucht, aber ich kann den Scheiß nicht!«, sagt er, klopft auf meine Brüste und lässt mich für eine Millisekunde los. Allerdings bin ich so perplex, dass ich wie angewurzelt stehen bleibe. Martin? Wer ist Martin? Sein Sekretär? Ich komme nicht dazu, weiter darüber nachzudenken, denn er hat mich bereits wieder im Griff und drückt jetzt gar gegen meinen Hals, sodass ich röcheln muss.

»Weißt du, wie das ist, Vic? Anders zu sein, schwul zu sein, wenn man ein angesehenes Mitglied der Gesellschaft ist? Der Graf, der Graf, der Graf … Mein Leben lang war ich immer nur der Graf! Was unter meiner Haut vor sich geht, interessiert niemanden einen Scheiß! Ich muss funktionieren, tagein, tagaus! Und natürlich wird von mir erwartet, dass ich eine Frau und Kinder habe … normal bin! Aber das bin ich nicht! Ich bin nicht normal!«, schreit er mir ins Gesicht, woraufhin ich gerne zurückweichen würde, was aber nicht geht, da mein Kopf schon an der Wand liegt. Deshalb drehe ich mich nur ein wenig seitlich, um der Alkoholfahne auszuweichen.

Hilfe! Mein Hirn spielt total verrückt, in mir geht alles drunter und drüber. Er hätte doch in all den Jahren so viele Gelegenheiten gehabt, mir zu sagen, dass er schwul ist! Ich wäre die Letzte gewesen, die nicht hinter ihm gestanden hätte! Stattdessen hat er mir immer das Gefühl vermittelt, nicht liebenswert, nicht gut genug zu sein …

»Alex, du bist normal! Homosexualität ist in unseren Breitengraden gesellschaftlich anerkannt und auch nichts Unnormales. Du hättest dich all die Jahre nie verstecken brauchen!«, versuche ich ihm näher zu bringen, während er höhnisch auflacht und versucht, mich zu küssen. Ich drehe meinen Kopf abermals angewidert zur Seite und wende zum x-ten Mal all meine Kraft auf, um ihn von mir zu stoßen.

»Lass mich los, Alex! Lass mich gehen!«

»Damit du wieder bei deinen Typen aufschlagen kannst? Bei den echten Männern, die es dir besorgen? Du bist immer noch meine Verlobte!«

»Ehrlich gesagt, bin ich das nicht mehr. Meines

Erachtens war mein Brief deutlich genug«, mache ich klar und stemme ihn weiter von mir weg. Es gelingt mir sogar, und zwischen uns entsteht so viel Platz, dass ich mich aus der Enge befreien kann. Doch kaum bin ich in Richtung Flur unterwegs, fällt er von hinten über mich her und versucht, mich aufzuhalten.

»Du musst bleiben! Du musst mich heiraten, Vic! Bitte!«, raunt er in mein Ohr und küsst mich in den Nacken, wobei es mir eiskalt über den Rücken läuft. Ich kämpfe mich weiter vorwärts, obwohl er wie eine Klette an mir hängt. Als ich nicht antworte und auch nicht nachgebe, sondern der Haustür immer näher komme, lässt er mich los und verpasst mir gleichzeitig einen Stoß, sodass ich mit dem Gesicht gegen den Haken unserer Flurgarderobe schlage und mein Auge um Haaresbreite verfehle.

Er ist vermutlich genauso perplex wie ich, denn das hat er nicht gewollt. Er bleibt erschrocken stehen und rührt sich nicht mehr. Diese Sekunden nutze ich, um die Haustür aufzureißen und zu verschwinden.

Ich renne nach draußen, wo mein Auto an der Straße parkt. Im Autospiegel wird das Ausmaß meines Sturzes sichtbar. Nicht nur meine Lippe ist dick geschwollen und aufgeplatzt, auch die Region über meinem rechten Auge hat es schlimmer erwischt, als es sich angefühlt hat. Eine Schramme zeichnet mich, die zusätzlich in ein kleines Veilchen übergeht. Mist! In diesem Zustand werde ich morgen noch nicht einmal an die Arbeit gehen können! So kann ich mich unmöglich meinen Patienten zeigen.

Weinend fahre ich zurück ins Hotel und gehe mit gesenktem Kopf auf mein Zimmer, wo ich schluchzend ins Bett falle. Ich weiß einfach nicht mehr, wie es noch weitergehen soll. Das neue Jahr hat eben erst begonnen, und wie es im Moment aussieht, habe ich selten ein schlimmeres erlebt.

Kapitel 27
Markus

Späte Einsicht

Mein Schädel brummt, als hätten sich Hornissen eingenistet, die mich quälen und beinahe in den Wahnsinn treiben. Seit vierundzwanzig Stunden ist Victoria nun weg, und sie fehlt mir, verdammt! Aber warum hat sie Noras Kette an sich genommen? Drei Jahre lang habe ich danach gesucht! Drei verdammte Jahre … vergebens! Und kaum ist sie hier, durchwühlt sie meine ganzen Schränke, oder wo auch immer sie die Kette gefunden hat. Um den Hals geflogen sein wird sie ihr schließlich nicht! Und dann noch ausgerechnet an Noras Todestag! Ausgerechnet an diesem Tag, vor dem ich mich immer wieder aufs Neue fürchte. Silvester wird für mich nie wieder das sein, was es für andere Leute ist. Ich werde nie vergessen können, was geschah, als es an jenem Abend vor drei Jahren an meiner Tür klingelte und ich öffnete, weil ich schon auf Nora gewartet hatte. Wir wollten zum Feiern ins Dark Dream gehen, deshalb hatte ich sie nochmal losgeschickt, um die Brötchen abzuholen, die wir beim Bäcker bestellt hatten. Aber sie kam ewig nicht zurück! Und dann standen da diese Polizisten vor meiner Tür … Oh Gott, ich höre es immer noch. Worte, die mein ganzes Leben zerstört haben, mein Herz in tausend

Fetzen rissen. Nur wegen der blöden Brötchen! Wäre ich gefahren, wäre sie noch am Leben. Aber ich hatte einen Kunden und der Bäcker schloss um 16.00 Uhr, deshalb hat sie sich mit dem Fahrrad auf den Weg gemacht …

Nach ihrem Tod dachte ich, ich könnte nie wieder glücklich werden. Der Schmerz wurde zu meinem steten Begleiter, bis Vic in mein Leben getreten ist. In den letzten Tagen hat sie meine Befürchtungen zerschlagen und mir gezeigt, dass ich wieder zum Lieben fähig bin. Herrgott nochmal, ich war sogar glücklich, so glücklich wie seit Ewigkeiten nicht mehr! Ich glaube, so glücklich wie noch nie, denn Vic ist perfekt für mich! Wir passen zusammen wie zwei Puzzlestücke, die einfach zueinander gehören. Weshalb nur musste sie diese Kette umlegen? Wieso zum Teufel? Als ich sie damit gesehen habe, war es im ersten Moment, als wollte Nora mich strafen! Als würde sie mahnend mit dem Finger auf Vic zeigen …

Ich wäre beinahe durchgedreht, weil ich mich einerseits so erschrocken und andererseits so schuldig gefühlt habe. Ich meine die Kette war verschollen! Drei Jahre lang!

Zig Mal war ich bei dem Beerdigungsinstitut gewesen und habe den Verantwortlichen unterstellt, die Kette gestohlen und unrechtmäßig an sich genommen zu haben, weil sie angeblich nicht auffindbar war. Und dabei lag sie tatsächlich irgendwo hier in meiner Wohnung. Unglaublich! Ich kann nur nicht verstehen, weshalb Nora sie an jenem Tag nicht getragen hat, denn für gewöhnlich legte sie das Schmuckstück noch nicht einmal beim Duschen ab. Es war eine Einzelanfertigung, die ich extra für sie in Auftrag gegeben hatte, und sie liebte diese Kette. Zwei kleine Handschellen, die unsere Liebe symbolisch für die Unendlichkeit zusammenhielten. Dass unsere Unendlichkeit der Wirklichkeit so schnell zum Opfer fallen würde, hätte ich nie für möglich gehalten …

Während ich weiter grüble, klingelt es an meiner Haustür. Ich wünsche mir insgeheim, dass es Vic ist. Ich muss dringend mit ihr reden, denn gestern habe ich sie ja nur angeschrien. Ich muss mich entschuldigen und ihr erklären, weshalb ich so unkontrolliert gewesen bin, ihr nahebringen, wie viel das Schmuckstück mir bedeutet, aber als ich unten ankomme, steht dort nicht Vic, sondern Philip, der mich ganz ernst anschaut.

»Wie siehst du denn aus? Was habt ihr denn letzte Nacht getrieben? Gesundes Neues erstmal. Ich hätte dich ja angerufen, aber dein Handy ist ausgeschaltet«, erinnert er mich. Mein Handy war mir ganz entfallen. Ja, ich hatte es gestern nach dem Streit ausgemacht, weil ich niemanden hören oder sehen wollte. Ich sollte es dringend wieder einschalten. Vielleicht hat sich Vic schon mal gemeldet, aber ich befürchte eher nicht.

Als Philip in meiner Wohnung zwei Bier aus dem Kühlschrank holt und mir eines davon reicht, dreht sich mir beinahe der Magen um. »Tu bloß das Zeug weg! Ich kann keinen Alkohol mehr sehen!«

»Bist du krank? Habt ihr gestern so viel getrunken?«, hakt er nach.

»Wir nicht, aber ich schon. Mein Konsum reicht für die nächsten Tage. Mein Schädel fühlt sich an, als würde er jeden Moment explodieren. Ich brauche dringend eine Tablette und einen Kaffee«, gestehe ich, denn ich bin eben erst aufgestanden, was vermutlich auch daran liegt, dass ich erst heute Morgen volltrunken eingeschlafen bin. Auf dem Sofa!

»Du könntest auch eine Dusche gebrauchen, wie du aussiehst. Wo ist eigentlich Victoria? Arbeitet sie?«, erkundigt sich Philip, und der Klang ihres Namens verursacht Krämpfe in meinen Eingeweiden. Ich wüsste auch gerne, wo sie ist. Ich hatte eigentlich gehofft, sie hätte Philip aufgesucht, aber offenbar ist dem nicht so.

»Vic ist nicht hier. Ich habe Scheiße gebaut …«, gestehe ich kleinlaut, während ich mich zur Kaffeemaschine begebe, um einen Muntermacher aufzusetzen.

»Bitte? Das ist jetzt nicht dein Ernst, Markus! Geht's dir noch ganz gut?«, fährt er mich an, ohne zu wissen, was überhaupt vorgefallen ist.

»Wenn du mich so fragst: Nein, es geht mir ganz und gar nicht gut! Absolut nicht!«

»Wo ist sie?«, will er umgehend wissen.

Ich zucke mit den Schultern. »Keine Ahnung. Ich habe ehrlich gehofft, dass sie bei dir ist.«

»Markus! Du, du … also ehrlich. Was soll das? Erst buhlst du um sie, lässt sie binnen Stunden hier einziehen, und eine Woche später baust du offenbar Scheiße, und scherst dich einen Dreck darum, wo sie steckt! Es geht hier um Vic, vergiss das mal nicht!«

»Ganz langsam, Philip! Vor einer Stunde habe ich noch geschlafen, davor war ich so betrunken, dass ich noch nicht einmal mehr meinen Namen wusste, und außerdem hast du keine Ahnung, was vorgefallen ist. Denn ganz so unschuldig an der ganzen Geschichte ist sie auch nicht, im Gegenteil. Kannst du dich noch an die Kette erinnern, die ich Nora mal geschenkt habe?«

»Die Kette, die verschwunden ist? Die mit den Handschellen?«

»Genau! Nora trug sie gar nicht bei ihrem Unfall. Sie muss hier irgendwo gelegen haben. Jedenfalls hatte Vic sie gestern plötzlich um ihren Hals … Da bin ich ausgerastet! Das war so ein Schock für mich! Ich komme nichtsahnend aus dem Studio, und sie steht hier in der Küche und trägt Noras Kette! Ausgerechnet gestern, Philip! Es war Noras dritter

Todestag! Ich habe Vic gesehen, die Kette und dann nur noch Rot … Das war so ein Schlag ins Gesicht, das tat verdammt weh! Außerdem ist es ein schreckliches Omen, du weißt doch, wie abergläubisch Nora immer war. Es fühlte sich an, als würde sie mit dem Finger auf Vic zeigen, mir Vorwürfe machen, weil ich so schnell eine neue Frau in mein Leben gelassen habe … Ach, Philip, ich kann damit einfach nicht umgehen«, gestehe ich und schenke uns schwarzen Kaffee ein, der bereits durchgelaufen ist.

»Okay, das war gewiss verwirrend für dich«, beginnt er, aber ich falle ihm ins Wort. »Verwirrend? Es war furchtbar! Die Katastrophe schlechthin! Wäre es an einem anderen Tag gewesen, oder hätte sie die Kette auf den Tisch gelegt, hätte ich ganz anders reagiert. Aber sie zu tragen, war unmöglich von ihr! Es kommen einfach zu viele Faktoren zusammen. Zum einen muss sie hier herumgeschnüffelt haben. Gut, sie lebt nun hier, aber es gehört sich nicht, nach einer Woche sämtliche Schränke zu durchforsten. Und zum anderen ist es genauso frevelhaft, fremdes Eigentum an sich zu nehmen, ohne zu fragen!«, mache ich meine Sicht der Dinge klar, und Philip nickt.

»Da stimme ich dir zu, beides ist nicht richtig gewesen. Aber du weißt ja gar nicht, wo Vic die Kette gefunden hat. Stell dir mal vor, sie lag irgendwo bei euch unter dem Bett oder war zwischen die Matratzen gerutscht. Vielleicht hat Vic sie auch im Badezimmer gefunden und angenommen, es wäre ein Geschenk für sie. Es waren immerhin zwei Handschellen zu erkennen! Vielleicht wollte sie dir nur eine Freude machen und hat die Kette deshalb angelegt.«

»Scheiße!«, entfährt es mir, denn an diese Variante habe ich noch gar nicht gedacht. Das klingt sogar logischer, als anzunehmen, sie hätte sie einfach entwendet, denn das traue ich Vic im Grunde gar nicht zu! Ich schreie sie auch noch an und jage sie aus dem Haus! Wie bescheuert bin ich eigentlich gewesen?

»Und um nochmal zu dem Omen zu kommen, Markus. Vielleicht war es ja wirklich eines, aber ich sehe es anders als du, denn ich kenne Nora. Ich denke vielmehr, dass sie sich für euch freuen würde. Vielleicht war es wirklich kein Zufall, dass Vic ausgerechnet gestern diese Kette in die Hände gefallen ist. Vielleicht war es wirklich so etwas wie ein Zeichen, dass sie die Richtige für dich ist und die Kette verdient hat«, schildert er mir seine Sicht, wobei es mir durch und durch geht und mein schlechtes Gewissen sekündlich stärker wird. Weshalb musste ich nur so überreagieren? Weshalb habe ich sie nicht ausreden lassen? Sie wollte mir doch etwas sagen!

»Ich habe sie angeschrien, sehr laut angeschrien. Und dann habe ich sie aus dem Haus gejagt. So ein Mist! Wenn ich doch nur die Zeit zurückdrehen könnte! Nur ein paar Stunden«, sinniere ich vor mich hin, während Philip ganz tief Luft holt.

»Du gehst jetzt duschen, ziehst dir saubere Kleidung an, und ich versuche in der Zeit, Victoria zu erreichen. Ich rede erstmal mit ihr, okay? Vielleicht gibt sie dir noch eine Chance. Ich werde mein Bestes geben, um ihr deine Situation zu verdeutlichen. Trotzdem wirst du dich bei ihr entschuldigen müssen, ganz gleich, wie die Geschichte ausgehen wird.«

»Natürlich«, stimme ich umgehend zu und befürchte insgeheim, keine weitere Chance zu bekommen. Sie hat binnen kürzester Zeit nicht nur meine dunkle Seite kennengelernt, sondern auch noch tief in den schwarzen Abgrund meiner Seele blicken müssen. Ihr Verlobter hat sie immer gedemütigt, und ich setze sie bei der ersten Gelegenheit vor die Tür. Wie konnte ich nur? Vermutlich ist sie wieder bei ihm, und ich kann es ihr noch nicht einmal verdenken.

Kapitel 28
Victoria

<u>Es ist die Liebe</u>

Ich bin immer noch aufgelöst und liege weinend in dem fremden Hotelbett, als sich mein Handy plötzlich meldet. Ich schrecke hoch und schaue hoffnungsvoll auf das Display, weil ich mir so sehr wünsche, dass es Markus ist, aber stattdessen ist es Philip, der anruft. Ich schniefe die Tränen weg und nehme das Telefonat entgegen. Wer weiß, was er mir mitzuteilen hat. Schließlich befinden sich meine Klamotten noch bei Markus. Ach, wenn ich ihn doch nur noch einmal sehen, mit ihm sprechen könnte …

»Hallo?«, melde ich mich, und meine Stimme gibt deutlich meinen Zustand preis.

»Victoria? Wo bist du?«, fragt er ohne Umschweife.

»In einem Hotel.«

»Gott sei Dank, wir hatten befürchtet, du wärst zu Alex zurückgegangen.«

Wir? Befürchtet?

»In welchem Hotel bist du denn?«, hakt er unterdessen nach.

»Im Bayrischen Hof. Ein anderes war auf die Schnelle nicht verfügbar. Aber lange werde ich nicht mehr hier bleiben können.«

»Das musst du auch nicht, ich komme dich sofort abholen!«

Das geht mir jetzt doch ein bisschen zu schnell! Ich sehe nämlich ganz furchtbar aus. Es sind nicht nur die Verletzungen im Gesicht, ich bin auch scheußlich verweint. Meine Augen sind dick und geschwollen. Ich will nicht, dass er mich so sieht.

»Äh, nein! Besser nicht! Ich, ich brauche noch ein paar Tage. Worum geht es überhaupt?«, will ich wissen, denn ich verstehe nicht, weshalb er sich meldet und nicht Markus. Hat der seinen Bruder etwa vorgeschickt? Werde ich jetzt die endgültige Absage bekommen? Oder soll Philip wieder den Tröster spielen, damit mir das Aus leichter fällt?

Das wird es aber nicht, denn ich liebe nun mal Markus, von dem ich seit über 24 Stunden nichts mehr gehört habe. Noch nicht einmal einen Neujahrsgruß. Ich hingegen habe ihn mittlerweile zig Nachrichten geschrieben, mich tausendfach entschuldigt und ihm ein gesundes neues Jahr gewünscht. Aber bisher hat er noch nicht eine davon gelesen. Er muss so sauer auf mich sein. Wenn ich nur wüsste, warum!

»Süße, das erkläre ich dir, wenn ich bei dir bin! Zehn Minuten, höchstens fünfzehn. Bis gleich!«, sagt Philip, und dann tutet es in der Leitung.

Das ist so typisch für die Harpers! Wenn sie etwas wollen, dann nehmen sie es sich. Mir passt das jetzt gar nicht! Nicht in diesem Zustand, in dem ich mich befinde. Zehn Minuten … Bis dahin kann ich noch nicht einmal duschen, geschweige denn, meine roten, geschwollenen Augen so kaschieren, dass nicht gleich ersichtlich ist, wie viele Stunden ich geweint habe. Außerdem ist meine Lippe immer noch dick und blutig, die Schramme über meinem Auge verhilft mir auch nicht gerade zu einem schöneren Aussehen …

Was kann ich denn auf die Schnelle nur tun? Am besten lege ich mich ins Bett und sage Philip, dass ich schlafen möchte. Das ist noch nicht einmal so weit hergeholt. Ich bin nämlich wirklich mit den Nerven am Ende. Nicht nur der Streit mit Markus hat mir das Herz gebrochen, auch die Auseinandersetzung mit Alex und sein Geständnis, schwul zu sein, wirken nachhaltig. Warum habe ich das in all den Jahren nicht bemerkt? Er war mit diesem Martin schon vor unserem Kennenlernen zusammen! Das ist doch total krass. Dann verloben wir uns auch noch. Ich war so kurz davor, ihn zu heiraten! Ach, wenn ich doch nur meine Gedanken abstellen könnte … nur für ein paar Stunden! Ich bin ja so erschöpft und traurig, tieftraurig …

Es klopft an der Tür, und ich erschrecke. Das kann doch jetzt unmöglich Philip sein! Wie ist er so schnell hierher gefahren? Und wo hat er binnen Minuten einen Parkplatz gefunden? Unser Telefonat liegt kaum zehn Minuten zurück.

Es klopft erneut … ich schleiche an die Tür, um sie zaghaft einen Spalt breit zu öffnen. Tatsächlich!

»Vic!«, sagt er und drückt die Tür ganz auf, sodass er hereinkommen kann, während ich mich von ihm abwende und schnell Richtung Bett gehe, damit er mich nicht ansehen kann. Ich schlüpfe unter die Bettdecke.

»Tut, tut mir leid … mir, mir geht es nicht so gut«, hauche ich, und das ist noch nicht einmal gelogen.

Ich kann hören, dass er die Tür schließt und näher kommt. Als sich mein Bett wellenartig bewegt, wird mir klar, dass er sich soeben zu mir gesetzt hat. Da spüre ich auch schon seine Hand an meiner Schulter.

»Hey, Süße, was ist los? Sieh mich mal an!«

Das geht unter gar keinen Umständen! Ich presse mein Gesicht so stark ins Kopfkissen, dass ich kaum Luft bekomme, als ich antworte. »Ich bin müde, sehr müde.«

»Schlafen kannst du auch bei mir. Sieh mich bitte an!«, bleibt er unnachgiebig und dreht mich zaghaft um. Ich lasse meine Augen geschlossen. Ich schäme mich, ihn so anzusehen zu müssen.

Seine Fingerspitze berührt meine Lippen, und er fährt sacht darüber, bis zu dem kleinen Riss, vor dem er stoppt. Dann streichelt er auch mein verletztes Auge entlang.

»Vic! Was um alles in der Welt ist passiert? Markus hat dich doch nicht etwa geschlagen?«, fragt er hörbar erschrocken, und ich reiße reflexartig meine verweinten Augen auf. Als ich in seine wunderschönen, vertrauten, smaragdgrünen Augen blicke, kommen mir weitere Tränen, denn Philip ist gleichbedeutend mit all dem Guten dieser Welt. Er ist immer dagewesen, wenn ich eine starke Schulter gebraucht habe. Er hat mir immer gut zugeredet. Niemals habe ich auch nur ein böses Wort von ihm gehört. Noch ehe ich weiter darüber nachdenken kann, hat er mich auch schon in seine Arme geschlossen und drückt mich so fest an seine Brust, dass mir fast die Luft wegbleibt, und dennoch genieße ich es! Ich schlinge meine Arme um seinen kräftigen Hals und weine bitterlich los. Es tut so gut, mal all den Schmerz herauszulassen, der sich in den vergangenen Stunden in meiner Seele eingenistet hat.

»Pssst, Baby! Was um alles in der Welt ist passiert? Weshalb bist du nicht zu mir gekommen? Himmel, Vic! Beruhig dich, ist ja alles gut, schscht …, ganz ruhig!«, raunt er unaufhörlich und wiegt mich dabei wie ein kleines Kind hin und her, bis sich mein Schluchzen in ein Hicksen verwandelt und ich mich nach und nach wieder gefangen habe.

»Was ist denn nur passiert? Woher stammen deine Verletzungen?«, hakt er nochmal nach.

»Von, von Alex. Aber, aber … das, das ist nicht so schlimm. Es … es geht schon wieder. Weißt du, wie … wie es Markus geht? Hast du, hast … «, und mittendrin muss ich so stark hicksen, dass ich abbrechen muss, ehe ich weiterreden kann, »hast du ihn gesehen? Oder mal mit ihm … mit ihm geredet«?

»Ja, beides. Oh Gott, Süße, weshalb bist du denn nur nicht zu mir gekommen? Und wie kann dieser Arsch es wagen, dich zu schlagen?«

»Ich, ich wollte dich gestern nicht stören. Es … es war doch Silvester. Und, und Alex … er, er … ach, egal. Er war sehr betrunken.«

»Betrunken hin oder her … das ist keine Entschuldigung. Und du kannst immer zu mir kommen, Vic, IMMER! Ich habe gedacht, du feierst mit Markus. Dabei … Ach, so ein Mist! Euch beide kann man ja gar nicht alleine lassen. Komm, Süße, du fährst jetzt mit zu mir!«

Wie gut, dass es Philip gibt, denn nur eine Stunde später liege ich in seinem Bett, mit einem Becher heißer Schokolade in der Hand, die sehr tröstend wirkt, während er neben mir sitzt und mich unablässig beobachtet. »Jetzt erzähl mir erstmal, was mit dem blöden Grafen vorgefallen ist. Wir sollten ihn anzeigen.«

»Nein, nein, der ist schon gestraft genug«, versichere ich und erzähle ihm alles.

»Schwul … wusste ich es doch. Konnte ja nur das oder Impotenz infrage kommen. Das habe ich dir doch gleich gesagt!«, haucht er und gibt mir einen Kuss auf die Nasenspitze. Es fällt mir schwer, die nun folgende Frage zu stellen, zumal ich die Antwort fürchte. Aber ich muss es wissen. »Wie, wie geht es Markus? Ist er immer noch so sauer auf mich?«

»Nein, Baby, es tut ihm furchtbar leid.«

Das letzte Wort ist noch nicht gefallen, als die Krämpfe in meinem Herzen automatisch stoppen, sodass ich endlich wieder schmerzfrei durchatmen kann. Es tut ihm leid?

»Heißt das, dass … dass er mir verzeiht?«

»Ja, Süße, das tut er. Weißt du, diese Kette ist nicht

ohne für ihn … sie hat nämlich Nora gehört. Sie ist ein Unikat, und er hat sie vor einigen Jahren für sie anfertigen lassen. Als er dich gestern damit gesehen hat, ist er offenbar sehr wütend geworden, was zum einen damit zusammenhängt, dass du sie einfach an dich genommen hast, ohne ihn zu fragen. Und zum anderen auch mit der Tatsache, dass gestern ihr Todestag war. Markus ist ein sehr sensibler Mensch, auch wenn man das auf den ersten Blick nicht sieht. Er war gestern völlig überfordert und konnte nur eines tun: explodieren! Du hast es leider abbekommen, was er inzwischen arg bereut. Er möchte dich gerne sehen. Gib ihm bitte die Chance, sich bei dir zu entschuldigen! Du wirst es nicht bereuen, Vic! Er hängt sehr an dir, auch, wenn er gestern komplett durchgedreht sein muss.«

Ich glaube, ich weine schon wieder, seit der Name Nora gefallen ist …

Nora, Kette, Unikat, Todestag …

Also war sie es doch! Das Mädchen, das in meinen Armen gestorben ist, war seine Nora! Das ist ja unglaublich.

»Hey, Vic … Ist doch gut, beruhig dich! Es wird alles wieder gut, du wirst sehen«, redet Philip behutsam auf mich ein und tröstet mich erneut, bis ich mich abermals gefangen habe. Ich komme mir wie eine Mimose vor. Die Geschichte geht mir ja so unter die Haut. Ich habe mich drei Jahre lang gefragt, wer sie ist. Drei Jahre lang überlegt, wer ihr diese Kette geschenkt haben könnte … Drei Jahre darüber nachgedacht, wer an jenem Abend wohl auf sie gewartet hat … wer so viel Liebe in ihr erzeugte, dass ihre letzten Worte einzig ihr galten … Und all das betraf Markus! Den Mann, den ich nun liebe …

Die Kette, die er für sie anfertigen ließ, habe ich schon drei Jahre in meinem Besitz. Lange, bevor ich ihn überhaupt kennenlernen durfte! Es kommt mir plötzlich so vor, als hätte mich Nora zu ihm geführt. Als wollte sie, dass wir uns treffen.

Es ist die Liebe …

Oh ja, sie ist es! Denn ich habe niemals jemanden stärker geliebt als Markus. Überhaupt wusste ich vor ihm gar nicht, wie mächtig und allumfassend dieses Gefühl sein kann.

»Ach, Süße, hättest du ihn gestern nur kurz gefragt, ehe du diese blöde Kette umgelegt hast. Dann hättet ihr euch all den Ärger ersparen können. Du musst nämlich wissen, dass dieses Schmuckstück seit ihrem Tod verschollen war. Ich weiß noch, wie oft Markus in das Beerdigungsinstitut gefahren ist. Er hätte die Mitarbeiter am liebsten angezeigt, weil er davon ausgegangen ist, sie würden die Kette unterschlagen. Der Bestatter hat immer beteuert, dass Nora keine Kette getragen hat, als sie gebracht wurde, aber Markus hat ihm nicht geglaubt. Dabei lag sie all die Jahre bei ihm zu Hause«, erzählt er mir nachdenklich.

»Da lag sie, ehrlich gesagt, nicht«, flüstere ich leise und trinke meine Schokolade aus. Dann greife ich zu einem Tempotaschentuch und schnäuze mich.

Philip schaut mich derweil ganz irritiert an.

»Sie lag nicht bei ihm zu Hause? Wo hast du sie dann gefunden? Etwa in seinem Studio?«, will er interessiert wissen, und ich schüttle erneut meinen Kopf. An seiner Mimik kann ich erkennen, dass tausend Fragen in seinem Kopf aufblitzen, aber wir werden durch ein Läuten an seiner Haustür unterbrochen.

»Ich schaue nur schnell nach, wer es ist. Bin gleich wieder bei dir!«

Es dauert nicht lange, bis er zurückkommt. Doch er ist nicht alleine. Markus lugt zuerst ins Schlafzimmer … Als er mich verweint und malträtiert im Bett sitzen sieht, kommt er ohne Umschweife zu mir.

Oh Gott! Wie lange können nur dreißig Stunden sein? In seinen Armen fühlt es sich an, als hätte ich ihn eine Ewigkeit nicht mehr gesehen. Seine Nähe ist so heilsam, sie schließt binnen Sekunden all die Wunden, die mir unter der Haut brennen.

»Ich bringe diesen Grafen um!«, flüstert er mir ins Ohr. »Wie kann er nur? Gott, Kleines, es tut mir ja so leid! Es tut mir alles so wahnsinnig leid. Ich hätte niemals so ausrasten dürfen, dich niemals wegschicken dürfen. Dann wärst du nicht zu ihm gefahren und jetzt nicht verletzt. Es ist alles meine Schuld. Bitte verzeih mir, Vic, bitte! Ich mache alles wieder gut, ich verspreche es dir!«

»Halt mich! Halt mich einfach nur fest, dann ist schon alles gut. Mehr brauche ich gar nicht!«, versichere ich ihm und spüre seinen heißen Atem und seine weichen Lippen, die mich überall berühren. Er bedeckt mich mit tausend Küssen, die mich wie Balsam einhüllen und jeden Schmerz versiegen lassen. Als sich unsere Lippen wiederfinden und unsere Zungen einander liebkosen, bin ich im Himmel und weiß in diesem Moment genau, dass Markus nicht nur der Mann an meiner Seite ist, er ist mein Leben! Er ist mein Ein und Alles … ich will keinen Tag meines Lebens mehr ohne ihn sein.

»Hat dir Philip erzählt, weshalb ich so sauer war?«, will er nach einer kleinen Ewigkeit und einer Million weiterer Küsse wissen, während er mich ganz fest hält. Ich nicke und frage mich, was passieren wird, wenn ich ihm die Wahrheit anvertraue. Ob er dann wieder wütend wird? Ich reiße damit ja eine alte Wunde auf. Ich weiß genau, wie sehr er Nora liebt … immer noch liebt, und ich finde es sogar schön!

Inzwischen ist auch Philip zurück und hat ein großes Tablett dabei, auf dem sich weitere Tassen mit heißem Kakao für uns alle befinden.

»Na, ihr zwei Crashtauben … geht's wieder? Man,

ich bekomme demnächst ja Bauchweh, wenn ich mal fünf Stunden lang nichts von euch höre. Da lässt man euch zwei Tage alleine, und die Welt geht unter!«

»Es war kein Tag wie jeder andere«, sagt Markus und greift zu einer warmen Tasse.

»Ich weiß, und in den letzten beiden Jahren war ich deshalb an diesem Tag immer bei dir. Ich hätte auch gestern bei euch bleiben sollen. Ich dachte nur, naja, Vic war ja da … davon bin ich zumindest ausgegangen«, verdeutlicht Philip und setzt sich ebenfalls zu uns aufs Bett.

»Schon gut, es war einzig meine Schuld, aber bitte, Vic, wenn du demnächst irgendetwas Seltsames in meiner Wohnung finden solltest, das eventuell Nora gehören könnte, dann frag mich, bevor du es nimmst! Im Grunde habe ich nicht mehr viel von ihr. Ein paar Gemälde, alte Fotos, einen scheußlichen Schal, den ich hasste und sie liebte … Wenn dir etwas von ihr in die Hände fällt, bitte frag mich, mehr verlange ich gar nicht. Hättest du mir die Kette gestern gezeigt, hätte ich mich riesig gefreut, denn ich habe sie schon so lange gesucht«, verdeutlicht er mir eindringlich, und ich kämpfe mit mir …

Soll ich es bei dieser Ausführung belassen oder ihm die Wahrheit sagen? Natürlich ist die Wahrheit immer das Beste! Und als ob mein Gewissen mich nicht schon genug plagen würde, höre ich jetzt plötzlich seine Worte, die wie ein Echo in mir dröhnen …

»Wenn du nicht aufrichtig zu mir bist, kann ich dir nicht vertrauen. Wenn ich dir nicht vertrauen kann, kommen die ersten Zweifel … und mit den Zweifeln wird die Verbindung zwischen uns zu bröckeln beginnen. Deshalb liegt es in deiner Hand! Ehrlichkeit, Vic, absolute Ehrlichkeit, egal, wie schlimm oder peinlich oder intim sie auch in deinen Augen zu sein scheint.«

Es klingt fast so, als würde mir jemand ein Tape in meinem Kopf vorspielen. Als er mir das sagte, ging es um BDSM … Ob das auch für unser normales Liebesleben gilt?

»JA!«, haucht eine Stimme in mir so laut, dass ich mich erschrocken umdrehe.

»Alles okay, Vic? Hast du mich verstanden? Bitte frag mich demnächst, ehe du etwas nimmst. Okay?«, wiederholt er nochmal, während Philip mich nun skeptisch anblickt.

»Ich denke, du hast die Kette gar nicht in seiner Wohnung gefunden«, bietet er mir den perfekten Ansatz.

»Nein, das habe ich in der Tat nicht. Dort lag sie auch nicht«, gestehe ich und wende mich an Markus. »Glaubst du wirklich, ich würde in deiner Wohnung herumschnüffeln, wenn du nicht zu Hause bist?«

»Im Grunde nicht, nein. Aber wie …«, sagt er, und ich unterbreche ihn. »Glaubst du wirklich, ich würde, ohne zu fragen, fremde Gegenstände von dir an mich nehmen und diese auch noch zur Schau stellen? Schätzt du mich so ein?«

»Nein, überhaupt nicht, deshalb habe ich mich ja auch so gewundert … «, offenbart er stockend.

»Dann bitte ich dich um eines: Ehe du mich das nächste Mal anschreist, gib mir die Chance, offene Fragen zu klären. Rede mit mir! Lass mir die Möglichkeit, zu antworten! Ja, du hast gefragt, wo ich die Kette herhabe. Aber in was für einem Ton! Ich verspreche dir, deine Sachen nicht ungefragt an mich zu nehmen, und du versprichst mir, deine Stimme im Alltag nicht mehr gegen mich zu erheben. Ich denke, wir sind kultiviert genug, um alles vernünftig zu besprechen«, sage ich auch im Hinblick auf das, was ich gleich offenbaren muss.

»Dem kann ich nur zustimmen!«, pflichtet Philip mir bei, von dem ich gar keine Antwort wollte.

»Ja, Vic, du hast zu tausend Prozent Recht! Ich habe überreagiert, es tut mir aufrichtig leid. Darf ich dennoch wissen, wo du die Kette gefunden hast, wenn sie nicht in meiner Wohnung lag?«

Ich nicke schweigend und hole tief Luft. »Ich habe sie nicht gefunden! Sie wurde mir geschenkt.«

Er schaut mich skeptisch an. »Von wem? Ich meine, die Kette … sie, sie ist einmalig! Ich habe sie anfertigen lassen, jedes Detail daran selbst erarbeitet. Es ist eindeutig Noras Kette! Ich glaube nicht, dass es eine identische zweite gibt. Wer auch immer sie dir geschenkt hat, muss sie gestohlen haben …«

»Pssst! Ganz ruhig, Markus! Es hat sie niemand gestohlen! Nora selbst hat sie mir gegeben«, offenbare ich und bin in diesem Moment stärker, als ich vermutet hätte. Dafür starren mich die beiden so ungläubig an, als wäre ich ein Geist.

›Was?‹, höre ich Markus wortlos fragen und sehe die Gänsehaut, die seine Arme zeichnet, und dafür sorgt, dass sich die Härchen über seiner Tätowierung mit den Flügeln aufstellen. Ich fasse all meinen Mut zusammen und beginne zu erzählen …

»Gestern waren genau drei Jahre vergangen … Es geschah zu Silvester. Ich war mit meinem Fahrrad unterwegs und wollte zu Caro. Ich kann mich sehr gut an diesen Tag erinnern, ich werde ihn sowieso nie wieder vergessen können … Es schneite ununterbrochen, der ganze Radweg war mit Schnee und Eis bedeckt. Auch die Straßen waren nicht geräumt. Der Winterdienst kam kaum hinterher … Direkt vor mir fuhr eine junge Frau, auch auf ihrem Fahrrad, während die PKWs neben uns fuhren. Plötzlich kam ein LKW auf uns zu, er geriet ins Schleudern … Die junge Frau vor mir bremste abrupt und schlitterte mit ihrem Fahrrad direkt auf die Fahrbahn. Ich höre noch heute manchmal das starke Quietschen der Räder des LKWs. Der Fahrer versuchte alles, um den Crash zu verhindern und sein Fahrzeug zu stoppen, aber es war zu spät … «, erzähle ich und muss erstmal innehalten. Ich vermute, dass beide wissen, was folgen wird. Philip starrt mich mit leicht geöffnetem Mund an, und bei Markus sehe ich zum ersten Mal Tränen in den Augen. Ich kann ihn kaum ansehen, als ich weiterspreche …

»Es war ganz furchtbar. Sie hatte keine Chance, es ging alles so schnell. Ich, ich … habe den Notruf gewählt, obwohl ich wusste, dass man ihr nicht mehr würde helfen können. Aber sie hat noch gelebt … Sie lag da, auf der Straße im Schnee, der sich binnen Sekunden blutrot färbte. Ich bin zu ihr gegangen, habe mich hingesetzt und ihren Kopf in meinen Schoß gelegt«, offenbare ich, während meine Stimme zu zittern beginnt. Die grausamen Details klammere ich bewusst aus. Markus muss sich nicht weiter damit quälen, es reicht schon, was ich in seinem Gesicht sehe.

»Ich wollte, dass sie wach bleibt, bis der Rettungswagen kommt, und habe deshalb mit ihr geredet, sie gestreichelt, ihre Hände gehalten … ihr immer wieder gesagt, dass alles gut wird, obwohl wir beide wussten, dass es gelogen war. Sie hat gekämpft und versucht, mir etwas zu sagen …«

Ich muss wieder stoppen, um mich kurz zu sammeln. »Sie, sie trug eine bunte Pudelmütze in Regenbogenfarben und einen ebensolchen Schal. Sie hat immer wieder danach gegriffen, bis ich bemerkt habe, dass ihre Finger eine Kette zu erreichen versuchen. Sie wollte sie über ihren Kopf streifen, und ich half ihr dabei. Sie hat sie mir anschließend in die Hand gelegt und meine Hand mit ihrer umschlossen. Und dann hat sie es geschafft, mir noch etwas zu sagen. *Es ist die Liebe …pass gut auf sie auf!«*, wiederhole ich ihre letzten Worte, von denen ich immer noch nicht weiß, wie sie in diesem Zustand überhaupt noch sprechen konnte. »Dann ist sie eingeschlafen, noch ehe der Notarzt kam«, beende ich meine Erzählung, während mir die Tränen ungeniert über die Wangen laufen. »Ich, ich wusste nicht, wer sie ist. Ich habe ihren Namen nie erfahren. Vielleicht war es falsch, ihre Kette zu behalten. Aber mir kam es so vor, als habe sie gewollt, dass ich sie an mich nehme. Ich habe sie drei Jahre lang in meiner kleinen Schatulle verwahrt. Ich habe sie nie getragen, nie! Weil ich, weil … weil sie sagte, dass es die Liebe ist, aber ich nie geliebt habe, nie geliebt wurde. Dann kamst du … Die kleinen Handschellen, das Unendlichkeitszeichen … ich dachte, naja, es fühlte sich zum ersten Mal richtig an. Ich habe all die Jahre immer wieder an sie denken müssen und daran, dass sie mir mit letzter Kraft ihre Kette gegeben hat. Ich weiß nicht, wie ich es zum Ausdruck bringen soll, aber ich hätte sie nie umlegen können, als ich mit Alex liiert war, das wäre so falsch gewesen. Bei dir passte es plötzlich. Es fühlte sich so richtig an. Die Liebe und die Handschellen … Und gestern war ihr Todestag. Ich wollte ihr eine Art Ehre erweisen, wie sie sie mir zuteilwerden ließ. Ich wollte für sie die Kette tragen, weil so viel Liebe in mir war und ich es ihr gerne zurückge…«

Ich schaffe es nicht, weiterzusprechen. Aber es sind nicht nur meine Tränen, die mich stoppen. In erster Linie sind es Markus' Tränen, die mich verstummen lassen. Auch Philip weint, aber Markus hat seine Hände vor die Augen gelegt, weil ihm die Tränen wie Wasser über die Wangen laufen.

Er greift nach mir und zieht mich ruckartig an sich. Er hält mich so fest wie nie zuvor, sodass es sich anfühlt, als würden unsere beiden Körper verschmelzen.

»Es tut mir so leid!«, hauche ich ihm entgegen, wobei der Satz für so unendlich viel steht. Es tut mir leid, dass Nora sterben musste. Es tut mir leid, dass er sie verloren hat. Es tut mir so leid, dass er sie nie wieder sehen wird, sich beide nie wieder so berühren können, wie wir es gerade tun … All das tut mir so schrecklich leid.

Wir liegen uns in den Armen und weinen beide, bis ich spüre, wie er in seine Hosentasche greift. Daraus zieht er die Kette hervor. Er schnieft mehrfach, wischt sich, so gut es geht, die Tränen weg, um mir das kostbare Stück umzulegen. Erst weiche ich zurück, weil die Unsicherheit einfach zu groß ist. Aber er hält mich fest und führt zu Ende, was er begonnen hat, bis die zwei kleinen Handschellen auf meiner Brust liegen.

»Danke … dass du bei ihr geblieben bist!«, sagt er und gibt mir einen Kuss, während nun auch Philip zu schluchzen beginnt.

»Mann-o-Mann … das hält man ja kaum noch aus mit euch!«, versucht er die Stimmung etwas aufzulockern und greift zu der immer noch warmen Tasse Schokolade, die er in einem Zug leert.

»Mir wurde gesagt, dass sich eine Ersthelferin am Unfallort befunden hat, die auch den Notruf alarmierte. Aber dass ausgerechnet du, Vic … Ich meine, das ist so unglaublich«, gesteht Markus nach einer Weile. »Und du hattest die Kette all die Jahre?«, fügt er noch fragend hinzu.

»Ja, drei Jahre lang. Ich kann verstehen, wenn du nicht willst, dass ich sie trage. Ich habe ja heute selbst erst erfahren, dass sie Nora gehörte. Das ist wie ein Wunder …«

»Ich will, dass du sie trägst! Nora wollte, dass du sie trägst. Und sie hatte ganz Recht, es ist die Liebe … Ich liebe dich, Vic! Darüber bin ich mir ganz besonders die vergangenen Stunden, in denen du nicht bei mir warst, klar geworden. Ich liebe dich mit Leib und Seele und danke dir von Herzen, dass du Nora in ihrer schwersten Minute nicht alleine gelassen hast. Ich glaube, sie freut sich, dass wir uns gefunden haben.«

»Wenn sie da mal nicht nachgeholfen hat!«, setzt Philip hinzu …

Ich bin nur froh, dass wir so offen darüber reden konnten und das tote Mädchen endlich einen Namen hat! Das erweckt das Bild in meinem Kopf zu neuem Leben, und ich sehe sie mit ganz anderen Augen. Drei Jahre lang hat Nora mir im Kopf herumgespukt, und ich war nicht fähig, ihre Kette zu tragen. Jetzt trage ich sie mit Stolz, tagein, tagaus, und sie ist zu meinem persönlichen Talisman geworden.

Aber nicht nur sie trage ich voller Stolz, denn zum Valentinstag habe ich von Markus ein ganz besonderes Tattoo bekommen. Er tätowierte mir einen Verlobungsring, einen, den man garantiert nicht verlieren kann, wie er sagte, denn unsere Liebe ist für die Ewigkeit. Auch er trägt nun denselben um seinen Finger, den ihm Eileen gestochen hat. Unsere Eheringe werden noch diesen Sommer folgen, natürlich auch in Tattooform. Ich freue mich jetzt schon auf meine Märchenhochzeit, denn ich habe meinen Traumprinzen gefunden und werde Markus nie wieder hergeben. Mit ihm liegen die schönsten Wochen meines Lebens hinter mir … Durch ihn habe ich gelernt, was Liebe wirklich ist. Ein Gefühl der Vollkommenheit. Zwei Seelen, die einander gefunden haben und sich nicht nur ergänzen, sondern gar miteinander verschmelzen. Jetzt weiß ich auch, weshalb mir Nora die Kette gegeben hat …

Es ist die Liebe … Sie ist zu kostbar, als dass man sie nicht weitergeben sollte, denn wer nicht liebt, der weiß auch nicht, was Leben ist.

EPILOG
Philip

Falsche Entscheidungen

Irgendwie hatte ich das mit Markus und Vic anders geplant. Ich dachte, er würde in ihr die kleine Sub finden, die er so dringend braucht und die ihn vor allem wieder in das Dark Dream führt. Stattdessen spielen die beiden im heimischen Schlafzimmer hinter verschlossenen Türen, und jetzt wollen sie auch noch heiraten! Als ob so etwas heutzutage nötig wäre! In welchem Zeitalter leben wir denn eigentlich? Ich bräuchte Markus viel dringender in unserem Club, denn unser Bruder sitzt mir im Nacken. Ich weiß überhaupt nicht, wie Raphael von dem exklusiven Club erfahren konnte, den wir seit Jahren streng geheim halten, aber seitdem lässt er nicht mehr locker. Er will nicht nur Mitglied werden, sondern den Laden auch noch übernehmen. Andernfalls, so droht er, werde er das Etablissement auffliegen lassen, und die Frist, die er mir gesetzt hat, läuft demnächst ab. Ich muss dringend mit Markus sprechen! Wir können doch unserem unerfahrenen Bruder, der keine Ahnung von BDSM hat, nicht die Leitung des Clubs überlassen. Raphael weiß ja noch nicht einmal, wie man eine Peitsche hält oder die Gerte schwingt. Als wäre das noch nicht genug, habe ich noch so ein kleines Püppchen an mir hängen, die bei mir im

Tanzkurs ist. Ich weiß ja, wie ich auf Frauen wirke und dass meine Kurse zum größten Teil auf Grund meines Aussehens ausgebucht sind. Die Damenwelt schmachtet in meinen starken Armen dahin, wenn ich sie über die Tanzfläche führe … aber Julia ist anders! Sie ist so scheu, kann mir kaum in die Augen sehen, und wenn ich sie zum Tanzen auffordere, schmachtet sie nicht nur an meiner Brust, sondern stirbt beinahe in meinen Armen. Sie wäre das perfekte kleine Kätzchen zum Spielen, allerdings sind meine Kursteilnehmerinnen tabu, obwohl Julia mehr Interesse an mir zu haben scheint, als ich vermutet hatte. Sie folgt mir tatsächlich heimlich nach der Tanzstunde in das Dark Dream und versteckt sich in dem düsteren Keller … Nur zu dumm, dass wir heute eine ganze besondere Nacht im Club feiern und Julia verwechselt wird. Ich kann ihre Schreie bis nach oben in die Tanzschule hören, ehe die anderen Teilnehmer realisieren, dass sie keine der Sklavinnen ist, die ich für unsere Mitglieder zur jährlichen Gründungsfeier engagiert habe. Aber da ist es schon zu spät, und sie hat eine Session hinter sich, die selbst für alteingesessene Subs grenzwertig wäre. Als ich sie von dem Sklavenstuhl befreie, ist sie nur noch ein zitterndes Häufchen Elend, und meine Stunde hat geschlagen. Nun heißt es: Wunden lecken! Ich muss retten, was noch zu retten ist.

Wenn ihr wissen wollt, ob ich es hinbekomme, müsst ihr meine Geschichte lesen.

Heiße Rhythmen auf glühender Haut

Darin werdet ihr auch erfahren, wie Markus auf Raphaels Forderungen reagiert und ob wir es schaffen, ihn zu überlisten. Ebenso werde ich auf der Hochzeit von Markus und Vic ihr Trauzeuge sein.

Und dann ist da noch Julia … die meine ganzen Ansichten zu Fall bringt. Also, ihr Lieben, bleibt mir treu, wenn es demnächst heißt: ❤ Heiße Rhythmen auf glühender Haut ❤ Im Frühling 2018 wird es so weit sein!

Heiße Rhythmen auf glühender Haut

Julia

Er war nur mein Tanzlehrer, aber ich fand ihn so heiß, dass ich ihm in den Keller gefolgt bin, als alle anderen bereits gegangen waren. Ich versteckte mich dort hinter einem langen, schwarzen Vorhang. Das war die dümmste Entscheidung meines Lebens, denn es ist kein gewöhnlicher Keller, es ist ein Kerker mit Folterwerkzeugen, in dem sie düstere sexuelle Praktiken vollziehen. Hier unten sind viele Männer zugange, die nackte Frauen vor sich hertreiben, sie festbinden und auspeitschen! Und nicht nur das! Sie quälen ihre Brüste, ihre intimsten weiblichen Stellen. Sie tun Dinge, von denen ich noch nie gehört habe. Die Frauen stöhnen und schreien. Was ich aus meinem Versteck heraus erkennen kann, verschlägt mir die Sprache. Oh Gott, wo bin ich hier nur hineingeraten? Und zu allem Überfluss werde ich auch noch entdeckt! Offenbar verwechseln sie mich, denn sie nennen mich Sklavin, reißen mir die Kleidung vom Leib und binden mich fest … HILFE! Was sie mir und meinem Körper antun, ist die Hölle pur und jede Vergewaltigung ein Segen im Vergleich zu meinem Martyrium. Ich befürchte, ich muss sterben! Ich halte das nicht länger aus! Ich schreie so laut wie noch nie nach Philip, denn nur er kann mich noch retten! Nur er weiß, wer ich wirklich bin. Ich bin doch gar keine Sklavin! Philip, hilf mir doch! Wo bist du nur? Ich brauche dich! »PHILIP!«

So, meine Herzchen. ❤
Seid ihr neugierig?
Das kann ich gut verstehen und ich werde mein Bestes geben, damit ihr möglichst schnell erfahrt, wie es mit Julia und Philip weitergeht.
Ich denke zu Ostern wird es soweit sein.

Also haltet immer schön die Augen und Ohren offen, was meine zukünftigen Projekte betrifft.
Noch besser folgt ihr mir auf Facebook oder Instagram, da verpasst ihr garantiert keine Neuerscheinungen mehr. Dort findet ihr auch hin und wieder Gewinnspiele und andere tolle Aktionen.
Zudem freue ich mich riesig, Post von euch zu bekommen. Ganz besonders freue ich mich über eine Rezension bei Amazon, Lovelybooks oder eurem Blog. Ich lese jede einzelne davon und bin manchmal den Tränen nahe, wenn ihr mich mit euren Worten beglückt.
Ich danke euch ganz sehr dafür!

❤

So, meine Süßen … Es geht demnächst nicht nur mit Philip und Julia weiter, es folgt ganz bald auch etwas Neues aus meiner ›Medicine of Love Edition‹.
Einige von euch warten schon gespannt auf ihn:
Dr. Lucan Hart!
Bei ihm ist der Name Programm!

AUSGELIEFERT
an
Dr. Lucan Hart

Ich bin Lucan, Dr. Lucan Hart, 34 Jahre alt und praktizierender Gynäkologe. Aber die Leute, die mich näher kennen, nennen mich AoD, Angel of Darkness, und das hat seinen Grund. Ich gehöre zum inneren Kreis des Geheimbundes Golden Select, auch Aurum Egregius genannt, eine uralte Loge aus Heidelberg, die sich der Sexualmagie verschrieben hat. Unser Orden hat nur wenige exklusive Mitglieder. Wir alle sind männlich, und eine Aufnahme in unsere Arkane Gesellschaft ist fast unmöglich, wenn man nicht hineingeboren wird. Bei uns geht es um drei Dinge, die essentiell im Leben sind: Macht, Geld und Sex. Sehr viel Macht, noch mehr Geld und dunklen Sex, sehr dunklen Sex. Es gibt nichts, was wir neben unseren Riten und geheimen Praktiken nicht ausleben. Je düsterer, desto machtvoller … Immer am Freitag, dem 13., gönnen wir uns einen besonderen Leckerbissen, eine Jungfrau, die ich als Frauenarzt präzise und gut durchdacht auswähle, die alleinstehend ist und die niemand vermissen wird, denn wir haben Einiges mit ihr vor, und sie wird diese Nacht nicht unbeschadet überstehen. Als die kleine Französin Amelie Dubios in meiner Praxis vorstellig wurde, habe ich unsere Jungfrau für den nächsten magischen Freitag gefunden. Sie ist schon 23 Jahre alt, im Grunde überfällig. Ihre liebreizende, beinahe keusche Art ist das perfekte Pendant zu unserer düsteren Zeremonie, der sie zum Opfer fallen wird. Wie schüchtern sie mich anschaut … es kaum schafft, mir in die Augen zu sehen. Nur gut, dass sie nicht weiß, was auf sie zukommen wird, dass sich dreizehn maskierte Männer an ihrem unberührten Leib vergehen werden und ich derjenige bin, der für ihr Leben verantwortlich ist … Ich schalte meine Gefühle aus, als ich ihr den nächsten Termin verordne, der bereits in neun Tagen ansteht und der das Leben von Amelie in seinen Grundmauern erschüttern wird.

❤ ❤ ❤

Seid ihr neugierig?
Das freut mich sehr, denn im Frühsommer 2018 wird es so weit sein, und ihr dürft in das heilige Reich, in die Praxis von Dr. Hart, vordringen.

Danksagung

Danke an meine beiden Lieblingsmenschen, an meine Kinder Tara & Noah. Ich liebe euch über alles!

Danke an mein Schicksal, das mir im vergangenen Jahr zwei weitere Menschen in mein Leben gebracht hat, die ich nie wieder missen möchte! Im Alter von 40 Jahren wurde ich überraschend große Schwester von einem ganz wundervollen Mann, meinem Bruder André, der mir die Welt bedeutet. Ebenso von meiner „kleinen" süßen Schwester Sandra, die ich irre lieb habe. Nie wieder ohne euch!

Danke, Eva und Maria – meine Buchstabengöttinnen, für eure Unterstützung, eure sensationellen Adleraugen und all die Stunden, die ihr mir treu zur Seite gestanden habt. Ihr seid die Besten!

Danke, Nadine Willers, für das schönste Cover aller Zeiten! Ich LIEBE diesen Markus Harper und freue mich auf weitere Zusammenarbeit!

Danke, ceo, für ALLES und mehr!!! Für all die Jahre und für all das, was uns auf ewig verbindet. Ohne dich würde es die Taschenbücher gar nicht geben!

Danke, Jana – mein Herz, dass es dich gibt! Was wäre die Woche ohne dich? Verdammt einsam! Ich liebe unsere Abende!

Und ein ganz besonderes Dankeschön,
gilt all meinen wundervollen Lesern!!!
Ohne eure bezaubernden Worte, Posts, Rezensionen

und euer Interesse an meinen Büchern könnte ich mich noch nicht einmal Autorin nennen. Nur ihr macht mich zu dem, was ich schon immer sein wollte: eine Schriftstellerin mit Leib und Seele!

Merci ❤

Rapunzel in Gefangenschaft

(Ab Sommer 2018)

Könnt ihr euch vorstellen, wie man sich fühlt, wenn man 24 Jahre alt ist und noch nie einen Freund, noch nie Sex hatte? Nein? Dann seid froh, denn es ist meine Realität, und sie ist grausam.

Ich weiß gar nicht, was oder wer ich überhaupt bin.

Ich fühle mich nicht wie eine Frau, obwohl ich so aussehe. Ich bin aber auch kein Mann. Und ein Kind bin auch nicht mehr … Im Grunde bin ich ein Niemand!

Ich habe keine Freunde, ich habe keine Ausbildung, ich war nie in einer Schule. Ich glaube, ich bin der einsamste Mensch auf dieser Welt.

Meine Mutter hält mich wie eine Gefangene und verweigert mir seit meiner Kindheit jeglichen Bezug zu anderen Menschen. Sie unterrichtete mich selbst, sie brachte mir alles bei, was ich weiß und was ich kann. Aber zu anderen Personen durfte ich nur selten Kontakt aufnehmen, und Freunde waren mir gänzlich verboten, ganz zu schweigen von einer Partnerschaft.

Niemand kann ahnen, wie sehr ich mich nach Liebe und Zärtlichkeit sehne. Nur ein Kuss, nur ein einziges Mal richtig küssen … Ich würde dafür sterben!

Während ich allabendlich in meinem Zimmer am Fenster stehe, hinauf zu den Sternen schaue und mir vorstelle, wie es sich wohl anfühlen würde, in den Armen eines Mannes zu liegen, schicke ich meine Wünsche gen Himmel. Aber wie heißt es so schön? Man soll aufpassen, was man sich wünscht, denn es könnte wahr werden.

Vielleicht habe ich mich unklar ausgedrückt, vielleicht wurde ich falsch verstanden … denn das, was mir geschah, gönne ich nicht meinem ärgsten Feind.

Aber lest selbst!

Ich bin Maira Byrne, und das ist meine Geschichte …

32226927R00233

Printed in Poland
by Amazon Fulfillment
Poland Sp. z o.o., Wrocław